可摘星

（壹）

一两 ◎ 著

中国致公出版社　　知音动漫

知音动漫图书 · 漫客小说绘出品

目录

第一章	仪象图	001
第二章	宋家	021
第三章	瑞轮蓂荚	049
第四章	珍珑盒	073
第五章	算学馆	097
第六章	国子监生徒	121
第七章	长安国子监	143
第八章	绳衍厅	169
第九章	金吾卫	193
第十章	霹雳木	217
第十一章	集贤院	235
第十二章	天文	255
第十三章	六艺·射	277
第十四章	习射	301
后记	有关国子监	320

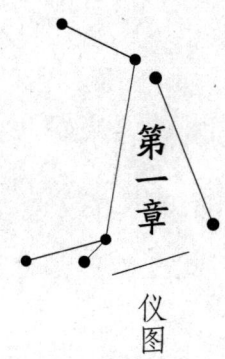

第一章

仪图

一

人们后来回想起景云二年的夏天，能记起的大概只有热，特别热。但梁灵瓒不是，她永远记得玄都观门前浓郁的树荫，和从树荫下拂过来的清凉的山风。

当然还有一大群等在树荫下的人。

若不是看他们个个穿道袍，梁灵瓒差点儿就不敢往前走了——上一次看到这么多人聚集在一起，还是私塾里所有学生的爹娘来找她算账。

"哎呀呀，一行兄，远道而来辛苦了！"为首的道士手执拂尘，远远便迎上来。

梁天年拱手施礼："道长误会了，在下姓梁，来寻舍亲。"

仙风道骨的道长顿时僵在半路，身后有弟子道："难怪呢，我还说一行大师怎么不落发……"

道长才不会承认是明晃晃的太阳晃花了他的眼呢，他问梁天年："尊亲是谁？"

"观中后厨，梁婆婆。"

道长立马道："快，那谁，带人去找婆婆。"

梁灵瓒便由爹牵着，跟着一个小道士进了山门，经过大殿的时候，梁灵瓒道："爹，快看菩萨！"

梁天年道："道观是不供菩萨的，佛寺才供。那是三清尊者。"

"三清尊者是什么？"

"就是太清、玉清和上清三位真人。"

"真人？"梁灵瓒道，"爹，你错啦，那是假人啦，我看过庙里树菩萨，是用木头做的，再用泥糊住，然后再涂金粉，不信你看——"说着还真想去刮一刮。

小道士连忙拦住。三人继续往里走，梁灵瓒又问："一行是谁啊？"

小道士见这孩子不过七八岁，声音像山涧清泉流动时一般清澈动听，很是讨人喜欢，再加上一行大师要来玄都观是观中的一件得意事，因此清了清嗓子道："这一行大师啊，是一位名动天下的高僧，早在武氏当政时，就因为学识渊博而受招揽，据说武三思亲自求见也没请到他。今上登基后，一连数道圣旨，才把大师从江南催动了身，但这一路上，各处高门、大寺、名观、书院……想请大师做客的，那是数不胜数，现在呢，轮到我们玄都观啦！"

"哇，好了不起的样子。"梁灵瓒一双眼睛光明璀璨，清澈无比，无论是谁看到这样一双天真的眼睛，心情都不会太坏。

小道士摸了摸梁灵瓒的头，正要再说几句，梁天年忽然问道："我从前听说过这位大师的大名，但听闻请他的人多，他应下的却少，不知为何会来玄都观？"

玄都观在洛阳城里颇有点小名气，全在于观主的膏药颇为灵验，据说有一味"玉魄膏"，千金难求，因此洛阳人都管玄都观里的道人叫"卖膏药的"。

"这你就有所不知了！"小道士得意扬扬，"我家观主年少时曾经和一行大师同窗求学过，是故交呢！"

梁灵瓒愣了一下："和尚和道士一起……学什么啊？"这样的话，三清尊者是不是也可以和菩萨摆一起了？

小道士当场被问住了："这个……自然是学些高深至妙的深理！"

梁婆婆是玄都观里掌勺的大厨，年近六旬，手艺和脾气都是一流，心情好能做出山珍海味，心情不好能拿白水煮一锅蕹菜，因此倍受尊崇，连观主都不敢轻易得罪。

梁灵瓒跨过院门时，就听一个爽朗声音道："我这个侄子啊，当年在皇宫里当过差咧……"

"婆婆，您家客人来啦。"小道士满脸是笑道。

"啊哟。"梁婆婆忙迎出来，几个帮厨的大娘也都笑眯眯地过来围观，只见梁天年身形高瘦，五官隽秀，眉宇间似有化不开的悒色，手里牵着个孩子。

那孩子正歪着头睁着一双眼睛瞧她们，脸比巴掌还小些，颊上是一路走出来的红晕，一双眼睛光明璀璨，比后山的溪水还要清澈。

大家都赞这娃娃生得可爱，梁婆婆更是打心眼儿里喜欢："你就是小瓒吧？这双眼睛可真精神呐，我看呐，以后一定能中状元，去宫里当大官，就跟你爹一样！"

梁天年道："姑姑，小瓒是个女孩子。"

"咦？"梁婆婆理了理梁灵瓒乱蓬蓬的头发，拿掉两片树叶，再替她擦掉鼻梁上的青草汁，笑了，"这孩子生反啦，长得跟个小子似的。"

"她母亲去得早，我也不大会带孩子……"梁天年的声音微微低沉，"这孩子跟在我身边终日顽劣不堪，只怕长大也没个女孩样，所以我才想把她托付给姑姑。姑姑年事已高，天年不能孝敬照顾姑姑，反而要劳烦姑姑，心里实在是……实在是惭愧得很。"

"什么叫年事已高？你姑姑我还能再活个三五十年呐，想孝敬我日子有的是！"梁婆婆把梁灵瓒搂在怀里，"我一辈子无儿无女，就缺个小家伙做伴，你把她放在我这里就放一百个心吧，当年怎么带大你，就怎么带大她！"

梁天年双眼微红，忽然一撩衣摆，跪下磕头："谢姑姑。"

他自小父母双亡，是姑姑把他拉扯大的，后来在长安入仕，还没等把姑姑接过去享几天清福，就遭逢大祸，几乎是家破人亡。

"干什么干什么？"梁婆婆忙去拉他，"你这孩子，不就带个娃嘛，有什么难的？快起来快起来！"

梁天年不起，拉着梁灵瓒在身边跪下："小瓒，你答应我三件事。"

梁灵瓒点点头。

"一、不许淘气，不许惹婆婆生气。"

梁灵瓒道："爹，这是两件事。"

梁天年皱眉，梁灵瓒忙道："好吧好吧，不许淘气得让婆婆生气，一件。"

"二、要照顾婆婆，让婆婆开心。"

"嘻嘻，这个我会，我会照顾婆婆，就像照顾爹一样。"

梁天年面色郑重："三、答应我，不要看书。"

梁灵瓒偷偷看了父亲一眼："呃……是不看那种书吗？"

梁天年斩钉截铁："任何书！"

梁灵瓒苦了脸："这个……"

梁天年皱眉,声音里有了一丝严厉:"答不答应?"

"答应,答应,答应。"梁灵瓒看看四周,无奈地点头。这后院厨房,半院子柴,半院子菜,哪里有书可看?

"好。"梁天年放下身后的包袱,包袱里除了梁灵瓒的衣物,还有他这几年积攒的十几两银子。

梁婆婆看他身上的袍子洗得发白,显然景况不佳,这里只怕是他全部的积蓄,哪里会收?转身给他装了一袋时鲜素果,银子就塞回里面。梁天年听话地接在手里,银子回来了也不知道。

梁灵瓒一时有些不舍,拉着梁天年的衣带:"爹,你什么时候来接我?我保证再也不捉弄别人啦!"

"小瓒……"梁天年抚了抚女儿的头顶,声音有些酸楚,"等你长大,我便来接你。"

梁婆婆抱着梁灵瓒:"快让你爹去吧,从这里到洛阳要好半天呢,再耽误,关了城门就不好了。"

梁灵瓒知道,爹总是喜欢想心事,想着想着饭不记得吃,觉不记得睡,走到路上还会忘记时间,被关在城门外也不是一次两次。她松开梁天年的衣袖,叮嘱道:"爹,你要记得好好吃饭啊!"

梁天年点头。

"烧火的时候先用茅草引火,不能直接点木柴,那是点不着的,知道吗?"

梁天年点头。

"被子到了冬天就要换厚的,厚被子在大箱子最底下,别忘了啊。"

"知道了,"梁天年声音有些低哑,"好好听话,陪着婆婆。"

二

今天玄都观有贵客,厨房里好一阵忙碌,饭后梁婆婆才得空,带梁灵瓒回房。

梁婆婆的屋子在玄都观后山,经过一条小径,跨过一条小溪,便能望见一棵极大的松树,伞一样覆着一所小院子。

溪水清澈,更妙的是水里养了不少鲤鱼,一只只吃得肚皮滚圆。梁婆婆递给梁灵瓒一个油纸包,里面包的是中午的一点儿剩饭,梁灵瓒欢呼一声,便喂起鱼来。

喂完鱼,梁婆婆再带梁灵瓒去捡松果,一只松鼠在树顶上一蹿而过,转眼就没影了。

等到梁灵攒衣摆兜着满满的松子,牵着梁婆婆的手走进房门,脸上已经露出了大大的笑容。

"看这衣裳破的,让你捡松子,又不是让你摘松子,爬那么高,莫不是个猴子投胎的?"

梁婆婆一面说,一面替梁灵攒换衣裳,才脱了一件,只觉得眼前一花,一样东西从衣服里飘了出来,紧接着,又是一片。

梁灵攒"啊"了一声:"差点儿忘了。"说着开始从袖子、裤子以及鞋子里掏出东西来。

梁婆婆终于看清了,是纸,上面画着些奇奇怪怪的图形,还写着字,也有残缺,像是被随手撕烂的,婆婆讶异道:"这是书?"

"不是,不是,这是纸,不是书。纸是一张一张的,书是一本一本的,可不能弄错了。"梁灵攒一张一张收起来,小手将纸片们收得整整齐齐,"我答应爹了,不看书的。嗯,这些都只是纸而已。"

梁婆婆被她一本正经的样子逗乐了:"我的乖乖,就算是看了书又能怎样?亏你爹还读书识字,把人都读糊涂了!他就为这把你送上山啊?"

"也不全是……可能是因为我教训了他们……"

"他们?"

"就是爹的学生。"说起这个,梁灵攒气得鼓起了腮帮子,"那帮臭小子真是太坏了,前几天他们居然在门上顶一桶冷水,爹一推门,水就倒下来,把爹全身都淋湿了!爹什么也没说,抹了把脸就接着教书,可回来就病了……那帮臭小子还笑爹傻,真是气死我了,气死我了!"

梁婆婆点头:"这可真该教训,可你一个小娃娃能怎么教训人?该告诉他们家大人才是。"

"哼,简单,我抓了十几条蛇,每人桌肚里都放上一条!嘻嘻。"

梁婆婆哈哈大笑:"你本事可不小!"

"要是爹也跟婆婆这样想就好了……"梁灵攒托腮,小小的脸上全是苦恼,"我也不知道爹是为这个骂我,还是为看书骂我……"

三

事情的经过是这样的。

前天傍晚,梁灵攒和往常一样开始准备晚饭,一边在灶前烧火,一边借着火光看书,柴木烧得噼啪作响,"吱呀"一声,院门开了。

往常爹下了学，一个人还要在书斋坐一阵子，今天倒早……等等，不会是那些臭小子找爹告状了吧？

果然，就见梁天年进门时眉头微皱，心情显然不好，唤了她一声，正要开口，猛地怔住，眼睛直愣愣盯着她手上的书："这书……从哪儿来的？"

书名叫《乙巳占》，写书的人叫李淳风。

李淳风是什么人？梁灵瓒不知道。但他在书上给风划定了等级，一是动叶，二是鸣条，三是摇枝，四是堕叶，五是折小枝，六是折大枝，七是折木飞沙石，八是拔大树和根，一共八级，让梁灵瓒觉得十分有趣。

除了风级，书里还有各式各样她从来没见过的东西。

"我收拾屋子的时候从箱子里翻出来的。"看梁天年脸色铁青，梁灵瓒连忙道，"我没有弄坏！爹，你看，我很小心的，连边角都没有折一下！"

书确实好好的。里面讲的东西比爹在私塾里讲的书要有趣一万倍，比茶馆里讲的书要有趣一百倍，梁灵瓒自然十分爱惜。

然而下一瞬，梁天年忽然劈手将书夺去，死死地盯着它，好像和它有什么生死大仇那样，用力撕碎了它。

风从窗子里吹来，纸页像蝴蝶般满天飞舞。

梁灵瓒呆住了。她从来没有见过这样的爹爹。

梁天年脸色铁青，眼眶发红，撕了书还不解恨，冲回房中将箱子里的书都抱了出来，悉数塞进了灶膛里。

火舌迅速舔着书页，火烧得越发旺了，梁灵瓒大叫一声，拿起火钳就要把书夹出来，梁天年却牢牢拉住了她，梁灵瓒眼睁睁看着熊熊火光迅速将书吞没，"哇"的一声哭了出来："爹，我错了，我错了，我再也不捉弄他们了，我会听话的，我会听话的！你别烧书好吗？你别啊！"

"小瓒！"梁天年声音哽咽，"这些东西沾不得！沾上就会要人命！你外公死了，你娘死了，如果不是为着你，我也要跟他们一起去了！我不会让它再害你了！"

他紧紧地抱着她："小瓒，你记着，不管你看了多少，懂了多少，从这一刻起，全都要忘掉，一个字、一幅图都不要装在脑子里，就当你从来没见过这些东西一样！"

爹的怀抱是她最熟悉最喜欢的地方，高兴时爹抱她摘花，生病时爹抱她喂药，睡觉时爹抱她入梦……这个怀抱永远温暖舒适，让她一靠近就觉得心里暖洋洋的。可是这一刻，爹抱她抱得那样紧，紧到弄疼了她，爹的身体在颤抖，她看不到爹的脸，只有一滴热热的水珠滴到她的脸上——爹哭了！

第一章·仪图

四

"然后我就被送到这儿来了。"梁灵瓒的眼眶有点儿发红。

梁婆婆瞅着梁灵瓒手里那些纸，上看下看都看不出什么名堂，只觉得一半像学堂里的书，一半像观主用的符。叹了口气："这是个什么玩意儿，我也看不明白，不过你爹是我一手带大的，他自小就性子好，很少发脾气，这回这么生气，绝不是为这劳什子书，一定是为别的事。"

"什么事？"

"你爹啊，从小就爱念书，一路念到国子监，进了太史局，当了了不起的官儿，专门帮皇帝办事情。大家都说我们梁氏一族的兴旺全指着他了，于是一个个都去巴结。后来不知怎的，你爹忽然就回来了，就带着你，你娘也没了。你还小，不懂这世人拜高踩低，你爹当初有多受人奉扬，现在就有多受人作践，唉，你爹他心里也苦啊。我想啊，这些书没有什么看不得的，只是你爹触物伤情，看到这些书就想起从前的事儿，所以心情不好，不是你的错，不怪你。"

梁天年回洛阳的时候，梁灵瓒才两岁，对于长安的事情没有留下任何一丝记忆。她想了想，抬头问道："是不是女孩儿就是不能看书？"

她的眼睛呈杏子形，睁大的时候圆滚滚的，一对瞳仁又黑又亮，脸又小，愈发显得眼睛大。

梁婆婆拍了拍她的脸："谁说的？看个书怎么了？看！多识几个字不好吗？你爹心情不好，不给你爹知道就是了。"

梁灵瓒眼睛大亮，一把抱住婆婆："婆婆你真好！"

梁婆婆笑着拍她："去去，快把衣裳换了，这一头的树叶草屑，真是只猴儿！"

傍晚婆婆回来，除了一大碗浓白鲜甜的鱼汤外，还带了一小碟糨糊，等梁灵瓒用剩饭喂完鱼回来，她那叠纸已经一页页粘好了。她又有书啦！

梁婆婆道："看归看，但晚上别看，免得伤了眼睛。来，跟我把竹床抬出来。"

夜色温柔地笼罩着小院，天空深蓝，布满繁星，像一幅无边无垠的巨大画卷，每一颗星辰好像都描绘了一个奇炫迷离的故事。

梁灵瓒躺在竹床上，仰望天空，视线渐渐停在某个方位良久，忽地一跃而起，鞋也不穿，奔进屋内。

梁婆婆已经摇着蒲扇快睡着了，听见动静，吓了一跳："怎么了怎么了？"

"那颗星！那颗星是紫微星，一定是紫微星！"梁灵瓒翻出她的宝贝纸，仔细对照着天空的一角。

梁婆婆只见上面墨迹点点，像是谁往纸上撒了一把芝麻，芝麻粒之间又用墨线连着，比观主画的符还要稀奇古怪，不由觉得好笑："这就是星星？哎哟喂，这是哪个烂脑壳的画这种东西？骗小孩子！快睡了快睡了……"

五

梁灵瓒越来越喜欢山上了，她每天都可以很晚睡，不错过每一晚的星星——只要她能好好吃饭。

要是哪天少吃了一口半口，婆婆便会摁着她早睡，外加补一顿夜点心。

起床后，桌上有小道士送来的粥和包子。这在道观是十分抢手的差事，因为送饭的能得梁婆婆爱心小炒一份。

早饭既吃得晚，午饭基本上就当下午的点心了。炎夏昼长，梁婆婆要午睡，道士们也一样，这时候的玄都观连苍蝇都在打盹，是溜进去偷玩的好机会。

那三位尊者的塑像梁灵瓒摸了又摸，十分确定是假人，实在不知道爹为什么说他们是真人。爹有时候总说些她听不懂的话，还说等她长大了自然会明白，问题是她已经很大了呀，八岁了！

偏院里有棵枝叶繁茂的梨树，梁灵瓒头枕着手，人躺在树干上，风拂过树叶，沙沙作响，小孩子也有自己的忧愁和烦恼呢。

"就是这里了，快点儿，快点儿。"

刻意压低的声音忽然传来，梁灵瓒扭过头去，就见门里一个人探头探脑地钻进来。

是个白白胖胖的少年，一颗脑袋光溜溜的，整个人就像是刚刚蒸出来的白馒头。

梁灵瓒一下没忍住，笑出了声。

"谁……谁？"白馒头四下乱转，退到门外，又被后面的人撞了进来，后面那人一来，梁灵瓒更乐了。

这第二个人更白，更胖，更像馒头。

"呜哇，有人！"后来的大馒头转身就走，先来的也不敢久留，两个人一起向门拥去，偏偏这是道窄窄的花瓶门，两个人挤在一起，圆滚滚的，刚好把门卡住。

一个怒道："挤什么？我先来的！"

"胡说，明明是我先！"另一个也生气了。

再吵下去估计就要打起来，梁灵瓒摘下一只梨向两人丢过去："别吵，再吵就真要被人发现了！"

小馒头反应倒不慢，伸手就接住了梨，然后两个人就发现了树上的梁灵瓒，吃惊得瞪大了眼睛。

"梨很甜，要不要上来？"梁灵瓒摘下一只，"咔嚓"咬了一口，拿在手里晃了晃，笑眯眯道。

这个僻静院落猫都没有一只，能吸引人来的只有这棵梨树了。

梨子清甜多汁，底下两只馒头险险又打起来，好不容易从门里出来，在树底下又碰到了难题。

爬树对于梁灵瓒来说比吃饭还简单，但对两只圆滚滚的馒头来说……实在是太难了。

两个人累出一身汗，最高纪录还是保持在第一股枝丫以下，梁灵瓒在上面看都看累了，趁他们又要因为"你挡着我的手我拦住你的腿"而起争执的时候，脆生生一声令下："衣服给我脱下来，接住。"

两个人抬头看了树上一眼，立刻就从命了。

梁灵瓒的衣摆里兜了十几只梨，梨如雨下，抛向两个人，两个人抱着一兜梨子，眉开眼笑。梁灵瓒让两人让开点儿，刺溜一下就下了树，两个人看得无比钦佩："小兄弟真厉害！"

梁灵瓒微微一怔，并没有纠正，当时只觉得这事并不重要，多年以后她回过头重新审视这段岁月，才明白当时心底深处真正的想法，小兄弟……如果她真的是小兄弟，也许爹就不会因为她看书而骂她了吧？

她拍拍身上的灰："我叫梁灵瓒，你们是谁？"

"我叫大相。"

"我叫元太。"

"我们是一行大师的弟子。"

"我们师父超级厉害，相当了不起！"

两个人你一句我一句，脸上神情那是相当的得意，梁灵瓒"哼"了一声："那他会爬树吗？"

两人呆住了："这个……"出家人不能撒谎，"好像……不会。"

"我就会。"现在轮到梁灵瓒得意扬扬，"我不单会爬树，还会下水摸鱼，捉泥鳅，还会抓蛇！"

她每说一样，两人的眼睛和嘴巴就张大一分，说到最后一个，两个人的眼睛已经滚圆，嘴里也能塞得下一只鸡蛋："抓……抓蛇……"

"后山就有，你们要不要去？"

两人你看看我我看看你，终于还是抵挡不住诱惑："师父夜里不睡，中午才睡下，没这么快醒，去去去，不要紧。"

六

后山确实有蛇，当然，是无毒的菜花蛇。梁灵瓒抓蛇的本事是跟邻居王老六学的，王老六年轻的时候以捉蛇为生，捉的都是有剧毒的毒蛇，挖取蛇胆卖给药行赚钱，年纪大了之后收了山，偶尔会捉一两条菜花蛇炖炖蛇羹。

梁灵瓒学了个全套，不单会抓蛇，还会炖蛇羹。

大相和元太遇到了十二年人生当中最为严峻的考验。身为和尚，他们当然是不能吃肉的。但这碗蛇羹实在是太香了……他们从来没有闻过这么香的味道，光是闻着这种味道就可以想象肉的味道有多香。

"不能吃肉，那就喝汤吧。"梁灵瓒建议，"汤里又没肉。"纸不是书，汤不是肉，她一向很有道理的。大相和元太接受了这个道理，然后他们喝到了人生当中第一碗肉汤。两个人呆在当场，热泪流了满面。啊，怎么会？怎么会这么好喝？这么好喝啊！汤都这么好喝了，那肉该有多好吃啊！这样好吃的东西，为什么出了家就不能吃呢？既然不能吃肉，为什么还要出家呢？

高僧一行当然不知道徒儿的烦恼，他只是觉得这两位徒弟无论是念经还是看书，都比以往更加容易走神了，而且每到午睡时候，服侍得就格外殷勤，实在是有些奇怪。不过大师生性疏淡，求佛是缘法，不求佛亦是各人的缘法，是以并不强求。

于是大相和元太一到午后就跟在梁灵瓒的屁股后头，满山遍野都留下了三个人的足迹，更别提玄都观的犄角旮旯，老鼠洞都快被三个人翻个了遍。一个是梁婆婆爱孙，两个是贵客的高徒，玄都观上至观主，下至洒扫帮工，自然是睁一只眼闭一只眼。

这个夏天对于梁灵瓒来说，简直是海阔凭鱼跃，天高任鸟飞，无拘无束，自由自在，晒得跟黑炭头似的。要是梁天年看见，一定是欲哭无泪，但梁婆婆却是笑得合不拢嘴，婆婆自有婆婆的道理："人生几十年，苦难大着呢，真正开心快活的日子也不过这几年，这时候不让孩子开心，什么时候开心呐？"

当夏天快要过去的时候，观主和一行大师要去洛阳城中访友，大相和元太当然要随行，梁灵瓒顿时觉得孤单了。

已经习惯了身后带着两只圆滚滚的馒头，他们一下不在了，爬树也没有人崇拜，逮着兔子也没人喝彩，梁灵瓒觉得还真是有点儿无趣，又坐在了那株梨树的枝丫上，把那几张宝贝纸翻出来看。

还记得刚刚把它们翻出来的样子，它们被一大堆杂物压着，身上满是灰尘，又挤又皱，可上面的每一个字都端正工整，那是父亲的笔迹。

父亲曾经费这么多心血抄录它们，为什么最后却一把火烧了它们？

这是她想不通的事。想不通便不去想了，手里的这张纸只剩半截，纸上的图形也缺了一半。她溜下树，捡起一根树枝，试图想象出另一半的模样。

没有见过的东西如何创造？可她却玩得十分起劲，直到梁婆婆喊她吃晚饭，才扔下树枝，拍拍身上的尘土跑去。

阳光留在她的身后，照出地上的线条，光线随着时间的流逝一点点变得昏黄，一双僧鞋从旁边经过，忽地停下来。

"大师？"尹观主见他停步，出声。

一行抬起手，示意他无事，人却慢慢俯下身，在那凌乱而稚嫩的线条中找出一丝熟悉的影子，然后看着自家的两个徒弟问："谁画的？"

如果大相和元太够聪明，大概能发现师父一向古井不波的眼睛里有一丝微微的欣慰。因为整座玄都观只有他这两个弟子在学天文，才画得出这种图形。玩耍时也不忘仪图，这两个孩子终于有人开窍了！

很可惜，两个胖小子齐齐把头摇得像拨浪鼓，异口同声："不是我！"

大相还分析："师父你看，昨天晚上刚下过雨，这个分明是今天画的，这几天我俩一直跟在您身边，一定不是我们画的。"

元太在旁边连连点头："谁在地上乱画，谁就是小狗。"

尹观主笑道："大师，就算是他们画的也没什么，这点子小事别耽误吃饭……"

"尹道兄，你的天象之学有传人了？"一行忽然问。

"哎，贫道是早就看开啦，天之气象，自由天家主张。你我凡人就算窥得天机，也不过自寻烦恼。我自己年少无知和你在一块儿学了些东西，恨不得从脑子里摘出去，生怕给人知道，哪里还会传人？"

"请道兄过来看。"

一行以鞋底抹去多余的杂乱线条，尹观主笑嘻嘻的神情慢慢变得严肃起来，这样东西他认得。

任何一个钻研天文之人都认得，甚至连大相和元太都觉得有点儿眼熟。

是浑仪，半幅浑仪的图形。

"浑天如鸡子，天体圆如蛋丸，地如鸡中黄"，这是人们对于天空和地球的想象。浑仪便是观察浑天的仪器，在黄帝时被称为"璿玑玉衡"。汉代的落下闳正是利用浑仪观察到二十八星宿的距离以及五大行星的运动情况，为后世天文奠定基础。

到数百年后的今日，历代能人不断对浑仪进行改良，浑仪的模样已经和最初的时候有所不同。地上所画的正是本朝大星象师李淳风所造的浑仪，集六合仪、四游仪和三辰仪于一体，构造复杂，设计精巧，难得的是地上的笔法虽然稚嫩，大体却没有走形，显然出自初学者之手，而且是个极具天分的初学者！

尹观主和一行互相看了一眼，都在彼此的眼底发现了同样的震惊。

要知道天文象法在历朝历代都是不传之秘，唯有太学之中方可学习，再不然就是家学源渊之族可以代代相传，但即使是家族中传下来的象法，迟早也要同太学生一样归到宫中太史局——皇家不会允许一个懂天文的人逍遥在朝堂之外，天象必须为天家服务。

即便是已经出家的一行，因为声名太大，早在武氏当权期间，便不断受到武三思的延请，而今停在洛阳也是暂住，当今天子的圣命一路将他从遥远的南方催到北方，长安才是他最终不得不去的目的地。

实在不愿受朝廷招揽的只有像尹观主这样，自封天机，闭口不谈，隐于山野，不为人知，将一腔所学自绝于世。

在这种情形下，谁能自学成才，无师自通？

"鸣钟！"尹观主忽然大喝一声，"把所有人给我召集过来，看看是谁画的！"

弟子连忙去传令。大相和元太交换一个惊疑不定的眼神——这株梨树下是他们和梁灵瓒的相识之地，也是每天碰头的地方，一定是小瓒！糟糕，看师父和观主的样子，小瓒好像画了什么了不得的东西，估计要倒大霉了，不行，得赶紧通知小瓒！

两个人从小吵到大，在这件事情上倒是心灵相通，一个眼神就明白了对方的意思。大相忽然"哎哟"一声抱住肚子："师父，我好像吃坏了东西，要去茅房。"

一行的心思都在那幅画上，随意点了点头，便向尹观主道："虽是树枝泥地，但走势颇为顺畅，此子笔力不弱，已有根骨。"

尹观主点点头，吩咐下去，不必所有人都找，把知文识字尤其字写得不错的找来就可以。

七

就在道观弟子们放下饭碗到梨树下集合时,大相已经以人生最快的速度,一溜烟跑去了后山小院。

小院灯光微黄,梁灵瓒正和婆婆在桌上吃饭,看到大相跑过来,几天不见,十分欢喜,拿出碗筷来招呼:"快快快,来得正好,有红烧肉!"

是的,一行大师的高徒已经忍不住开始吃肉了。可今天他来不是为了肉,他上气不接下气:"不……不吃了!出……出大事了!"

"你们吃肉的事被发现了?"

"不……不是!"大相抹汗,"你在树底下画的浑仪被我师父发现了,现在还不知道是你,正在满道观找人!你要小心,千万别被认出来!吓死我了,我师父的表情从来没有这么严肃过!"他气喘吁吁地说完,也不敢多停留,又急急忙忙跑回去,连水都没喝上一口。

"浑姨是谁?"梁婆婆疑惑,脑子里还在搜索哪个够年纪称姨又姓浑的,不过很快大手一挥,"怕什么?有婆婆呢!观主最爱吃婆婆做的菜,一天不吃都睡不着觉,我去跟观主说一声,保管没事儿。啊!快坐下吃饭,小孩子家家最要紧的事情就是吃饭长身体,来,吃块肉。"

梁灵瓒却没吃,对着那块肉发怔:"我爹也是因为我看书生气,大师也是因为我看书生气……就因为我是个女孩子?"

"才不是,你看那戏里的才女多着咧。再说,则天皇帝不也是女孩子吗?女孩子连皇帝都当得,看个书又怎么了?快吃饭,菜凉了就不好吃了……"

梁婆婆哄着梁灵瓒吃完了饭,放下碗筷就准备找尹观主。梁灵瓒连忙把她拉住,说只要大相和元太守住口,谁也不知道是她画的,找也找不到她头上来。

不过……

那几页纸倒是罪证。但也没关系,只要往灶里一塞,就什么事也没有。

话是这样说,等蹲在灶门口看着灶中燃烧的火焰时,梁灵瓒的手却无论如何都伸不出去。

为什么?为什么不可以?

她知道这些书里说的是天上的事,那个图形可以让人看清天空,为什么她不可以看?

火光映着女孩子小小的面庞,在眼睛里面跳跃,令那双眼睛看上去亮极了。

她看了很久很久,久到灶里的火变成一堆灰烬,手里仍然牢牢攥着那几张纸。她毅然站了起来。

不，不能烧。它们好不容易逃过了她家的灶膛，不能又进了这里的灶膛。

烧了就什么都没了。

先藏起来，等大家忘了这件事，就没关系了。她这样安慰自己。

事情如她所愿，道观很快就平静下来，平静得好像什么事也没发生过一样。她终于耐不住寂寞，在一个午后溜进了道观。小院里的梨子已经被摘光了，宽大的叶子在风中沙沙作响，清朗的阳光下，四下里一片安静。她抱着树干蹭蹭地往上爬，爬到一半的时候，忽然发现地上有样东西。

这样东西很眼熟，正是她那天画的浑仪，不过，不是半副，而是整副。

她琢磨过、尝试过、幻想过的另一半图形真真实切切地出现在面前，每一道线条都和另一半完美地吻合。她从来没见过它完整的样子，但看到它的第一眼，她就能确定，这就是它原本的样子！

浑仪清晰地印在泥地里，昨晚才下过雨，泥土湿润极了，浑仪却清晰无比，好像是刚刚画上去的。

梁灵瓒挂在树上，忍不住拧了自己一把，哇，好痛，不是梦！那……那是仪图活了？不对，一定是别人画的，这座道观有人认得这个东西！有人看过那本书！

就像花儿吸引着蝴蝶，蜜糖吸引着蜜蜂，梁灵瓒身不由己，等反应过来的时候，已经在仪图前蹲着了。

隔着密密重重的树叶，站在三层楼上的人隐约可以看见那道小小的身影。

浓绿的叶子，淡黄的衣衫。风吹来树木扶摇，那淡黄人影却是动也没动。

这是听风楼，玄都观最高的一幢楼，建作三层，可以将整座道观尽收眼底。一行凭栏而立，风拂过袍袖，微微飘飞。大相和元太站在他的身后，脑海里天人交战，心想是不是该故技重施一次，溜下去提醒下面的小瓒已经上当了。

可当大相刚刚迈出脚步，师父忽然咳了一声。

元太立刻道："师父您哪里不舒服，是不是受了风寒？弟子这就给您去拿药！"

"站住。"师父声音淡淡，"禁足三天，把《大忏经》抄写三十遍。"

"三十遍！"

"禁足！"

两人你看看我我看看你，惨叫。

第一章 仪图

八

第一天是浑仪，第二天是三辰仪，第三天是四游仪……同一个时间，同一个地点，出现在地面上的东西每一次都能牢牢吸引住梁灵瓒的目光。

她不知道这些图是谁画的，为什么会画在地上，也没有那个心思去弄明白那些。她就像一个饿得快要发疯的人，抓住一只馒头，难道还有时间考虑这个馒头是怎么来的吗？

她唯一能做的、要做的，当然就是吃掉它！

用如饥似渴来形容她现在的状态一点儿也不过分，残页里有关于浑仪的零星介绍，管中窥豹，难见全貌，却更让人心痒难耐，她一天比一天期待树下出现的东西，还试过一夜不睡守在树下，除了被婆婆教训外，还守到了秋蚊子咬出来的满头包。

然而第二天没有图。于是她就乖乖等着了。

时间一天天过去，一个画图，一个看，相安无事，平静得超出大相和元太的想象。两人的经书已经抄完了，可是师父明令两人不得接触小瓒，以至于两人无法通风报信。

不过，如果真的是惩罚的话，似乎师父也没必要每天去树下画图吧？可如果这不是惩罚，那师父到底在干什么呢？这种谜一样的事情一直持续到中秋。

中秋佳节，除了在城中放灯游玩外，不少闲云野鹤放逸之士来到玄都观，在后山山峰上玩赏那一团清光。一行大师名重天下，当中也有人是特意为访他而来，于是那两天一行便没空再去树下留图。

往日他都是夜间观星之后、东方微亮之时去的，这天天色刚刚入暮，送走最后一位访客，他便来到树下。几夜秋风，梨树的叶子落了不少，在暮色中看起来有几分稀疏萧索，因此那样挂在树枝间的东西便十分显眼。

是一盏圆滚滚的灯笼，上面贴着一张字条——祝高人中秋快乐！笔迹虽稚嫩，却已颇具章法。一行的嘴角微微露出了一丝笑容，提着灯笼，用手拨了拨，这纯粹是无意识之举，哪知灯笼却转了起来。一行的笑容顿住，三步并做两步走到灯光能照到的地方，举起了灯笼。

是的，它是一盏灯笼，上面有提杆，下面有流苏，可是中间的圆球并没有点蜡烛，它以柳枝做成，三重环象俨然可以转动，中间的玉衡同样可以调整方位，除了做工略显粗糙外，没人能否认这是一只浑仪！一行的心剧烈地跳动起来，自从出家之后，他从来不知道自己的心脏还能这样急速地跳动。他小心地拨弄着这小小的浑仪，想象着那双小手是如何才能将它从一幅平面图样变成立体的实物，他什么也没有教，可那双小手的主人却奇迹般地懂得了每一道环相扣的位置，分毫不差。

这就是……天分！一行深吸一口气，仰起头，头顶的星辰刚刚露脸，每一颗都像露水般闪烁，晶莹异常。天地万物很早之前在他眼里就已经古井不波，此时此刻一切却像是活了过来，星辰们俯视着他，无声地告诉他，这有涯之生有了另一种可能——一个极有天分的传人。

那一夜他没有去观星，静坐在小院的厢房内，等待着黑暗的退散，旭日的东升。天亮不久，他听到一阵轻快的脚步声——他等的人来了。

一行慢慢地睁开眼睛，没有急着起身。门外传来风吹动树叶的声响，还有一个清脆的声音断断续续地念念有词："星枢在这里……不对不对，那是角亢，那么，是这里……咦不对不对……"一会儿又哼起了小调，显然是到了得意处。

一行在门内微笑，他已经很久没有笑得如此频繁过了。

然后，他提着那盏"灯笼"走了出去。

梨树下，小小的身子正蹲在地上，以大地为纸，以树枝为笔，正在画一幅仪图。仍旧是第一天一行画下的那一幅，不过画出来的已经是从不同角度望过去的样子。连实物都做得出来，如此分解的图形已经不足以让一行惊讶了。

小孩画得很认真，秋日的朝阳清浅温暖，泛着淡淡的黄，照得鬓角的茸毛好像变成了金色。小小的脸庞，因认真而抿着嘴，眼睛大而明亮。

"贞观七年，李淳风奉旨造成浑仪，表里三重，下据准基，状如十字，末树鳌足，以张四表，上列二十八宿、十日、十二辰，内以玄枢为轴，联结玉衡游筒而贯约规矩，玉衡在玄枢之间而南北游，仰以观天之辰宿，下以识器之晷度。"

背后传来温和的声音，梁灵瓒回过身，抬起头就看见阳光透过树叶，洒在那袭淡灰色的僧袍上，那笑容就像此刻的阳光，清浅、温和又温暖。

"这是你做的吗？"他提着那盏灯笼问。

"你就是那个高人！"梁灵瓒扔了树枝，一蹦而起，满面欢喜，"你也喜欢画图是吗？你也喜欢看星星是吗？"

"是的。"一行微笑，"我喜欢整片天空。"

"我也是！"梁灵瓒兴奋地大叫，恨不得跳上两跳。

"你叫什么名字？"

"梁灵瓒，你可以叫我小瓒！"

"好的，小瓒。"一行弯下腰，抚着她的头顶，笑容温和极了，"天空广漠无垠，星辰繁多无数，你知道那里面有多少不为人知的秘密吗？"

梁灵瓒摇头，睁大了眼睛。她的眼睛很大，脸又小，睁大的时候脸上好像只剩下这双

第一章·仪图

眼睛又黑又亮的,小束的阳光照进去,里面像有个独立、神秘、精彩的小宇宙。

"贫僧一行,小瓒,你愿不愿意做我的弟子,同我一起,去了解这天地间更多的秘密?"

后来,梁灵瓒每一次回想,心中都会被同一种感觉充满。

那种感觉就好像全世界的阳光约好了,一起照进她的心里。心里亮极了,也满极了,那些光线好像可以透过毛孔,让她整个人都发出光来。

然而在当时,她只是傻傻地睁着眼,张着嘴,好像被天上掉下来的果子砸坏了脑子。

"你……你肯教我?"

一行微笑,点头。

"我……我可以学?"

一行微笑,再点头。

"我……我真的可以?"梁灵瓒的手有点儿颤抖,她好想大声喊出来,可是不知道为什么,这满满胀胀的情绪只管在胸膛里鼓荡,快要把胸膛胀破了也无法发泄出来。

"如此天姿,若你不可以,我不知道还有谁可以。"一行蹲下身,刚好和梁灵瓒齐平,他平视着梁灵瓒,目光柔和且温暖,像秋天的阳光一样浸透人心,"小瓒,若你愿意,可以唤我一声师父。"

"师……师父……"梁灵瓒吃吃地开口,然后做了一件让她在后来的人生里非常后悔和羞愧的事——她扑进一行的怀里,"哇"的一声,哭了出来。

一襟鼻涕眼泪,两手爪印泥痕——这就是她送给师父的拜师礼。

九

春天的星空温柔,夏天的星空繁华,秋天的星空皎洁,冬天的星空凛冽。

树叶一天天在秋风中落尽,大雪覆满后山,而后又在春风的温暖中融化,树木抽出绿芽,在夏天的阳光下长出繁茂的浓荫,果子静悄悄地藏在叶子底下,等待着秋天的成熟。

梁灵瓒完全感觉不到时间过去了多久,只感觉到时间是流动的,星空的变化就在这流水之中缓缓展现。

斗转星移。

当你看过一颗星从东面缓慢地转到了西面,就会明白什么叫斗转星移。

这般转动一个轮回便是一年。

几个轮回之后,梁灵瓒就十五岁了。同样不觉得时光飞逝的还有一行。虽说先前已收了两个弟子，但他却是在梁灵瓒身上才感受到身为人师的乐趣和喜悦。

原来教人一样东西，就像风吹动柳枝，柳枝便轻轻拂动；像雨洒向水面，水面便泛起涟漪；教小瓒的东西，小瓒便自然而然地记在了心里，学识和智慧就像水一样，从一行的身上流淌到小瓒的身上。

师父九成的精力都放在小瓒身上，大相和元太一点儿也不嫉妒。为什么？嫉妒师父天天和小瓒在一起读书写字看星星，才不要咧，现在师父没空教他们念经，没空教他们写字，不管他们做什么都是睁一只眼闭一只眼，老天，还有比这更快活的日子吗？

小瓒没空带他们掏鸟窝，没关系，他们可以自己掏；小瓒没空带他们捉蚯蚓钓鱼，没关系，他们可以自己摸；小瓒没空带他们捉蛇，没关系，他们可以……呃，这个还真不行……所以有时候即便梁灵瓒观星一夜，困得直打盹，还是会被千央求万央求帮帮忙。梁灵瓒久未操此旧业，玩起来自然也是不亦乐乎。

这一天，天气晴好，玄都观的菜地里有蛇出没，把种菜的小道士吓得扔了水桶"哇哇"喊，梁灵瓒带着大相和元太前去为民除害，一条一斤多重的菜花蛇手到擒来，回到后山小院里炖了，锅里的汤渐渐飘出浓香，大相和元太恨不得扑到锅里去，就在两个人抢着盛汤时，门口有人道："这是在做什么？"

"呵呵，炖蛇——"梁灵瓒头也没抬便答，话没说完，嘴猛然被元太捂住，只见原本争得你死我活的大相身板站得笔直，碗筷不知何时扔进了水缸。

厨房的光线不是太好，门口又是逆光，脸是看不太清楚的，但那一身僧衣还会有谁？

"师父！"梁灵瓒跳了起来，加入排排站的行列，抬头挺胸。

"炖什么？"

"炖……炖汤。"

"什么汤？"一行走了进来。

三个弟子站得更直了，离锅也更近了，异口同声："没什么汤！"

一行原是随口问的，这时反而觉出不对，走近一步。梁灵瓒结结巴巴道："师……师父这几天观星辛苦，这汤是弟子特意给师父炖来补身体的，本……本来想给师父一个惊喜的……"

"原来如此。"一行点头，"难为你一片孝心。"一撩衣摆，在厅堂坐下了。

这……这是要喝汤？三个人在锅前，你看看我，我看看你，完全呆住了。

汤的香气弥漫在厨房，这时候想端一碗白开水出去是不成了，梁灵瓒哆哆嗦嗦地端了一碗出门，大相和元太贴在门板上，幻想着自己是只壁虎，师父看不见看不见。

汤放到一行面前。一行端起了汤，汤匙勺起一匙，送到嘴边。梁灵瓒的心跳到了嗓子眼儿，

第一章 仪图

她当然不再是那个拿肉汤不当肉的小孩子,师父也不是两位师兄,这一口汤要真的喝下去……

"啊!"她惨叫一声。

一行立即停了汤匙:"怎么了?"

"肚……肚子疼,啊不,头……头也疼……"梁灵瓒苦着脸,紧紧抓住师父的袖子,"师父,我好像全身上下都疼,怎么办?"

一行皱了皱眉,拭了拭她的额头,一手抱起她,送回厢房:"一夜没睡,白天不歇着,还来炖汤,身体自然受不住。"

梁灵瓒的脸痛苦地扭曲着,眼角却泄露出一丝得逞的笑意,她把脸窝在师父怀里,师父身上有经久的檀香味道,每一次闻到都让人无比安心。

"好好睡一觉吧。"一行将她放在床上,展开被子,盖好,叹了口气,"是为师心急了点儿,你年纪还小,正是长身体的时候,睡不好觉当真会有问题。罢了,这次宋家你就别去了,在家好好歇息,我不日便会回来。"

"宋家?"

"刑部尚书宋璟你可知道?有高僧金刚智从西方远来,因福先寺正值修缮,暂住在宋家。大师佛法高深,我仰慕已久,正要前去拜访。宋家是书香门第,藏书无数,这次原想带你去开开眼界。不过人生在世,皮囊承载着智慧,你年纪小,还是好好注意身体……"

梁灵瓒坐起来:"咦,师父,好奇怪,我肚子忽然不疼了。"

"……真的不疼了?"

"真的不疼了,一点儿也不疼不了!绝对不疼了!"

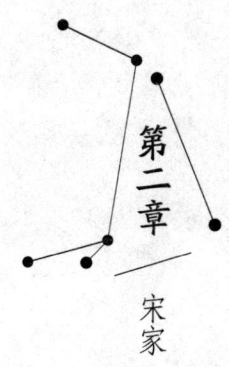

第二章　宋家

一

宋璟十七岁中进士，授监察御史、凤阁舍人，后被贬为楚州刺史，直到前不久才被召回京城，任刑部尚书。

虽然现在是尚书，但人人都知道，宋璟是因为宰相姚崇的举荐才入京的，而姚崇年事已高，已经请辞多次，下一任宰相很有可能是他。

如果不是这样一份底气，也请不到金刚智大师到府上。每日上门求见的人络绎不绝，但真正能进门的却没有几个，一行大师自然是其中之一，梁灵瓒身为弟子也拎着包袱款款地进门了。

宋璟已上长安赴任，此返还是特意回了趟洛阳，亲自迎一行大师进门，设宴为一行大师洗尘，并引见了金刚智大师。

两位大师一见如故，相谈甚欢，宋璟长子宋慎知打理家事，体贴地将二人的客房安排在相邻的院落，方便两人谈禅。

金刚智大师是位得道高僧，来自天竺，不苟言笑，梁灵瓒觉得往他身上涂一层金粉，就能直接送进寺庙受人朝拜。他的弟子不空和他宛如一个模子里刻出来的，两人同在旁边侍候时，梁灵瓒几次没话找话，不空却连眼皮也没有抬一下。

梁灵瓒有点儿想念大相和元太了。

其实不空不理她是有原因的，这个原因就是——她实在太不值得理会了。

比如金刚智和一行时常讲佛论道，说到厉害处，两人都是疾言厉色，神情肃然。一行一向疏淡，偶尔严肃一下也就罢了，金刚智本来就长得像金刚，这一下金刚怒目，梁灵瓒撸着袖子就站了起来。

不空讶异："干什么？"

"这是要吵起来了啊！还不跟我一起去拉开他俩？"

不空心塞："你好歹也是一行大师的弟子，难道不懂这是论法吗？"

论法？论法她怎么不懂了？师父在玄都观也会和尹观主论法谈道，两人一边品着茶，一边赏着风景，清风徐来，侃侃而谈，不时会心微笑，那才叫论法好吗？

"可他们这个样子……"

"我也很少看到师父讲经讲得如此激烈，大约你们中原人说的棋逢对手就是这么回事吧。"不空一脸欣羡。

这个……梁灵瓒实在领会不到。她对佛经并不感兴趣，一行还曾经起过意为她剃度，意思是想将一身衣钵悉数传给她，后来才明白她的天分所在只是天象而已，也就断了这个念头。

这也是不空不满意她的又一个原因，近身侍奉如此高僧，深受佛法熏陶，却没有落发出家，入我佛门，显然慧根一般，俗人一个。

两位大师切磋佛理，相见恨晚，金刚智邀一行一起译经，一行精通梵文，欣然从命。于是两名弟子又多了一项任务，磨墨。

其实磨墨不是很累的工作，但一直被这项工作缠得脱不了身就比较郁闷了。

从纳云斋找来的书三天没有去换，梁灵瓒感觉日子这样过下去不是办法。

接下来的几天里，不空愤怒地发现他的工作量加重了一倍，因为梁灵瓒丢下手里的活儿不见了人影。

"心静如水，不怒不嗔，不怒不嗔，不怒不嗔，阿弥陀佛。"他是高僧弟子，不能轻易动怒，动怒即落了下乘。

但当梁灵瓒再一次出现的时候，不怒不嗔的不空也忍不住竖起了眉毛："你这是干什么？玩物怎么能带到这里来！"

"这可不是玩物哦！"梁灵瓒手里提着个奇奇怪怪的东西，"这是磨墨台。"

第二章·宋家

那东西由几根支架支起，中间有个石制的小圆盘，不空花了很多脑细胞去深思，好像和中原百姓磨豆子的石磨略有点儿相似。

"什么台？"

"磨墨用的。不空师兄你来试试，墨条放这里，手柄在这里，好，摇动，只要摇就可以，再也不用低头磨了……"

中原地大物博，奇怪物什层出不穷，也许这也是中原人民的智慧呢？于是不空试着去摇了摇，结果墨条在里面咯吱吱响，却不见墨汁出来。

梁灵瓒一拍脑门："糟了，忘了加水了！"

水起到了最好的润滑作用，墨屑丝丝融入水中，一池墨水片刻便磨好了，比手磨的不知快多少倍，而且还细得多。

"中原百姓，果然聪慧。"不空赞叹，"今后可以省力了，你多少钱买的？"

"买的？"梁灵瓒嘻嘻笑，"给师兄你一百两也没处买去，这是我做的。"

"你做的？"不空当时有一万个不相信，不过在后来的岁月里，他去过很多地方，见过很多人，确实没见过第二件这样的东西，也没有见过第二个像梁灵瓒这样的人。

二

差事办妥，梁灵瓒火速奔向纳云斋。

纳云斋是宋家名闻洛阳的藏书楼，一楼放的是儒家经典，经史子集齐全，二楼是杂学旁收之地，还有一间小阁楼，原本是管理书楼的老仆住的，不过现在，住在里面的另有其人。

听到楼梯上"蹬蹬蹬"的脚步声，里面的人探出头来："怎么样怎么样？做好了没有？"

探出来的脑袋扎着书生巾，清秀的鼻梁上架着半副水晶镜片，平添三分斯文。这位是宋其明，梁灵瓒第一天来书楼就碰到了他，不过却是好几天后才晓得这位并非书楼小厮，而是宋家正正经经的小少爷。

为什么正牌少爷会住在下人的屋子里呢？问得好，说起这个，宋其明的眼泪和口水可以装满三大缸——

"呜呜呜，我好命苦，为什么我不是穷人家的孩子？为什么我这么倒霉投胎在宋家？刚学会说话就被逼着念书认字，爹妈还没认清楚，就要先认夫子像，在你们可以光屁股爬树的时候，我却要受悬梁刺股的酷刑！上天注定我一定要投胎这里就算了，为什么不能赐我大表哥一样的头脑、大表哥一样的才干？老天爷，难道你不知道，在国子监那种地方，没有过目不忘、聪明绝顶的本事根本没办法混下去吗！"

他是国子监生徒，月考将近，父亲特意替他告了病假，把他关进书楼用功读书，理由是家里什么资料都有，而国子监里不能带小厮，杂事会浪费宋其明太多时间。

就拿磨墨来说，粗心大意又视力欠佳的宋其明每次都会把墨迹染在身上。仪容也是君子修行的一部分，在被学丞发现前，他必须回号舍换衣服，一来一去就会耽误一堂课的时间……所以绝对不要小看那些小事，因为小事可以毁掉人生！

这次做磨墨台，多亏宋其明赞助材料，酬谢是另一台磨墨台。

宋其明眉开眼笑，赞叹："小瓒，你脑子里装的是什么？看起来长得像只猴子，怎么会想到做这个？"

梁灵瓒自动忽略了"猴子"那句，谦虚地摆摆手："人聪明就是没办法。"

宋其明又是羡慕又是气馁。

一池墨已经磨好了，他得埋头进入苦行，梁灵瓒则抱起一卷竹简，直接从二楼窗子爬到窗外的大树上，枕着绿叶苍树，乘着清风，跷着二郎腿，就那么自自在在地看起书来。宋其明看得发呆，真是好逍遥啊。

三

秋日的黄昏，霞光是一种十分温柔的粉紫色，古老的书楼被照得温柔起来。

"公子，请留步。"

声音十分美丽，十分温柔，将梁灵瓒从书中唤回神。

"宋小姐。"声线低而清冷，相当之好听。

"去年曲江一别，其柔还以为再也没有机会得见公子了，不想公子驾临洛阳，居然还有缘一见，其柔真是喜出望外。"

梁灵瓒从树上探出头，树底下不知道什么时候多了两个人。从她的位置只能看到两个人的头顶，一个人的头顶是华丽发髻，挽着珠钗，另一个人的头顶是淡白书生巾，缀着绿汪汪的翠玉，脑后垂下两根飘带，随风微微飘飞。

树旁的窗子里，宋其明食指竖在唇上，拼命地向她摆手使眼色。梁灵瓒接收到，乖乖地假装自己是一片树叶，一动不动，一声不出。

这女孩她认得，是宋其明的姐姐，宋家的宝贝千金宋其柔。这少年她却没见过，不知是何方神圣。

只听他道："洛阳宋氏，在下闻名已久，心向往之，今日有缘前来，是玄景的福分。"

"既然来了，就让其柔一尽地主之谊，带公子逛一逛吧。"

"多谢小姐盛情，玄景今日是来寻人的。"

"寻人？"珠钗下的声音里多了一丝微颤，隐含惊喜与期盼，"不知……不知公子寻什么人呢？"

"一行大师。"

宋其柔微微一顿，声音里多了一丝失望："一行大师和金刚智大师闭门谢客，公子恐怕……"

"我确实无缘得见大师，不过听说他的弟子在此，所以想来拜访一番。"

"原来……是这样。"宋其柔振作精神，"可公子你看，书楼并没有人在，黄昏已近，地上还有热气，不如到后园一坐，那里荷花盛开，也算得上是洛阳一景。"

啊，后园的荷花……树上的某猴子好生神往，说起来她很想去看一看呢，但后园是女子待的地方，有一回她已经快走到门口了，却被管家客客气气地请了回来。

这几年来，为了能跟着师父学天文，梁灵瓒生怕别人知道自己是女孩子，梁婆婆也着意成全，给她的衣裳打扮全照着男孩子来。如今梁灵瓒活脱脱就是个野小子，从里到外都忘了自己是个女孩子，没能进后园，也只是觉得"啊，原来男的不能进啊，好可惜"。不过，这位明明是男的吧？宋小姐为什么请他去后园？

那人却道："多谢宋小姐，此处寻不得，玄景再往他处去寻吧。"

居然不去？荷花多好看啊，不知道有没有结莲蓬，有没有莲子……梁灵瓒忽然觉得有点儿饿了。

"公子！"宋其柔急切间抓住了那人的袖子。

那人微微偏过脸，视线落在袖子上。从梁灵瓒的角度，能看见那两排睫毛密而长，如同鸦羽。

"瞻彼日月，悠悠我思。道之云运，曷云能来？"宋其柔望着眼前的人，慢慢地开口，声音里带着一丝奇怪的颤音，"公子，自去年一见，其柔眼中所见、心中所想，唯有公子一人。上天垂怜，公子居然来到洛阳，来到宋家……公子，我……我仰慕着您。"

要到好几年后，梁灵瓒才知道这位宋小姐的话到底是什么意思。现在，她趴在树上，只是十分好奇两个人到底在干什么。

身子前倾一点儿，怀里的东西却一滑……不好！她伸出手去抓，手指尖就差那么一点点就能勾着竹简。

"姐，小心！"宋其明失声喊道。

宋其柔闻声抬头。

她的脸是心形的，小巧而美丽，唇色如同开得最好的荷花，很久之后梁灵瓒终于知道那是种叫作"口脂"的东西所赋予的颜色，着实惊艳了一下。

竹简就直接砸向了这样一张脸。

"啊！"宋其柔发出一声惨叫，跌坐在地上。

"啊！"书楼上，宋其明发出一声惨叫。

梁灵瓒捂住脸，心里也发出一声惨叫。惨不忍睹，那卷竹简至少有一斤重。

"宋小姐，"那男子的声音依然优雅温柔，他弯腰扶起宋其柔，"你没事吧？"

能没事吗……宋其柔珠钗坠地，发髻散乱，鼻血长流，嘴巴也胀了起来。呆怔了半晌后，她猛然捂住脸，指缝间泄出一声悲鸣，飞奔而去。

"姐！"宋其明冲下来，慌忙拾起地上的钗子追上去，"姐，等我啊……"

"对……对不起！"梁灵瓒下了树，发带却被一根树枝挂住，情急间一用力，"咔嚓"一下，那细枝从树上折断，在她头发上安了窝，把梁灵瓒的头皮扯得生疼。

梁灵瓒三两下下了树，头插半根树枝追过去："等等，等等，我有伤药，最好的伤药——"

追到一半，胳膊忽然被人捉住，那名客人微微一笑："小兄弟，请留步，借问一下，一行大师的弟子在何处？"

"你找我？"梁灵瓒有点儿意外，"等会儿成不成？我得先给宋小姐送药去！尹观主的玉魄膏，万试万灵！"

落在梁灵瓒胳膊上的修长手指猛然一紧，那人的瞳孔有片刻的放大："你！"

"对啊，我……哎你能不能先松手？我砸了人家总得去看看啊！"

"哦，抱歉。"那人松开手，风度又回到了身上，微笑道，"不过我觉得兄台最好不要去追。"

"哎，为什么？"

"就算要送药，也先选个安全的地方吧。"那人如是说。

就像刚才听不懂宋小姐背诗一样，这话梁灵瓒也听不懂。不过，片刻之后，她懂了。

她在二门外追上了宋家姐弟二人，宋其明正在安慰姐姐。梁灵瓒掏出药瓶，哪知宋小姐一见她，泪光蓦地涌出，还没等她把药送上，柔弱无力的宋小姐便搬起身边的花盆向她砸了过来。梁灵瓒一个闪身躲开，第二盆又砸了过来。

宋其柔哭道："都怪你！都怪你！陈公子再也不会想理我了，都怪你！"

"对对对，都怪我。"梁灵瓒一边躲花盆，一边认错，"宋小姐你赶快搽药，搽完我陪你一起去找那个人，他还在树下呢！"

她不说话还好，一说话，宋其柔哭得更伤心了："你以为他是谁？陈玄景，陈家次子，长安第一贵公子，你以为我还有几次站在他面前的机会？你毁了我一辈子，你这是要我的命！"

梁灵瓒一愣，又一个花盆砸来，她没能闪开，正中小腿骨，一阵剧痛。

宋其明大叫："你傻啊！还不快跑！"

梁灵瓒这才晓得跑，心里犹有余悸，天呐，宋小姐看上去那样温柔无力、弱不禁风，砸起人来简直是母老虎转世。

梁灵瓒就这么拖着一条腿跑回书斋，抬头就见黄昏深渐，陈家公子玄景站在树下，夕阳软红的光线投在他的身上，微风拂起他的衣角，整个人飘然似仙，好像随时都会蹈云随风而去。

在他的身边，多了一名捧着水盆、拿着布巾的老仆。

四

"疼疼疼疼疼疼疼……"

热布巾敷在青紫的小腿上，梁灵瓒疼得嗷嗷叫，后脑勺差点儿撞上椅背。

陈玄景道："苍伯跟我父亲上过战场，后来又服侍过我大哥，即使是断骨之伤，他也有办法，这点儿瘀伤不在话下，请兄台放心。"

岂止是有点儿疼啊！梁灵瓒疼出了一头汗，快哭了。

但热敷之后再搽上玉魄膏，青肿消失的速度几乎是肉眼可见。

"玄都观尹观主的药果然是名不虚传。"陈玄景微笑道，"只是让梁兄受苦了，请多多包涵。"

"怎么会？你帮了我，我谢你都来不及呢！"

"你想谢我？"

"那当然，师父说，什么什么大恩，什么什么小者，总之受恩便要图报，我不能丢他老人家的脸。"

陈玄景笑道："诸有众生不知反复者。大恩尚不忆。何况小者。彼非近我。我不近彼。"

"对对对，就是这话。"梁灵瓒好生佩服，"你还会念经啊！"对她来说，经文是世上最难念的文字。

"略有涉猎，皮毛而已，不值一提。"陈玄景掏出一块帕子，梁灵瓒接过来，胡乱抹了把脸，忽地呆住："这……这是什么？"

"自然是手帕。"

"我当然知道这是帕子，可这帕子怎么这么软？"梁灵瓒把帕子捧在手里，脸在上面蹭来蹭去，"好软，好软，好软啊……"

陈玄景看一眼她身上的粗布衣裳，再看看她发髻里插着的那根树枝，忍了又忍，还是没忍住，问道："你当真是梁灵瓒？"

"是啊。"

"一行大师的弟子？"

"是啊。"

陈玄景笑了。

他的嘴角一直带着一丝笑意，这丝笑意若有若无，仿佛只是他天生嘴角微微翘起而已，却叫人看了说不出来的舒服。如今这一笑好像才是真的笑，像是风吹云动，优昙初绽，风拂过树叶在头顶摇晃，半边都是瑰丽晚霞。

梁灵瓒看着他笑起来的样子，一时间回不了神。

"我来是想拜师的。"

梁灵瓒眼睛一亮："拜我师父吗？"

"正是。我从长安特意来拜师，不巧大师正在和金刚智大师译经，一位小师兄招呼了我……"

"那是不空师兄！"梁灵瓒插话。

"是，不空师兄替大师传话，说'想拜师的人很多，但是，大师说过弟子有梁灵瓒一个就够了'。我不免心向往之，想来看一看能让大师如此赞誉的梁兄弟是何等人物。"

梁灵瓒还是第一次听到师父这样跟别人说起自己，一股骄傲感油然而生，不由自主地挺直了背脊。她扒拉扒拉头发，摸到树枝，赶紧拔下来扔了，不免又扯到头皮，疼得龇牙咧嘴，实在难以维持端庄的形象，还是放弃了，一摊手："喏，现在你看了，我就长这样。"

陈玄景却是又笑了笑："多谢梁兄弟。"

"啊？谢我什么？"

陈玄景笑而不答，这样的弟子都能入眼，一行大师的要求果然很低。

他将竹简递还给她："这一版是有年份的旧版了，寒舍有后人的注释版，若有机缘，梁兄弟可以去看。"

"真的吗？"这本书确实有不少内容她看不懂，师父又太忙。

是错觉吧……陈玄景觉得有一个刹那，眼睛好像受到强光刺激一样睁不开——这一瞬间，梁灵瓒的眼睛亮得不可思议。

"自然是真的。"陈玄景含笑,"若你我成了师兄弟,还有什么是不能同享的呢?"

"哈哈哈,对对对,你是来拜师的。放心放心,等师父译完了经,他一定会见你的!师父人很好,你想拜,他就收,你看,当初我就是拜了拜,师父就收了呢!"梁灵瓒说着,忽然想到一件很重要的大事,十分正经地问道,"那个,虽然你看上去比我大那么一点点……"

"在下虚度十八春秋。"

梁灵瓒吃了一惊,那岂不是大她三岁?她感觉得到一丝危险。

"咳咳咳,在下,在下快十六个春秋了……但这个不重要!"梁灵瓒严肃道,"排名应该按入门先后!"

这是原则!

这样她很快就会有个师弟了!

陈玄景看着她,忽然问:"梁兄弟,你饿不饿?"

饿……其实在你们说荷花的时候就饿了……

"那要不要先吃点儿东西?"

这种时候问这种问题,不可能会得到第二种答案啊!梁灵瓒就要站起来,下一瞬,身子一轻,苍伯已将她轻飘飘抱起——

梁灵瓒"哇"了一声:"爷爷你力气好大!"

苍伯笑笑。

梁灵瓒问:"爷爷你为什么不说话?"

玄景道:"苍伯昔年为敌军所掳,宁死不降,被敌军割去了舌头。"

"他们真是太坏了!"梁灵瓒睁大了眼,"不过,爷爷你好厉害!"语气里没有同情也没有怜悯,不满与赞许都极为纯粹,典型的孩子才有的纯净。

苍伯再次向她一笑,眼中微有嘉许之意。

陈玄景也看了梁灵瓒一眼。又瘦又矮,被苍伯抱在怀里,小小的一团,怎么可能有十六岁?十二三岁还差不多。也许胡说八道嘴上抹蜜就是一行大师择徒的标准?

五

垂帘外,紫色的云霞转成淡蓝,暮霭渐渐涌上来,风不再炎热,开始变得清凉。

垂帘内,各式各样的点心摆满案前,每一样东西都在灯光下闪烁着美丽诱人的光泽,香气也十分诱人。显然不是"吃点儿东西",而是"吃桌东西"。

梁灵瓒这才知道，即便都是宋家的客人，待遇也是不一样的。

丫鬟端来水盆，跪下，捧过头顶。

梁灵瓒犹豫了一下，接过来，可是桌案已经摆满了，而且……

从那满脸为难的样子，陈玄景大概可以猜到一点儿什么，他提醒："请净手。"

原来是洗手。呼，她就说嘛，这么一大盆怎么喝呢是吧？她爽快地洗好手。

陈玄景有些皱眉，但很好地掩饰住了。实际上，他很想让这小子去洗个澡再来……

点心小巧又好吃，梁灵瓒一口一个，就是茶……茶色很深，里面有姜、枣、橘皮等物，还加了盐，梁灵瓒只觉得又咸又苦，喝不下。

看到梁灵瓒皱眉，陈玄景看了老仆一眼，苍伯再次离开，再来时端着一碗清清淡淡、香香甜甜的汤汁。

梁灵瓒眼睛大亮，一口气就全喝光了。

"这叫漉梨汁，鲜梨蒸熟，挤出汁水，加糖调匀，再兑入蜂浆。"陈玄景介绍，"这是红酥果，用糯米粉加玫瑰花汁做面，红豆沙加蜂糖为馅，甜而不腻，尚可入口。"

怎么可能是尚可入口呢？分明是连舌头都可以吞掉啊！

"这是甜豆羹，这是绿鸦尖，这是小丝卷，这是粉圆……梁兄弟，请慢用。"

梁灵瓒嘴里塞得满满的，眼睛放光。婆婆的手艺当然是非常好的，但绝对没有闲情做这些小点心，这是她第一次吃到这么好吃的东西。

一顿饭吃完，梁灵瓒拍胸膛保证："师兄你就放心吧，这件事情包在我身上，师父最听我的话了，像师兄你这样温柔体贴、博学多才的弟子到哪里去找啊！"

什么？你问原则？原则是什么？好吃吗？

陈玄景微笑："那师弟何时能为我引见师父呢？"

"现在就行！"梁灵瓒露出大大的笑容。一个很大方、还会给她很多好吃的的师兄，呵呵呵，这是从天上掉下来的馅饼啊。

六

一行译经的工作结束，教弟子观星的工作还没有开始，正是一天当中难得清闲的时候。

落山之后的太阳带走了酷热，清凉的风中隐隐有蛙虫蛰鸣，一行坐在庭前喝茶，一抬头便看见他的小弟子带了个人进来。

梁灵瓒这几年个子是长了些，但比起大相和元太还是矮了一截，且始终不见长肉，总是骨瘦如柴的样子,好像全身的能量都供养给了一双眼睛,在夜色中也闪闪发光。明明吃喝也不见得少……唉,大约是太活泼好动了吧。

"师父,师父,有人想拜你为师!"

一行这才看向后面那人。

"晚辈陈玄景,见过大师。"他长揖为礼。这一礼就可以看出他来自何处,如果不是钟鸣鼎食之家,绝不能将区区一个简单的动作做得如此自如、流畅、优美,如同舞蹈,带着无声的韵律。

"陈玄景……"一行微微颔首,"若贫僧记得没错,长安陈家这一辈的正是玄字辈吧?"

"大师见多识广,所言极是。"

"贫僧很久不曾去长安,不过陈玄理将军的大名还是听过的。"一行站了起来,单掌当胸还了一礼,"多谢施主看重,只是贫道才学微薄、精力有限,已经不打算再收徒了。"

"早就听说一行大师不在乎世间名利权贵,今日一见,果然如此。"陈玄景越发恭敬,"今次非是陈家次子前来拜师,而是玄景诚心求大师指点。大师,玄景是太学生徒,醉心天文象法,不敢说资质极佳,但非朽木。一点儿诚心,还望大师成全。"

老仆捧上一只木匣。匣子是用上等的沉香木制成的,带着淡淡的香气。

梁灵瓒很好奇有钱人家会给出怎样的拜师礼。金子吗?银子吗?珠宝吗?然而都不是,里面是三卷经书,还是三卷明显有残破痕迹的经书,色泽泛黄,也许拿起来就要碎掉了。

一行却是微微变色。

他修行到家,向来心如止水,能打动他的东西着实不多,然而面前这三卷经书无论捧到哪一名佛家子弟面前都能令之动容。

南北朝时期,有帝名萧衍,天纵奇才,琴棋书画无所不精,征战入朝文武双全,佛法修行更是精妙,几次舍身入寺,死后留下佛学著作数卷。可惜在历史的硝烟中,所有智慧的结晶都沦为传说,只有少数人知道那些名字——《涅萃》《大品》《净名》。

以往只能从典籍的零星记载中窥见的名字,此刻真真实实地摆在了眼前。

灯火昏黄,却没有影响陈玄景的视线,他看到了一行大师的神情,嘴角微微上翘了一点儿。

只是,一行大师很快便移开目光,摇头道:"可惜,施主想要的东西,贫僧教不了。"

嘴角那一点儿笑意并没有受到影响,陈玄景柔声道:"大师不要误会,这不是拜师礼。晚辈只是觉得,当今世上,能看懂这几卷经文的寥寥无几,大师便是其中之一,与其将它束之高阁,不如交给大师。何况,即便大师不收晚辈为弟子,能见上大师一面,也已经是晚辈的福分,晚辈不敢强求。"他说得恭谦而有礼,原本就悦耳的声音因为这一丝谦和更加低沉。

梁灵瓒眼巴巴地看着师父，实在不想失去这样的师兄。

一行沉吟片刻："如此，请容贫僧借阅，阅毕之后，即刻奉还。"

陈玄景微笑："大师客气。"

那一晚直至离开，他也没有再提拜师的话题。

天色渐暗，星辰渐现，萤火虫点点飞舞，梁灵瓒提出灯笼，为两人煮水泡茶，然后抱着膝盖坐在石阶上，听两人讲天南地北的事情。师父懂得的事情当然很多，陈玄景知道的居然也不少。

夏夜的繁星灿烂极了，望星是一件极其习惯的事，聊天的间隙里陈玄景忽然问道："紫微星垣云雾成带，萦绕不散，大师可有什么看法？"

和顺而投契的聊天到这里顿了顿，一行道："贫僧不知。"

陈玄景忽然回过头问梁灵瓒："小兄弟以为呢？"

"啊？"梁灵瓒回过神来，立刻很精神地答，"有云雾表示空气湿度大，不变形是风力不够强，恐怕要下大雨咧。"

陈玄景的表情微微僵住。他的神情一直都是优雅自若，好像泰山崩于前都不会损坏他的风度仪容，可这个答案显然出乎他的意料。

一行看了梁灵瓒一眼，眼里有丝笑意，虽然很淡，但也很暖。

陈玄景当然看到了这一眼里明显的信赖和宠爱，忍不住再次打量梁灵瓒——头发还是毛茸茸的，发带上还挂着半片叶子，胡乱扎着腰带，腰身显得格外瘦小，举止粗鲁，显然主人的修养为零。

他一直以为这个弟子是一行大师在奉诏回京的漫长路途中因无聊而随意收下的，现在看来似乎不是。可他再三端详，这都是个粗野、无知、寻常的少年。他实在不知道一行大师眼中那点儿欣赏所为何来。当然，有些问题是失礼的事，而陈家的人绝不会允许自己有失礼数，他客套地恭维："小兄弟天真可爱，能入大师青眼，想必天资极佳。"

一行看着他，目中似有深意："由天所赐，方是天资，人力强求不算。小瓒确实是真正有天资的人。有传人若此，贫僧别无他求。"

陈玄景微笑着聆听，只是笑意不是很自然。这是说他的资质只是人为，不算有天资？他比不上这个乡野小子？

定力稍微差一点儿的人大概会翻脸，但陈玄景不会，他依然微笑："大师所言，必有道理。"

又过片刻，他告辞而去。

要博取一个人的垂青，急躁不得，此事要徐徐图之。不要紧，只要能见到人，他就不信会搞不定。

七

梁灵瓒十分不解，陈玄景看起来特别聪明的样子，脾气又很好，还懂得很多，师父为什么不收呢？

"你很想他成为你同门？"

梁灵瓒真诚地点点头。

一行看着弟子明亮的眼睛，微微有些叹息："可那位施主想学的和我想教的不一样。"

"他难道不是想学天象？"

"你说得不错，他已经懂得很多，识星知象对他来说早已经不成问题，他想学的是星占术。"

"那是什么？"

观天者，先识星，再知天象，梁灵瓒现在还处于知象阶段，"星占术"三个字听都没听说过。

"人们认为星辰暗喻着世间一切人与事的兴衰，太平或战乱、生或死、吉或凶都可以从天象中占出结果，为帝王参政之用。这就是古往今来大部分观星者所做的事。"

"嗯？"梁灵瓒仰头望向夜空，"师父你跟我说过，尽管一抬头就能看见，但每一颗星离我们都非常遥远，星辰常在而人命短暂，星辰和脚下的大地一样亘古无情，并不在乎人命的生死，那大家为什么会相信它能预示人世的未来呢？"

声音里的困惑实实在在，一行听着却微笑起来："是啊，星辰无情，天地无情，只有人自作多情。"他抚着弟子乱糟糟的头发，"我少年时在星占术上耗时颇多，越是占星，越是觉得星辰遥不可及、深不可测。很久之后我才明白，星占术是一个深渊，是天文学的歧途，如果踏进里面，离真正的天象就会越来越远。以人力将天机扭曲为己所用，还是穷尽有限之人力窥测无限之天机，小瓒，你会怎么选？"

梁灵瓒很用力很用力地思索了下："我觉得还是看天比较有趣。"

"哈哈哈哈。"爽朗的笑声从头顶飘落，梁灵瓒讶然地抬起头，记忆中，这还是她第一次看到师父大笑。

"所以，我没有选错人。"

八

第二天果然下雨了。

梁灵瓒撑着伞来找陈玄景。她还是挺喜欢这位师兄的，打算拉陈玄景过来聊天，地点就在师父和金刚智大师译经的房门外，他们可以天文地理无所不谈，这样房内的师父就可以明白陈玄景确实是个可造之才。

同时她还想劝劝陈玄景，让他迷途知返，好好观天象，不要去占星了。

陈玄景的客房在相邻的院落，中间隔着一架葡萄架，出了门，走不远就到了。

然而还没等她进门，就在门口遇上了宋其明。

"早啊。"梁灵瓒笑眯眯地打招呼。

宋其明却没有跟她打招呼，他眼眶微微发红，身后跟着好些家丁，手里居然拿着绳索棍棒。

梁灵瓒讶异："这是干什么？要去抓贼啊？"

"你在这儿给我等着！"宋其明咬着牙扔下这样一句，带人进了陈玄景的院子。

里面"哐当"一声响，不知是打翻了什么，梁灵瓒进去一瞧，只见一个铜盆兀自在地上乱转，里面的水洒了一地，老仆苍伯站在房门前。他一把年纪，手无寸铁，可当门而立，却有一股无法言喻的气势，家丁们一时不敢上前。

"苍伯，退下。这里是宋家，作为客人，哪有拦着主人的道理？"陈玄景走了出来，他的长发未梳，直垂至腰后，丝丝分明，宛如一匹黑缎，平添三分秀丽，不损一丝贵气，他脸上淡淡的看不出喜怒，目光从家丁们身上扫过，再落到宋其明身上，声音清冷："不过宋家的待客之道倒是独特，在下领教了。"

"陈玄景！"宋其明怒道，"我姐姐自从去年上祀节在曲江池畔见过你一面，便时时刻刻把你放在心上，你既然不喜欢她，为什么又跑来招惹她？既然招惹她，为什么又不理她？"

"见过我的人不知凡几，要是一个个都要应付，也是辛苦。我与令姐只有一面之缘，实在谈不上喜欢不喜欢。"陈玄景嘴角那丝笑意里是并不掩饰的嘲讽，"再者，我来宋府是为拜见一行大师，并非为令姐而来，宋少爷不要误会。既然宋家不欢迎我这样的客人，我告辞便是。"说着就要转身离开。

宋其明道："你以为宋家是什么地方，你想来就来，想走就走？我告诉你，你今天不把话说个明白，就休想踏出宋家一步！"

"呵！"陈玄景猛然回身，眉眼上多了一丝凌厉气势，"莫说令祖还不是宰相，就算真当了宰相，也留不住我陈玄景！"

此言一出，苍伯挡在了陈玄景身前，家丁们蜂拥而上。

就在这要打起来的当口，梁灵瓒大声道："等一等！"然后问宋其明："喂，要抓人打人都要把话说清楚，好端端的你这是要干吗？"

"好端端的……哪里有好端端的？"宋其明眼眶通红，泫然欲泣，"我姐她……她不见了！"

梁灵瓒一呆，陈玄景也意外。

"都是你们，一个让她出丑，一个冷眼旁观，连安慰一声都不肯，我姐姐伤透了心，她……一定是不想活了……"说到最后，宋其明再也忍不住，大哭起来。

家丁当中有一位年长的出来道："小姐失踪，大爷和夫人命我等来请陈公子和梁公子去说话，我家少爷自小和小姐感情极好，一时关心情切，乱了分寸，还望二位不要见怪。"

你们这哪儿像请人啊，这分明是擒贼吧！但宋其明哭得这么伤心，这话梁灵瓒也不好说，默默地掏出帕子给宋其明擦眼泪。宋其明哪里会要，一掷在地，声音发哑："你们两个跟我走！"

陈玄景看也没看他一眼，转身回房梳洗，然后才出来。

宋其明等得已是咬牙切齿，梁灵瓒蹲在地上，手里拎着那块滴滴答答滴着污水的帕子，正是昨天陈玄景给她的那块。陈玄景以为她是舍不得这帕子，再一细瞧，却见她低着头，顶心发髻一贯梳得乱糟糟和鸟窝差不多，垂下的眼睫却是长长的，良久，眼下滚出一颗豆大的泪珠。

陈玄景怔住："其实你不必……"

才说出了五个字，梁灵瓒蓦地放声大哭："我害死人了，我害死人了，这是造孽啊！我死后要下十八层地狱了！我害死人了！"

陈玄景顿时觉得自己方才那一丝不忍全数飞到了九天外，他强压着揍人的冲动揉了揉眉心："只是不见而已，谁说死了？"

九

宋家大厅。

宋氏诸中众人都来了，年长辈分高的坐着，年轻一辈的则在后面垂手侍立。

宋慎知坐在主座上，眼眶发红。一旁的宋夫人一直握着绢子拭泪，见了陈玄景，泪水更是如坠珠般滚落，哭道："陈公子啊，我家柔儿现在如何是好？"

梁灵瓒哭得比她还厉害："宋夫人，都是我不好！你打我一顿吧！一切全因我而起，要不是我失手砸了小姐，小姐也不会有事！这事跟陈兄没关系，要怪就怪我吧！"

宋夫人只向陈玄景寻事，没想到半路里杀出个程咬金，一时怔住，泪水凝在脸上。

梁灵瓒泪流满面："我们现在就去找小姐！活要见人，死……死……唉！她不会死的！我们快去找她！"

"这……这个先不忙，是非曲直，来龙去脉，我们总要先问问清楚。"宋夫人说着望向陈玄景，又要流下泪来。

陈玄景道："夫人，在下以为梁兄弟说得十分在理，与其在这里空谈，不如快些去找人，也许现在小姐正在哪一处花荫下绣花也说不定。"

"你！姐姐就是因为你才失踪的！"宋其明大怒，"你还在这里说风凉话！"

陈玄景抬起眼睛，冷淡视线直直望向宋其明："我与令姐不熟，为着令姐的清誉着想，宋公子最好慎言。"

"唉，陈公子，事情到了这个地步，跟柔儿的性命比起来，声誉算得了什么？"宋夫人说着拭泪，"叫捧香来，把事情原原本本说给陈公子听。"

捧香乃是宋其柔的贴身侍女，生得眉清目秀，只是哭红了双眼，她上来道："昨天小姐回到房中便痛哭不止，晚饭也没吃，大夫也不让我请，关紧了房门，不要任何人进去。奴婢们知道小姐心情不好，也许要静一静，便没进去打扰，谁知道……谁知道清早推门，小姐已经不知去向了！"

果然！梁灵瓒眼一闭，眼泪又出来了。宋小姐是被她砸了才想不开的！都是她的责任！

陈玄景瞧了她一眼，只见她脸上泪水淋漓，不要钱地往外淌，不由拧了一下眉毛。

"咳咳，"宋慎知清了清嗓子，开口，"小女失踪，我一时情急，有失礼数，还望二位不要见怪。陈二公子与梁公子都是我宋家的贵客，宋家绝不敢问罪于二位。请二位过来，只是想问一下，昨天的意外发生之后，可还曾发生什么事？"

"没有。"梁灵瓒带着哭腔答，答完之后才发现，宋慎知根本没有理会她的话，他说的是"二位"，可视线一直都只落在陈玄景身上。宋夫人更是目光炯炯，好像生怕一个眨眼陈玄景就跑了似的。宋家族人也都看着陈玄景，等着陈玄景回答。

开阔的厅堂仿佛被这么多的人的视线挤得逼仄，陈玄景修长的身段仿佛也要被这视线挤得矮小。

梁灵瓒忍不住望向陈玄景。

她模模糊糊地觉得，陈玄景的回答将会很重大。

陈玄景目光微冷，吐字清晰："傍晚一晤，即无再见。"

宋夫人眼泪长流："可好端端一个大活人，难道会凭空不见？陈公子，事到如今我也顾不得了，我家柔儿对你一片痴心，你到底是对她做了什么令她如此？"

"在下与令千金不过两面之缘，从头到尾说过的话加起来也没有超过十句，不知道夫人此言何意？"即使控制得很好，陈玄景的脸色也有几分发青，"不过与我见面之后，这位梁兄弟曾去追令千金，还被令千金以花瓶掷伤，其中经过，夫人要不要详细问一问？"

梁灵瓒脸色苍白，满脸是泪，一咬牙："不用问了，一切都是我的错！你们去报官吧！越快越好！赶快报官，赶快找人，找到人最好，找不到……找不到我就抵命！不，我这就去官府自首！"她说走就走。

宋夫人大惊失色："来人，拦住他！真闹到官府里去，我家柔儿的声名可怎么办！"

梁灵瓒能徒手赶兔子，下人们哪里拦得住？一下就从人网里钻了出去，满心只有一个念头——她害了宋小姐，她去给宋小姐偿命！

蓦地，她撞进一人怀里，来人后退一步才稳住身形，梁灵瓒还没有抬头，熟悉的檀香味道已经将她包围。

"师父！"

"小瓒，不要怕。"一行声音温和，他牵起梁灵瓒的手，"跟我来。"

一行踏入厅中，宋氏夫妇连忙见礼。

一行向宋氏夫妇当胸一礼，道："逆徒顽劣，给府上添麻烦了。但恕贫僧直言，人若失踪，应以寻人为先，至于谁是谁非，不妨等找到人再说。"

师父的手温暖干燥，她忍不住握得紧了些。真奇怪，之前她并不觉得害怕，可师父那句"不要怕"却让她鼻子发酸。

怕什么呢？一人做事一人当，做错了就该承担责任，有什么好怕的？怕又有什么用？

要到许多年之后，她站在比宋家大厅更广阔深长的地方，面对比此时更多的人，同样被所有的眼睛冷冷盯着，才猛然明白当年那个自己怕的是什么。

怕的是那种被孤立、被针对的感觉。

此刻，师父牵着她的手，牵得很紧。让她觉得非常安全，即使全天下的洪水猛兽全都涌过来都没关系。

"大师所言极是！"宋夫人道，"大师上知天文，下知地理，还能预知未来，不知道能不能测算一下小女的安危？"

所有人的视线都往一行大师身上集中过去，陈玄景的眼中也难以克制地露出了一丝亮光。

星占术。自古以来，皇家之所以对天象学家如此看重，不单是因为他们懂得比常人更多的天文地理知识，而是因为他们可以借由天象来向世人预言兴衰。星占术是向人世传递星辰展示的密语，是解读天意。

一行默然片刻："阿弥陀佛，贫僧惭愧，贫僧不谙此道，无能为力。"

陈玄景微微垂下了眼睫，掩住了眼底的失望。

一行大师的星象之术早就名满天下，陛下几次下诏，终于催得他北上，但他走一站停一站，蹉跎了数年，天下间只怕没有几个人胆敢这样违抗天子号令。

到底是怎样强大的星术能给他如此信心与骄傲，胆敢藐视君王？又为什么深藏不露？难道真的是自己资质鲁钝，不足以让他开口？陈玄景忍不住道："大师，事关人命，还请大师展露天术，让我等一开眼界。"

"陈施主，在天地面前，人微小如沙砾，星辰如何会为沙砾展示未来？恕贫僧无能为力。"

就在此时，一阵马蹄声传来，直奔到厅外才勒住缰绳，那马几乎人立而起，马上的人一跃而下，把缰绳扔给身后的家丁，大步走进来。

"大表哥！"宋其明几乎是跳起来迎上去，"大表哥你总算来了！"

来人大概十八九岁，看上去比陈玄景要大些，如果说陈玄景的五官像是画出来的，那么他的五官则像是用刀刻出来的，一双眼睛像是淬过一样，比别人更冷，也更明亮。

"收到你的口讯便来了，情况如何？找到了吗？"

来人严安之，是宋璟的外孙，国子监生徒，据说武艺也十分了得，时常被洛阳县尹借去断案，有"小神探"之称。他父母过世得早，十岁起便在宋家和宋家姐弟一起长大，名为表亲，实则亲若骨肉，一听宋其柔失踪，他即刻快马赶来，直奔主题："何时发现其柔失踪？其柔最后见到的人是谁？有没有发生过什么事？"

捧香便含泪把方才的话重新说了一遍。

严安之听完，忽然问："你几岁？"

捧香愣了愣："十……十三。"

"服侍小姐几年？"

"两年。"

"昨夜就你一人当值？奶娘呢？"

"小姐不高兴呀，将我们都遣走，我是实在放心不下，才偷偷守在门外的。"

严安之盯着她片刻，那目光仿佛有形的刀刃，能直接将一个人的灵魂片成一片片，每一片都可以拿出来仔细察看。捧香给他看得簌簌发抖，头也不敢抬。

严安之忽然望向陈玄景："敢问陈公子有何高见？"

"让淑女伤心是在下的不是，但在下拒绝的姑娘不止一个两个，并不见得个个都会出事。"陈玄景脸上没什么表情，"在下上门做客，主人家若有用得着的地方，自当为此事尽一份绵薄之力。"

换言之，这事和他没关系，他只不过是碍不过为人宾客的情分过来看看而已。

严安之看着他，又是那种仿佛可以切割人灵魂的眼神。

陈玄景渐冷的目光回视，如两把无形的刀锋相撞，隐隐火星四溅。

梁灵瓒忽然有种奇怪的感觉，这两人好像随时都能打起来。

还好，严安之先收回了视线，问道："二位可愿意同我一起去其柔房中看看？"

他俩是当事人，自然不能推辞。捧香连忙带路，宋其明也跟了上去。

十

经过书斋时，梁灵瓒从那棵大树下走过，想到祸就是从此起，眼眶又一酸。

"你有完没完？"陈玄景忍无可忍，"哭够了没有？是不是男人？"

梁灵瓒鼻子吸到一半，泪眼汪汪，很想回他一句"不是"。

陈玄景没好气道："你别太过自作多情，这事从头到尾和你没有半点儿关系。若是被竹简砸一下就要寻死，那宋小姐也活不到现在……"

一语未了，宋其明跳了起来："你说什么？再说一遍！"

严安之拉住他："一切等勘查之后再说。"

宋其柔是一位真真正正的千金小姐，她的卧房是名副其实的香闺，淡粉色床幔上坠着珍珠，绣架上的鱼戏莲叶图还有半只鱼没有绣完，窗前搁着瑶琴，屋里香气幽幽。

一切都保持着清晨下人发现主人离开时的模样，床上被子凌乱，显然主人睡得很不安稳；绣架上的针线没有整理，琴谱摊在桌上，看来主人离开得匆忙；银两首饰俱在，应该不是打算出门。眼下风气开放，女子胡服上街是常事，不过宋其柔娇娇怯怯，向来很少出门。

"还是老样子，什么都在原位，没有挣扎痕迹，也没有少什么东西……"宋其明的眼睛又红了，"姐姐到底是出了什么事？"

"枕上有粉痕。"严安之忽然道。

"妆奁前也有。"陈玄景也道。

宋家的千金当然不可能不卸妆就上床，也不可能容忍镜子上留着粉痕。前者可能是因为昨天深受打击，未卸妆便扑在枕上痛哭，后者……很有可能是宋其柔昨晚还使用过脂粉。

深夜还用脂粉，难道是出了门？

严安之和陈玄景交换了一记视线。老实讲说不上交换，因为两人都是无意间扫过对方，却偏偏看到了同样的表情。

陈玄景没有说话。

梁灵瓒紧张兮兮："怎么样怎么样？发现什么没有？"

严安之看着她，陈玄景也看着她，两股视线停在她身上，带着莫测的意味。

梁灵瓒嘴一扁："是……是我造的孽是不是？是我——"

陈玄景当即冷冷道："不是。"

严安之给宋其明使了个眼色，宋其明一时不解，严安之只得道："我有些口渴。"

宋其明连忙命捧香去煎茶。梁灵瓒心说这都什么时候了，还有闲心喝茶，就见陈玄景看着她："梁兄弟，现在就看你的了。"

严安之也看着她。

宋其明不明所以，但大家都看着，他也只好把视线投放到梁灵瓒身上。

"好！"梁灵瓒认真道，"只要帮得上，我必尽全力。说吧，要怎么做？"

陈玄景嘴角有一丝笑意："一行大师名满天下，梁兄弟身为其弟子，必然也是本领高强。还请梁兄弟一展星占术，为我们寻一下宋小姐的下落吧！"

"这个……"梁灵瓒顿时气馁，"我不会星占术。"

陈玄景皱眉："人命关天，事到如今，梁兄弟还要藏私？"

"是真的！师父说这是小道末技，没教过我。"

"小道末技"四个字让陈玄景的脸一阵发青。

"梁兄弟，此番可由不得你了。"严安之走近两步，他长得高，再加上那刀锋般的眼神，压迫力非常强大，"你会也得会，不会也得会。"

"到底要干吗？"宋其明困惑地问出了梁灵瓒的心声。

十一

捧香端了茶来，只见小姐的卧房已经大变样。

绣架和桌子被挪开，中间空出偌大一片，一行大师的高徒走笔龙蛇画就符箓，在烛火上点燃，念念有词，屋子里烟气缭绕，活像道士在进行什么了不得的法事！

这个……不能怪梁灵瓒，在玄都观耳渲目染，脚下自动就踏出禹步了。

一番指天画地之后，梁灵瓒一声大喝："凶手就是——"烧残的符纸蓦地点住捧香。

捧香吓得呆掉："我不是啊不是啊！"

捧香是不是凶手，梁灵瓒是不知道啦，但这就是严安之交给她的任务，要她借星占术之名指认捧香，以便从捧香嘴里逼出某些真相。

梁灵瓒努力做出很严肃、很冷酷、很高高在上、一语定乾坤的样子："不要耍赖，师父传我的星占术非比寻常，绝对不会搞错，你和小姐的失踪绝对脱不开关系！"

一行大师的名头能令老太爷亲自从长安赶回来迎客，一行大师的弟子难道会是普通人？而且这头发蓬乱、眼睛射出凶光的样子真的好可怕。捧香脸色惨白，慌乱摇头："真的不是我，真的不是我……"

严安之和陈玄景互相看了一眼，是时候了。

"梁公子的星占术深得一行大师真传，上能观过去未来，下能卜人命安危，你做过什么，梁公子看得一清二楚，只不过念在你服侍小姐一场，给你一个改过自新的机会。捧香，说吧，昨夜你都做了什么？"严安之说得很慢很慢，每个字都像是嚼过一遍才吐出来的，每一个字仿佛都是要嵌进捧香的脑子里。

"昨夜……昨夜……"捧香喃喃重复这两个字，下文却迟迟出不来。

梁灵瓒又开始念念有词。

薰烟缭绕，捧香的心理防线骤然崩溃，哭道："昨夜……小姐出去了！"

严安之和陈玄景都微微吐了一口气，果然。

宋其明大叫："你胡说什么！我姐满脸是血，怎么会出门！"

"小姐当时满脸是血，不过都是鼻血，止住了之后便没事了。夫人来探望小姐，命我去取熟鸡蛋热敷。我取来鸡蛋，夫人已经回去，小姐却不要热敷，直接要我替她梳妆打扮。"

晚上出门什么的，梁灵瓒倒是十分能理解，晚上的时间充足而珍贵，光拿来睡觉太可惜了，可是打扮……晚上黑漆漆的，就算打扮得再漂亮又有谁看得见？

"打扮好了，小姐不知道因为什么事不开心，忽然发起脾气来，把我们都赶了出来。我担心小姐有事，不敢走远，就守在门口，没过多久，就见小姐戴着帷帽走了出来。"

宋其明压抑着怒气，他觉得若不是姐姐受刺激过度精神失常，便是这丫鬟在胡言乱语："你可看到她去了哪里？"

捧香嘤嘤哭道："我……我不敢跟，小姐不让我们跟着，我要是敢跟上去，一定会吃耳光的……"

"蠢货，刚才你怎么不说？自己出去的，总比被人带走的强！"宋其明在屋子里团团转，把气撒向捧香,"怕吃耳光?我今天就叫你——"

"其明。"严安之按住他的手。

梁灵瓒把捧香拉在身后:"男孩子打女孩子,宋其明你好丢脸!"

宋其明并不是那种践踏下人的主子,实在是气极了不知道怎样发泄,看捧香躲在梁灵瓒身后吓得浑身颤抖,他一咬牙,转身便走。

严安之道:"哪里去?"

"去告诉父亲母亲。"

"不用了。"

"父亲母亲正在为姐姐担忧!"宋其明大声道。他觉得这件事情真是糟透了,原本是姐姐终于有缘接近心上人,也许还有缘和那人结成姻缘,可是现在,姐姐半夜出走,行踪不明,姐姐的心上人却并没有一丝悲伤和担心,摆明没把姐姐放在心上。

严安之摇头:"你觉得一个丫鬟有胆子瞒着所有人?如果不是有主子开口,她敢吗?"

捧香颤声道:"是……是夫人不让我说的。"

"为什么?"宋其明快要不能理解这个世界。

梁灵瓒也和宋其明一样疑惑,但严安之却没有说话,只是望向陈玄景。

陈玄景站在窗边试琴,从捧香开口说出第一句实话开始,他仿佛就把这件事干干脆脆地抛开了。古琴有一下没一下地发出潆潆声响,虽然曲不成调,倒也颇为怡人。

严安之忽然叹了口气。

很难想象他会叹气,梁灵瓒差点儿以为他的神经都是铁铸成的。

"你们还小,可能还不明白夫人的苦心。"严安之道,"此事既然夫人自有主意,那么我们就不用操心了。其明,如果家中事务烦心,跟我一起回国子监吧。"

他别过陈玄景和梁灵瓒,竟是要走人。

宋其明追了出去:"喂,喂,什么主意?到底怎么回事啊!大表哥,大表哥!"

"这……这人还没找到呐,怎么就走了?"梁灵瓒也想追出去,又一想,回过头来,问陈玄景:"到底怎么回事?"

陈玄景收回拨琴弦的手,阳光透过窗棂照在他脸上,眉眼如水墨画就一般鲜明,姿势从容优雅,他曼声道:"又不是我的家事,我怎么会知道?"

"那现在不找人了?"

"这个就要去问宋夫人了。"

"其实……夫人也不知道小姐在哪里……"捧香忽然弱弱地开口。

意态娴雅的陈玄景愣了一下:"你为什么不早说?"

"少爷……少爷要打我,我……我一吓,就忘了……"捧香又带上了哭腔。

梁灵瓒连忙安抚地拍拍她的肩:"夫人当然不知道小姐在哪里,知道还会哭成那样吗?"

陈玄景淡淡道:"每个女人都是天生的戏子,年纪越大,演技就越精湛。"若是早知道宋家有个女儿对自己暗暗倾心,他也许就不会这么直接登门为客。

宋夫人岂止是知道一切呢?女儿已经到了适婚之龄,心上人又自己送上门,这不是天意是什么?也许宋其柔之所以有勇气告白,之所以有勇气夜奔,都是受到了宋夫人的鼓励。

大唐风气开放,如果夜奔成功,便是风流韵事,如果不受对方待见,那便是颜面扫地。作为一个母亲,要鼓励女儿去追寻幸福,当然也要守住女儿的名声。而且,趁此机会也许能从陈玄景嘴里逼出一两句交代,有了话柄在手,婚事不一定没指望。

只是昨夜并没有美人入帏,如果连宋夫人都不知道宋其柔的下落……

十二

"当真不见了?"

二门外,严安之被宋夫人拦了下来。

宋夫人垂泪:"我也是为了柔儿的一片痴心才出此下策,可我已经派人去陈家公子屋中看过,柔儿当真不在,这……这可怎么办?"

"唯今之计,只有报官。"

"那怎么行?这传出去柔儿以后怎么做人?"宋夫人终究不愿意大肆声张。

严安之叹了口气,私底下去找洛阳县尹,借捕役撒网寻人。

梁灵瓒垂头丧气地回到房中。她是从头到尾都没闹明白到底是怎么回事,问了陈玄景半天,结果陈玄景只关心她是不是真的不会星占术。

一行和金刚智正在译经,梁灵瓒耷拉着脑袋磨好一池墨,心里面只想着,如果时光可以倒回昨天,她说什么都要抓牢那卷书,哪怕吊死在树上也不能把书掉下去啊……

等等!

她扔下墨,一跃而起,回了自己的屋子。

一行想,这孩子还是有点儿内疚,也罢,发泄一下心里会舒服一点儿。他刻意给了她半日时间,才进了梁灵瓒的屋子,一进去,只见里面铺了一地的纸张,每一张都画着一个人——宋小姐。

一行从未见过宋小姐，但画像上的人容貌秀丽，欲语还羞的神情跃然纸上，嘴角那抹笑意好像随时会晕开来。他一向知道自己徒儿对绘图颇有几分天分，可从来只见她画仪图，不知道她居然能替人写真。

"爹教我的，"梁灵瓒埋头疾画，"我最会画女孩子的肖像了，小时候，爹常常教我画娘。"

笔由心走，相由心生，梁灵瓒手里的笔放慢了速度，最后一幅画的是另一个相貌温婉的美丽女子——娘。

她从来没有见过的娘。所有的记忆都来自爹握着她的手，一笔一线，在纸上描出来的人像。

一行伸手抚了抚她的头顶，语气柔和：＂你家便是在洛阳城中吧？要不要回家看看？＂

看是想看，但是……梁灵瓒低头瞧瞧自己，一脸犹豫。

原本是抱着希望她变得女孩子一点儿的想法才送她走，结果她完全变成了男孩子回来，不知道爹是会哭呢，还是会哭呢？

"我先去贴画，先找到宋小姐！"

她名目都想好了——我和姐姐来洛阳寻亲，不幸走散，如能帮忙，万分感谢！

可惜不空师兄病了，不然拉他帮忙，很快就能贴完。

长风扫过街道，夏天的晚风非常清凉。避开巡街的捕快，梁灵瓒把二十几张画像都贴完了，然后才返回宋家，却在大门口看到了捧香。

捧香背着个包袱，蹲在宋家大门前抹眼泪，是那种无声的哭泣，眼泪湿了半幅衫子，人还是静静的。

梁灵瓒摸了半天，摸出一块手帕。她自己没有带帕子的习惯，这还是陈玄景借她用的那块。

手帕递到面前，捧香抬起头，怔了一怔，然后眼泪流得更急了。

梁灵瓒不太会安慰人，也不知道她出了什么事，不过逗人开心她很拿手的，先是正正经经地盯着捧香，然后蓦地做了个吓死人的鬼脸。捧香呆呆地看着她，泪水还挂在脸上。

"好啦好啦别哭啦，怎么了？有谁欺负你吗？"

"我……我……呜呜呜……"捧香又哭了起来，这一次不是静静抹泪，她靠在梁灵瓒肩头，呜呜咽咽地哭了出来。

梁灵瓒和她差不多高，双肩好像比她还要瘦弱一点儿，可是就在少爷要打她的时候，就是这副瘦弱的肩膀把她护在身后，那一幕她永远不会忘记。

半个时辰后，梁灵瓒和捧香坐在了石阶上，捧香抽抽噎噎地告诉梁灵瓒，她被宋家赶了出来。

不管小姐是否会回来,她这个知道太多的丫头在宋家都没有了立足之地。可是她在洛阳举目无亲,根本没有地方能落脚。

巨大的洛阳城是一座迷宫,尽头埋伏着巨兽,像她这样一个小女孩子,骨头也不够它填牙缝。所以即使被赶出来,她也不敢离开这三尺之地。

"住的地方其实不是没有……"梁灵瓒说,"我家就在洛阳城。"

捧香端着酸梅汤,一时间呆住了,片刻之后,猛然跪下:"少爷,请收留我,我愿意服侍少爷!"

"别,别,我不用人服侍。"梁灵瓒连忙扶起她,回家并不是难事,只是……

"捧香,你包袱里有衣服吧?"

十三

梁家在北门附近,小小一扇竹门,门内一间小院,其中一间的窗子里透出晕黄的光。竹门虚掩着,走时比她还高,现在她已经高过它了。

想象过很多次再见到爹会是什么样子,每次想的不是担心爹爹发现她在学天象气得半死,就是她扑到爹怀里高兴得要死,可是站到了家门口,梁灵瓒才发现原来都不是——心里面有点儿酸酸的胀胀的,好像有什么东西要流出来。

微微吸了一口气,把那些奇怪的情绪倒回去,她推开门,跟捧香介绍:"这就是我家啦,地方小,不过我房里有很多好玩的玩意儿,有趣得紧。"

捧香点点头,脸上一片空白,没什么表情。自打梁灵瓒当着她的面换上短襦长裙,表情就跟她的脸说再见了。

梁灵瓒特意放轻了脚步,越走近,心就越满胀,正待她想叩门的时候,却一头栽向房门——及胸裙子的裙摆太长,她一脚踩到,脑袋直接叩开了门板,五体投地也就算了,肚子还好死不死地正撞在门槛上。

那一刹那,梁灵瓒疼得眼前发黑,脑子里只有一个念头——报应,这就是她不听爹话的报应。

里面一灯如豆,梁天年正在写字,冷不防有人撞开房门,趴在地上,仔细一看,是个小姑娘,再仔细一看,他惊得扔了笔,抱起地上的人:"小瓒!"

个子比当初高了不少,五官虽然皱在一起,却已经有清丽的模样,像是一朵花蕾悄悄地打开了一两瓣花瓣，淡黄衫子，淡蓝裙子，梳着整齐的丫髻，几年时间不见，那个假小子已经变成货真价实的女孩子回来了！梁天年眼角有点儿湿润。

"少爷！"捧香像是猛然回过神，冲上去掏出手巾、倒热水、敷肚子一气呵成，最后还留了杯水送到梁灵瓒嘴边，素养修为绝对超一流。

"少爷？"梁天年愣了愣。

"呃……呃……她以前服侍的是一位少爷，咳咳，是吧捧香？啊哈哈，以后叫小瓒就好了。"梁灵瓒憋着气挤出这句。

"嗯……是小瓒。我以前服侍的人是位少爷，所以总是喊错。"

当梁灵瓒终于缓过劲来，梁天年才弄清事情的始末。捧香是大户人家的侍女，那户人家败落后被遣散，回洛阳寻亲才发现亲人已经搬家，无处可去，所以梁灵瓒收留了她。至于梁灵瓒呢，则是跟观主一起来城里买点儿食材，顺便回家看看，明天一早就走。

她的屋子仍保留着原样，帐钩上的蝈蝈笼已经由翠绿成了苍黄。她先将捧香安顿下来，然后则在梁天年的书桌前跪坐下来。

桌上有纸，纸上有诗：

西陆蝉声唱，南冠客思深。

不堪玄鬓影，来对白头吟。

露重飞难进，风多响易沉。

无人信高洁，谁为表予心。

是梁灵瓒熟悉的字迹，不过仿佛比记忆中的潦草了一点儿。如果在回忆里一点点追溯的话，最初的时候，爹的字迹工整而优雅，像庭院里生长着的青松，温和而端然，风雨不摇。现在的话……梁灵瓒仔细端详着那些字，她读的诗文有限，并不太明白这首诗里的深沉痛楚，但每一个字之间的笔画连绵，仿佛有什么东西在流淌，从第一笔到最后一笔，淌过纸上，淌到她的心里来。

有很多很多的苦，很多很多的酸，还有一点点说不出来的冷。

师父常说相由心生，师父可能不知道，笔迹同样由心所生，什么样的心情就会写出什么样的字、画出什么样的画。

娘的画像还挂在窗前，温婉美丽的女子永远停留在最美好的年华，宽大的衣袖覆在地上，嘴角噙着一丝清淡的笑，一直漫进眼睛里。

师父还说她画得好，那是因为没有看过爹的画吧。少女仰首看着画像，灯光为她的脸颊镀上一层金色的光，画中人嘴角有着脉脉的笑意，少女眼睛也闪烁着亮光。在这一个刹那，仿佛发生了什么奇迹，画像与现实的界线不再存在，母女两两相望，聊着不会和外人说道的心事。

一抬眼，只有梁天年站在门口，不知为何，忽然回身。

"爹？"

"唔，我去烧点儿水。"

"水还有啊。"

"我去拿点儿点心。"

"家里什么时候有过点心？"

"我……我去……"

梁天年不知道还能找到什么借口，就感到后背一阵温暖，女儿抱住他的腰："我知道爹一定哭了，没关系，我不会笑话你的。"

呜……梁天年用力咬牙。

"爹啊，对不起，我没有太想你。"梁灵瓒把脸贴在爹背上。爹身上永远带着好闻的墨香，小时候睡不着觉，爹就背着她走来走去，一晃一晃，她就睡着了。

梁天年拍了拍女儿的手："傻孩子，这才好。"

"你要不要跟我去观里？婆婆做的菜超好吃，大家也都对我很好。"

"爹在这里也很好。"梁天年仰头，微微吐出一口气。看来这傻孩子很喜欢那里，自己果然做对了，他整日沉溺于悲伤痛苦之中，实在不适合陪伴她。

"那帮坏小子还会捣蛋吗？有没有把领头的揪出来打一顿？再不然罚他们跪瓦片也行。三餐有好好吃吗？我刚才看到桌上有酒壶，爹你在喝酒吗？爹你是不是过得不开心？"

听到背后的絮絮叨叨，梁天年心中一阵酸楚，又一阵温暖，转过身来将女儿拥在怀里："爹又不是三岁小孩，你小小年纪，怎么就变成了管家婆？再这样啰唆，会嫁不出去啊。"

啊，出嫁，小瓒今年十五了……雅然，时间怎么会过得这么快，我认识你的时候，你也不过才这么大吧？他低头看着女儿，小小的面颊像山茶花般清丽，像极了雅然，眼睛却又大又黑又圆又亮，像星辰一样，像谁呢？雅然的眼睛可是像春水一样温柔啊。

春水难以敌过世间的污浊，星辰却可以照亮自己的人生。

再啰唆也没关系，再像管家婆也没关系……小瓒，去过你自己的人生吧。没有权势与富贵伪装的泥沼，没有鲜花与功名铺就的陷阱，那将是平凡又幸福的一生。

第三章 瑞轮蓂荚

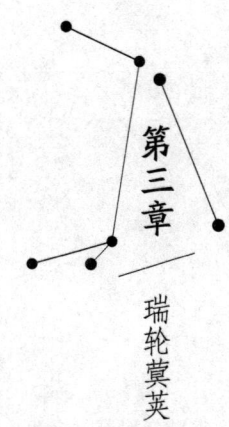

一

　　清丽的少女在梁天年的注视下回房安歇，但没过多久，窗户被推开，一个穿短打的小子跳出窗外，径直回到宋家。推开院门，轩窗的帘子四面卷起，灯光在屏风上照出人影，一截白色袍袖露在屏风外，灯光在上面脉脉流动，衣袖仿佛也微微地发着光。

　　她就知道，师父一定会等她。梁灵瓒蹑手蹑脚地走近，蓦地跳过屏风，大叫一声："师父！"

　　月朗星稀，凉风轻拂，轻纱飘飞，八棱瓜形纱笼灯照出屏风后的人影。一袭白衣宽袍大袖，确实有几分师父出尘的气质，但未束冠的长发像缎子般披在后背，秀雅眉目不笑时有一种清洌的森冷味道。

　　"陈玄景？！"梁灵瓒大了一惊，"你怎么在这儿？"

　　"同样的话，我倒想请教阁下。"陈玄景冷冷地说。

　　这家伙看起来好像和平时有点儿不一样啊……哦，他没笑，看来是心情不太好。为什么心情不好呢？很快，一只香炉就来告诉了她答案。那是一只博山炉，炉上山形重叠，其间雕着飞禽走兽，一缕青烟袅袅上升，在月色下带着几分仙气。那味道十分清淡幽远，让人闻了就好想深吸一口。不是师父做早晚课时用的檀香，师父也从来不用如此华美的香炉。

　　除了香炉，这里还铺设着许多师父房里没有的东西，比如几旁柔软的锦垫、榻上织金的引枕、壁上精美的字画……倒不是说宋家待客不——,而是金刚智大师要求的,据说他入住宋家的第一天,就把所有东西退了出来,只留一床一案,连跪坐用的垫子都不用一只。

宋府管家悟到"原来高僧是这样的",所以后来到来的一行大师也受到了同样的礼遇。

一行自然不会在乎这些,梁灵瓒也不懂,是到了这间院子,她才明白原来这才是大户人家的客房!三间院落连成一排,一模一样的大小和格局。一行大师住中间,金刚智大师住右边,陈玄景住左边,梁灵瓒暗暗腹诽了一下当初建客房的人实在有够省事。

"对不住对不住,我走错门了。"梁灵瓒嘴里说着话,目光却被陈玄景案上的东西吸引住。

案上除了笔、墨、纸、砚、笔洗、笔架外,还散落着算筹、一把错金小刀,一件圆圆的饼一样的东西,黑沉沉的表面隐隐有银色的光点,像极了夜空与星辰的模样。

"哇!"梁灵瓒情不自禁地伸出手,"你这星盘——"

"一行大师的高徒,有何见教?"

没错,陈玄景的心情不好,很不好。傍晚时分他又去拜访了一行大师一次,结果比第一次更糟糕,一行大师明确地告诉他:"贫僧这里没有施主想要的东西。"

那时他微笑:"出家人不打诳语,大师。"

一行摇头:"或许贫僧曾经有过,但早已舍弃,如今确实没有。"

他还在微笑:"若真的没有,梁灵瓒学的是什么?"

"是真相。"天地的真相。不为人心所动,亘古永存于天地宇宙间的真相。

陈玄景含笑告辞。不然他还能怎样呢?这位名满天下的高僧认为他完全比不上梁灵瓒那个乡下小子,不配成为入室弟子,他还能如何?

"我第一次见到这么厉害的星盘……"梁灵瓒拿起它,不禁流起了口水,"这是怎么做的?这个银色怎么会发光呢?哇,真的像星星一样——"可怜的她也有星盘,不过是一块木头上用墨汁点着几点,表示星位而已,天气潮湿还会发霉,无端造出几颗"新星"。

陈玄景冷冷地看了一眼,劈手把星盘夺了回来。梁灵瓒咕哝:"小气……"

陈玄景讶异地看着自己的手,他怎么会做如此粗鲁、失礼又幼稚的事?

勉强把风度捡起来,陈玄景起身:"夜已深,梁兄还是请回吧。"

"哎,我正好有话跟你说的,你知道我师父为什么不想收你吧——"偏偏梁灵瓒不是雅客,对如此明显的逐客令充耳不满,手里没了星盘,又拈起桌上那把刀,只觉得小虽小,却挺沉,随手在桌角比画了一下,"啊"的一声大叫——桌面竟险些被切下一角来。

"你……你这什么刀?哪……哪儿打的?"梁灵瓒激动得语无伦次,有这样小巧又锋利的刀具,不管多精巧的东西都做得出啊!

第三章·瑞轮蓂荚

陈玄景夺回刀，眉眼皆是冰霜："请回。"在长安贵公子的世界里，说到这一步，基本上就是反目成仇了。但梁灵瓒毫无感觉，很有诚意地道："别呀，师父说占星是歧途，叫你不要误入歧途，要是你不学占星术，师父也许就肯收你了。"

"不学占星术？"陈玄景怒极反笑，"不学占星术我为什么要来找他！"

"除了占星术外，天文之中还有许多值得学的东西呀。"梁灵瓒好脾气地教导他，"师父说占星是人力扭曲天机，真正的天机永存天空，我们要做的就是看清它——喂！"

她话没说完，就被陈玄景拎了起来。

陈玄景拎着她就往外走。他忍无可忍！风度是什么？不知道！和这种人讲风度完全就是对牛弹琴！"干……干什么！你……你疯了？你干吗啊啊……"可怜梁灵瓒虽然平时身手灵活，上蹿下跳赛过猴子，可在陈玄景手里，真的就像一只猴子，除去挣扎，毫无还之力。

陈玄景隐隐觉得这手腕细得不行，好像一折就断，拖起来也不费吹灰之力，只是些微的怜惜瞬间淹没在梁灵瓒的口水里，他直接把她扔出了门外。

梁灵瓒一屁股坐在地上，终于明白这家伙不是发疯，那些点心、那些笑容，原来都是骗人的！没有达到他的目的，真面目就全露出来了！自己居然还真心实意地想帮他，真是傻到家了！她从地上跳起来，破口大骂："我知道师父为什么不收你了，因为你就是笨蛋！白痴！疯子！傻子才收你！枉我还想你当我师兄！我真是瞎了眼！"

陈玄景的拳头在袖中握紧，咬牙切齿："你再说一遍试试！"

"说就说，怕你啊！你陈玄景就是个白……"梁灵瓒卡住了，不是因为突然想做个斯文人，也不是因为不敢骂，而是因为迎面瞥见有人走来。

她整个人猛地被震住，无意识"白"了半天，后面的话早被震飞了。

下弦月，不是很明亮，但已经足够看清那道人影。宋家小姐、宋其柔。但光是她还不够，真正威力巨大把梁灵瓒震呆的，是旁边那个扶着她的人——不空。

"其柔？"带着一丝诧异的声音在不远处响起，身段颀长的严安之立身于月光下，像是刚刚路过的样子。

二

房中，严安之、宋其柔、不空和陈玄景坐在案边。梁灵瓒充当小厮，给四人斟茶倒水。最后给自己倒了一杯，也不管苦不苦了，先一口喝干。

这真是个精彩的晚上，是不是？

"其柔。"严安之首先开口,他只是叫了一声名字,其他的什么也没说,但那张脸完全可以翻译出"如实招来"四个大字。

宋其柔一语不发,头快要低到桌子上。

梁灵瓒充满求知欲的眼神定在不空身上,满眼都是"求解释"。

不空凝望着杯子里的茶,仿佛里面有一花一世界,他正在深研佛理。

"既然宋小姐不愿开口,想必确实有不能对人言的苦衷,我看,就不必强人所难了吧?"陈玄景带着一丝凉凉的笑意,淡淡道。他在白衣外加了件外袍,头发却没有时间梳起,心情不好的他看上去和平时判若两人,那个一直微笑着温雅如春的贵公子不知跑到哪里去了,现在坐在这里简直像是恨不能给每个人都添堵,言语里的恶意和厌烦简直能化为有形的刀刃。

"不是的!"宋其柔慌乱地抬头,"公子,不是……"

"这里是宋小姐的家,宋小姐要做什么,都是宋小姐的自由,与在下无关,不需要向在下解释。"

陈玄景的话虽然挑不出问题,但却像刀子一样扎人心窝,尤其是对宋其柔而言。看着宋其柔脸上最后一丝血色都褪得干干净净,严安之微微皱眉。

"嗒!"一记脆响,陈玄景头上着了一记爆栗,愣了好一会儿,才不敢置信地回过头。

"对女孩子要温柔啊!"梁灵瓒一脸严肃地建议。哼哼,被丢出门的仇终于报了一点点。陈玄景眼睛里几乎要喷出火来。

梁灵瓒认真地向不空道:"不空师兄,宋小姐不愿说,不如你来说?"

不空眼皮都没有抬一下:"这是宋小姐的事,如果她不愿说,我也不能说。"

"你会坐在这里,就也是你的事啊!"

"我只是送宋小姐回房。"

梁灵瓒急得想捉起他的衣襟,这就是重点啊重点,为什么是你送她回房啊!

"也许宋小姐不是不愿说,只是不知道怎么说呢?"梁灵瓒循循善诱。

不空抬头看了宋其柔一眼。宋其柔脸色惨白,眼中含泪。

不空吸了一口气,问:"宋小姐,需要贫僧代劳吗?"

宋其柔摇摇头,又点点头,已是六神无主。

"好吧。"不空看着众人,简单地解释,"宋小姐昨夜走错房了。"

"噗",梁灵瓒一口茶水全喷了出去。

她怎么没想到?她原本最应该想到!

这三间小院一模一样,连她都会走错,何况平时很少出门的宋小姐?

陈玄景面无表情,水一滴滴从头发上滴下来。

为什么会有水?哦,梁灵瓒那一口茶水好巧不巧全喷到了他身上。

如果她敢说无心的,他就宰了她。喷之前还特意扭了头越过旁边的严安之直接对准他,还真是不错过任何机会!

"啊对不起对不起,我是不小心的!"梁灵瓒连忙道歉,但眉梢眼角的喜气藏都藏不住,诚意值摆明为零,甚至还把跪坐的垫子拿起来试图给陈玄景擦水。

陈玄景慢慢地站起来,那双会微笑的眼睛已经凝冻成冰。

"梁兄弟,天时不早,你年纪小,还是早些去睡吧。"严安之忽然开口,甚至还站起来,有意无意地刚好挡住陈玄景,"我送你。"

"哦好好好。"梁灵瓒眉开眼笑。宋小姐安然无恙地找到了,欺负她的人被欺负回来了,这个晚上很圆满,很圆满。甚至还能向满脸铁青的陈玄景做个鬼脸。

送她到小院门口,严安之从背后取出一只卷轴:"这些是你画的吧?"

一坐下梁灵瓒就发现他身上背着这个东西,打开来一看居然是她满大街贴好的宋其柔的画像。

"县尹是外祖门生,衙门正在暗中留意此案,巡街的捕头刚好是我的熟人,看到后就通知了我。"

"你……你怎么知道是我画的?"

"你的衣角上沾着糨糊,身上有胡椒的香味——那是南市,波斯商人的聚集地,最后一幅画像就是从一家波斯铺子旁边揭下来的。"严安之平淡地说,"画像笔触颇为细腻,画者腕力不足指尖纤细,但运转得宜,虽纤不弱,虽细不竭,和你画符的笔迹十分相似。"

他说得平淡极了,好像在说这里有只蛋,而刚才那只鸡正离开,所以这只蛋是那只鸡下的。太随意,太平常。梁灵瓒的嘴半天合不拢:"厉害,厉害,严大哥,难怪他们说你是神探,真是神了!你要是当县官,一定会是个青天大老爷!"

这个跟随一行大师在深山中修行的少年不会知道国子监是怎样一个地方,而他严安之在国子监中又怎样的评价,之所以会和捕头成为朋友,便是因为连县尹也常常需要来向他请教。

县官……那是国子监生徒们就算是彼此嘲笑也不会用到的官职呐。

但面前的人目光真挚又明亮,显然是诚心地赞美。于是严安之牵动嘴角,算是笑了一下,忽然道:"梁兄弟的'灵'可是灵巧之'灵','瓒'可是玉字之'瓒'?"

"是啊。"

"原太史局少监梁天年也姓梁，是梁兄弟同宗，不知道梁兄弟可认得？"

梁灵瓒的舌头顿时大了："你……你认得？"

"耳闻罢了。听说前任太史令温岚曾被称为最有天分的星象师，并把爱女许他为妻。"

"什么？"她外公叫温岚，是太史令？爹爹原来也会观星象？难怪家里有那些书！

大概是脸上的惊讶太过明显，严安之问："你不知道？"

"我……我怎么会知道？我……我又不认得他，呵呵……呵呵……"梁灵瓒干笑。

严安之没说话，只看着她。短暂的安静让梁灵瓒的冷汗迅速从背脊冒了出来。

"那真是可惜了，我原本还想上门拜访他，看来是不行了。"

三

"所以那天师兄你根本不是生病，而是因为宋小姐躲在房里，就连门也不给我开？"

"咳咳咳……"

"出家人不打诳语啊师兄……"

"咳咳咳……"

"就算你咳出肺来我也不会相信你感染风寒的，师兄。"

几天之后，梁灵瓒才有机会抓住不空问个究竟。而在这之前，不空几乎是寸步不离金刚智大师身边，金刚智大师长得就是金刚怒目的一张脸，能有效地令梁灵瓒退避三舍。可是一旦被梁灵瓒抓住机会贴上，那就是熊爪都撕不下来的膏药。

"我和师父一起打坐，很晚才回到房里，宋小姐才发现进错房。"不空终于认命开口，"她当时直哭，我发誓不将此事告诉任何人。等她情绪安稳下来，天已经快亮了，洒扫下人都起床了，总不能让人看到宋家小姐从我房里出去，于是只好等到第二天晚上没人时再走，谁知道……"

谁知道，第二天该看到的不该看到的都看到了。

梁灵瓒和严安之看见倒还罢了，陈玄景看到，宋其柔大约当场就想找个地缝钻进去。

想想这位宋小姐还真是够倒霉的，想找陈玄景的时候走错路进错门，不希望陈玄景出现的时候，陈玄景偏偏又出现在她的面前。

宋小姐回去之后便没有任何消息传出，为一个女孩子的声誉着想，知情的几个人当然都闭口不提。

宋夫人对外人的解释是小姐醉心书籍，在藏书楼看了一夜的书，第二天才回到房中补眠，连丫鬟都不曾察觉，这才虚惊一场。

宋其柔本来就有才女之名，这个理由倒也说得通。

陈玄景第二天便离开了宋宅，不过并没有离开洛阳，据说是去了国子监，他的一位亲友在国子监任职。

宋氏母女当然知道她们永远地失去了进入陈宅的机会，然而贵胄女子，即便再伤心也不会被别人看到。

梁灵瓒则趁着梁天年去私塾的时间，兴冲冲地回去告诉捧香，小姐平安无事，她可以回去了。捧香只是淡淡一笑，说在南市一家绣行找了份活计，不想回宋府。

但南市是鱼龙混杂之地，而宋家是高门大阀，就算梁灵瓒再不谙世事，也知道大户人家的丫鬟比小户人家的闺女过得还要优渥，何况是去做工呢？

也许捧香觉得自己回去不好意思？哎呀不对，是因为捧香完全是被冤枉的啊，宋小姐失踪跟她半点儿关系也没有啊，对啊对啊，这时候应该让宋夫人叫捧香回去才对。

梁灵瓒觉得自己真是太周到太懂世事了，回去便找宋夫人。可巧宋夫人刚刚从小院出来，一行将她送到门口。

"夫人！"梁灵瓒大喜，"我正好有事找你，捧香还在外面呢，什么时候把她带回来？"

"捧香？"宋夫人想了想，"家里可有这号人？"

"她是小姐身边的丫鬟，夫人你忘了？就是那晚小姐……"

"梁小师父，"宋夫人温言打断好，"你记错了。"

"怎么会？我明明……"

"小瓒。"这回打断她的是一行，"宋府的家事宋夫人自有分寸，你不要多言。"

"可是……"

"夫人，失礼了。"一行双手合十道。

"大师，你真的不能帮忙吗？"宋夫人带着最后一丝希冀问。

一行摇头："子虚乌有之事，贫僧无能为力。"

宋夫人叹了口气，终于还是去了。

梁灵瓒跳起来："师父，你也见过捧香的，就是宋小姐失踪那天——"

"小瓒，这几个字你最好忘记，因为宋夫人已经准备忘记这一切，那位侍女便是其中之一。"一行看着满脸不解的徒儿，抚了抚她的头顶，"福先寺的禅房已经修缮完毕，我与金刚智大师商量过了，过几日便搬过去。"

"嗯。"梁灵瓒闷闷不乐地低下头，忽然明白了捧香那淡淡的笑容是什么意思。

捧香知道自己在离开的那一刻就再也回不来了吧？

四

去福先寺的前夜，宋其明偷偷摸摸地把梁灵瓒唤出来，严肃地问："我们算是朋友吧？"

梁灵瓒掏掏耳朵："是吗？我不是害你姐姐的仇人吗？"

"好吧好吧，算我不对，喏，这个送你，给你赔礼啦。"

宋其明递过来一只盒子，里面放着一架星盘，虽然没有陈玄景那个华丽神秘，却也十分精致。梁灵瓒爱不释手，忽然警觉："你想干吗？"

"哎呀哪里话，后天就要月考了，我得回国子监去，听说你们也要走了，以后不知何时才能再次相见，所以这是临别的礼物啊呵呵呵呵……谁让我们是好朋友嘛呵呵呵呵……"

梁灵瓒凝望他几息时间，盒子往怀里一揣，转身就走："谢了！好走不送。"

"喂！"宋其明一把拖住她，"你看我都送你东西了，礼尚往来，你怎么着也该意思意思一下啊！"

"我师父教过我，心无挂碍，方得自在，礼物什么的都是身外物，不要太在意啦。"

"你总得送我一样东西才公平啊！"

"我已经送给你了。"梁灵瓒深深地道，"那就是我对你深厚的友情。"

"你——"和她对视之后宋其明败下阵来，开始耍赖，"我不管了！你一定要帮我弄到一行大师的星命符，否则就把那只星盘还给我！"

"什么星命符？"

"你还装傻！星盘还我！那是我从三祖叔的宝箱里翻了好久才找到的！"

梁灵瓒护着盒子："真的真的，什么是星命符？"

"你真不知道？不可能吧！"宋其明不敢相信，"你是一行大师的弟子，一行大师是名满天下的星象师……"

"我才学没几年啊，可能还没学到嘛。你说说看，什么是星象符？要是师父有，一定会给我的。"

确实，如白云般飘逸出尘的一行大师，只有在望着这个弟子的时候，脸上才会带着一丝属于人类的温情。宋其明对这一点倒是没有怀疑："星命符，就是，就是……配合本人的星象命盘，由高人写就的符文，迎神避煞，逢考必过，绝对有效！"

"所以是……画符？"梁灵瓒好笑，"那你该去玄都观，尹观主很拿手的！"

"你——"宋其明深觉被污辱了，"你们一师一徒能不能有点儿人情味？我姐运气这么坏，我娘想替她求一张星命符，一行大师说什么也不肯，我跟你交情这么好，你居然也不帮，还拿我取笑！"

他说着便走，那脸上的悲伤、失望和愤怒倒不是假的，这下换梁灵瓒去拖住他："好吧好吧，我是真没见过，不过可以去试试看。"

"真的？"宋其明还带着鼻音。

"真的啦。"

星命符是什么梁灵瓒真的没听师父提起过，占星什么的也是认识陈玄景后才知道的。看来她的水平确实太差了，学到的东西太少了。

师父的大脑里还有汪洋一样浩瀚的智慧与学识没有教给她啊。

五

"星命符？"一行微微皱了皱眉。

"是啊，就是像符一样的东西，师父你知道吗？"梁灵瓒把宋其明给她的八字拿出来，然后挨着师父膝边坐下，"宋其明说星象师都会，师父你会不会？"

一行接过那张纸，沉吟了很久很久。

"师父也不知道是不是？"梁灵瓒从师父脸上读出这个答案，"我就说嘛，星象师画什么符啊？那不是抢道士饭碗吗？观主知道了可饶不了我们呢！"

"不，我知道。"一行终于道，"我只是在犹豫，要不要让你知道。"

"啊？"

一行不说话，只是凝望着这个弟子。这孩子可真是瘦，脸只有巴掌大小，越发显得那双眼睛出奇地大、出奇地亮，简直像两颗从天而降的星辰，以她的身体为宿主而寄生。瞳仁澄澈、明净，像溪水……不，溪水还有浮萍游鱼，她的眼睛里绝对的纯净，像一张白纸，由他亲手在里面绘上满天星辰。

"与其让你将来为这些东西困惑，不如现在就让你知道这些是什么吧。"

一行取出星盘，以宋其明的八字来定其命宫、命度、身宫、身度，然后以量天尺定行限，最后是定宫主和度主。

测算复杂而麻烦，但一行手指修长，条理清晰，衣袖未拂，便一一记录在案。

即使是如此，也花了小半天时间，终于推算出来："宋施主禄勋在寅宫，阳刃在卯宫，要迎科名神煞，须往东南方位，佩兰草三支，古玉一方，焚香静坐半夜。忌黑色，忌血光，忌脂粉，忌口角。"一行一面说，一面在纸上写下，写完对折，交给梁灵瓒。

梁灵瓒左看右看："符呢？"

"这便是星命符。"

"咦？他只要照着这上面做，就能通过月考？"好神奇。

"科名神煞主标名，这是他的八字迎此神煞的方法，迎合了神煞，便能在此事上顺遂。"

"真的？"梁灵瓒两眼发光，"那要发财，是不是迎财神就可以？财神煞叫什么？怎么迎？"

"禄神主食禄，民间也称之为财神。"一行道，"神煞者，一切只看年干所变的星曜是否和本人相合，合者为神，凶者为煞。"

这么好？可是慢着，为什么师父一脸平静，好像说的是白开水的表情？这种主宰命运改变运数的神奇术数……不对，这简直是法术……这么厉害的东西难道不应该让人激动难安吗？

"师父……"梁灵瓒看看纸上，又看看师父的脸，"这是真的还是假的啊？"

"还记得陈施主想学的星占术吗？"一行没有回答，反而问。

梁灵瓒点头。

"星占术是人为制造出来的理论，星命术同样如此。所不同的是，星占为天下预测大事，星命为个人趋吉避凶。"一行脸上有一种淡淡的悲悯和感伤，"可是小瓒，我们都很清楚，星辰那么遥远，天地无情，绝不会为渺小的人类预示一切，可无论皇家还是民间，都对这些深信不疑。许多观天者渐渐不再去关注天象真正的模样，只为测算那虚无缥缈的未来，堕入歧途。汉代张衡造的浑天地动仪，到了本朝李淳风手中才略得改进，中间六百余年，难道就没有一个才智与之相匹敌的人？当然有，可是他们的时间与才华都用来占卜天下气数、人命长短和运数吉凶。而一个人哪怕再有才华，再聪明，也不过短短数十年的寿命，对于天地的寿命来说，短得如同一眨眼。即使用尽这一眨眼的时光，也不过窥得宇宙真相中一丝浮光掠影而已……

"小瓒，天文不是一代人的事，也不是十年数十年的事，这是百年千年的事。在天空与大地面前，我就像草木一样很快便要枯萎，可是，我胸中所学有你代为传承，你将带着我的理想与经验顺着时光走下去，代代相传，终有一天，我们能看清宇宙的真正模样，人能够去到更远更广阔的地方，乘风直上，遨游天地！"

梁灵瓒震动地看着师父，相识以来，师父从来没有以这样激动的口气说过话。

"啪啪啪"，门口传来三下抚掌声，不轻不重。陈玄景站在那儿，轻袍缓袖，微施一礼："不请自来，推门而入，在下真是失礼至极，但能聆听大师这番高论，便是做个无礼之徒也值了。"

哼哼，嘴真甜，可惜啊可惜，嘴再甜师父也不会收你。梁灵瓒靠近师父身边，半边眉毛高高扬起，就差没有用鼻子出气。

她这番小人白做了，陈玄景像是完全没有看到她："可是大师您想过吗？自汉以降六百年，为什么没有再出第二个张衡？为什么所有人都醉心于占星，而不去挖掘宇宙间更多的秘密？"

一行没有说话。

"大师应该也想到了吧？"陈玄景微笑，"因为他们活在人世，活在人的世界里。"

天地浩大，星辰渺茫，人世却是触手可及，息息相关。功名、利禄、富贵、权势……每一样都逼人而来。你不在乎这些，好，那你有没有亲人朋友？你想不想他们过得更好，得到更多的照顾与尊敬？

"宇宙的真相是什么，人类已经好奇了无数年，但最终只窥到皮毛而已。人类毕竟是现实的动物，与其遥遥无期地追寻下去，不如将现有的东西为己所用。这就是星占术的由来。试想一下，若不是星占术一直为皇家看重，司天台的天文志如何记录？种种天文秘录如何流传至今？正是因为皇家用得着星占术，所以天文资料才能在历代战乱中被保存，如果没有皇家这只大手护持，大师就算您聪慧过人，醉心天文，也无从学习吧？"

一行依然不语。因为陈玄景说的是对的。皇室的存在虽然扭曲了天文的发展方向，但也护住了天文的传承。虽然这种传承进展缓慢，但星星之火，未曾熄灭。

这也正是他虽然拖延却不曾抗拒诏命的原因，天文的发展需要皇家的支持，观天只需一副头脑一双手就可以了，但若是深入下去，非庞大人力物力不可。

"大师的理想是探寻天地的真相与秘密，却也少不了动用世俗的人力与物力。大师若是不嫌弃，便将这件俗事交在下吧。"

他说话的时候微微俯首，恰到好处的恭谦，风吹来衣角翩翩，风度之佳，可以入画。礼仪原来也是一桩艺术。这样的恳求简直没有人能拒绝。

"施主抬爱，贫僧谢过。"一行道，"只是既是歧途，贫僧也不希望施主踏上。"

"大师现在所行的，在世人眼中又何尝不是歧途？"陈玄景温雅的笑容不改，"譬如大师如此宝爱自己的弟子，等他长大，难道他就不想要娇妻美妾……"

"我不想。"不等他说完，梁灵瓒立刻道，"也不会。"嗯，她很肯定。

陈玄景看了她一眼。梁灵瓒立刻明白了他为什么开始不看她，因为一看她，他就无法保持优雅的风度了。那一眼里的厌恶简直多到了无法掩饰的地步。

梁灵瓒回以大大的笑容，还抱住一行的胳膊，十分谄媚地说："呐，师父，我保证，我一定不会要娇妻美妾，一辈子都不会！"

如果再过几年，陈玄景便可以炉火纯青地修养自己的情绪，可是现在，毕竟还是个十八岁的少年，他控制得很好的笑容终于有了一丝僵硬。

不过陈家子弟就是陈家子弟，即使心里已经恼火得想把某颗脑袋摘下来当球踢，面上还是一片平和，礼数周全地告辞。他是听闻一行大师要离开宋宅，所以特意从国子监赶来，带来了道别的礼物。

一行取出三部经书奉还，陈玄景只是微微一笑，说道："这三部经书在我手中只是普通书卷，在大师手中却是瑰宝。若是萧衍泉下有知，想必也会为此庆幸吧。"

他再施一礼，告辞而出。院门外，苍伯在等候。陈玄景仰头看天。是夜，月明星稀，清光遍地，月亮的光芒如此明亮，只有少数的几颗星还能顽强地发出自己的光芒。

谁是星？谁是月？良久，陈玄景收回目光，一面走，一面吩咐："苍伯，回去收拾一下，明天回长安。"

苍伯无声颔首。陈玄景走得极快，步履如飞，忽地，停下来。

"苍伯，你说，这是为什么？"陈玄景的声音低低的，少年的愤怒与不甘终是压抑不住，脱出礼仪与风度的樊篱，挣扎着呼啸而出。

"我到底哪一点不如那个梁灵瓒！"

六

宋其明拿到星命符后欢喜得不能自已，就差没放祖宗牌位前供起来。

梁灵瓒忍得很辛苦很辛苦，才忍住那句已经冲到喉咙口的"其实这是没用的"。

算了吧，便是精神鼓励也好，心理安慰也好，能让他赴考前信心倍增，说不定真能考得不错。也许这就是星命术发展起来的原因吧？希望能给人以力量，然后这力量也许就真能替人达成愿望。

福先寺修葺一新，明丽辉煌，十分巍峨。一行与金刚智两位大师驾临，方丈率全寺弟子出迎，钟声磬音，佛响缭绕，仿佛是西方极乐世界。

不空跟随在师父身后，见此情景，佛心益坚，心里颇盼梁灵瓒能受到感化，不由得瞧了梁灵瓒一眼，这一眼不瞧还好，一瞧差点儿气跑不空的佛心——梁灵瓒在偷偷吃糖！

方才路过洛阳最繁华的街市，街口有处名叫"糖人张"的小摊，专卖糖人，围了好些孩子，麦芽糖的甜香在空气里弥漫，梁灵瓒回头看了又看。不空很瞧不上梁灵瓒这等没出息的行径，好在梁灵瓒也没有死皮赖脸说要买，但就在几人快要走过街口的时候，一行忽然停下了脚步，向金刚智交代了一声"佛友请稍候"，便转向小摊子。

第三章·瑞轮蓂荚

梁灵瓒一时还没反应过来，待反应过来，欢呼一声，跳起来跟了上去。片刻之后，梁灵瓒抱着师父的手臂走了回来，手里捏着一只竹签，签子上是一只糖画的老虎。

太阳很大，空气很甜。街头的喧闹变成流水一般的背景声，空气中有细细的金色尘埃，一切都被放得很慢很慢，一口糖舔在嘴里，可以甜很久很久。

那个时候，梁灵瓒只觉得这一切很好很好，还不知道这一刻她会记得很深很深。

等到进福先寺大门的时候，老虎已经只剩一截尾巴了。她吃得正投入，不空低声道："扔了！"梁灵瓒讶异地看着不空，不空的脸涨得通红，仿佛她做了什么十恶不赦的事，玷污了佛门清净地："我不知道为什么一行大师总是纵着你，但这里是佛门圣地，我绝不许你胡来！"

梁灵瓒眨了眨眼，她就吃个糖而已……至于吗？但是经验告诉她，不能得罪沉默寡言的人，因为平时越是寡言，生气的时候就越是可怕。她一口把半截老虎尾巴塞进嘴里，手一松，竹签子掉在地上，她伸出空空的双手，一脸讨好，嘴里含糊："是，不空师兄。"

不空差点儿被她气死。

前面的一行和金刚智不知道这段公案，正在方丈的接引下，举步欲进大门，就在这时，身后传来一阵马蹄声。梁灵瓒回过头，就见十来匹马奔驰而来。马极高大，覆着金色面甲，额前勒着红缨，精神得不得了，马背上的骑士穿金色铠甲，阳光在上面照出一片耀目的光，如天神一般让人难以直视。骑士们在急奔中勒住缰绳，齐齐下马，动作整齐划一，像是由一人做来，梁灵瓒简直想喝个"好"。

金甲骑士齐齐下马之后，唯一坐在马背上的人就很显眼了。那人没有披甲，而是穿一身淡绿色官服，头戴官帽，但天气炎热，他又是一路急奔，衣服也乱了，帽子也歪了，更兼满头是汗，口里"哎哟"个不停，由两名骑士扶下马，走一步，叫唤一声，待走到一行面前，简直像是要躺到地上去。一行微笑，合十一礼："瞿昙佛友，别来无恙。"

"哪里无恙？从长安到洛阳，几百里地，从早跑到黑，跑了两天才到，腿都不是我自己的了，屁股也快开花了，哪里能算无恙？我不管，我是为你来的，你得赔我！"

这人肤色偏黑，浓眉大眼，像是金刚智大师的同乡，但口齿伶俐，一口长安官话说得利落至极，丝毫不带外域口音。

他说罢，回身从骑士手里接过一只锦匣，取出一只锦地龙纹卷轴，轻咳了一声，清了清嗓子："一行接旨！"

一行苦笑一下："圣旨既是下给贫僧的，此地皆是方外之人，请容他们暂避。"

"随你随你。"那人甩甩手，"不管他们避不避，反正陛下这回定要见到人。你啊，就老老实实跟我走吧。"

七

瞿昙悉达确实是天竺人，不过和金刚智不同，他的家族已经在长安生活数代了，除去外貌上还有天竺人的影子，无论语言还是生活习惯，已经完全和唐人没有任何差别。除了佛学之外，他同样精通天文历法，早年就和一行相交，祖上世代都在太史局任要职，他便是这一任的太史令。

皇帝派太史令亲自来宣旨，更派了金吾卫专程护送，诚意可见一斑。

但任瞿昙悉达磨破了嘴皮子，一行依然每日译经，晚上就教导梁灵瓒天文。

梁灵瓒还不知道太史令及金吾卫代表着什么，皇帝什么的更加像是另一个世界遥远的东西，每当瞿昙悉达来找师父作长谈，她就一溜小跑跑出房门。

这天，她正要开溜，却被瞿昙悉达拎住，瞿昙悉达道："一见我来就跑！怎么的，做贼去呀？"

"不敢，不敢，我这是不敢打扰您和师父说话。"

瞿昙悉达没理会她，把她拎在手里左看右看："瘦得跟猴崽子似的，一行到底看上你什么？"

"我聪明呀！"梁灵瓒道。

"恬不知耻。"

"让她去吧。"一行道，"她很忙。"

瞿昙悉达放下梁灵瓒，梁灵瓒一落地，一溜烟地跑了。

头顶的太阳渐渐斜下去两分，从一行房中出来的瞿昙悉达又是无功而返，不由得长吁短叹，考虑是不是要让金吾卫直接绑了他就走。

一行送他出来，道："待这部《大日经》译完，贫僧自会上京面圣。"

"你少哄我！这部《大日经》有多少字？你什么时候才译得完？陛下可是急等着你去制定历法啊！"

"制定历法非一朝一夕之功，就更加急不得了。"

一行的语气永远舒缓，能把瞿昙悉达气没了脉，正要埋怨，忽听后院一阵喧哗之声，细听了一阵，瞿昙悉达嘿嘿一笑："这是你的宝贝徒弟惹祸了。"

后院院中放着两只巨大的瓦缸，养着一人高的莲花，正是盛开的时候，只是左边一只瓦缸已经破了，水汩汩地涌出，形成一条溪流，花混着水与泥已经不成样子，方丈一脸痛心，不停数落，梁灵瓒则蹲在缸边，一动不动。

莲花是敬佛的神圣之花，缸毁花残，方丈自然不悦，不过看在一行大师的面子上，他也不好同一个十几岁的少年计较，说了几句便罢了。坏就坏在梁灵瓒态度奇差，闯了祸也不认错，对方丈的话充耳不闻，兀自盯着地上发呆。

福先寺的几个弟子忍不住，一个道："你虽是一行大师的徒弟，福先寺也不是容你撒野的地方！还不快给方丈赔不是！"一面说，一面踹向地上的东西。

"住手！"一行一声急呼。

"不要！"梁灵瓒像是才反应过来，尖叫一声。

但已经晚了，那弟子一脚用力，脚底下的东西"咔啦"一声，裂了。

那是几片小木片，瞿昙悉达原以为是小孩子做的玩具，也没太在意，觉得一行修行有方，宠徒弟却有点儿过头了，无意中再瞥一眼，顿时站住脚，脸色微变："这是……瑞轮蓂荚？"

"瑞轮蓂荚"是一个传说，相传在尧帝的时候，王庭前生长着一种奇异的小草，从每月的头一天开始，每天长出一片叶子，十五天后，每天落一片叶子。在那个没有历法的年代，这就是人们的日历，因此又被称为"历荚"。

神话总归是神话，世上不一定有这样一种植物，却有不少人试图造出这样一种日历，六百年前的张衡就成功过。据说是以木片为叶片，通过流水作用，每天使一枚叶片浮现，以期达到"随月盈虚，依历开落"的效果，说白了，就是一架自动日历。

只可惜张衡的做法早已经失传，只在典籍中留下羚羊挂角般的记载。瞿昙悉达怎么也没有想到，会在一个十几岁的少年手里见到它的踪影。

"师父！它刚刚漂起来了，漂起来了一片叶子！"梁灵瓒发梢上滴着水，脸上沾着泥，一双眼睛却是亮到极点，她从怀里掏出图纸，摊到一行面前，手指激动得发颤，"我想得是对的！只是这水还不够大，要匀速的流动水就能控制它漂起来的时间！"

"你有没有想过，叶片只能浮起一片，并不单是水流大小的问题，你看这里，"一行指着图纸上某处，"照你这个算下去，即使水量再充足，你的瑞轮蓂荚最多也只能浮起七叶。"

"哪里错了？"

"这里，这里，还有这里。"一行指出几个数据。

但凡制作机械，一定要经过周密的计算，但梁灵瓒向来聪明有余，沉稳不足，常常在算学上犯错。师徒两个当即就蹲在地上，以树枝为笔，以流水为墨，旁若无人地在地砖上涂画起来。

瞿昙悉达抱臂站在树荫下。正值酷暑，阳光盛烈，庭中的两个人却像是感觉不到，良久之后，梁灵瓒扔下树枝，露出了恍然大悟的表情。一行抚了抚她的头发，露出了笑容。

瞿昙悉达很早就认识一行了，但从来没有在一行脸上看到过这样的笑容。

一行的笑容悠远旷达，永远带着超越了尘世一切的慈悲之意，这个笑，却是温暖慈爱，充满人情味。

一行他……很喜欢这个少年啊。

这少年有一双非常清澈的眼睛，还有一双非常灵活的手，能画出传神的画作，能造出精巧的机械，这一点尤其令瞿昙悉达注意，大多数观天者沉迷书本与天象，却只能依靠陈旧的仪器。天文的进步离不开仪器的更新换代，懂天象的机械师万里难求，不想眼前却有一个。

人的寿数有限，学识却无涯。到了他们这个境界，一个合适的传人确实是可遇而不可求的宝贝。

再想想太史局里，每年也有太学里出来的生徒，可是那些世家子弟钻研阴阳天文历法，所为的不过是左右朝中权势，光大门楣，哪有人能如此心无旁骛？

瞿昙悉达唤来两名金吾卫，让他们弄只大缸来，补种上莲花。

一行双手合十道："多谢。"

"真谢我就跟我走。"瞿昙悉达看着梁灵瓒在庭中卖力地清理花泥，个子小小的，动作却很是利落，"你有心调教她，何不带她一起去长安？你跟我联名推荐，兴许能让她进入太学。太学里包罗万象，博士们也有点儿真本事，她本来就聪明，触类旁通，对她大有好处啊！"

一行一声轻叹："实不相瞒，我之所以迟迟不愿入京，正是因为她年纪还小，心性不定，太早进入浮华世界，只怕反而分心。入京的事，过两年等她大些再说吧。"

等到再过两年，小瓒脱去些孩子气，不再上蹿下跳，稍稍稳重端庄，能够自保……

毕竟那是大唐的都城，无数在历史中积累了数百年的家族盘踞其中，得宠新贵数不胜数……如果凡俗是泥沼，那里便是最深邃幽暗不可测之地，一个失神便会招来灭顶之灾。

当风开始带上一丝凉意的时候，梁灵瓒终于找到了合适的水源，但因为弱于算学，她的瑞轮蓂荚最多只浮了七片叶子，也就是用来计七天的时间，并且每增加一片，难度都要再大上一层。

十五岁的夏天就这样结束了，它给梁灵瓒留下的纪念是一块小腿上的乌青、一块肚皮上的乌青，还有一方很上档次的星盘。

当然还留下了关于某些人的回忆，那个时候她可不知道，那是命运之神播下的种子，在未来某个时候，神将收获。

第三章·瑞轮蓂荚

八

秋天的时候，师徒俩回到玄都观。一个夏天不见，两位白白胖胖的师兄变成了黑炭头，并且熟练地掌握了挖蚯蚓、钓鱼、钓虾、捉松鼠等多项技术，就差抓蛇未能攻克。很可惜由于两人天天在梁婆婆处蹭饭，没能如愿瘦下来，只是从白面馒头变成黑面馒头而已。

山上的树叶开始黄了，地上落着厚厚的一层，阳光照过来的时候，整片山林变成一种非常美丽的金黄色。空气中充满说不出来的干燥芬芳，天空永远晴朗，星辰格外明净，梁灵瓒喜欢山间的秋天。

生活回到了原来的节奏，自从那次梁灵瓒假装头疼之后，一行就有意缩短观星时间。然而他不知道的是，多出来的时间他的得意弟子并没有拿来睡觉，不是捣鼓她的瑞轮蓂荚，就是带着大相和元太上山下海，无所不为。

秋天到了，兔肉最肥美。从梁灵瓒回来后，后山的兔子就遭了殃，如果够聪明，它们应该开个集体会议，商讨一下是不是该搬家。很可惜，会议没有开成，一行座下的三大弟子没有一次失手——哦不，这个纪录就在今天被打破了。

"噗"，木棍正中肉体，但打中的不是兔子。

梁灵瓒捂着肚子，慢慢地、僵硬地抬起头。元太手一松，手指塞进嘴里，眼泪快要流出来。

这是他们新的捕兔方阵。动作敏捷的梁灵瓒负责把兔子往这边赶，大相和元太一手持一根木棍，看到兔子就一棍子打晕。

可是呢，兔子"咻"一下从棍子底下钻过去，追得太近的梁灵瓒成为替死鬼。

"你……你就这么恨我吗师兄？"梁灵瓒气若游丝。

"我……我不是故意的！"元太慌了。

"放……放心……我……我要是死在这里……变成鬼也会陪着你的……元太师兄……"梁灵瓒声音幽幽的，带着诡异的颤音。

"好了小瓒，不要吓他了，他已经哭了。"大相镇定地说。元太那两只手上的力气别说缚鸡，一只麻雀都缚不住好吗？小瓒抓兔子抓出花活了，这种办法也想得出，要是元太能敲中兔子，他就代替那只兔子，自动走到锅里炖了！

果然元太已经泪流满面，簌簌发抖，梁灵瓒嘻嘻笑着把棍子还给他："好啦好啦，再来一次，我们再去找只兔子。"

元太像是吓傻了，脸色惨白地摇头。

"哈哈哈，元太师兄你要不要这么怕鬼？早知道不跟你讲那些鬼故事了。"

大相也一拍元太的脑袋："忘了我们是和尚吗？有鬼便来超度就是了。"

元太摇头，目光惊恐："小……小瓒，你……你流血了……"

"嗯？"梁灵瓒低下头，然后脸色慢慢也白了，大相也看到了，同样吓得脸上没有血色。

血，殷红的血渗出来，在蓝色粗布裤子上洇出紫色的一块。

"怎么办，怎么办，怎么办？"元太蓦地号啕大哭，"是我打伤了小瓒，是我打伤了小瓒，怎么办，怎么办？！"

大相也慌了神："去找师父！还有梁婆婆！"

是的，师父总有办法，梁灵瓒心慌慌的，由大相背着回玄都观，元太去找梁婆婆。

路上血迹不断扩大，她自己感觉的到身体里的血液无法控制地往外涌，心里面说不出来的悲怆。这是被元太打伤的吗？不，应该不是，元太的力气比女孩子还小，打中也只是一点点痛而已，怎么会流这么多血？一定是她本来就有病……一定是绝症……会死的……怎么办？瑞轮蓂荚的第八片还没有做出来，师父说还有很多东西没学完，她还没有乖乖陪爹好好吃顿饭……

一行尚在午睡，大相也顾不得礼仪了，直接推门而入："师父！救救小瓒！"

一行惊起，只见他最心爱的弟子满面泪痕，半身血迹，面无人色："师父……我活不了了……我床头有一只瓷罐，里面有糖丸和果脯，请分给大相和元太两位师兄吧……我还做了一盏灯笼，本来是准备中秋时送给你的，现在不行了，请师父自己去拿吧。我死了之后就埋在我家的院子里，这样我爹不会太孤单。还有……还有，师父给我的那本《灵宪》我还没看完，能不能用它给我陪葬，这样就算到了阴间我也可以接着学了……"

"胡说些什么！"一行眉头紧皱，探着她的脉相，脉搏虽然急促却还有力，不像是重病之象，但这血迹却是触目惊心，一行望向大相："到底是怎么回事？"

大相慌慌张张地把事情说了，一行伸手抚向梁灵瓒腹部，正想解衣看看伤口，门口蓦地传来一声高呼："使不得！"接着梁婆婆一阵风似的冲过来，指挥着大相背起梁灵瓒就走，一行不解地问："婆婆？"

"这毛病我会治,交给我,交给我。"梁婆婆笑得满脸皱纹都舒展开来，"大师您就放心吧，过几天就还你一个活蹦乱跳的好徒弟！"

"这到底是什么病症？"一行语气急迫，"必须马上止血，先止血。"

"呃……这个……我会止血的，很方便的，我止过很多次了……"

"很多次？"在场四个人都注意到了这三个字。

"婆婆，这是……我们梁家的遗传病吗？"梁灵瓒哭着问。

"算是吧，算是吧。"梁婆婆打着哈哈，把梁灵瓒扶上大相的背，"走，走，快走。"

"婆婆！"一行扶住梁灵瓒的手不肯松，语气严厉了起来，"伤者不宜挪动，就在这里！"

"那怎么行！"婆婆哇哇叫。

元太哭："再拖下去小瓒的血要流光了！"

一行看看绝对不打算让步的婆婆，终于收回手，叹了口气。梁灵瓒趴在大相的背上，用苍白的微笑示意师父不要担心。

大相已经长得很高大了，再加上身材圆滚滚，细手细脚的梁灵瓒越发显得瘦小。几年前这三个孩子站在一起，差别还不是太明显，几年时间过去，大相和元太已经长成了少年模样，骨骼变得宽阔壮实，未来几年便会长成更加高大的男子，梁灵瓒的骨骼却一直纤细，在两位师兄的对比之下尤为明显，果然还是缺少睡眠吗？一个男孩子长得像个女孩子，这可如何是好？一行忧心忡忡。

然而，女孩子……脑际一道亮光像闪电一样劈中一行。

"站住！"一行蓦地暴喝一声。

大家愕然回头，梁灵瓒的脸无力地贴在大相背上，因为才哭过，大眼睛泪光莹莹。

已经出了房门，外面金色的阳光耀眼，屋内显得幽深，师父便站在那幽深的光线里，看不太清楚脸色。

一行久久地看着她，久到婆婆忍不住要出口催促，一行终于开口："罢了，你去吧。"

师父大概还是想把小瓒留下来医治吧？大相和元太都这样想，哎哎哎，果然最疼的还是小弟子啊。不过既然梁婆婆有经验，那当然是交给梁婆婆才行。

到了小院，扶着梁灵瓒躺下，梁婆婆便把大相和元太打发走了。两人依依不舍，特别是元太，走到一半还在路上停下，抹眼泪："我想好了，要是小瓒有事，我也不活了，一命抵一命，我去陪小瓒！"

大相也十分忧伤："你一个人陪她，又把她打伤怎么办？不如我也去陪你们，省得你们打架。"然后又想起，"可师父怎么办？"

"师父那么疼小瓒，一定也舍不得她孤单，这样我们四个人就能在地下团聚了……"元太哭得呜呜咽咽，被这想象感动了。

好在老天没有让两人烦恼太久，因为梁灵瓒很快就缓过气来，脸色虽然还有点儿苍白，但已经没有吓人的血流不止了，虽然不能和他们奔上奔下，但安静地看书画图，做她那些奇怪的手工却是没有问题的，总之看上去已经没有大碍。

他俩对梁婆婆的崇敬又上了一层楼，没想到婆婆除了做菜手艺高明之外，还会医术！

尤其是元太，婆婆把梁灵瓒的命捡回来，就等于把他的命捡回来，还顺便把大相的命捡了回来，考虑到师父也许会因为一下子失去三个徒弟抑郁而终，那么婆婆一下子就捡回了四条命！所以这两天两个人几乎都泡在小院里，挑水砍柴，洒扫生火，恨不得把所有活儿都包了。

第三天却只有元太一个人来。

"大相师兄呢？"梁灵瓒问。

"大相要帮师父收拾东西。"

"收拾东西？"

"去长安啊。"

"啊！"梁灵瓒跳了起来，又惊又喜，"真的？"

"师父都在理佛经了，还有假？"元太一边扫地一边说，"你自己的东西也快些收拾吧，看师父的样子，这两天就要出发了呢。"

当婆婆教育过梁灵瓒这是女孩子长大之后的必经之后，梁灵瓒便去给师父请过安，不过师父体恤她受伤，门都没让她进，只让大相和元太传话说让她好好休息。梁灵瓒这几天也有点儿腰酸腿软，便乖乖歇着，还真不知道师父有此打算。

长安！那可是大唐的都城，谁不想去看看长安是什么模样？

"去长安？"梁婆婆沉默了好久，"小瓒，你要走了？"

"师父不一定会在长安久居，我还是能回来啊！"梁灵瓒兴奋地收拾着包袱，衣衫鞋袜、笔墨纸砚、各种做到一半的材料……最后包成硕大的一团。

"这像什么？背得动吗？"梁婆婆看不过，走过去替她拆散了重新打包，"唉，想想就不该由着你假扮小子，现在真像个小子一样了，敢情老辈人说女人是女人，男人是男人，女人不干男人的事，是想把女孩子拴在自己身边啊。"

梁婆婆抚着梁灵瓒的脸。几年时光，这孩子长大了，蓬乱的头发、胡乱穿着的衣衫总是让人混淆她的性别，但仔细看，却是不折不扣的清秀少女，肌肤细腻，眼睛大而明亮，鼻梁挺翘，小小的嘴角总是翘着，不笑也带着三分笑意。多好看的孩子啊，不知好好打扮一下会怎么样？时间怎么过得这么快，那个一蹦一跳走到她面前来的小毛孩子怎么一下子就长这么大了呢？

她扮成了男孩子的模样，如今就真的要去走男孩子的路了——离开家乡，闯荡天下。

见梁婆婆的眼底有几分泪光，梁灵瓒走上去抱住她，一句"那我不去了"溜到嘴边，又咽了回去。她知道自己想去，想去看看长安的样子，想去看看远方的样子，想去看看这个世界的样子。她每天都在了解更多天空的秘密，可是脚下的大地她都不曾走遍啊。

第三章·瑞轮蓂荚

梁婆婆拍拍她的头，故意埋怨："这么大个人了，还是个小孩儿样子，抱着婆婆像什么样子？叫你师父笑话，生气了不带你去了。"

"嘻嘻，师父才舍不得我，就像婆婆也舍不得我。"

"是是是，我舍不得你。这么厚的脸皮，也不知道一行大师怎么到哪儿都带着你。"梁婆婆说着语气一转，"不过你渐渐长大，这事瞒得了一时，瞒不了一世，找个时机，还是跟你师父说了吧？"

"我会说的……"梁灵瓒把玩着婆婆的衣襟，咕哝，"等哪一天，我就说了……婆婆，女孩子并不比男孩子差对不对？男孩子能做的，女孩子也一样能做到，说不定还能做得更好，是不是？"

"那是自然，男人、女人不都是两只眼睛一个鼻子，两条腿走路，一张嘴吃饭！"

"就是就是！"梁灵瓒露出了笑容，师父通达而高深，才不会拘泥于这些俗见呢，就算知道了也没什么，不过当然，与其等师父发现，当然还是自己说来得好。也许可以找一天说清楚，至于这一天是哪一天……哎，反正天天在一起，还怕没机会吗？

九

出发那天是个晴朗的秋日。

梁灵瓒背着包袱早早来到师父门前。大相和元太也已经准备好了，除了包袱外，还挑了担子——马车无法上山，东西都得靠人力挑到山下。

尹观主带着弟子也来了。弟子们热情地帮大相、元太分担行李，尹观主则打趣道："怎么？大师若是舍不得走，那便不妨留下吧！"

"吱呀"一声，门从里面打开，一行一身白色僧袍步出，宽袍大袖随着清风微微飘扬："道兄，一行叨扰甚久，再不告辞，恐惹人嫌。"

尹观主诧异："咦，这话是说我吗？是说我吗？"

梁灵瓒在旁边微笑，才几天没见师父，感觉像是隔了很久一样呢。不过，这些年来每天都和师父在一起，从来没分开过，这几天确实是他们最长的一次分离了。

一行的视线望过来，和她的撞到一起，梁灵瓒乖巧地叫了声"师父"，却没有得来往日的微笑或颔首。一行的目光在她身上停了停，忽然道："小瓒，你留下。"

梁灵瓒左看看右看看，想从周围人身上得到一点儿提示，但所有人都跟她一样大惑不解，她忍不住问道："师父，为什么？"

尹观主也大惊："大师如何能舍下你的宝贝传人？"

一行沉默片刻："小瓒，你进来。"

梁灵瓒乖乖进屋，一行随后掩上门。这个举动让梁灵瓒好奇，有什么话是不能让外人知道的吗？还是——

"怎么了，师父？"她的眼里充满好奇，一双眸子在光线暗淡的室内依然明亮，"是不是有什么绝密的事情要安排我去做？"

一行回以长久的沉默。

以前怎么就没发现呢？虽然头发永远乱糟糟的，衣服永远挂破角，但这双眼睛怎么可能是一双男孩子的眼睛？

"是。"

"哇！"梁灵瓒的眼睛更亮了，她屏息以待。

"我要你留在洛阳，回到你家中，学习三从四德，熟读女规女训，若实在做不到，至少不许爬树抓蛇，安安静静在家中练习女红和厨艺，将来找个好婆家。"

梁灵瓒每一个字都听到了，可每一个字好像都错了音，在耳朵里嗡嗡响，却无法进入脑子。她有点儿恍惚地抬起头，师父就在她面前站着，和往常一样近在咫尺，她下意识抓住师父的衣袖："师父……"

一行慢慢将衣袖从她手中抽出来："既叫我一声师父，就听为师的话。"

梁灵瓒摇摇头，眼泪唰地流了下来，她扑通跪下："对不起师父，对不起师父，我错了，我错了，我不该骗你，我错了！师父你打我吧，你骂吧，你打我！打我好吗？"说着拉着师父的手往脸上来。

一行收回手，叹息："你并没有骗我。虽然你从未说过自己是女孩子，却也未说过自己不是女孩子，是我自己愚钝，怪不得你。"

"不，不，是我错了，是我错了！"梁灵瓒抱住师父的手不肯松，就像有只巨大的手要把她最珍惜的东西夺走一样，她惶急得语无伦次，"我错了，我下次再也不会了，师父你饶我这一遭吧，我再也不会了！我再也不爬树，再也不抓蛇抓兔子，我连佛经一起学！不不，我把头发剃了，我和师父一起出家！"

一行任由她抱着手，长叹一声："小瓒，你不是出家的性子，不必出家。"

"好，好，那我不出家，师父说什么就是什么，师父说不出家就不出家。"梁灵瓒凄惶地依偎在他的身边，"师父求你不要赶我走好吗？求你让我跟着你好吗？我会乖的，会很乖很乖的！"

珍爱的孩子如一只哀鸣的小兽，一行的手几乎是有自己的意识般想要拉她起来，然而不能，他摇了摇头："小瓒，回家去，那才是你要走的路。"

"不！我不！"梁灵瓒嘶声喊，"师父要走的路就是我要走的路，我不要跟师父分开！"

一行咬咬牙，甩脱她转身便走："我意已决。"

梁灵瓒蓦地尖声道："为什么？为什么？就因为我是女孩子？师父你难道也和别人一样，认为女孩子就是不如男孩子？我哪里不如？哪里不如？师父你说，我哪里不如！"

一行没有回答。

"原来都是骗我的！"梁灵瓒哭道，"明明说过我天分最好，谁也比不上，明明说过要一直带着我，把胸中所学全教给我……师父，你明明说过的，是你亲口说过的……你说过要一直带着我的！"

一行狠狠心，深吸一口气，拉开门闩。

"师父！"梁灵瓒扑了上来，抱住他的腰，"师父不要丢下我，不要丢下我……我哪里不好都可以改，师父都可以教，师父，求求你不要丢下我……"

背脊一片湿热，是泪水打湿了衣衫，一行长叹一声，回过身来。梁灵瓒的眼睛已经哭肿了，泪眼汪汪地看着他。他就以衣袖为帕，把那张小脸上的眼泪擦干："小瓒，在师父的眼里，你永远是最好的弟子。只可惜，天机一途不是女能踏上的。一个女子最好的人生莫过于相夫教子，安稳一世。从今往后，好好做个女孩子，把师父教你的那些都忘了吧。"

梁灵瓒摇头，才燃起的一点儿希望破灭，悲伤得接近于麻木。如果师父怒吼、冷漠，她会不顾一切地冲上去，可是师父说得如此平静，温和得就像从前在星光下和她聊起天外事、人间事时一样，她的心沉下去……

没有希望了。

师父不会带她走。

"若有一天我回到洛阳，希望你已经成婚生子。若是可以，我会去讨一杯清茶。"

师徒缘尽，那是你我余生唯有的缘分。

他像往常那样抚了抚她的头顶，起身开门。光线照进来，梁灵瓒眼睛刺痛，可是不愿闭上，眼睁睁看着师父迈入阳光里，白衣比阳光更加耀眼，又仿佛和阳光融为一体，分不清哪里是光线，哪里是白衣。

晴光朗朗，天地俱白。

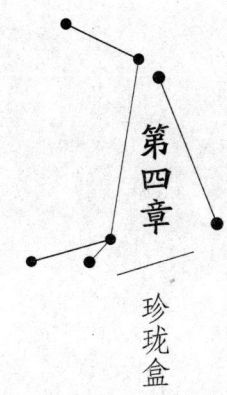

第四章　珍珑盒

一

若有神明在云端俯视，便会看到长安像一个巨大的棋盘，南北十一条大街和东西十四条大街把长安城分成了整齐的一百一十坊。

宫城位于城北正中，象征北辰，以为天中，皇城百官衙署如紫微垣，外城则如群星。地上的皇城与外城围拱着宫城，就像天上的群星与紫微垣围拱着北辰星。

是谓，法天象地。

若说宫城是长安的北辰，那么紫宸殿就是宫城的北辰，丽景殿就在紫宸殿之侧，是武惠妃的居所。

栏外的菊花开得正好，一色儿素白，仿佛在阶前涌起千堆雪。咸宜公主捧着脸，直望着殿内。

殿内焚香，有人静坐，衣袍胜雪，发黑如墨，神情专注。片刻后他从殿内出来，手上多了一封纸笺。

"娘娘水德在酉宫，天赦在卯宫，要避破月神煞，宜在西北向。"陈玄景环顾丽景殿，随后指向其中一座偏殿，"便是这里了。殿中不得有镜子，包括水盆。宜佩玉，越古越好。宜静，闲杂人等不得滋扰，尤其忌血光口角。"

"嗯！谢谢玄景哥哥！有了这张星命符，母妃一定能睡上一阵好觉了！"

咸宜公主接过纸笺，只见字迹挺拔隽秀，十分好看。咸宜公主喜欢他写的字，也喜欢他的模样，这些字被他写出来，真是有福气。

"你十日才一休沐，还被我拉了来，不会怪我吧？"

"岂敢。能为公主效命，是玄景的福气。"

"真的？那你就陪我用了晚膳再走吧！"

陈玄景一笑："宫中酉时下钥，玄景是无职外男，留在宫中多有不便，请公主恕罪。"

咸宜公主一跺脚，还想再留，忽见太史令瞿昙悉达走来。两个月前，皇子李嗣一病故，追立夏王。夏王的生母武惠妃伤心欲绝，缠绵病榻，药石无灵，瞿昙悉达奉旨来丽景殿望气，为惠妃禳命祈福。

陈玄景同瞿昙悉达一起离开丽景殿，瞿昙悉达问道："惠妃娘娘久病不愈，陈二公子怎么看？"

"夏王身故前后，紫微星垣中已有变故，大人可有发现？"陈玄景道，"变故既然生在紫微垣中，化解自然也在紫微垣中，无论是药力还是我等的凡人之力，恐怕都没有用。"

瞿昙悉达眯起眼："哎哟哟，你这是说娘娘装病，只有陛下才有法子让她好起来喽？"

陈玄景微微欠身："大人，这是您说的。"

瞿昙悉达"嘿嘿"一笑："那你说说，紫微垣中要怎生化解？"

武惠妃宠冠六宫，育有四子三女，夏王虽去，还有三位皇子在身侧。东宫太子李瑛是赵丽妃所出，可赵丽妃出身低微，向来不甚受宠，武惠妃她想要的，当然是一脚将李瑛踢开，将自己的儿子扶上太子位。

"事涉天机，学生不敢妄言。"

"你哟，嘴上什么都不说，肚子里只怕已经妄言过千八百遍了。"瞿昙悉达笑眯眯打量他，忽然问，"如今在国子监哪一堂？"

"诚心堂。"

"哎哟！才诚心堂，那不是还有两年？"瞿昙悉达对他越看越爱，"你脑子灵，嘴巴紧，且不说人话，将来在御前奏对，只怕比我还来得，很是适合来继承我的衣钵啊！咱们打个商量怎么样？要不，你干脆退学吧，来我太史局！"

瞿昙悉达是有名的不着调，但此言一出还是叫陈玄景愣了愣。

"吓着你了？"瞿昙悉达朝他挤眉弄眼，"我这是给人刺激的。唉，传人这种东西，我也很想要一个啊！"

正说着，便见太史局一名监丞一溜小跑过来，附耳向瞿昙悉达说了几句，瞿昙悉达脸上顿时发出光来，转脸向陈玄景道："哎哟，我有要事，得先走一步！退学的事，你好好考虑啊！"

他一脸笑容，走得太快，差点儿绊了一跤。

传人……陈玄景走过长长的游廊，思绪又回到了夏天，不由得出了神。

"玄景，你怎么在这儿？"一名男子在游廊的另一端站住脚，金甲下的身形高大矫健，眉目英挺，正是他家兄长，禁卫大将军陈玄理。

"咸宜公主有事传唤。"陈玄景答。

陈玄理身后跟着数十名金吾卫，手中执黄伞御扇，是天子仪仗，却不见陛下。他一想便明白，这是要代陛下去接人。但经过武周之乱，李唐王室几乎被屠戮殆尽，还有什么人能动用御仪去接？

"知不知道我要去接谁？"陈玄理御下极严，时常板着脸，但对自家小弟却是一片温和，"一行大师已经快到长安，陛下命我出迎，你要不要同去？"

原来如此，想来方才瞿昙悉达喜形于色也是因此了。

时值黄昏，夕阳温软，正是微寒天气，这丝阳光显得可贵而温暖。他整个人都在阳光的笼罩里，丝绸衣料泛着独有的温润光泽，他摇了摇头，声音不像在外人面前那般清冷，带了一丝懒洋洋："一行大师名满天下，去迎的人多不胜数，不差我一个。"

陈玄理一笑："怎么？拜师不成，连面也不想见了？你这是放弃了吗？"

不，陈玄景从来没有想过不见一行大师。那位高僧有一双异常清澈的眼睛，唯有那样的眼睛能越过红尘世事，看清事物本源。可是那样一位高人身边却有一个污人眼目的所在。

"时无英雄，使竖子成名，未来的长安，大家都要看一只猴子耍戏了。"陈玄景声音淡淡的，"大师已有衣钵传人，我又何须去凑热闹？"

"什么猴子？什么传人？"陈玄理讶然，"你是指他身边两个小沙弥？那两个据说又黑又胖，哪里像猴子？"

两个？黑胖？沙弥？

"他的身边没有一个瘦瘦小小的少年？没有姓梁的？"

"一行大师身持诏命，沿路有驿站接迎，驿站传来的消息难道会错？"陈玄理道，"我特意托人打听过，那两个小沙弥只是随行伺候，资质平平。一行大师自己也说他尚未有传人，玄景，你仍有机会。"

陈玄景怔住。

——"小瓒确实是真正有天资的人。有传人若此，贫僧别无他求。"

夏天的阳光还留在记忆里，阳光下白衣僧人望向弟子的目光他至今没有忘记。那目光温暖、欣然，好像看得是一颗珍宝，而不是一个野小子。

未有传人……吗？

陈玄景嘴角微微勾起一抹弧度。看来，那只猴子被抛弃了啊。

二

山里入冬比城里早，梁灵瓒在玄都观待到下过第一场雪后回家，梁天年还没有翻出冬衣来。

家里窗纸换过了，屋子里添了炭盆，还是带镂花罩子的那种，常年漏雨、东倒西歪的后厢房也修得齐齐整整，柴房里码着一墙的干柴。梁婆婆看了看厨房里的大米白面，成色不错，没想到梁天年居然还挺会过日子。

梁灵瓒却知道，要是她爹会过日子，多半要等太阳打西边出来。

祖孙俩放好东西，便着手准备晚饭。火光在灶膛里亮起来的那一刹那，梁灵瓒有一丝怔忡。当初那些书在灶膛里化为灰烬的样子还在眼前，如果她当时乖乖听爹的话，现在的自己会是个什么模样？

梁天年回家时见灯亮着，以为是捧香今天回来得早，不料瞧见梁婆婆在座，而另一个穿粉色衣裳的少女捧着酒壶出来，眉毛轻扬，眼睛明亮，灯火照得她脸庞像玉一样发着光。

时光像是多重的幻梦，十几年前，也有这样一位少女笑吟吟地捧着一瓶酒，从帘后向他走来。

梁天年好一会儿才反应过来，这是他的小瓒。

小瓒长大了，明明夏天见面时还带着一脸稚气，而今半年不见，虽是依然跳脱，骨子里却像是受过什么洗礼一样，把那些粗粝的、混沌的、懵懂的东西全都清洗了一遍。明明脸还是巴掌大，身量也未长高，可一眼望去，小瓒已经出落成亭亭玉立的少女了。

"爹回来啦！快来尝一尝，这是尹观主亲手酿的松子酒，听说很好喝呢！"

梁天年先见过梁婆婆，然后道："小孩子家家，不要喝酒。"

不多时，捧香也回来了，见了梁灵瓒，又惊又喜。

第四章·珍珑盒

四个人坐成一桌，热热闹闹地吃了顿晚饭。

梁灵瓒问起家里多出来的这些东西，梁天年顿了一下，道："是我一位故人之子，得知我住在这里，时不时会送些东西过来。"

"故人的儿子？"梁婆婆来了精神，"多大了？做什么的？成没成家？生得怎么样？性子好不好？"

"今年十九岁，眼下是国子监的生徒，家境殷实，门第也高……"

话没说完，梁婆婆就连连叹气："门第高可不行，高攀是要吃亏的！"

梁天年愣了一下。

梁婆婆接着道："小瓒眼看着一天大似一天，婚事近在眼前。要结亲，第一个就是要门当户对，你有钱，我也有钱，大家有钱，就能一片和气；你没钱，我也没钱，大家都没钱，你不能嫌弃我，我也不能嫌弃你，也能一片和气；一边有钱一边没钱，那可不行啊。若是女方高门大户肯下嫁，男方说不定还会小心伺候，诸多客气，可若是男方高门大户女方想高攀，哎呀，那日子能有好过的吗？做低伏小处处赔小心不说，没有妆奁婆家一定不会放在眼里，那得受多少委屈！"

梁天年垂下眼睛，慢慢端起一杯酒喝了，再放下杯子时，点头道："婆婆说得是。别说小瓒受委屈，人家门第既高，婚姻就是在朝中立住脚的本钱，咱们也不能耽误人家。"

"就是这个理儿……"梁婆婆絮絮叨叨，跟梁天年说了许多择婿之道。

梁天年不住点头。捧香瞧着梁灵瓒直偷笑，梁灵瓒无奈地翻了个白眼。

好容易两位长辈聊完了天，梁灵瓒和捧香去洗碗，捧香神秘兮兮道："小瓒，你知不知道梁叔嘴里的故人之子是谁？"

"谁啊？"

"你见过的……"捧香拖长了尾音，压低了声音宣布，"宋家的表少爷，严安之！"

梁灵瓒一呆，手里的碗差点儿没捏稳。

"哈哈，吓着了吧？我第一次看到他上门，也吓了一跳，还以为他知道你是女扮男装跟着一行大师学艺，都找到你家里来了！幸好，他已经认不得我了，见了我也没说什么。好像他娘跟你娘是闺中好姐妹，当年宋大人被贬，他们一家也跟着调到了偏远地方，直到宋大人回来，他们才跟着回来。这一回来就开始找你们，发现只有你爹一人，他就总是派人送这送那的，帮了不少忙。我以前有点儿怕他，但现在看着，他面上虽然冷冷的，其实还是挺热心的，是个好人。"

梁灵瓒好想让捧香醒醒。严安之是谁？是看过她画符就能认出画像的人啊！是单凭胡椒味就知道她去了南市的人啊！他能不认得捧香？啊，他还曾经向她打听过爹，该不会他早就猜到了吧？

不，不，没关系，就算猜到，反正只要不见面，他就不知道她是女孩子……

想到这里，梁灵瓒忽然气馁，就算严安之知道又怎么样？难不成把她抓进大牢？师父都走了，她还怕什么？

她重新洗起了碗，洗得又快又用力，好像要把碗当成某个叫"命运"的东西狠狠洗刷。

三

两个女孩子许久不见，捧香的话说个没完，什么绣行里的精品卖出天价啦，绿眼子的波斯人最有钱，一般都直接用宝石和黄金付钱啦，什么春水大娘美若天仙，无数王孙公子来绣行订东西只为见春水大娘一面啦……

梁灵瓒吃惊，都是个大娘了还能美艳到哪里去？

捧香笑："你不知道，被称作大娘的人不一定是真的大娘。在家里排行老大的女孩子，不管是两岁还是五岁，从她有弟弟或妹妹的那一天起，就叫大娘了。谁也不知道春水大娘多大了，有时候我觉得她二十多了，有时候我又觉得她跟我们差不多大。你不知道，她可真好看，我从来没见过那么好看的人。"

说了半天，捧香发现一直都在说自己这边的事，有点儿不好意思，推了推梁灵瓒："你呢？这次回来住几天？还回山上吗？"

梁灵瓒摇头，又想起黑暗中捧香看不见，道："不回了。"

"太好了，我有伴了！"捧香说着，"那你师父怎么办？你不跟着他了吗？接下来有什么打算？"

这问题梁灵瓒没办法回答，只低低地"唔"了一声。

捧香以为她困了，也就止住话头，慢慢睡着了。

窗上映着雪光，一片青白，远远地传来打更的梆子声，还有犬吠声。梁灵瓒睁开了眼睛。

有什么打算？她不知道。她只知道，她不能老是发呆，老是发愁，她要快活起来，要笑嘻嘻的，这样爹和婆婆才不会担心。

夜好长，黑暗好深，梁灵瓒静静地躺着，终于发现自己没办法睡着。

这么多年了，她已经不习惯在夜里睡觉。从前的这个时候，天地无声，万籁俱静，她与星辰做伴，与万古同愁。

师父……师父在哪里呢？一定是在高处，师父喜欢高处，因为那样离星辰近一些。

梁灵瓒悄悄起身，披上斗篷，架起梯子，轻手轻脚地爬上屋顶。她也喜欢高处，因为这样就离师父近一些了。

在山上的时候，她常常这样枕着手仰躺在梨树上，叶子早掉光了，光洁的枝丫指向天空，天上的星星近在咫尺，异常明亮，好像随时会像花雨那样坠落下来，温柔地覆在身上。

整座洛阳城都睡着了，世界如此安静，她又听到心底的那个问题——为什么女孩子就是不行？

她很愤怒地问过，很伤心地问过，现在再问，已经只余一种无力的伤感和无奈。

星辰闪烁，似乎在回答这个问题，只可惜这答案她看不懂，永远也看不懂了。

因为那个教她看星星的人走了。

四

梁婆婆和捧香开始教梁灵瓒女红。

梁灵瓒一直觉得自己手挺巧，想做的东西没有做不出来的，但碰到这根滑溜溜的绣花针却是没了辙，不是捏不住就是用力过头扎着自己，手上每天都要添几个针眼儿。

梁天年都快看不下去了，还是梁婆婆狠得下心，咬咬牙："万事开头难，熬过这阵子就好了。"

等熬过初学阶段，已经是春暖花开，梁灵瓒做了拆，拆了做，花了大半月，才做成一条手帕送给梁婆婆。

针脚歪斜不匀就不说了，单是边角上一团红彤彤的东西，就叫梁婆婆费了很多心思，她猜测道："这是……山楂果？"

"这是牡丹花啊！婆婆你不是最喜欢牡丹吗？"

梁婆婆顿了顿，"不……不错，接着做。"

梁灵瓒点头："哎！"

把梁灵瓒哄走后，梁婆婆陷入了深思，当初一行大师教小瓒也是这般费力的吗？罢了罢了，能做出些衣帽鞋袜就不错了，绣不出花也罢。

到了夏天，梁灵瓒学会了做鞋，给梁天年做了一双。梁天年颇为感动，穿到第三天，鞋面和鞋底分家了……

梁天年道："定是因为这几天下雨，新鞋原本就该爱惜点儿穿，是我不好。"

梁婆婆道："就是脱了点儿线，好办，缝缝就好了！"

捧香道："小瓒，我教你。"

于是两人回房，端出针线箅箩，捧香一针一针教梁灵瓒，教了半天发现梁灵瓒没声音，抬起头，就见梁灵瓒怔怔的，眼神好像已经穿透了鞋子，不知看到什么地方去了。

捧香拿针在梁灵瓒面前晃了晃："小瓒？"

梁灵瓒回神："哦，好，嗯，我知道了，我要这么缝。"

捧香笑："哦什么？好什么？你看也没看，哪里知道怎么缝了？你知道这鞋子为什么会开缝吗？你的线连结都没打，满脑子想什么呢？"

梁灵瓒颓然地垮下脸："捧香，我是不是很笨啊？"

"小瓒很聪明啊，小瓒只是……"捧香想了想，"嗯，只是心不在焉。人坐在这里，魂儿早不知道飞哪儿去了。"

梁灵瓒长叹一口气，往后一倒，仰躺在床上。

从什么时候起，仰躺时看到的不再是星空，而是帐顶了？

捧香撑在她身边，道："婆婆说得对，我们女孩子总归要嫁人操持家务的。我们又不是千金大小姐，以后有人专门帮着做针线，以后家里人的衣裳鞋袜还不都得自己动手？你现在不好好学，将来必定要手忙脚乱，还要给夫家笑话，可就惨啦。"

梁灵瓒翻了个身，脑袋埋进被子里，闷闷地"哦"了一声。

捧香推推她："前天不是说要修绣绷？修好了吗？"

梁灵瓒抬起一只胳膊，指向柜子。

捧香打开柜子，稀里哗啦一堆绣绷倒下来，差点儿淹没她："小瓒！你这是干什么！"

梁灵瓒百无聊赖地答："反正简单，就多做点儿。"

"你以后该不会想做个木匠吧！"捧香从绣绷堆里爬起来，手无意中抓到一样东西，是几块木片嵌在一根木棍上，"这是什么？"

梁灵瓒坐起来，接过它，轻声道："这是瑞轮蓂荚。"

做绣绷时剩了不少木料，梁灵瓒闲得无聊拿来锯着玩，手像是有自己的意识，脑子里无比轻盈，等回过神来，才知道自己做了什么。

"什么荚？"

"一种日历，七百年前有人做出来过，我也想试试。"

"七百年啊！"捧香被这漫长的时间吓到了。

灯光下，梁灵瓒拈着手里的东西，眼神又是柔软又是迷蒙。

捧香凑到她身边，跟着一起看着这不起眼的木片："这便做好了？"

"还没有，总共得十五片，现在只有九片。"

"那就做完吧，我也想看看这个日历怎么用！"

梁灵瓒轻轻摇了摇头："做不下去了。"

因为没有人教她了。

瑞轮蓂荚，每增加一片都要经过精密的计算。她从福先寺回山上后多加了两片，全是因为有师父指点。在这条路上，她就像个蹒跚学步的小孩，而师父是她唯一的领路人，现在师父不在了，她的路就走不下去了。

梁灵瓒轻轻吐出一口气，将瑞轮蓂荚往柜子里一扔，发出"哒"的一声轻响。

五

捧香在刺绣上很有天分，渐渐能独立完成一些顶级绣品，工钱也是水涨船高，时不时往家里买这买那，梁家上下都有礼物。相比之下，梁灵瓒的女红却依然是惨不忍睹。

入冬之后天黑得早，梁灵瓒点上灯，继续在灯下和丝线搏斗，忽听外面院门响，梁婆婆响亮的声音传来："小香回来啦！哟，这么个大匣子是什么？"

"这是张府的衣裳，张府太夫人过寿，大娘让我明天一早送去！"

捧香的声音脆生生的，显然心情极好，回到房里也是笑容满面："听说张府的大老爷是在长安做大官的，出手阔绰，明天的赏钱一定不少！"

梁灵瓒好奇地看了看那匣子，匣子上花纹精致，里面是套鹤鹿同春的大袖外裳，仙鹤翅上的羽毛在灯下铺展，丰盈细腻得好像能展开飞翔。

梁灵瓒看看捧香的仙鹤，再看自己手里鸭子似的鸳鸯，长叹一声。

同样是人，同样是手，同样是用针和线，为什么就有这么大的不同呢！

"不绣了不绣了，绣上一辈子，鸭子都还是鸭子！"梁灵瓒把绣绷一扔。

捧香已经习惯梁灵瓒来这套了，也不多说什么。

梁灵瓒在院子里转圈、看天，忽地道："西北方向有云气，捧香，明天说不定要下雪。"她又盯着天空看了一会儿，点头，"可能还是大雪。"

在捧香看来，梁灵瓒是乌鸦嘴，只要她说下雪，十有八九就要下。

第二天清早，捧香还没起身就听到窗外扑簌簌的雪声，起来一看，院子里、屋顶、树上覆着厚厚一层雪，甚至犹飘着鹅毛大雪。

两个女孩子嘻嘻哈哈地扔了会儿雪球，又吃过早饭，等梁天年都去私塾了，捧香开始在门口伸长脖子往巷口瞧："奇怪呀，大娘说了要来接我的，怎么还没来？"

　　这套衣裳是张夫人给张太夫人定的，按说应该在晨起时就献上，张太夫人想是喜欢，今天必会穿上见客。磨蹭到这会儿，就算张太夫人和梁灵瓒一样喜欢赖床，也早该起了。

　　梁灵瓒看了看巷子里，雪已经被踩成了一片泥泞，雪下得多，泥泞便越深，她皱眉道："这会儿还不来，可能是路上出事了，比如翻了车什么的……"

　　"呸呸呸！别瞎说！"捧香愁得要哭出来了，"这可怎么办？寿礼要迟了，怎么跟人交代？"

　　梁灵瓒笑了。

六

　　半炷香后，一辆破旧的马车驶出小巷。

　　车是问隔壁赵大叔借的，梁灵瓒嫌襦裙不方便，重新套上了男装，跳上车辕。

　　梁婆婆张了张嘴想要说什么，终于还是忍住了，交代道："就这一回，下不为例啊！路上小心些，宁可慢一点儿……"

　　"知道啦婆婆！"最后一个字的尾音还在空气里，马鞭已经甩出去，马儿撒开四蹄，捧香惊恐地扶住车门，梁婆婆气愤的咆哮从后面传来："……小心翻车！"

　　还好梁婆婆不是属乌鸦的，小半个时辰后，马车停在了张府门口，捧香心有余悸地爬下马车，实在很庆幸自己命大。

　　张府气派的大门前已经是车来来往，络绎不绝的客人正在登门。捧香进去送衣裳，梁灵瓒便在外面等。一个家丁模样的人拿着册子走过来，把梁灵瓒和马车打量一番，懒洋洋地问："哪家的？"

　　"春水绣坊的。"

　　"那边那个人，看见没有？去，跟着他。"

　　梁灵瓒便跟着那人，结果跟着一群车夫被领到廊下最角落的饭桌，原来还有几桌席面专门给下人。除此之外，还有一串赏钱，张府果然是出手阔绰，名不虚传。

　　但婆婆还等她回去吃饭呢，梁灵瓒站起来就想走，正巧主人家从门口迎了两位客人进来。两个年轻人一个气质森冷，一个温润含笑，眉眼间略有几分相似，居然是严安之和宋其明！

梁灵瓒立刻把身子一缩，重新坐回去，假装自己是只鹌鹑。缩了半天，她悄悄扭过头去，估摸着两人已经进去了，哪知道一道墨色长袍就在身畔，居高临下地对她点点头："梁兄弟，别来无恙？"

不是严安之是哪个？！

"呵呵呵呵，"梁灵瓒笑得有点儿僵，"大、大表哥好，呃不，严大哥好，严大哥好。好久不见，好久不见。"

看到熟人打个招呼也是正常，严安之一定不知道她是梁天年的女儿，梁灵瓒你要稳住！打完招呼他就会走的！

然而严安之居然对坐在她身边的人道："兄台，可否挪个位置？"

他相貌不凡，一看就不是等闲人物，更加有一种说不出来的冷冽气息，旁边的车夫赶紧把位置空出来，严安之一撩衣摆就坐下了。

"严大哥你……是不是坐错地方了？"宋璟的外孙不是应该坐到堂上去吗？还有，你是跟你表弟一起来的吧？做哥哥的怎么能扔下弟弟不管呢？

"我性子不好，得罪了不少人，与其坐在堂上让人尴尬，不如坐在这里和梁兄弟说说话。"

"哦，哦，好。"梁灵瓒有几分提心吊胆，生怕他会突然问起梁天年，或者问起她为什么不跟师父去长安。

但严安之什么都没问，举起筷子，好像真的只是选个位置吃酒席而已。

梁灵瓒松了一口气，面前的黄铜锅子里热气腾腾，加入红枣和大葱的炖羊肉已是骨酥肉烂，香气扑鼻，引得她抄起筷子大快朵颐。

正吃着，宋其明找了过来："大表哥，你怎么坐这儿啊？让我好找！"

一眼瞧见梁灵瓒，他大喜："小瓒，是你！"然后推了推旁边一人，便在梁灵瓒另一边坐下，兴高采烈地道，"我还没谢你呐！那张星命符可真管用！自打把它供上，我旬考就没落过榜！真不愧是一行大师的高徒啊！啊对了，一行大师去长安，你怎么不去呢？"

有句话是怎么说的？该来的总是要来的。

梁灵瓒捏着筷子不知道怎么开口，身边的严安之忽然道："一行大师是出家人，梁兄弟又没有出家，没跟去也正常。"

宋其明一想也是，一拍脑门："差点儿忘了，大表哥，采晴姐找你呢。"说着挤眉弄眼，"让你吃完饭先别走，她有话要跟你说。"

严安之面无表情，没接话。

宋其明掩着嘴，向梁灵瓒道："张家和我们宋家是世交，大表哥和采晴姐小时候在一处玩大，这正是两小无猜，青梅竹马……"

"啪"，严安之重重把一杯酒放宋其明面前："喝了这一杯，回席上去。"

宋其明翻了个白眼："我才不回去呢，那个崔子皓也来了，还拉上了他舅舅和表哥。平时在国子监就仗着南宫大人的名头四处招摇，现在请来了真神，你没见他高兴成了什么样子！他送了张大人一只碧玉盒子，据说是从阿曼来的，叫什么珍珑宝盒，里面还藏着东西，但谁也不知道怎么打开，他就在那儿挨个让人来试。哼，不过是显摆他家有几个臭钱罢了，我才不给他搭这个台子，等他唱完了这出我再回去。"

"既是南宫祭酒来了，你更应该好好在里面待着，外公可是盼着你进太学的。"

"呜呜，念个国子监就要了我的命了，还要进太学？干脆杀了我吧！"

前面席上传来一阵喧哗，宋其明回头看了一眼，很嫌弃地撇了撇嘴："看看，唱戏的来了。"

梁灵瓒就见一群人从堂上下来，全是些十七八岁的年轻公子，一个个锦衣玉带，十分光鲜。当中一人手里托着一只绿莹莹的盒子，得意扬扬地沿途展示，每一桌都有人试着打开，却是每一个都无功而返。

"咦？这怎么开？也没有把手，也没有锁孔。"

"就是啊，连条缝都没有。"

"我看这盒子就是个了不起的宝贝了，不信里面还能装什么。"

……

于是那少年更加得意，眉飞色舞的。他本来打算回去了，忽然瞥到梁灵瓒这一桌，一怔，转即露出一个很古怪的笑容，穿过下人的席面，走了过来："哟哟，贵昆仲兴致真是高啊，放着堂上不坐，跑到这里跟这些下人为伍，这宋大人的教子之方还真是别致啊！严兄素来有神探之称，李司业都赞你聪明绝顶，开这珍珑宝盒想必也不在话下，要不要试一试？"

他身后的少年们你看看我，我看看你，脸色都有几分微妙。

崔子皓是南宫祭酒的外甥，一向在国子监称王称霸。而严安之和宋其明是宋璟回朝之后才入的国子监，一是从来不和崔子皓同流合污，二是宋家势力不小，吸引了不少人攀附，三是两兄弟品性都不错，原本对崔子皓敢怒不敢言的同窗都承两人照顾，一来二去，国子监众人俨然以宋家两兄弟马首是瞻，风头大大压过了崔子皓。崔子皓对两人心生不满，也不是一天两天了。

宋其明冷冷一笑，一拍桌子站了起来："崔子皓，想找麻烦是吧！"

第四章 · 珍珑盒

"其明，坐下。"严安之的声音永远没什么起伏，他向崔子皓道，"在下对此机巧之道一窍不通，叫崔兄失望了。"

崔子皓被宋家兄弟压得抬不起头来，一是顾忌宋璟位高权重，二是对严安之有点儿发怵——严安之入国子监的第一天，眉毛都没有动一下，单手就把他派去找麻烦的人拎起来扔出了窗户。

但今时不同往日，今天崔子皓谁也不怕！他哈哈大笑："谦虚，真是谦虚！不试试看怎么知道呢？若是一个盒子都打不开，严兄又怎么能当得起神探之名呢？"

宋其明看不惯他小人得志的模样："就一个破盒子，也亏你拿它当宝贝！要玩找小孩子玩去，我们没工夫陪你。"

"我的宋家少爷，你有所不知啊，这只珍珑宝盒是我花了一千两银子从阿曼商人那儿买的，他千里迢迢过来就带了这么一件，单是这外面的玉石就已经是万中挑一，何况里面还藏着一颗绝世珍宝。"崔子皓晃了晃碧玉盒子，里面果然微微有声，不是实心的。

他笑了笑："宋少爷，你不是有一行大师的星命符吗？听说一行大师的星命符从不许人，头一回有人能拿到，就是你宋少爷了！既然有星命符护身，一定能万事顺遂，打开这只盒子必定不在话下，还怕什么呢？来，开开看啊！"

宋其明脸色铁青。要不接，实在忍不下这口气；要接了，这么多人都打不开这盒子，他接过来也不过丢丑而已。

"不敢接？"崔子皓又一笑，"还是说，那传说中一行大师给的星命符其实是假的，宋少爷怕露了馅啊？"

"你胡说！"宋其明再也忍不住，劈手就要接过盒子，却有一只手比他更快。

那只手小小的，因为手腕细，所以显得棉衣的袖子肥大，还沾上了几滴羊肉汤。

是梁灵瓒。

崔子皓一看梁灵瓒穿得普通，顿生不悦："你谁啊？本公子的玉盒是你能碰的吗？"说着就要夺回来，手却被人捉住。严安之的手像铁钳一样箍着他的手腕，疼得他五官扭曲："严安之你想干什么？"

"崔兄不是很想找个人打开这盒子？"严安之淡淡道，"就让她试试又何妨？"

"要试也得看人！这种人懂什么？！他们连碧玉都没见过！搁他们手里是糟蹋我的东西——"崔子皓说到这里声音一滞，因为他看到了严安之的眼神，冷得像独行的狼。崔子皓不由自主地打了个寒战，再也说不下去。

梁灵瓒低头端详，把碧玉盒子翻来覆去地看了好几遍。

周围的人见这碧玉盒子从来没有在哪一桌耽搁这样久，纷纷过来看热闹，里三层外三层的，都想看看这穷小子玩什么花样。

崔子皓不耐烦地道："看够了吧？看够了快把它还给本公子，少在这儿磨蹭，磨蹭一万年你也打不开！"

梁灵瓒抬起头，一双眼睛璀璨晶亮，她认认真真地道："我能打开。"

崔子皓气得冷笑："牛皮不怕吹破了天——啊啊啊啊啊！"惨叫声响彻整座院落。

梁灵瓒把碧玉盒子扔进了黄铜锅里！

锅里的羊肉已经被捞空了，还剩大半锅汤，碧玉盒子淹了一半，但像是生怕不够入味，梁灵瓒拿起筷子给它翻了个面，把另一半也煮了。

"你——找——死！"崔子皓扑向梁灵瓒。

严安之站在梁灵瓒身前，抓住崔子皓的衣襟，劲力往外一吐，崔子皓便飞过栏杆，跌在地上。

"好……好你个严安之，在张大人府上也敢行凶！"崔子皓挣扎着爬起来，脸色铁青，大声嚷道："救命啊！张大人！舅舅！表哥！救命啊！严安之要杀我！"

七

梁灵瓒一心一意地盯着汤，在心中数到第十下，才把玉盒捞了出来。

煮过的碧玉盒子很烫，梁灵瓒拿袖子裹着手，左手换右手，右手换左手。每换一次手，身边都是惊叫连连，大伙儿都怕下一瞬盒子就会摔得粉碎。

玉盒最终落进她的衣摆里。她拿衣摆当抹布，把上面的油汤擦干净之后仔仔细细端详着盒子，脸上露出了笑容。

现在，这只碧玉盒子已不再是完整的一块，几道微小的缝隙现出真身。

她的手很小、很轻，又很稳，她慢慢地将一块碧玉条抽了出来。

这玉条抽出来，玉盒便不再无懈可击了。曾经尝试开盒子的人恍然大悟，原来盒子是由几块大小一致的小碧玉条拼合而成。

现在，这些碧玉条一块一块被抽了出来，最中间一块被挖空了一半，盛着一颗拇指盖大小的宝石，殷红如血。

梁灵瓒看不懂宝石的成色，随便看了两眼便将盒子拼了回去。她开时小心翼翼，拼回去时却是手速飞快，三两下便搞定，正要将玉盒还给崔子皓，才发现身边已经大变样——

同桌的车夫大哥们全都退了开去，四周的客人围得里三层外三层，眼前只站在两人，一人团团脸儿，五六十岁年纪，拈着胡须，面露微笑；另一人戴高冠，穿大袖，身形高瘦，神情温和。

"这位是中书令张说张大人、国子监祭酒南宫平南宫大人。"宋其明拉了梁灵瓒过来拜见，梁灵瓒便行了个礼。

崔子皓就在南宫平身边，他劈手夺过玉盒，左看右看，不敢置信："不可能……不可能……你怎么知道的？你怎么可能打开？你……你一定是看别人开过！"

"崔兄，你都说了，这珍珑宝盒是阿曼商人不远万里带来，世间只此一件，小瓒到哪里看别人开呢？"宋其明笑嘻嘻道，"这只能是我们小瓒聪明绝顶，再不然，就是你这宝盒徒有虚名，其实没什么大不了！"

梁灵瓒道："崔公子，你被人骗了，这东西不是阿曼来的。它叫孔明盒，据说是孔明先生专门做来藏印信的，无孔无锁，所以难开。"

崔子皓额上青筋暴跳："你胡说！这明明是阿曼的珍珑宝盒——"

梁灵瓒耐心给他解释："你看这上面的缝隙。这不是一整块碧玉，而是碧玉条拼凑起来的，细缝里填了蜡，看起来就好像是一整块，其实都是骗人的。你还找得着那阿曼人吗？他至少应该退一半钱给你。"

碧玉盒子还是温热的，崔子皓拿在手里，气得浑身发抖。阿曼商人跟他说要先用热布巾敷一下，化了蜡，才能打开盒子。可是他没想到，一个下贱的车夫居然也知道这点，并且还把碧玉盒子扔进了热汤里！

玉性喜洁，忌污垢、高温、油腻，君子佩玉要隔衣，就是为了不伤玉质，现在他的玉盒竟然下了锅，算是毁了！

他身为南宫平的外甥，托祭酒舅舅的福能入洛阳国子监的四门学馆，但终归只是商贾出身，想再往上走非得再攀高枝不可。这次南宫平带他来给张太夫人贺寿，也是为他牵线搭桥的意思。所以他在三个月前就四处求购奇珍异宝，好不容易得了这只珍珑宝盒，正想借此出一出风头，没想到却变成了一场笑话。

碧玉盒子在手里发烫，握着玉盒的手发抖，他盯着梁灵瓒，只想用这玉盒砸死她，眼神像是要发疯。

梁灵瓒表示理解，被骗了那么多银子，换谁都得发疯。

"真是英雄出少年，老夫也没能看出端倪，你却打开了，着实聪慧，是可造之才。"张说笑得一脸慈祥，"你是怎么知道上面用蜡封了缝的？"

梁灵瓒道："我……就是猜的。"

张说笑："怎么这许多人都猜不出来，你却猜得出来？要说是运气，必定也是心灵手巧，极为敏感，才能在极短的时间内得到打开它的运气。你是安之和其明的朋友，想必也是国子监生徒，为何做这副打扮，坐在下人席上？"

宋其明道："张大人你有所不知，小瓒不是国子监生徒，她是——"

"一个寻常百姓！我只是一个寻常百姓！"梁灵瓒连忙打断他，"我送朋友来贺寿，他们让我坐这儿，我便坐这儿了。"

"不是生徒？"张说笑看南宫平，"如此资质，却没有网罗进国子监，南宫兄，这可是你的失职了。"

南宫平闻言微微一笑，意态甚是出尘："聪颖若此，确实是可造之才，报上名来，我写下荐书一封，你去国子监报到吧。"

梁灵瓒一呆，宋其明推她一把："还不快谢南宫大人！你道这荐书是谁都能拿到的？"

早在很小的时候，梁灵瓒就听说过国子监。即使是私塾里最顽皮的小子，也会许下"我长大要上国子监"这种愿望，国子监在读书人心中的地位可见一斑。但问题是，她又不是读书人，要这荐书何用？

严安之忽然开口道："二位大人，入监荐书何其贵重，她身份低微，能打开盒子不过是走运凑巧罢了，实在不值这样重赏。"

张说笑道："安之，国子监为天下教授英才，这位小兄弟聪慧如此，若是能好好进学，将来必定能有一番成就，今日之事也能成为一番美谈。"

"大人，她自己都说自己是猜的，其实毫无真才实学，真进了国子监，才是笑话。"

宋其明的嘴巴张得能塞进一枚鸡蛋……大表哥你知不知道自己是哪边的？

"怎么这许多人都猜不出来，她却猜得出来？要说是运气，也必定要有对机械和机关极高的敏锐度，才能在极短的时间能得到打开它的运气。"说话的是南宫大人身边的一位年轻人，身形高瘦，一派斯文，微笑着道，"此等天姿，流落民间岂不可惜？我父亲求才若渴，既遇良材，怎能错过？"

"表兄！"这回轮到崔子皓不满。

严安之向梁灵瓒道："你虽然打开了玉盒，却伤了玉质，念你是无心之失，快快向崔公子赔罪，求崔公子放过你这一遭。"

梁灵瓒点了点自己，要她赔罪？为什么？

严安之冷然道："鞠躬，道歉。"

第四章 珑珑盒

梁灵瓒知道了，但凡是王孙公子，脑子里装的都不知道是些什么鬼东西，没想到连严安之都不例外！她咬了咬牙，看在严安之照顾她爹的分上，硬生生向崔子皓躬了一躬，硬邦邦道："在下无意冒犯，请崔公子恕罪。"

崔子皓"哼"了一声。

严安之道："还不快退下，扰了酒席，还待在这里做什么？"

梁灵瓒咬牙，忍气吞声，转身就走。

离开时她还听到严安之的声音："二位大人有所不知，这人虽然有点儿小聪明，性子却很是顽劣，若真进了国子监，日后只怕要生事……"

八

见过翻脸的，没见过这么会翻脸的！真是翻脸无情！梁灵瓒真想冲进去问问严安之，她到底是哪里得罪过他，但又一想，冲进去又如何，她又打不过他……

"唉。"梁灵瓒靠在马车车壁上，长叹。

"笃笃"，有人在外面敲了敲车窗。

梁灵瓒以为是捧香，撩开帘子一瞧，却是刚才帮她说话的高瘦年轻人，他一脸温和微笑，让人好感顿生："在下南宫季友，见过兄台。"

在他身后不远处的屋檐下，崔子皓脸色铁青，冷冰冰的视线好像要在她脸上戳出两个窟窿。

南宫季友递过来一样东西："兄台聪明绝顶，若是沉沦下僚，岂不是明珠蒙尘？家父言出必行，这是荐书。"

荐书躺在烫金封匣里，姓名的位置是空着的，底下落款是"南宫平"三个字。

梁灵瓒看着他，心中升起一股暖意，坦诚道："多谢南宫大人，多谢南宫兄，只是这封荐书我恐怕用不上。"

雪落下来了，南宫季友身上落了不少雪花，他笑了笑："其实我也颇为好奇，严公子为什么不让你入国子监。但何去何从，梁兄还是自己决断吧，希望能有在国子监见到兄台的一天。"说着，他转身离去。

梁灵瓒曾听宋其明说起过南宫祭酒，说他为人严肃，一板一眼，绝不徇私，生徒们对他是又敬又怕，又说他两袖清风，既是一位难得的好官，更是一位学识渊博的师长，声名极佳。现在看来，他必定还是位好父亲，教子有方，南宫季友也是这般热心肠。

只是不知道为什么，梁灵瓒总觉得那样的笑容——那多一分就过于灿烂，少一分又过于冷淡，不多不少好像拿尺子量过的笑容——好像在哪里见过，异样眼熟。

两兄弟相携离开，风雪中隐约传来崔子皓不满的声音："为何要便宜那贱奴……"南宫季友的回答却是听不真切了。

半响，捧香抱着大包小包过来，东西摊了半边车厢，一脸兴奋："快看我得了多少赏赐！那些夫人小姐们都说我给太夫人绣的衣裳好，都要在我这儿做衣裳呢！幸好有你送我来，不然哪来这些生意这些赏赐？"她一面说，一面把得来的东西跟梁灵瓒分，"听说前院有人差点儿打起来了，是真的吗？还说有个车夫把客人给老夫人的寿礼扔进锅里煮了，真的假的啊？"

梁灵瓒点点头："嗯。"

"哇，真的呀？谁呀？这么大胆子，不要命了！"

"我。"

"谁？"

"我。"

捧香整个人僵住，眼珠子定在她身上动不得了。

"梁兄弟可在车上？"车厢外，严安之的声音传来。

梁灵瓒道："不在！"

严安之道："我有几句话和梁兄弟说，可否移步一叙？"

"不可以！"梁灵瓒掀起帘子，气呼呼道，"跟我这种'只有一点儿小聪明，性子又很是顽劣'的人，神探大人你有什么好说的！"

风雪中，严安之低了一下头，大约是雪花太大，又或是梁灵瓒看花了眼，因为他好像笑了一下，不过再抬起头，依然还是那副冷冷的样子，他道："小瓒，下来。"

梁灵瓒"哼"了一声，非但没下来，反而扬起马鞭准备走人。

严安之握住缰绳，神色严峻："小瓒，国子监不是你能去的地方！"

他的目光太锐利，仿佛洞彻一切，梁灵瓒猛地一阵心虚，一句"我又没说要去"卡在了喉咙口，他是不是知道了什么？

"大表哥……大表哥……你也不等等我……"宋其明在后面气喘吁吁地追过来，看到此情此景，登时站住脚："呃，这个……小瓒你等等啊，大家都是好兄弟嘛，有话好好说。"

他又劝严安之："大表哥，这个就是你的不对了，国子监是什么地方？多少人削尖了脑袋都挤不进去，今天是多好的机会啊！你看，小瓒没能再跟着一行大师，以后的前途怎么办？你也要替她考虑考虑……"这大概是有生以来第一次，由他对严安之进行说教，越说越觉得磕磕绊绊，终于进行不下去了，"不过没关系！南宫大人还在里面，小瓒你跟我来，我带你进去！"

"不行。"风雪中，严安之定定地看着梁灵瓒，一双眼睛竟是亮得吓人，"小瓒不能去国子监。"

"为什么啊？"宋其明不解，"国子监有几大学馆，太学、四门学、律学、书学和算学，小瓒虽然没念过什么儒家经典，但她可以去算学馆啊！"他转过头来问梁灵瓒："对吧？你很喜欢算学的吧？去年在书斋里做那磨墨机，你就在那儿算来算去不亦乐乎……"

算学！仿佛有一道闪电横空劈过梁灵瓒的天灵盖，枝状的电流激活了身体里那些被迫沉寂下来的血液。

精密的设计来自精密的测算，她原以为没有了师父，她就像失去了双脚，再也不能在这条路上往前走了。

"国、国、国子监里，教、教、教算学？"梁灵瓒死死盯着宋其明，生怕他说出一个"不"字。

"当然啦，我还骗你不成？"

梁灵瓒笑了。大大的笑容绽放在她脸上，那上面的明亮与灿烂好像能止住这场风雪。

"多谢啦宋其明！真够朋友！"这句话，伴着中气十足的一声"驾"，马鞭扬起，马儿迈开四蹄，向前驰去。

宋其明跺脚："这到底是要去还是不要去啊？"

严安之一直望着马车远去的方向，雪落了满肩。

"冷死了，我们也走吧。"宋其明说着，忽然想起一件事，"对了，你还没去找采晴姐……"

严安之转身走开。

"喂，大表哥，你走错路了！"

"马车在那边。"

"你不去找采晴姐了？采晴姐在等你。"

"我不能去找采晴，也不能找世间任何一个别的姑娘。"雪花飞舞，将人间覆盖成晶莹世界，严安之走在前面，宋其明看不见他的神情，但听得他的声音轻柔，那是大表哥难得一见的愉悦之意，"因为我已经有未婚妻了。"

"什……什么？"宋其明被震了个五雷轰顶，愣了好一会儿才追上去，"什么未婚妻？谁？什么时候定的？我怎么不知道？啊啊啊啊，我未来表嫂在哪里？"

九

风很大，雪很大，雪花一片片吹到脸上，梁灵攒不觉得冷，只觉得凉，又凉又爽。

因为她血液沸腾，全身都在发烫。

国子监，算学！上天对她关上了一扇门，却又为她打开了一扇窗！

"小攒，这到底是怎么回事啊？什么国子监？什么南宫大人？你们到底在说什么？"

"对！"梁灵攒大声说，"我要去国子监！我要去国子监！"

去国子监，去算学馆！去学那些精密的测算，去把她的瑞轮蓂荚做下去！她不管将来是不是要嫁人，是不是要做女红，她只知道，她现在有办法能把瑞轮蓂荚做下去！

说不定还可以做别的——心里面有小小的声音这样说，是的，别的又有趣又好玩又难做的东西，比女红有趣一万倍的东西。

"可是国子监只有男子才能进啊！而且我听说至少要六品以上的子弟才行呢！"

梁灵攒扬起的马鞭一下子垂了下来。

捧香叹了口气，一脸同情："再说了，婆婆和梁叔怎么也不可能让你去的，你还是别想了……"

这回，梁灵攒连脑袋都垂下了。

捧香先回春水绣坊复命，梁灵攒兀自坐在马车上发呆兼发愁。

风雪中好一个面容清秀的小哥哥，让绣女们心疼不已，让"他"进来避风、烤火，又端上热茶和点心。

梁灵攒哪里有胃口，一脸的闷闷不乐，绣女们问"他"有什么事不开心，她发出一声长叹，愁眉苦脸地摇了摇头。

女孩子……一切都是因为她是个女孩子。是她自己不会投胎呢，还是老天爷故意让她投错了胎，看她笑话？

"小攒。"捧香在里面招招手，"过来，大娘要见你。"

绣女们纷纷笑道："小哥有福了，我们大娘可是天下地上难得一见的大美人。"

现在就算是天仙下凡，对她来说又有什么意义？梁灵攒无力地想。

捧香撩打起帘子，一股幽幽的香气随着暖气扑面而来，梁灵攒迈进房中，先是看见了一座七宝树灯，然后是灯下的人。

很久很久之后，梁灵攒还记得这一次初见，因为她再也没有见过谁能像春水大娘这样，随随便便披了件衣裳，随随便便绾了个发髻，随随便便地倚在胡床上，整个人就像是笼在烟霞水雾里，怎样都叫人看不清。

梁灵瓒走近一点儿，再走近一点儿，脸几乎要凑到春水大娘脸上了。

"小瓒！"捧香拉了梁灵瓒一把。真有点儿不好意思，要不是已经告诉大娘小瓒是女孩，大娘一定要以为小瓒是登徒子了吧？

梁灵瓒如梦初醒："啊……我……我只是想看清楚一点儿……"

"哦？"春水大娘微微笑，"看清楚又怎样？"

她的声音真好听，像是回旋缠绕的丝带，柔、软、顺、滑……还是香的。梁灵瓒的眼睛快要发痴了，喃喃道："看清楚了好画下来……"

"原来你不单会驾车，还会画画？"春水大娘悠悠一声叹息，"许久没人给我画过了……"

她抬手命捧香准备笔墨，梁灵瓒几乎是冲到桌前，心也急，笔也急，想用笔墨把眼前的美留在纸上。然而美人香鬓如云，眼波如雾，眸子如星，笔墨要如何留住云，留住雾，留住星啊！

搁笔的时候，梁灵瓒心里满是失落。

春水大娘走过来，微微讶异："梁姑娘，好画技。"

梁灵瓒苦笑："画不出大娘美貌之五成。"

春水大娘神情中带一丝悠远之意："从前有人给我画了一幅，依我看，连你三成都不到，已经是人称长安第一丹青妙手了。"

捧香咋舌："那小瓒岂不是比第一的还要厉害？"

"多谢了。我的马车拔了缝，风雪天一时又找不着马车去接捧香，若不是你，张府的生意只怕做不成了。本就要谢你，现在又承你一份情。"春水大娘收了画，笑吟吟，"说吧，我该如何谢你？"

梁灵瓒喃喃："你别笑，你一笑，我觉得眼要花……"

"小瓒！"捧香推她一把，"又说什么傻话？"

春水大娘抿嘴笑："这孩子得亏不是男子，不然光这张嘴不知道要哄骗多少姑娘。"

"我要是个男子就好了……"梁灵瓒忍不住咕哝，她要是个男子，绝对不会把时间浪费在哄姑娘上。

忽地，她有了一个念头："大娘，你真要谢我吗？"

春水大娘微笑："自然。"

"我……我可以进你这绣坊学刺绣吗？"

捧香差点儿晕倒，小瓒什么时候这么上进了？然而梁灵瓒接着道："我来你这儿学，但我可能人不在，要是有人问起，你们就帮我遮掩遮掩，行不行？"

捧香一呆，不知道梁灵瓒要搞什么名堂。春水大娘却从桌上拈起一张烫金荐书："梁姑娘这是要瞒天过海，去国子监？"

桌上摊着一堆零碎的打赏之物，看来是捧香下马车时随手一抱，连带荐书一起抱来了。

梁灵瓒挠挠头："是。"

"所以梁姑娘要进国子监，是要入书学馆了？"春水大娘点点头，把荐书递给她，"得到南宫平的荐书，可真是不容易，要小心收好了。你有此画技，要是只能描描绣样，未免太可惜了。放心吧，从今天起，你就是我绣坊的绣女，不管是谁来问起，我都会替你圆过去。"

梁灵瓒大喜："谢大娘！"

春水大娘看着她，微微一笑："你这么会画，可曾为自己画过？"

"没。"梁灵瓒摸摸自己的脸，"我生得又不美，有什么好画的？"

"我却觉得梁姑娘一双眼睛亮如星辰，很值得入画呢。"

"是吗？不过想看自己，照镜子就好了，比画儿可真多了。"梁灵瓒觉得春水大娘真是天仙下凡，人又美，性情又好，她喜欢得不知该怎么办才好，道，"我回去再练练，等我本事再长进一点儿，再来为大娘画画。"

"如此，我就等着你了。"

梁灵瓒欢天喜地地离开了。

没有了少女明亮的眼睛和爽脆的声音，屋子里很快静下来，春水大娘坐在书桌前，对着画像，看了很久很久，然后起身打开柜子，从最深处取出一幅卷轴。

卷轴已微微泛黄，灯光照出画上的工笔美人图。

美人真美，美得浓烈，美得灿烂，美得顾盼神飞。

窗外，天阴如暮，屋内，灯火深深，春水大娘的眼神迷离，不知是哀怨还是怀念，声音轻得像叹息："看，我没说错吧，就说你浪得虚名，今天一个小丫头就把你比下去了……"

十

在路上，梁灵瓒千央万求托捧香替她回家说项。

捧香道："你骗他们，却要我去，我不去。"

"好小香，你比我乖，你说的他们更信啊！求求你了，求求你了……"

捧香推不过，到家之后，对梁婆婆和梁天年道："今天多亏小瓒送我，大娘很是感谢她，听说她正苦学女红，就让小瓒去绣坊学，她会亲自教导。"

梁婆婆大喜："那敢情好，人家能开绣坊，手艺可比我们强多了。"拍了拍梁灵瓒的手："你有这样的名师调教，将来不愁女红拿不出手，不愁找不到婆家。"

梁天年也点点头："辛苦些，好好学。"

梁灵瓒低着头答应了，也不敢在两人面前多说，拉着捧香赶紧回房，关上门，才长出一口气。

捧香道："就算瞒住了婆婆和梁叔，你瞒得住国子监那些人吗？"

"这有什么难的？你看严安之和宋其明，谁不把我当好兄弟？"

本朝风气开放，男装出门的女孩子不少，但一说话，一动作，立马便显出女孩儿气。梁灵瓒却是举手投足都像透了男孩，不，比一般男孩还要大大咧咧些。

捧香盯着梁灵瓒看了半天，问："小瓒，你怎么没有胸？"

"嗯？"梁灵瓒也低头，看着自己一马平川的胸膛。

捧香叹了口气："罢了，说不定这也是老天爷对你的成全。"开了柜子，捧出一套衣裳，"喏，既要去，这个给你。"

是一套衣裳，料子是浅灰色棉布，用细棉做衬，丝棉为底，以略浅一点儿的灰线绣着几缕云纹，平生三分雅致。衣服做工精致，针脚细密，最重要的，这居然是件圆领长袍。

"捧香！"梁灵瓒惊奇，"你是神仙吗？说变就变的？"

"这衣裳是我去年就做好的，原本想上山探望你送你穿。后来你回来了，用不上男装，我就没拿出来。唉，看来这衣裳和你有缘，到底还是用上了。"

梁灵瓒连忙把衣裳穿上，捧香替她系上系带，拉了拉衣摆袖角："还好，你没怎么长个儿，现在也能穿。"

一语戳到梁灵瓒痛处，她忙捂胸口："我……我好伤心啊……"等捧香来安慰她时，猛地抱住捧香，在捧香脸上狠狠亲了一口，"你不是神仙，你是我的小仙女！"

"你呀……扮登徒子可真合适……"

"好啊，我是登徒子，你是小娘子，今天遇上了我，你就是喊破喉咙也没有用了……"

两个人嘻嘻哈哈，笑声透出房屋，布散在黑暗的夜色里。梁婆婆正在厅堂和梁天年说话，侧耳听了听这笑声，轻轻一叹："小瓒很久没有这么笑过了。"

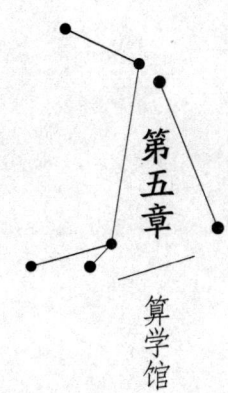

第五章　算学馆

一

国子监和绣坊是同一个方向，都在城南，只隔着几条巷子。

梁灵瓒先和捧香到绣坊，然后换上男装，从绣坊后门出来。

雪后初晴，阳光照着国子监高大的门楼，国子监三个大字在雪后阳光下闪闪发亮，比它更亮眼的是落款——高宗御笔。

高高的门楼边上是高高的院墙，雪覆在飞翘的屋檐上，在阳光下一滴一滴变成水，每一滴冰冷又晶莹。

今天真是个好天气。

大门是厚重的朱红色，上面的门环少说有十几斤重，梁灵瓒费了点儿力气才叩动它。

"呀——"大门发出一声浑厚的长鸣，连绵的屋宇、高轩的楼阁像画卷一样缓缓展现在梁灵瓒眼前，隐隐有书声琅琅，大概是学子们在用功读书，想必还有白发苍苍的夫子，每一丝皱纹都饱含着智慧……

"铮"的一声，想象中的画面四散而去，一道耀眼的寒芒逼到梁灵瓒脸上，梁灵瓒两只眼珠慢慢向内侧靠拢，终于看清了是什么——

枪！十几支雪白闪亮的枪尖对准她，红缨如血。

"月考当天居然还有人敢迟到,我就不问你是打算停公膳还是清号舍了,今天先留一对招子在这里吧!"

为首的男人着白甲,持银枪,漆黑眼罩半罩住右眼,露在外面的左眼露出狠厉的光芒,嘴角却带着兴奋的笑意,枪尖慢慢往上,停在梁灵瓒的眼皮上,声音带着低低的赞叹:"这么明亮的眼珠,挖出来一定更漂亮……"

"哇啊啊啊啊!"这是梁灵瓒灵魂的尖叫,事实上她快要找不到自己的声音,"我……我……我是来报到的……"

"报到?"男人眯起眼。

"大概是厨房招的仆役吧,老大,上次听老周说他那儿人手严重不足来着。"甲士中有一人道,"这人脸生得很,不像是生徒。"

"仆役?"男人的声音有说不出来的失望,枪尖收了收,就在梁灵瓒长出一口气的时候,枪尖又逼上来,男人怒吼,"你不知道走后门啊?正门是给你走的吗?老子难道还要给你开门吗?给老子留下一对招子谢罪吧!"

"老大,老大,老大!"卫军们一起拉住他,其中一个大叫:"傻愣着干什么?还不快走?下次走后门!"

"哦哦哦哦!"梁灵瓒夺路而逃,跑了一阵才猛然呆住,她不是来当仆役的!

国子监这样大,她乱跑了一阵,更加不知道方向,探头探脑四处看,好不容易才瞧见有人从廊下走过——白衣青袍,怀里抱着几卷竹简,一脸斯文。

梁灵瓒感动得快流泪了,这才是国子监的人啊,这才符合她对国子监的想象啊!门外那凶神恶煞的家伙是什么鬼?土匪吗?

"兄台好!"梁灵瓒赶上前去,"敢问兄台,算学馆在哪里?"

"算学馆?"那人上下打量她,"你是……"

"我叫梁灵瓒,今天是来报到的。"

那人微微思索:"今天是报到的日子?"

"呃,不能报到吗?南宫大人说随时来都可以,所以我就来了……"

"南宫祭酒?"那人点点头,"知道了,跟我来吧。"

果然有荐书就是好办啊,梁灵瓒大松了一口气,跟着他穿过长长走廊。雪覆住屋宇和树木,只有蜡梅发出凛冽的香,连绵屋宇错落有致,乌木走廊被雪映出一层淡淡光泽,有读书声远远地传来,梁灵瓒忍不住激动地握紧了拳头。

国子监,这就是国子监!

"对了兄台，门口那些是什么人？"

"护监卫军。"那人说着，忽然回过头来，"是不是被重华吓到了？他本是禁军将领，因过被罚到这里，所以心情欠佳，望你海涵。"

"诶？将军？"她的感觉还真是没有错，那种接近于野兽的眼神肯定是接近过死亡的人才有的……等等，"师兄你叫他什么？"

"重华，源重华。"

不是，这不是重点，重点是直呼卫军将领的名字，又叫得这样亲切的样子，怎么着都不应该是普通的生徒吧……

她后知后觉地发现路上一个人都没有，放眼望去，身穿青袍的生徒们都安坐在木格窗内奋笔疾书。对了，今天是月考来着，那么眼前这个不用考试的是……该不会是夫子吧？

那人带着梁灵瓒进了一间屋子，屋子四壁都是书架，中间一张宽大书案，笔海里的笔根根林立："户帖拿来吧。"

梁灵瓒一呆："户……户帖？"

"户帖、坊籍、荐书。"那人道，"要入学，三样都不能缺。"

风吹过，枝丫上的积雪簌簌而落，其中一坨砸在梁灵瓒头上，冰冷和刺痛让她跳了起来，可是拍掉雪之后，那种寒冷却像是一直渗进了心里，挥之不去。

"呵呵呵呵……"梁灵瓒无奈地笑着，一把把荐书抽了回来，"那个，那个，我还有事，先走一步，多谢了，多谢了，不送，不送！"

她一边抱拳，一边倒退，转过身，跑得比兔子还快。

户帖、坊籍……有，她当然有，上面明显记载着她的出生年月以及性别。

所有的力气都失去，她像一只瘪下来的气球，脑袋都耷拉下来，有一步没一步地返回原路，忽然有丝耀眼光芒一闪。

那是阳光在兵刃上折射出来的寒芒。

她立即清醒过来。

想完整离开这里，就死也不能再经过大门！

她赶紧折向后门，原以为要在迷宫般的国子监里转上好一阵才能出去，结果不一会儿便找到了。

之所以这么好找，是因为后门很吵。

在那儿排着一条不甚整齐的长队，男女老少高矮胖瘦都有，一面排着队，一面叽叽喳喳，好不热闹。

一个高大的胖子从厨房走出来，大声吆喝："都站好，都站好，别吵吵嚷嚷的，你们以为这是什么地方？菜场吗？这里是国子监，国子监！"

他手里挥舞着锅铲，就像将军挥舞着他的兵器，圆滚庞大的身材如铁塔一般堵在厨房门口，头顶上堪配一行大字——一夫当关万夫莫开。

梁灵瓒眼睛一亮。

二

第二天在绣坊，梁灵瓒换上一套深沉的土黄色衣裳。

捧香疑惑道："我以前在宋家的时候，听他们说，国子监生徒穿的衣裳叫青衿，是青色的长袍……难道国子监生徒的衣裳也常改样式？"

"不，这不是生徒的衣裳，这是仆役的衣裳。"

"啊？"捧香吓了一跳。

"管它是什么衣裳呢，只要能进国子监，就是好衣裳！"

梁灵瓒在厨房里专职洗菜，洗得又快又好，很得管事胖铁头的喜欢。

洗得好乃是梁灵瓒觉得自己除了拿针线之外，自己的手还是很能干的；洗得快则是快快洗完，她才好去旁听。

大唐在长安和洛阳都设有国子监,世称"两监"。洛阳的国子监原本比照长安的国子监，设有太学、四门学、书学、律学和算学诸馆。不过太学生徒要三品以上官荫子弟才能入学，这样的高官基本都集中在长安，便是身在洛阳的，也要想方设法把孩子送去长安太学。洛阳国子监的太学基本形同虚设，后来就干脆闲置了。

四门学取七品以上官荫子弟，结业之后评价极优者可以入长安太学，即便进不了太学，结业也能步入仕途。其余三处学馆则是允许庶民就读，将来结业历事，可以从书吏做起。

梁灵瓒一面实探，一面打听，很快摸清楚了算学馆的方位。说来倒霉，算学馆离厨房最远，差不多要穿过整个国子监才能抵达，但妙的是，算学馆有一面窗就靠着假山，她躲在山石洞里偷听，谁也发现不了。

今日的夫子出的题目是——今有竹高一丈，末折抵地，去本三尺，问折者高几何？

话说国子监里的夫子不叫夫子，分为博士和助教，但对于梁灵瓒来说都一样，授课的都是夫子。

不过今天的夫子声音清越，很是悦耳，对学生也是循循善诱。梁灵瓒拿树枝当笔，在地上划拉着解完了题，忽然觉得这声音有几分耳熟，悄悄伸长脖子一看，可不就是熟人？就是当初被她拉着报到的那位。

明明比生徒大不了多少啊！最多二十来岁吧？居然就是助教了？了不起，了不起。

屋子里的生徒们也不知是故意拖时间还是怎样，这夫子讲了好几遍，依然有人不明白。梁灵瓒等了半天才得到答案，果然和自己得出的结果一样，微微一笑，扔下树枝站起来。

时候差不多，刚好赶回去吃个午饭，然后把下午的菜洗了。

才出山洞，就有两名生徒往这边来，梁灵瓒乖乖让到一旁，等他们过去。

这两人却忽然站住脚，一个道："快看！是李司业授课！"

"天越来越冷了，算学馆的两个博士年纪一个比一个大，过冬跟渡劫似的，这不是又病了吗？我还以为他们能提前放旬假，没想到居然是李司业来代课，啧啧啧，这帮人赚大了！"

梁灵瓒忍不住好奇："这李司业很厉害吗？"

两人见她一身仆役装束，但眉清目秀，倒还赏心悦目，便答道："那是，五年前陛下御笔钦点的状元郎，又是宗室之后，前程不可限量！他不知为何纡尊降贵来了洛阳做司业。做司业便罢了，可你看，司业下面有司丞、主簿、博士、助教，再往下还有学正、学录，哪儿有亲身授课的先例啊，真不知道是怎么想的……"

两人一面说，一面摇头晃脑地去了，也不知道是钦佩李司业多些，还是惋惜他多些。

这一整个冬天果然都是李司业代课。虽然同样是讲题，李司业却比原来的老夫子讲得更有条理，往往三言两语便能点明关键，梁灵瓒听得畅快淋漓。唯一叫人发愁的是里面的学生进展太慢，李司业的问题总有人答不上来。

这一日，李司业在里面讲"今有池方一丈，葭生其中央，出水一尺，引葭赴岸，适与岸齐，问水深，葭长各几何"，半天过去，没人解出答案，李司业等了又等，梁灵瓒忍不住道："水深十二丈，葭长十三丈！"

话一出口，梁灵瓒就后悔了，直想把声音拽回来扔进喉咙里咽下去。可惜，声音布散在空气里，学舍里的李司业回过头。

梁灵瓒扔下树枝就跑。

一连好几天，梁灵瓒都没敢再往算学馆去。

但隔得越久越是心痒难耐，这天洗完菜，她借着帮人打扫院子的机会，拿着把扫帚，摸到算学馆来。

不来还好，一来就见假山外站着两个生徒，像是立了两尊门神。

梁灵瓒立刻夹着扫帚逃了，逃得太快，拐角的地方差点儿撞上一个人，还好身子灵便，刹住了脚。

"走路不长眼睛啊！"那人大骂，"知不知道这是什么地方？由得你疯狗似的乱跑？信不信我把你交给护监卫军，打断你的狗腿！"

这声音……梁灵瓒强行忍住了抬头的冲动，低着脑袋缩着身子装鹌鹑，一个劲儿点头哈腰。

旁边的人劝道："崔兄和一个仆役置什么气？别耽误了见陈公子，他现在正在李司业房中呢。"

大约是事情要紧，又或是她认错态度良好，崔子皓"哼"了一声："这回就便宜你这狗奴才了！"说完扬长而去。

梁灵瓒对着他的背影挥了一下拳头，但想想假山旁的两位门神，终究还是垂头丧气，一步一步往厨房挪。

人生在世，想学点儿东西，可真难啊！

三

梅花在窗外盛放，即使没有开窗，香气也从缝隙里透进来，幽香盈室。

窗下有人煮茶。水在炉上，炭火微红。

"梅花上的雪水当真是煎茶之圣品，名不虚传。二哥，请看，水中泛出鱼目大小的珠子，微微有声，为一沸；边缘如涌泉连珠，为二沸；到此时腾波鼓浪，为三沸。"

阳光映着雪光照进窗内，窗下的少年公子眉目如画，他手下舒缓，广袖轻拂，茶斟进杯中，两只杯子里的茶沫一模一样，少年公子微微一笑："二哥，请。"

李司业接过茶："这又是长安新兴的花样吗？"

"可不是？长安繁华，趣致也多，每天茶楼里都有新花样，书坊里都有新书目，前几天我还在古市里淘出几本失传的古籍，二哥要不要看？"

李司业微微一笑，并不答话。

陈玄景坐到他面前："二哥，老太太很惦记你，大哥也盼你回去。你要在这里守到什么时候？"

"我身为司业，自然该守在洛阳。"

"你身为司业,五年来可上过一封奏折?可晋过一次品阶?可面过一次圣颜?"陈玄景深深道,"身为大长公主之后,宗室骨血,极贵之身,就要虚掷在这国子监吗?大哥在朝中已经等你很久了,你还要大哥等多久?"

李司业姓李,名静言,其祖母和陈玄景的祖母是双生姐妹,李静言祖母先亡,族中就只剩下李静言一个孙子,李静言自小就在陈家长大,和陈氏兄弟亲如一家。

"我知道你对二哥很失望,但她在洛阳一日,我便在洛阳一日,永远。"

陈玄景眉头皱了一下,忍了忍,终是没有忍住:"你十年寒窗,一身才华,满腔抱负,就要毁在一个女人身上?"

"对我来说,这不算毁。"李静言的声音很轻,目光也很平和,但平和之中有山不改水不移之势,"若是当年没有遇上她,这一生才叫毁了。"

陈玄景眼中全是不解,全是惋惜。

李静言一笑:"玄景,你还年轻,还没有遇上那个人,教会你天有多蓝、风有多轻、花有多美。终有一天,你会遇上那样一个人,到那时你便懂了。"

陈玄景心想,这种事情还要别人来教,岂不成了傻子?

他父亲早逝,大哥身兼父职,对他虽然十分疼爱,也同样十分严厉。还是很小的时候,他下了私塾便要跟着大哥练功,马步一扎就是一个时辰。累得快要扛不住的时候,李静言便会向他眨眨眼,随便指一事,把大哥拉到一边。

有时李静言也会带些有趣的书给他看,书里的话,李静言讲来比夫子要生动得多。

"二哥,你真是个好夫子。"少年的他曾经这样说。

他以为这样的日子会一直过下去,一直到遥远得看不到头的未来,可是那一年……

那是长安四年,张昌宗得术士指点,要建前古未有之大佛,选出最美丽最善歌的少女扮作吉祥天女,宝马金车,沿朱雀大街放声而歌。

据说,当那名少女的歌声响起时,云也停了,风也停了,万物生灵没有一丝声响发出,长安城从来没有那么安静过,诸天神佛都在屏息聆听那不属于人世的歌声。

李静言的劫难便从此而始。

当时陈玄景还小,只知道那一段时日,大哥格外忙碌,脸色也格外难看。有一天,大哥和二哥在书房吵了一架。他看到三哥在门外偷听,于是也凑过去,听到四个字——春水如意。

姓春水,名如意,是名动一时的吉祥天女,也是长安身价最高的歌伎。

当然,他知道这些已经是很久以后的事了。

他只知道那天两个哥哥吵架了，出来时，二哥摸了摸了他的头，眼睛发红、眼眶含泪。

从那以后，他就再也没在长安城见过二哥，再也不能像以前一样，练功练累了有人帮忙偷懒，无趣的时候有人递给他一本书。

再后来，他长大了，想见二哥，快马一日，马车两三天即到，多半还带着老太太的嘱咐和大哥的交代，可是一向好脾气的二哥在这件事上却是吃了秤砣铁了心，没有一丝回旋的余地。

李静言一口饮尽茶水，道："你既喜欢这梅花上的雪水，我让人给你收集一坛子，你带回去。"

陈玄景没好气："不用，你替我蓄好一坛，就埋在这梅树底下，我明年来取。"

李静言知道他从小在外人面前就极是知礼，只有在最亲近的人跟前才会放纵自己的情绪，笑道："太学何时这般轻闲了？还没到旬假，怎么你就出来了？"

"老太太听说福先寺的师父法力深厚，要我替她去点几盏长寿灯。"

"这种事自有管家去做，何时要劳烦你大驾？"

"我闲得慌，成不成？"陈玄景说着便站了起来，李静言道："慢着，帮我一个忙。"他手上一直在看的是道算学题目，题目下列着两种解题方法，乃是从地上抄录而来，"有人在偷听我授课。"

陈玄景一笑："二哥魅力所及，无远弗届，一直以来都是洛阳国子监的传奇，有人偷听好稀奇吗？"

"从前也有人来看稀奇，但这次不一样，一墙之隔，她是真正在听讲。生徒们一题还未解出，她就在地上解了出来，不但解出，还用了两种方法。天资聪颖，难得一见。可不知道为什么，我接连派了生徒在假山外等她，她却一直没露面……"

"也许她是书学馆或律学馆的生徒，逃课来你这里偷听，自然不好露面。你还要派人等着，她做贼心虚，更加不敢来了。二哥你只有先把人撤了，再多上几道让生徒们生疼的难题，那人见猎心喜，就会来了。"

国子监里，书学馆、律学馆和算学馆三馆，可以收授六品下及庶人生徒，不过这样的名额是极少的。这些人里，往往是家里让学什么就学什么，入学之后可能才发现自己喜欢别的学馆，但已经来不及了。

李静言恍然："原来如此——"

一语未了，外面有人叩门，朗声道："司业大人在上，学生崔子皓拜见。"

"崔子皓？"李静言愕然，"他来找我做什么？"

陈玄景一笑:"既然二哥有客,我就先暂避了。"他起身,走到后门,又折回来,从桌上一大堆礼盒中挑了一只酒坛,向李司业晃了晃,走了。

崔子皓进来,一面恭维客套,眼睛却四下里乱探,没见着其他人,就问:"听闻陈二公子造访洛阳,学生对陈二公子仰慕已久,一直无缘得见,这回是相逢不如偶遇,请问陈二公子可在?"

李静言明白了。他虽是司业,但生性向来淡泊,而这崔子皓一心想去长安太学,其舅南宫平向来不徇私,崔子皓也曾在他面前花过许多工夫,发现无用之后只得放弃。上回听说他想走张说的门路,不知怎的被人毁了礼物,现在看来,崔子皓是想搭上陈家这条线。陈玄景只怕早就猜到了,所以干脆遁了。

四

游廊曲折,正是饭时,生徒们三三两两结伴而行,诸多的白衣蓝袍中,忽而有一道穿暗黄衣裳的仆役闪过,个子小小,拖着一条老大的扫帚,耷拉着脑袋,不知怎的,似曾相识。

陈玄景的脚步顿了一下,再仔细看,又不见了人影。

护卫监军的院子在国子监东面,陈玄景拎着盒子,还未进院,就险险和一个人撞了个满怀。那人刚卸了甲,头发用一枚银扣扣起,一只眼睛如鹰般锐利明亮,另一只则隐藏在漆黑眼罩下,一顿之下,就要发作,待看清是陈玄景,满面戾气顿时烟消云散:"好小子!我听说你来了,正要去看你!"

"我既然来了,怎敢劳烦三哥跑一趟?"陈玄景晃了晃手里的盒子,"长安的明月白,三哥可还喜欢?"

源重华向来无酒不欢,自然欢喜,带他进屋,拍开泥封,先深深嗅上一口:"好酒啊!好久不见!"然后倒一碗给陈玄景,剩下的都归自己,"喏,不是三哥小气,是大哥说了的,小孩子不许多喝酒。"

陈玄景接过酒抿了一口,没有多说什么。他早就明白了,在哥哥们的眼里,就算他娶妻生子了,估计他还是小孩子。

源重华一口气灌下去半坛子,大喊一声"痛快",这才进入正题:"你突然来洛阳,可是有什么要紧事?是不是大哥有什么事交代?"

"不是,只是我自己有些许小事而已。"陈玄景道,"我来时大哥还在宫里当值,没有见上面,不过夏王薨逝快半年了,陛下又对武惠妃格外恩宠,想来她的气也该平了,再加上东宫才是她的心腹之患，料不会再为难三哥。早则明春，晚则明秋，大哥应该就能请旨把三哥调回长安了。"

"说起来真是能气死人，夏王是自己病死的，关老子什么事？就因为老子那一晚当值！呸！"

"三哥，你到现在还不知道自己为什么被贬吗？"陈玄景摇摇头，笑道，"你会来洛阳，不是因为刚好在那日当值，而是因为你是那个向武惠妃报丧的人啊。"

源重华一愣："是我得到的消息，自然该由我禀报。此乃金吾卫当值殿将理所当然啊。"

"我问你，你是怎么得到消息的？"

"夏王身边的管事太监告诉我的啊！"

"他为什么不自己去告诉武惠妃？"

源重华顿住，郁闷半晌，端起坛子，咕咚咕咚灌酒："人心里这些弯弯绕绕，真是麻烦！"

"人心其实很简单，只要知道它想要什么，害怕什么，就知道怎么掌控它了。"

源重华越发郁闷，陈玄景从怀里掏出一样东西递给他："来的时候，小叶子让我带给你的。"

那是一卷精巧的卷轴，展开来是一幅十方美人图，各呈妍态，源重华的脸上重新露出笑容："不愧是我家小叶子！"笑吟吟问陈玄景，"如此好物，他有没有分你一份？"

陈玄景摇头："我无福消受。"

"哎呀，从小到大，你哪一处都胜过我那没用的小弟，但在这一处，我这小弟却是胜你千万倍啊。"源重华说着，晃了晃手里的东西，"这可是男人最重要的战场，这种仗打不了，任你混得再威风，也是输啊！"

陈玄景举起碗，敬道："那就祝贤昆仲纵横此沙场，所向披靡，马到功成。"

源重华仰天大笑："借你吉言！"

五

快到年节，有两个地方会特别热闹，一是街市，二是庙宇。

福先寺有金刚智大师驻守，一行大师也曾在此译经，是以声名越来越大，香火很是旺盛。不少达官贵人都来烧香，住持忙到分身乏术。

陈玄景道："大师且去忙吧。我曾与金刚智大师高徒不空师兄有数面之缘，这次来正好访旧。"

第五章·算学馆

住持连忙答应，派小沙弥去找不空，烦请不空替他陪陈玄景游览一番。

不空见到陈玄景，微微一愣，合十施礼后，并不废话，尽忠职守地领着陈玄景在寺中逛起来。

"这是天王殿。这是大悲殿。这是大雄殿。这是厢房。这是禅房。"不空一字一字往外蹦，一个字比一个字干巴巴，一个字比一个字冷淡，"好了，游览完了，师父还在等贫僧，贫僧告辞，陈施主请自便。"

"天下的寺庙相差能有多大？在下是为寻访旧友而来，不空师兄如此冷淡，可是要让在下伤心了。"风吹起陈玄景的斗篷，领口狐毛锋针簌簌而动，嘴角有浅浅笑意，"严安之严兄与宋其明宋兄在国子监一切顺利，宋其柔宋小姐听说也许了不错的人家，眼看不空师兄在这里过得安稳，在下更觉得欣慰。"

不空站住脚，回过身："她……许人家了？"

"据说是的。宋小姐才名远播，宋大人又如日中天，高门大户中前来求亲的络绎不绝，天下好男儿任宋小姐挑选，想必将来一定能过得顺心顺意。"

不空看着陈玄景良久，天下的好男儿尽由她挑选吗？不，她最想选的那一个偏偏不让她选。

轻轻叹了口气，不空道："找我什么事？"

"访故而已。"陈玄景道，"去年夏天和诸位一聚，玄景时常记在心上，只是诸位的景况都还好，梁灵瓒梁兄却不知在哪里？"

"原来是找她。"不空吐出一口气，"离开宋家后，一行大师是带着她在这儿住了一阵，后面便回山上去了，你要找她，往玄都观去看看吧。"

陈玄景长施一礼："多谢师兄指点。"

他的身材颀长，一揖下来如风中劲竹，分外好看。不空又轻轻叹了口气，想问他为何不喜欢宋小姐，但终究还是忍住了。自己是尘世外的人，不能管尘世中的事。

世外之人注定空寂。

只是他也会想起那个并不空寂的夏天，会想起那个错入门扉一脸惊慌的千金小姐，也会想起那个整日里胡作非为不知长进的梁灵瓒……

他在庭中站住脚，脸上微有怅然之意："梁灵瓒啊……唉，你看，那两口大缸有什么不同？"

庭中立着两口大缸，积着大半缸水，不过天气寒冷，水已经结成冰，隐隐可见冰中有干枯的枝叶，大约是残荷。

"左边这口要新些。怎么?"

"梁灵瓒干的好事。据说这两口缸立在寺中已经几十年了,但去年梁灵瓒一来,要做什么'瑞轮蓂荚',砸缸引水,惹得住持大怒。一行大师却是一句也没说她。这大约就是上辈子的缘法,不知为何,一行大师就是对她那样偏爱。"

陈玄景脸上始终有明月清风般的清浅笑意,一直听着,他听出了这是不空出家人特有的慈悲,在不动声色地劝他放弃拜师。不空以为他要找梁灵瓒只不过是借口,其实还是为了拜师而来。

其实如果他愿意,早已拜师了。

一行大师在长安广开方便之门,几乎是来者不拒,只不过所谓师徒都是虚名,一行大师没有悉心教导过其中任何一个。

"大师,您还有一位弟子呢?留在洛阳了吗?"陈玄景这样问道。

一行大师淡淡道:"施主说笑,在洛阳时,贫僧真正的徒弟只有大相和元太。"

"哦?那位梁灵瓒难道不是大师爱徒?"

"自然不是。"

原来出家人也会打诳语啊。

六

陈玄景踏进玄都观的时候,已经是黄昏。

冬天的黄昏格外短暂,一点儿落日余晕转瞬即逝。陈玄景先在三清像前拈香礼敬,然后问尹观主:"不知一行大师以往是在何处观星?"

尹观主带他来到听风楼。

"就是这里了。此楼建在这座山的最高处,方圆二百里内,找不到比它更高的地方了。"尹观主手持拂尘,一派仙风道骨,"夏日纳凉是极好的,这会儿嘛,就有点儿冷了。"

的确,山愈高,风便愈大,但离天去尺,星辰如露珠一样明亮,好像随时能滴下来。

"一行大师观星时,随侍的可是梁灵瓒?"

"是呀。那孩子生性顽劣,也只有在大师身边才会乖些。"

"她现在可在观中?"

"啊?二公子想找她?晚了,她去年就走了。"

"走了?"陈玄景皱眉,"去哪里了?"

"啊？这个……我可不知道，她是我观里帮厨家的孩子，帮厨回家了，她自然跟着回了。"

"所以……还活着是吗？一行大师那样疼爱的徒弟，他原以为只有死亡才能让一行大师抛下那猴子。

"请问帮厨家在何处？"

尹观主挠了挠头："陈二公子难为贫道了，谁知道一个帮厨家住哪里呢？"

陈玄景微微一笑，声音平缓下来："敢问他们是何时离开的？"

"两个月前。"尹观主笑眯眯道，"这个贫道倒是记得很清楚。"

弟子带陈玄景下去歇息后，随侍的弟子问道："师父，为什么要骗他？"

尹观主好整以暇："我问你，他从哪儿来的啊？"

弟子一愣："长安啊。"

"你也知道是长安！"尹观主的拂尘在弟子头上敲了一记，"一行大师去了长安，长安来了人，不问别的，却问梁灵瓒，这算什么事？长安是什么地方？长安来的是什么人？给我吩咐下去，都给我把嘴巴闭牢了，谁也不要多说半个字。"

弟子领命而去。

七

陈玄景回到国子监已是次日晌午，正欲辞别李司业和源重华回长安，李司业拉住他："且慢，先帮我捉到那个偷听的生徒再走。"

陈玄景失笑道："若是一个月捉不到，我也要等上一个月？"

李司业想了想："那该用不到吧？"

"这种事情你叫三哥便可以，我先走了。"

李司业又一把拉住他："从洛阳到长安，就算你快马加鞭也要整整一日！你明天一早出门也不迟。"又道，"叫了重华，才是真要把人吓跑了，那我还不如就当不知道，让他来偷听，也免得浪费了那等天姿。"

陈玄景笑了："好，好。我倒要看看，能得二哥这样垂青的是什么样的人物。"

未时，李司业抱着书卷去学舍，陈玄景慢慢踱出游廊。

冬天的阳光淡且清冷，好像月光一样静谧，这样的阳光化不开积雪，积雪温柔地覆盖在梅花上，蕊间的香气被这寒冷彻底激发出来，透骨。

沙，沙沙……一个仆役拿着扫帚扫雪，扫帚很大，她个子又很小，不免力不从心，扫得很是敷衍，一路拖拖拉拉，扫到假山附近，忽然一个闪身，不见了。

四下无人，顺利进入假山，安全！

心里顿时一轻，支棱起耳朵，李司业的声音自学舍里清晰地传来，比西天的迦陵鸟儿啼鸣还要动听。

树枝在地上划过，留下松软的痕迹。

梁灵瓒的身与心都沉浸其中，不知过了多久，一个声音从头顶轻轻飘落："原来是你……居然是你……"

声音很悦耳，隐含的情绪却很复杂，似是意外之喜，又似是切齿之恨。

梁灵瓒的神魂归位，就发现视野里多了一双靴子。非常考究的做工，贴合着小腿修长的曲线，再往上，是腰间华丽的蹀躞带，悬着荷包、玉佩以及一把精巧错刀。梁灵瓒的视线没敢再往上了，因为她忽然想起这是谁的声音！

"公……公……公子饶命，小的再也不敢了！"

梁灵瓒一面说，一面趁他不备，"嗖"一下从他身侧蹿出去，快得像兔子，滑得像泥鳅。

"给我站住！"身后一声喝。

这种时候会站住才怪吧！只要跑出去了，她就可以打死不承认！比如她可以说地上那些东西是别人留下的，她只不过觉得好奇所以进去看了看……等等，要不要现在冲回去把地上的笔迹踏平？这样就毁尸灭迹了！

好主意！梁灵瓒猛地掉头，可没算到陈玄景追得这样紧，她才转了个身就撞进陈玄景怀里，不软不硬倒是颇为舒服，只是眼前震出好几颗金星。

"梁……灵……瓒。"头顶上的声音像是从牙缝里挤出来的。

"对……对……对不住！"梁灵瓒连忙松开手，就见她刚才抓过的地方留下两只清晰的泥手印，印在雪白的锦袍上格外明显，梁灵瓒头皮发麻，"我……我不是故意的！"

"你给我抬起头来！"

妈呀，梁灵瓒毁尸灭迹的勇气全没了，现在只想夺路而逃。

可就像是知道她在想什么，她还来不及迈腿，陈玄景便长腿一跨，拦住了她的去路。紧接着，梁灵瓒觉得下巴一紧，脸被迫抬了起来。

冬日的阳光明亮而清冽，轻盈地从云间洒下，落在陈玄景的脸上，好像每一丝光线都能穿过他的肌肤，是以每一寸肌肤都在发着光。

梁灵瓒有一个非常清晰的感受，那就是——这小子的个子好像还高了不少……

"真的是你……"陈玄景捏着她的下巴，"说，你为什么没有跟一行大师去长安？为什

第五章·算学馆

么要在这里偷听？这身打扮又是怎么回事？"

问题一个接着一个，口气一句比一句吓人，梁灵瓒努力把自己的下巴从他的指掌间拯救出来，后退一步，清了清嗓子："这个……"

一语未了，不远处，有人一声又惊又喜，叫道："陈二公子！"一溜小跑，急步而来，一见梁灵瓒，顿时眉一皱，眼一瞪，咬牙切齿："好你个贱奴！竟然混到国子监里来了！"

梁灵瓒开始还很开心有人来打岔，但看清来人，只想到一句老话，叫"冤家路窄"。

"那个，二位一定有要事相商，"梁灵瓒干笑，"小的先告退，告退……"

还没退出两步远，后衣领就被人拎住，陈玄景淡淡道："你放心，此时此刻，再也没有比你更要紧的事。"

"贱奴就是贱奴，就算得了舅舅的荐书又怎样？还不是在这里打杂！"崔子皓狞笑。

"是不是这该死的贱奴得罪了陈二公子？陈二公子请把他交给我，我来好好教训教训他，给公子出气！"

梁灵瓒暗喜，落在崔子皓手里，了不起打一架，她有什么好怕的？但落到陈玄景手里……谁知道他会怎么对她！

梁灵瓒大声道："哼，你姓崔的是什么东西？也配教训我？有本事来啊，小爷可以教教你怎么开盒子！"

崔子皓顿时气得脸色发青："你找死！"

"来啊来啊，有本事来打我啊！"还附送一个大鬼脸。

崔子皓再也忍不住，扑上去就要揍人，梁灵瓒原想拼着挨上一拳，把事情闹大，好趁乱脱身，结果后衣领一紧，被陈玄景拎着滴溜溜转了个圈，崔子皓一拳扑空，收不住势，身不由己摔了个狗啃泥。

这动静不小，学舍里不少生徒朝这边张望，不知是谁来了一声"好"。

"贱奴！"崔子皓恨极，又扑上来。

梁灵瓒很想解释一下"这不怪我"，身子又轻飘飘一转，崔子皓再次扑空。这次有前车之鉴，崔子皓收住了势头，膝盖却不知怎的被踢了一下，不重，却足够叫他失去平衡，再一次扑进雪地里。

梁灵瓒同情地眨眼……她看得明明白白，陈玄景在转身之际，足尖不轻不重地点出去了一下，刚好点在崔子皓膝弯。但人家动作太快，姿势又太优雅，从地上爬起来的崔子皓压根儿没往陈玄景身上想，只一拳砸向梁灵瓒的脸，满脑子都想把梁灵瓒揍个满地开花。

这次梁灵瓒的后衣领没有发紧，挣了挣没能挣脱。梁灵瓒下意识闭上眼睛，偏过脸，拳风溅着零星碎雪袭到脸上，想象中的重击没有来临。

梁灵瓒悄眯眯睁开一只眼，就见陈玄景的手掌挡住了崔子皓的拳头，距离自己的脸只有最多半分距离。

"崔兄暂且息怒，我还有事想问问这小奴，能否等我问完，崔兄再同他算账？"陈玄景的声音一如既往的优雅，仿佛他现在不是挡住别人的拳头，而是挡住一条拂下来的花枝。

崔子皓的拳头挣了挣，一丝不能挣动，只好道："二公子先请。"

陈玄景一点头："多谢。"

"崔子皓你没种——"梁灵瓒还想再努力一下，被陈玄景一把捂住了嘴，拖走。

八

李司业的官署窗子很大，桌椅也很干净。

梁灵瓒把桌子上的茶壶茶杯统统搬到一边，一面小心提防里间的动静，一面在心中默念"李司业得罪了，我不是有心要踩坏你家桌子，实在是陈玄景逼人太甚，我不得不出此下策"。

搬空之后，她一脚踩上去，推开窗子——

窗边两名护监卫军横眉冷眼猛然回头，手里的剑"嚓"的一声响，出鞘半寸。

"啪"，窗子合上，梁灵瓒一个站立不稳，摔下桌子，头晕眼花。

脸边多了一双长靴，却不是方才那双，而是厚底锦靴，还用同色丝线绣着云纹。

梁灵瓒抬起眼，就见陈玄景全身上下都换过了，正在拿帕子擦手，一脸淡然："不用试了，不单前门、窗下，后门我也派了人守着。"

梁灵瓒怨念："我就是个仆役，用得着这样吗？"

"对我来说，你可不是个仆役。"

"不是仆役是什么？"

"你是关键。"

梁灵瓒不解："什么关键？"

"一行大师前后判若两人的关键。"陈玄景说着，挑了一下眉，"你能不能起来说话？"

"我就不起来，我就爱躺着。"梁灵瓒换了个舒服点儿的姿势，枕着手，仰躺着看着他，一脸"看你拿我怎么办"的无赖相。

就是这副模样欠揍！陈玄景后槽牙有点儿痒痒，要深深呼吸才能平定心绪："你知不知道一行大师在长安收了很多弟子？"

梁灵瓒满不在乎的脸微微僵了一下。

"一行大师还说，他在洛阳，除了大相和元太，从来没有收过别的弟子。"

是吗？师父……这是当作没有收过她吗？梁灵瓒把脸偏过一边，不想让陈玄景看到她此时的表情。

但这动作瞒不过陈玄景，他的脸色好看了很多，蹲下来，一拂袖，两根手指捏住梁灵瓒的下巴，把梁灵瓒的脸转过来，微笑道："说说，你师父为什么不要你了？"

"要你管！这跟你有什么关系？"梁灵瓒拍飞陈玄景的手，跳起来拍门，"开门，开门！放我出去！放我出去！"

陈玄景走到桌边，看到桌上的脚印，皱了皱眉，但心情好，也就不计较了。他提起茶壶给自己倒了杯茶，慢悠悠道："你叫吧，就算你叫破嗓子也没人来救你。"

这话梁灵瓒听着很耳熟，茶楼里的说书人说到某些坏人时，就常常出现这句台词。以前听还觉得话本子真是毫无创意，坏人来来去去好像就这么一句话，现在才明白，原来艺术来源于生活，活生生的坏人就是这样说话的！

"你瞪我也没用。"陈玄景品着茶，悠然道，"仆役偷听，犯了国子监的规矩，就要被驱逐出去。你现在不说，等会儿李司业来了拿你问罪，就算是天王老子也救不了你。说了，看在你我相识一场的分上，我还能帮你遮掩遮掩。"

"我没有偷听，我是去扫地的，根本不知道——"

"别告诉我地上的字你根本不知道是谁写的，我现在就去你家，搜搜你平时的墨宝，一比就能水落石出。"

居然有这招！梁灵瓒好恨，低头忍下一口气："要我说什么？"

"说说你做了什么，让一行大师一反常态。"

"我不知道！"

陈玄景面色一寒："看来你是想被赶出去了！"

梁灵瓒紧抿着唇，眼睛有点儿发红，视线却是分毫不让。

两人你瞪着我，我瞪着你，视线交会，空气里仿佛有刀剑相交之声。

忽地，陈玄景垂下了眼睛，微微叹了一口气，声音缓和了一些，越发悦耳："你宁愿当仆役也想偷学算法，可见你是真心求学。既已经被一行大师所弃，国子监就是你最后的希望，我想，你也不想被赶出去吧？"

梁灵瓒不说话。

"也罢，君子不强人所难。你不想说这个，我问你点儿别的。"

梁灵瓒狐疑，这人什么时候这么好说话了？

陈玄景指指桌面："过来，擦干净了。"

这是小事，梁灵瓒拿袖子当抹布，擦干净了。

陈玄景的眼皮不易觉察地抽搐了一下，还是将茶壶、茶杯摆上桌面，又取出一只盒子，打开来，一股甜香逸出。梁灵瓒忽然觉得有点儿饿。

"长安香合坊的点心很是有名，每次我来，我二哥都要我带一些。你尝尝看。"

盒子十分精致，被分成十数个小格子，每一个格子里放着一种点心。梁灵瓒一样也叫不出名目，心里面还在狐疑这是不是黄鼠狼给鸡拜年，口水却已经自作主张地往下流了。

又来这一招！以为她还是当年那个不知道他真面目的傻小子，还会因为一块点心就当他是好人？梁灵瓒忍着口水，大义凛然道："你便是把皇宫里的御膳搬出来，也休想从我嘴里骗出一个字！"

"相识一场，在梁兄心里我就是这样的人吗？我知道你喜欢甜点，所以请你品尝，实在出于一片好心。你若不喜欢，便罢了。"陈玄景一面说，一面就要盖上盒子。

可爱的点心就要被挡住，在脑子反应过来之前，梁灵瓒道："等等！既然你一片好心，我也不能浪费。"其实，吃两个点心又有何妨呢？要说还是不说，全由她自己说了算呀！

陈玄景微笑："不错。"

盒子里的每一个点心都那样精致、小巧、可爱，梁灵瓒就像皇帝坐拥六宫美人，一时间挑花了眼，不知道先选哪个下手。

陈玄景拈起最中间一块递给她："这叫红玉酥，是合香坊的招牌。"

梁灵瓒接过来，往嘴里一扔，哇，又香又甜又酥，味道比去年在宋家吃的还要好，让人热泪盈眶。

一杯清水递到她面前，陈玄景的声音温和得不得了："我记得你不喜欢喝茶，可这里也没有漉梨浆，将就着喝杯水吧。"

梁灵瓒接过水杯，听着他温柔的声音，看着他脸上的笑意，忽然有一种感觉——这是多么温柔、多么善良的人啊！她以前觉得他不好，一定是因为他拜师失败、心情不好的缘故！

这是错觉，这是错觉，这家伙是什么样的人，你明明再清楚不过！梁灵瓒要很用力才能唤醒脑海里的这个声音。

"梁兄，你为什么要来国子监？"

"我……想学算法。"

"学算法做什么？"

"做瑞轮蓂荚。"

"瑞轮蓂荚？"陈玄景视线一震，"你还真是不知天高地厚……不，是初生牛犊不怕虎，少年可畏。做得如何了？"

"还是不行啊，跟着听，进展太慢，李司业一日最多讲两题。"

"崔子皓不是说你有荐书？为什么还要当仆役？"

"因为我不能……"梁灵瓒猛然刹住嘴，险些被点心噎着。

"不能什么？"

"呃，我不能入学，因为我……没钱交束脩，所以只能当仆役，偷听。"

陈玄景回想起每次见梁灵瓒，对方都是衣衫敝旧的样子，不由问："你家中很穷？"

"嗯，很穷，很穷很穷。"

爹爹当夫子收的束脩勉强够温饱，婆婆操持家务，还要种些菜蔬，捧香也会补贴一些家用，她自从当了仆役，每月也能拿点儿钱回家……虽说不难于一份束脩，但穷是真穷啊！

陈玄景是出口之后才发现这话无礼。如果是在长安，不，如果是跟其他任何一个人，他都不会问出"你家中很穷"这等失礼之言。但在梁灵瓒这里，他不知不觉就没了顾忌，原想补救，可看梁灵瓒答得痛快干脆，一点儿也没有被冒犯或被刺伤的反应，一口一个吃着点心，腮帮子鼓鼓囊囊，活像过冬储食的小松鼠。

还真是一如既往的没心没肺……

顿了顿，他接着问："若你能成为国子监生徒，想不想去长安？"

"去长安干吗？"

"长安国子监非洛阳国子监可比，你只看长安国子监有祭酒坐镇，而洛阳国子监只有司业管束便知道了。"陈玄景道，"你师父眼下奉旨在集贤院编修《大衍历》，编制历法最是费力费时，少说也得五六年。你先入长安国子监太学，然后由太学升集贤院，虽说有点儿难，但你的脑袋瓜不算坏，也不是没有希望。"

梁灵瓒呆住，怔怔道："你是说我进了集贤院就……可以和师父一起编历法？"

陈玄景微微笑，没有说话。他微笑不语的模样像极了一尊精心雕琢的玉像。

梁灵瓒捏着点心，一时忘了吃。

和师父在一起……

和师父在一起……

只要能和师父在一起……

心被这个想象触动、激活，怦怦乱跳。

"不，不，"她按住自己的胸口，用力摇头，"不行！"

陈玄景意外地问："为什么？"

"师父不想看到我，看到我师父会不高兴的……"梁灵瓒摇摇头，眼睛一阵发涩，就要用袖子去擦。

陈玄景见她的袖子刚抹过桌子，实在看不下去，将帕子扔给她。

梁灵瓒接过来胡乱擦了擦眼睛，深吸一口气，"我……做了对不起师父的事，师父已经……已经不要我了。"她抬起头，露出一个微笑，"多谢你，陈玄景。你去找师父拜师吧！你不是一直想拜他为师吗？现在既然师父肯收徒，你就赶紧去吧，师父他……是很好很好的师父，他会把你教得很好的……"

这个笑容带着泪，带着勉强，带着脆弱，完全不像梁灵瓒平时的笑脸，陈玄景不知怎的觉得有些不舒服，微微皱眉："我想拜的可不是那种师。"

那种一口一个"师父"却连师父的面也见不上几次的拜师，有什么意思？

他要拜师，拜的是真正的高僧一行大师，拜的是一行大师心中的星空，而不是一个谁都能唤上一声"师父"的虚名。

只有知道一行大师前后言行不一的原因，他才有可能真正拜一行大师为师。

"你到底做了什么错事？！"陈玄景捉住梁灵瓒的手，"什么错事这么不可原谅？一行大师慈悲为怀，只要你肯认错改正，他自然会原谅你……"

陈玄景话还没说完，梁灵瓒就摇摇头，一直强忍着的哽咽再也忍不住，冲到喉咙，变成"哇"的一声哭了出来："这个错就算我认了，也改不了……改不了！"

她哭得稀里哗啦，肩膀不停抽动，小小的身体好像盛放不下这许多的痛苦和难过。陈玄景怔怔地握着她的手腕，她的手腕还是那样细，好像一折就能断。

陈玄景头一次生出一种莫名滋味，这大约就是欺负人之后的负疚感？他半是不忍半是烦躁地松开她的手："别哭了！"

梁灵瓒不管，在婆婆面前不能哭，在爹爹面前不能哭，在捧香面前也不能哭，在陈玄景面前却无碍，反正他又不知道她为什么伤心。

"梁灵瓒，哭够了没有？"

在陈玄景的世界里，从小到大，上至族中亲戚，下至奴仆侍婢，从来没有一个说哭就哭、一哭还停不下来的，哪怕是个幼儿，也要从小学会举止得当，不能感情用事。哭声扰

第五章·算学馆

得陈玄景心烦意乱，十分后悔把这猴子拎了回来。

他大概懂了，一行大师刻意隐瞒自己曾经收过梁灵瓒为徒的事，也许并没有什么曲折，根本就是一行大师也受不了梁灵瓒这种副德行。而之所以广收门徒，只不过是懒得花时间拒绝而已，反正一行大师终日不是在太史局就是在集贤院，根本没有时间真正教授谁。

就在此时，李静言推门进来，一怔："这是怎么了？"

"无事。"陈玄景强行压下心中情绪，站起来，"二哥，这便是你要找的人了。"

李静言大喜，但眼前这人哭得一把鼻涕一把泪，又穿着仆役服侍，当真是那个在地上解题的天才学子吗？

"我已经问明白了，这人叫梁灵瓒，是监中仆役，但确实聪明伶俐，有上进之心，机缘凑巧还得了南宫祭酒的荐书，只可惜家境贫寒，无缘入学，是以偷听。"

"那她哭什么？"

陈玄景忍住翻白眼的冲动，淡淡道："因为我答应出资助她入学，她太过感动，是以痛哭。"

李静言点点头，看着梁灵瓒，颇为嘉许地道："你知道感恩，这很好，快别哭了。"

梁灵瓒一时停不下来，一边抽抽噎噎地擦眼泪，一边望向陈玄景。他刚才说什么，帮她交束脩？长安国子监入学要一百四十四两，洛阳国子监入学要一百零八两，她是不久前才知道这束脩的事的，顿时更加安分老实地偷听——对于梁家来说，这可不是一笔小数目。

李静言望向陈玄景，微笑道："我总说你样样都好，就是性子清冷了些，现在看来是我错了，小弟你外冷内热，着实有一副热心肠，我替这孩子谢过你了。"

陈玄景淡淡笑笑，并不说话。

这边李静言道："梁灵瓒……好名字，灵乃美好，瓒乃不纯之玉，为祭祀所用。这是何人所取？你父亲是做什么的？"

陈玄景低声道："玉既不纯，何好之有？"

梁灵瓒一被问爹就紧张："我……我爹取的。我爹是个私塾夫子。"她的眼泪鼻涕擦干了，露出一张眉清目秀的小脸，那双大眼睛虽然发红，但聪慧灵秀皆在其中。

李静言点点头："好孩子，天下会有国子监，便是为了收授你这样的学生。记住，学识永远没有贵贱之分，生而有涯，学识无涯，自今以后，你跟在我身边，凡我所会，皆授予你。"

梁灵瓒呆呆地看着李静言。这是她第二次见李静言。国子监中，祭酒为主，司业为辅，祭酒坐镇长安，司业管束洛阳。他是洛阳国子监中第一人，却毫无架子，斯文秀气，平易近人，连仆役们都交口称赞。"

这番话太亲切，太和蔼，又太熟悉，一股无以名状的感触占据了她的心，梁灵瓒做了一件在场三人都没有想到的动作——扑上去，抱住了李静言。

"师父！"

"师父！"

"师父！"

她一迭声地叫，朦胧中有一种幻想，好像是师父佛法无边，换了个形貌，又回到她身边了。

眼泪又要涌出来，后衣领却一紧，陈玄景把她从李静言身上拎开，淡淡道："国子监里不兴叫师父，叫声'老师'便可。"

李静言笑道："大凡天赋之人，皆是至情至性。玄景，不要太严苛了，何况她还是个孩子。"

"今年该十六了吧？哪里算个孩子？"陈玄景一脸嫌弃，"怎么个头还这么小？你不吃饭的吗？"

被一语戳中痛处，梁灵瓒炸毛："我长脑子行不行？不像某些人，光长个儿！"

"你——"陈玄景正要发怒，却见李静言摇头微笑，笑容不浅，一怔，"二哥笑什么？"

李静言轻叹："你呀，三岁就比别人老成知礼，不想今日终于有个少年模样了。"

陈玄景刚要说话，就见梁灵瓒在李静言的身后对他做了个鬼脸。陈玄景几乎被气笑了。前脚哭得一把鼻涕一把泪，后脚就可以做鬼脸，难不成一行大师从前看中的就是这份惊天地泣鬼神的技能？

李司业问梁灵瓒户帖、坊籍、荐书，说着便要给她上名，忽然想起来："那天有个生徒拿着南宫祭酒的荐书来报到，还未上名就跑了，是不是你？"

"呃，是我，不过那时候我……我没带钱……户帖、坊籍现在也不在身上……"

"罢了，你先把荐书拿来，户帖、坊籍以后再补。"

小半个时辰后，梁灵瓒抱着国子监生徒的名帖、青衿和笈囊，站在司业官署外。

名帖乃是生徒身份的证明，青衿是校服，笈是书箱，囊是文具袋，她抱了满怀，满满当当。

"我现在……算是正经的国子监生徒了？"梁灵瓒觉得自己好像在做梦，"可以光明正大地上课，不用偷偷摸摸了？"

陈玄景瞥了她一眼，抬脚便走。

这一瞥里带着一万分的嫌弃，梁灵瓒全部都接收到了："我知道你不喜欢我。虽然不知道你为什么帮我,但帮了我就是帮了我。"她说着,深深向陈玄景鞠了一躬,"多谢师兄。"

陈玄景皱眉:"谁是你师兄?"

"你是国子监生徒,我也是国子监生徒,你又比我入学早,自然是师兄。"

"一、长安国子监不同于洛阳国子监;二、太学馆也不同于算学馆。你和我虽然同为生徒,但中间隔着十万八千里,不要混为一谈。"陈玄景的声音打骨子里透着冷淡,"我帮你,是因为看你可怜。一行大师已经不要你了,你要是不想今后给人帮厨,就只有在这算学馆好好待下去,将来谋个差事过活,娶妻生子。不要异想天开,再去想那些你这辈子都够不着的东西。"

梁灵瓒抱着东西,歪头看着他,忽然笑了。

陈玄景本来已经要走了,不由站住脚,皱眉:"你笑什么?"

"陈兄,你不假笑的样子也挺好看啊,以后别对人假惺惺的了,不累吗?"

陈玄景冷冷一哼,转身就走。

梁灵瓒在他身后道:"陈兄,你家住长安哪里啊?留个地址呗?这一百零八两我以后一定还你!"

陈玄景的脚步停也不停,修长背影转眼消失在梁灵瓒的视线里。

"虽然你口是心非、假惺惺、喜怒无常,是个地道的伪君子,但你帮了我,我总是记得的,也一定会还的。"梁灵瓒望着他离去的方向,坚定地想。

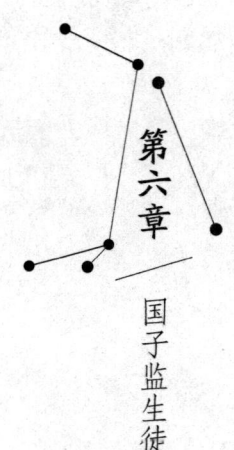

第六章　国子监生徒

一

梁灵瓒抱着满怀的东西,刚走出司业官署不远,就听"呼"的一声,迎面来了一棒子。她反应快,矮身闪过。还来不及庆幸,不知从哪里又蹿出两名生徒,一左一右抓住她的胳膊,青衿与笈囊掉了一地。

崔子皓拖着棒子走近,木棒托起梁灵瓒的下巴:"瞧这样子,是当上生徒了?啧啧啧,你这贱奴,到底是使了什么妖法,一个两个的都帮着你?舅舅把荐书给了你,陈二公子护着你,李司业还让你当上生徒……"

棒子有手腕粗细,硬邦邦硌得下巴生疼,梁灵瓒正想大叫一声引来护监卫军,就被崔子皓一把捂住嘴。他一声冷喝:"走!"两名生徒又高又壮,像老鹰抓小鸡似的把梁灵瓒拎起就走,越走越僻静,最后进了一座无人的院落,院落里杂草丛生,一看就荒废许久了。

崔子皓把玩着木棒,像猫玩老鼠似的慢慢绕着她转:"现在我才知道,表哥让你进国子监是有道理的,你要不进来,我上哪儿找你算账去?"

"我错了,我不该打开你的盒子——"

"你还敢提!你还敢提!"崔子皓尖声道,"你以为那只是一只盒子吗?那是我费尽心思才搜得，要用它敲开张说张大人的门，换一个举荐入长安太学的名额！长安太学！你知道那是什么地方吗？除了祭酒、司业，只有上三品的大人们才有举荐资格！我那舅舅最要面子，从不徇私，李司业又油盐不进，所以我只能找张大人，可就是你，你毁了这一切！"

梁灵瓒见他五官扭曲，很是吓人，忍不住退一步："那个，你别急，我听说去太学好像并不难，你只要好好念书，一定能行，去完太学还能去集贤院……"

"太学不难进，还去集贤院？哈哈哈哈哈！"崔子皓仰天大笑，狰狞地抓住梁灵瓒的衣襟，"谁告诉你这些鬼话的？还是说你想用这些鬼话来骗我？你知不知道太学是什么地方？还集贤院！集贤院我连想都不敢想。便是太学，整个洛阳国子监也没几个人进得了！"

"没几个人进，也终归有人能进，你自己读书用功些不就好了？"

崔子皓给这句堵得脸色发青，咬了一回牙："敢嘲笑我？哼，当真是不怕死！"

"不，不，我怕，我怕死得很。我实在是不是知道那盒子是干吗用的，不然我怎么会打开呢？其实这也要怪你，你送礼就好好送礼，干吗要满屋子找人开呢？你那么有诚意地到处找人帮忙，我也只好勉为其难了……其实开那盒子不容易，我当时手指都被烫伤了……"

梁灵瓒说的确属实话，但实话无疑最伤人，崔子皓脸色铁青："好，好，好！今天不把你这贱奴乱棍打死，我都对不起你这番好意！"说着，狞笑一下，抢起棍棒，一挥而下。

要死了！梁灵瓒逃不得，躲不得，心中惨叫一声。她不要死啊！她还没坐进学舍里听过课，她的瑞轮蓂荚还没做完！可想象中的可怕痛楚始终没来临，反倒是耳旁传来一声惊呼。她睁开眼，只见那根凶恶的棍棒停在半空，有一只手扼住了崔子皓的手腕。那只手骨节分明，其上是黑色衣袖，束着箭袖，不像生徒的青衿，再往上，梁灵瓒看到一张熟悉的面孔，下意识就想捂住自己的脸——严安之！

严安之的手一用力，崔子皓手里的棍棒"当啷"落地，他发出一声杀猪般的号叫："啊啊啊啊——"

紧接着，严安之长腿飞起，一脚一个把梁灵瓒身边的生徒踹翻在地。

梁灵瓒因这力道往后一跌，人还未跌倒，手腕便被拉住，严安之扶她起来，一张脸冷冰冰，板到了极点。

"杀人啦！杀人啦！严安之杀人啦！"崔子皓哀号。

严安之冷冷道："你只管叫，最好把源将军叫过来，让他看看你在干什么。"

崔子皓的声音陡然间像是被利刃切断，他捂着手腕，嘶声道："让他来！让他来看看，你拧断了我的手！"

第六章·国子监生徒

"我倒想拧断,可今天是我离开国子监的日子,不想因为打伤同门被罚禁闭。"严安之道,"这次只是脱臼。但若有下回,你的手伤人,我拧断你的手,你的腿伤人,我打断你的腿。你应该庆幸,这次梁灵瓒什么事也没有,否则我会叫你一命抵一命。"

他的声音没有一丝波动,一字字如同冰凌。旁听的梁灵瓒都忍不住打了个寒战,不知道崔子皓感受如何,反正直到严安之拖她出了院落,崔子皓都没敢再吭一声。

梁灵瓒由严安之拖着,一路到了李司业的官署,东西还散落在地下。梁灵瓒连忙收拾,严安之把青衿捡起来,放进笈箱里。梁灵瓒做贼心虚,一直不敢抬头面对他的眼睛,一时也不太敢起身。两个人隔着笈箱这样蹲着,梁灵瓒硬着头皮打破尴尬:"大……大表哥,好巧啊……你怎么知道崔子皓找我麻烦?"

"我不知道。"每个字都很生硬。

梁灵瓒干干地笑一下,把东西胡乱塞进笈箱,正打算来个"肚疼遁",就听严安之道:"我来向司业大人辞行,就看到这一地的东西,司业大人说起今日有新生入学,姓梁名灵瓒,还大赞你聪慧,对你寄予厚望。"

"呃,呃,哪里,哪里。"梁灵瓒很是不自在地应着,不过也还是有点儿好奇,"可你怎么知道我在那里?"

"附近只有那座废园罕有人至,如果有人要做什么,多半会选择那里。"

"厉害厉害!大表哥你不愧是神探,真聪明!"梁灵瓒这话一半真心,一半拍马屁。

严安之看着她,目光锐利沉静,像是能穿透人心。

梁灵瓒的马屁难以为继,胡乱鞠了个躬:"大恩不言谢!多谢大表哥!我先去学舍了!"说着转身就走,笈箱却被扣住,梁灵瓒心说完蛋,大表哥这么聪明的人,十有八九什么都知道了。

久久之后,严安之发出一声长叹:"小瓒,你还是来了。你当真这么喜欢算学吗?"

梁灵瓒抬起头看着严安之,用力点了点头。

严安之眼中有很复杂的神色:"唉,早知道你会来,我就……"

话没说完,宋其明的声音由远及近,他兴冲冲走过来:"大表哥!大表哥!怎么样?辞别司业大人了吗?走!我和几位同窗跟博士告了两个时辰的假,给你饯行!"

他拖了严安之就要走,却没拖动,一瞧,严安之手里还拉着一个仆役,心想莫不是这仆役犯了什么错,正眼一瞧,吓一跳:"小瓒,是你?"旋即又大喜,"有你的啊,每次见你都吓我一跳!"

二

"哈哈哈哈,原来你已经是生徒了!"小半个时辰后,南市酒坊长兴楼的雅间里,宋其明捧着酒杯,揽着梁灵瓒的肩,脸上已经泛红,"这下好了,以后我们就是同窗了!哈哈,你放心,在国子监,我罩着你!各位,看到了没?梁灵瓒,我的好朋友、好兄弟,以后就是自己人啦!"

在座的生徒都是和宋家两兄弟走得近的,闻言纷纷举杯:"宋兄的朋友就是我们的朋友!来,喝一个!"

梁灵瓒端起酒杯,正要喝,忽然被严安之按住杯口,他转头吩咐小二:"换果浆。"

梁灵瓒问:"有没有漉梨浆?"

小二上了漉梨浆,梁灵瓒欢喜地喝上了。严安之这才起身,举杯道:"诸位,梁灵瓒和我兄弟一般,她年纪小,性子也顽皮,今后我不在,还望诸位多多照拂。"

严安之这番话,分量和宋其明的又大不相同。大家站起来,郑重地一饮而尽。梁灵瓒也跟着把一杯漉梨浆都喝了,学着大家的样子亮杯底,觉得很是好玩。

宋其明拉拉她的袖子,低声道:"去给大表哥敬酒,多灌他几杯。"

"为什么?师父说饮酒伤身啊。"

"大表哥身体好,伤不了!快去,机会难得,不灌醉,怎么套得出大表嫂在哪里呢?"

"咦?大表哥成亲了?"

"没有,是定亲,但大表哥死活不开口,我爹娘只知道姑父和姑姑给大表哥定了门娃娃亲,却不知道定的是哪一家,这话只能从大表哥嘴里掏了!"说着,他把梁灵瓒往严安之身边一推,"加油,看你的了!"

拿漉梨浆去跟人家拼酒,梁灵瓒觉得很不厚道,但敬到严安之面前,严安之二话不说,酒到杯干。宋其明趁机问起大表嫂,严安之声音稳定:"时机未到,天机不可泄露。"

"其实根本就没有吧?你随口说说的吧?"宋其明抓耳挠腮,"要是真有,捂这么严干吗?谁还会抢你的?早说出来,早些把婚事操办起来啊,可别耽误了人家姑娘!"

"为时尚早。"

"哪里早了?你都二十了大表哥!"

严安之端着酒杯,不待人敬,一仰首,自饮了一杯,目光有意无意扫过梁灵瓒:"对她来说,还早。"

不知他是不是喝得有点儿多了,梁灵瓒只觉得这目光不像平常那样锋利,倒有一丝柔

第六章:国子监生徒

和的味道。

宋其明自然不满意，一杯又一杯，接着刨根问底，结果什么也没问出来，先把自己喝趴下了。众人七手八脚把他抬回国子监去，严安之则向梁灵瓒道："走吧，我送你回家。"

梁灵瓒连忙把头摇得像拨浪鼓："我……我不回家，我还要去绣坊接妹妹。"

"那便送你去绣坊。"

"不……不用，绣坊离这儿很近的……"

"我送你。"严安之意外地坚持，不容拒绝。

其实还是喝得有点儿多了吧……梁灵瓒默默想。

国子监里有宵禁，入夜之后生徒们不得出门，是以宋其明请假出来都是趁白天。现在正好是黄昏，夕阳像一枚鸡蛋黄，悬在前方的街道上，周围熙熙攘攘，大多是白天进城采购年货此时满载而归的农人们。他们的担子里有花布、吃食、泥人儿……虽然不值什么钱，但每个人的脸上都很满足。夕阳照在他们的脸上，他们的脸好像在发光。

"小瓒，你小时候过年，可有什么想要的东西？"严安之忽然问。

梁灵瓒想了想，摇摇头。她好像没什么想要的，要么是想好的爹会给她弄来，要么是爹弄不来，她自动就不想要了。

"我小时候有一条狗，那是过年时我爹送给我的。"夕阳的颜色很暖，把严安之的脸都照暖了，神情比任何时候都柔和，"那是一条小狼狗，爹说等它长大了，可以陪我去打猎。可是，我没有等到它长大……年节之时，盗贼出没，有一伙强盗闯进我家，它被一棍打死，家里的钱财也被抢劫一空，就连母亲的救命钱也被抢走了……"

梁灵瓒怔住，她在宋家的时候，隐约听说过当时宋璟被贬楚州，亲族多遭贬谪，严安之的母亲是病逝，夫妻情深，他的父亲不久也随之而去，却不知道是因此而起："所以你才要去当捕头？"

国子监会考每年一次，一般都在春天上祀节前进行。会考合格者，或进入下一座学馆修习，或结业走上仕途。国子监生徒非富即贵，严安之又是宋璟外孙，按说应该入太学修习，即便要结业，也应该在明年会考之后，拿着国子监司业的荐书去礼部报到，单是冲宋璟的面子，至少也是个六品中上的官职等着他。

但严安之既不参加会考，前去就职的也只是一名捕头。

捕头属于"吏"，没有品秩，不入官阶，同窗们都不知道严安之为什么执意如此，方才在席上，还有人忍不住劝严安之回头是岸。

"聂捕头暴病，又正值年关，偷抢窃盗层出不穷，县尹本来是请我暂且帮忙，但我想过了，与其结业后等一个坐在衙门里的闲职，不如手执横刀守卫一方百姓。"严安之微微仰起头，看着天边的落日，看着来来往往的行人，"我发誓，有我严安之在一日，洛阳便太平一日。在我的眼皮底下，宵小若敢横行，我就要他付出十倍百倍的代价……"

夕阳最后的光芒落在他身上，仿佛为他镀上了一层金色光芒，像庙里面佛像们的金身。他回过头来，目光深深，眸子里好像有很多很多东西，只可惜梁灵瓒一样也看不懂。就这样大眼瞪小眼地对视半晌，严安之忽然微微一笑："傻。"也不知道是说自己，还是说梁灵瓒。

隔得近，梁灵瓒闻着他气息间的酒气，心想，大表哥喝醉了还真是不一样。

严安之问："小瓒，你可有想过将来？"梁灵瓒摇头。

"那为何要进国子监？"

"学算学。"

"学好又如何？"

"做瑞轮蓂荚啊。"

"做出又如何？"

梁灵瓒答不上来了。为什么学算学，为什么要做瑞轮蓂荚，其实说来说去，最根本的应该是她没有找到比这更有意思的事。就是喜欢，就是想做，那么就努力去做，一往无前。

严安之没有等到她的回答，但看到了她眸子里的光。夕阳投进她的眸子里，那两只瞳仁好像是最明亮的水晶镜，折射出最最灿烂的眸光。

"也罢，反正你还小……"严安之说着，停下脚步，"去吧。"

绣坊到了。今天不是从国子监出来，所以她难得地走了前门。进门前，梁灵瓒回头，就见严安之一直站在对面，梁灵瓒没有离开。

喝那么多……一个人回家不要紧吧？然而又一想，那不是别人，那是大表哥！别人可能有事，大表哥绝不会有事。如此倒安心了，朝他用力挥了挥手，跨进了门槛。

这时辰捧香多半和春水大娘在一起，她习惯性往后院去，才进门，就见小厅里好几名绣女捧着绣品，春水大娘正陪着一位客人一样样看。那客人身段修长，穿一身眼熟的玉色通肩圆领袍……能不眼熟吗？正是两个时辰前才分开的陈玄景！

她转身就撤，可惜晚了，身后传来了一声轻问："跑什么？"

对啊！她跑什么啊？她身上穿的还是仆役的衣裳，并没有露馅啊！

"呵呵呵呵呵……"梁灵瓒一脸僵硬地笑，"陈兄好！陈兄怎么在这儿？"不会是因为什么蛛丝马迹顺藤来摸瓜吧？

"听闻洛阳春水绣坊手艺精妙，想给我家老太太订几件衣裳。"陈玄景长身玉立，梁灵瓒本来就矮他一头，这会儿又把自己缩得跟鹌鹑似的，越发只剩小小一个，他声音里有一丝怀疑，"你来这里又是做什么？"

"我……我……我……"梁灵瓒眼珠子四下乱瞄，瞄到了捧香，眼睛一亮，"我来找捧香！"

陈玄景顺着她的视线看过去，在绣女中看到了颇为眼熟的一位。他是贵介公子，下人在他眼里等同于会动的家具，思索了片刻，才从去年夏天的记忆里捞出一张哭哭啼啼的脸，与之吻合。

梁灵瓒做贼心虚，自动把他的沉吟看成了怀疑，连忙解释："捧香后来没在宋家了，现在住我家，然后在这边当绣女，我来找她一起回家。"

捧香又碰见一个熟人，很是替梁灵瓒着急。

陈玄景见这两张面孔都紧张兮兮，好像生怕被别人发现了什么，忽然微微低头，勾起嘴角笑了一下："你性子虽然顽劣，但颇为机敏，她又伶俐，两人也算般配。将来你从国子监结业，怎么着也能得到一份不错的差事，养家糊口足够了，再加上她精于针黹，小两口的日子想来不坏。"

梁灵瓒和捧香一时都愣住了。

"捧香，既然人都来接你了，你先回吧。"春水大娘发话，两人连忙退出。

捧香陪梁灵瓒去春水大娘屋子里换衣服，是以两人不是出外院，而是更往里去，这让陈玄景颇为意外。

春水大娘挥挥手，绣女们捧着绣品退下。陈玄景道："我还没有选定。"

"我听说陈家针黹上养着几十个人，家里人从来不穿外面的衣裳，就算陈二公子真把衣裳带回去，大长公主也未必会穿，不如让她们早些散了家去。"

陈玄景微微一怔，梁灵瓒只唤了声"陈兄"而已，她便猜到他的身份了？

春水大娘看着他，忽然一笑，她不笑时懒洋洋的，笑起来艳光四射，仿佛能照亮整间花厅："我虽然不认得你的脸，却认得这把刀。白虹时切玉，紫气夜千星。千星，许久不见。"

陈玄景腰间束着鞶蹀带，带上垂着荷包玉佩等物，其中就有一把梁灵瓒十分垂涎的错金小刀。这把刀是大长公主下嫁陈家时的压箱之一，先是给了陈玄理，后来陈玄理又给了陈玄景。

"我曾经问他讨要这把刀，他说他什么都可以给我，独独这把刀不行。我那时便当真以为这是世上我唯一向他讨不来的东西。"春水大娘端起茶，热气腾起，她的脸像是被笼在袅袅的烟雾里，如古画上的人像一般，"怎么？陈大将军是怕我在洛阳待得不老实，所以特地派你过来监察监察？"

陈玄景心中的震惊难以言喻，完美无瑕的温雅神情现出了一丝裂纹。他过来只是想看看，这么多年让二哥魂牵梦萦的女人到底长什么模样。她是美的。第一眼望去，你只会觉得美，再也想不到第二个词。她美得恢恢然，宏宏然，美得可以占据你的全部视线。陈玄景甚至有一丝欣慰——只有美到这种程度，李静言的痴心才不显得那么愚蠢。可是千星在大哥送给他之前，一直收藏在大哥最隐秘的武器库里，不是最最贴心亲密的人根本不可能知道它。

春水大娘是何许人，只这一瞬，便了然地"呵"了一声："看来是我自作多情了。陈大将军和汝阳郡主伉俪情深，恩爱非常，哪会记得闲杂人等。"

这一句话说得幽凉，但转眼她便抬眉一笑，笑得三分懒、三分倦、三分妩媚："是我错了，原来公子当真是来订衣裳的，我们接着看绣品如何？"

"不用了。"陈玄景的失态也只有那么一瞬间而已，转瞬便恢复了常态，"衣料式样皆由大娘做主吧。"他客客气气地放下定银，客客气气地告辞。然而梁灵瓒却发现，他的步子虽然迈得和平常无二，心里面却一定是匆忙的，甚至是慌乱的。因为她和捧香躲在墙角偷听，她的衣袖不小心露出一截，他居然没有发现。

"千星，千星……"梁灵瓒喃喃，目光依依，"原来那刀叫千星，真是好名字……"

捧香险些摔倒："你听半天就听见这个？"

"你们俩躲在这里嘀咕什么？"一名绣女捧着一只盒子走过来。

捧香问："这是什么？"

"有位客人送的。听说大娘在待客，就没进来，走了。"

梁灵瓒一看这盒子，意外道："香合坊？"

春水大娘懒洋洋的声音传出来："小瓒也知道香合坊？"

三人捧着盒子进去，春水大娘打开盒子，让她们尝尝点心。梁灵瓒咬了一口，很是惊奇："咦，跟我今天在司业大人的书房里吃过的一样！"

春水微微一笑："看样子你很得他欢心呀。我说往日送点心，都是送两盒，这次却只有一盒。"

梁灵瓒一呆："这……这是司业大人送的？"

捧香也呆住："那个每个月都要来定东西、定什么都可以、完全不计较配色做工、最最好讲话、最最斯文有礼的客人是国子监司业？"

梁灵瓒悟过来："原来司业大人喜欢绣品！太好了，以后可以送一幅给他！"

捧香用一种只有看到她女红时才会出现的眼神看她。春水大娘则用一种异常温柔的眼神看她。什么都不懂，多么幸福。

三

仆役每天都能回家，生徒入了学，却要住进国子监，一旬才有一日休息，即十天里有九天得夜不归宿。梁灵瓒为此很是发愁。还是春水大娘教了捧香一套话，捧香回去便说："天冷得受不了了，绣坊里生意又忙，大娘说若是有人回家路远或是愿意多做些工夫的，可以宿在绣坊里，我和小瓒商量了一下，想住过去，一来不用每日奔波，二来能多得些工钱。春水大娘还给了旬假，每旬回家一天，也挺好的。"

梁灵瓒觉得春水大娘身上有种很特别的东西，她倦倦的、懒懒的，好像对什么事都不大上心，但又好像什么都可以解决。

果然，长辈们都觉得工钱多少还在其次，不用在风雪中奔波、能多睡会儿觉对孩子们很好，便都同意了。不过婆婆也有发愁的事："我今早才和王家婶子说好了，她表哥在长安做生意的侄子这两天正说要回来一趟，约我们相看相看，你要九天后才回家，这……"

梁灵瓒吓了一跳："不急，不急，有缘自能相会，无缘强扭也不甜。啊……好冷好累好困，我先回房了，婆婆你也早点儿睡！"

回到房里，捧香悄悄道："你这一个谎接着一个谎要扯到什么时候？听说国子监有六堂，念完出来要六年，六年后你可成老姑娘了，怎么嫁人？"

"啊……"梁灵瓒抱头，"不要跟我提这两个字……"

四

"大表哥也是奇怪，起初不让你来的人是他，现在生怕你过得不好的也是他。"

宋其明帮着梁灵瓒把东西往号舍里搬——他让原来的舍友跟梁灵瓒调换了，据说这也是严安之的意思，理由是"小瓒不一定和别人住得惯"。宋其明是无所谓，他的舍友却是愁眉苦脸，说什么"有了新人就忘了旧人"之类的话，把宋其明恶心得不行才大笑着搬走。

梁灵瓒也觉得大表哥是很好很好的，但不知为何就是有点儿怕他。

卯时一刻，诸馆鸣钟，生徒们纷纷前往学舍上课。去算学馆的路，梁灵瓒早已经走熟了，进算学馆学舍却是第一次。她的桌位就在窗下，窗外就是假山。

她趴在窗上，好像可以看到几天前躲在假山里偷学的自己，一时间有点儿感慨。

生徒们对这位新同窗很是好奇，纷纷围过来："听说昨天崔子皓和陈二公子为你打架，是真的吗？"

"等等，我怎么听说和崔家那位打架的是严安之？"

"听说陈二公子特意为了你来洛阳，真的吗？"

"听说你本来是个打杂的仆役？"

"听说连李司业都十分地喜欢你？"

"……"

梁灵瓒总算知道为什么他们做题那么慢了，原来脑子全用在了这上头！

好在李司业很快夹着书卷进来，众人迅速各就各位，行礼。

李司业点点头，目光掠过梁灵瓒，露出一个温和的笑容。这个笑容迅速被生徒们捕捉到，然后你来我往的眼神在学舍里飞遍。

但很快，大家就明白了这个笑容何来。

每一个问题，每一个解法，生徒们还没摸到脑门的时候，梁灵瓒就已经报出答案了。

半天下来，生徒们的问题已经变成了："梁灵瓒，你的脑子到底是什么做的？你吃金丹长大的吗？"

没两天，课业结束之后，李静言把梁灵瓒叫到官署，道："你不能再这样上课了。"

梁灵瓒只觉得晴天霹雳，呆了呆才反应过来："我……我再也不报答案了！我再也不开口了！司业大人你别不要我——"

李静言笑了："再让你到算学馆学只会耽误你。从今天起，你半天在算学馆，半天在这里等我，我来教你。"

梁灵瓒眨了眨眼睛，喃喃："司业大人，你……要给我开小灶？"

李静言笑："是。"

"司业大人万岁！"梁灵瓒一下子蹦了起来。

"慎言！"李静言喝止她，但连喝止都是带笑的。

自此之后，梁灵瓒才尝到如鱼得水的滋味，算学之术突飞猛进。

转眼到了年节，国子监放二十天的年假。梁灵瓒央捧香教她刺绣，想绣一幅绣屏给李静言，结果折腾来折腾去，绣出来的东西完全拿不出手，梁灵瓒绝望了："好捧香，你帮我绣一幅吧，我买好吃的孝敬你。"

梁婆婆和梁天年只道两个小姑娘整天窝在房里钻研女红，都深感欣慰。梁婆婆道："婚事可得抓紧些了！还有捧香，她无父无母，无依无靠，我们就当她的父母家人，替她把这主作了吧。"

梁天年点点头，深以为然。

五

元宵过后，生徒们重回国子监。

从第一天起，国子监就充盈着一股风雨欲来的紧张之势，因为一年一度的会考就在眼前了。

国子监有正义堂、崇志堂、广业堂、修道堂、诚心堂和率性堂，共六堂。其中，正义堂、崇志堂、广业堂为初级，修道堂和诚心堂为中级，率性堂为高级。

像梁灵瓒初来乍到，属于最初级的正义堂，若会考成绩优秀，可进入崇志堂，以此类推。待到进入率性堂后，通过会考便能拿到国子监荐书，经吏部外放实习历事，半年后便可正式步入仕途。

而其余五堂生徒则凭会考成绩升堂，若会考通不过，则留在原堂继续修习。

就像宋其明说的："生徒们的命运就是由考试决定的。旬考定小运，会考定大运，现在是生死关头了！"说完就在案前供着的星命符前恭恭敬敬上了三炷香。

宋其明家学渊源，又有其父时不时接回家开小灶，虽说是磕磕绊绊，也一路升到了率性堂，他向梁灵瓒吐苦水："其实我不想会考，考完之后就离当官做事不远了！唉，当官可怜，当小官尤其可怜，见谁都得点头哈腰，迟早要弯成驼背！再不然就要被逼着去上太学，唉，那就更苦了，遍地都是三品以上的高官子弟，我这样的一抓一大把，别说护着你了，说不定别人伸个手指头就能把我捏死……"

梁灵瓒："哦。"

宋其明不满："小瓒你是不是好朋友，有没有同情心，没看到我如同风中之烛又逢泰山压顶，整个人都快崩溃了吗？像你这种正义堂的小菜鸟，怎么知道我们率性堂老大哥的痛苦呢？"

梁灵瓒一时间分不清他这是抱怨还是炫耀，不过还是老实答："是啊，我真不知道。我觉得你不用担心，以你的功课，应该上不了太学。"

宋其明无言对着她半晌，忽然号叫："苍天呐，能给我换一个舍友吗？"

梁灵瓒知道，宋其明这种种行径无药可医，考完即愈，也就不去理他，埋头做李司业给她的案卷。

宋其明背了几段书，又开始闹腾："喂，你就不紧张吗？"

梁灵瓒头也没抬："有什么好紧张的？"

"遇到不会的题怎么办？"宋其明光是用想的就脸色发白。

"有不会的，就说明还有东西可学呀。"

宋其明又开始一脸哀怨。

转眼上祀节将近，在女孩子们忙着准备游春新装的时候，会考开始了。

春已渐暖，窗外梅花谢去，枝上绽出了绿芽，大部分人才答题不久，梁灵瓒已经在草案纸上画画了。

才画了两条花枝，忽觉身边有人，抬头一看，是李司业领着司丞、主簿等人巡视考场。梁灵瓒一吐舌头，赶紧把画藏起来。

"答完了？"李司业问。

"嗯。"

李司业向身边人道："把崇志堂的考卷拿来。"

片刻时，考卷来了，李司业把它往梁灵瓒的案上一放："做做这张。"

会考一连三场，接下来的两场里，梁灵瓒每场都答完了两份考卷。

钟声响起，监学正起身收卷，李司业巡场至此，先把梁灵瓒的考卷挑出来看了，半响，微微一笑，提起梁灵瓒的笔，另取纸，现出了一道考题："解完这道再走。三炷香为限。"

梁灵瓒抬起头，只见李司业的眼底一片光亮，似鼓励，似期待。

众生徒你看看我，我看看你，都从这个举动里读出了三个字——穿小鞋。

不过，李司业平时对梁灵瓒的欣赏与疼爱有目共睹，怎么今天突然想起来给梁灵瓒穿小鞋？莫不是梁灵瓒做了什么事得罪了李司业？

但李司业和梁灵瓒一个面带微笑，一个兴致勃勃，又不大像。

宋其明从率性堂的考场过来，在正义堂外看到的就是外面围得里三层外三层的景象，不免也把脑袋钻进去，一看是梁灵瓒被留了堂，再一看堂上三炷香已尽，梁灵瓒低着头交了考卷。从这个位置他看得清清楚楚，那考卷上一字未落，是一份白卷！

"叫你嚣张，叫你得意，还说不紧张，看看你自己干的都是个什么事儿！"待梁灵瓒出来，宋其明恨其不争，狠狠一戳她脑门，"会考过不了关，你就得继续在正义堂待一年，比别人晚一年出率性堂。官场上，一个萝卜一个坑，好坑都被前人占尽了，越晚越没好果子吃！"

梁灵瓒低着头，一声不吭，两眼发直。

宋其明叹了口气，终于还是不忍心，拍拍她的肩，给她打气："算了，算了，会考完会有三天假，博士们要阅卷，我们正好过节。反正你来国子监也不久，多待一年正义堂也算不上什么。上祀节怎么过？我家新造了画舫，咱们一起去游洛河吧！"

"哦。"梁灵瓒应了一声，却依然是两眼无神，不知道有没有听进去。

生徒们回号舍整理衣物准备回家，梁灵瓒往书案前一坐，好像生根了一样，一动不动，对着眼前的白纸发呆。

不好，这是要出毛病！

在国子监的传说里，没少出现"因为考砸了而疯癫"的事，但那多半发生在率性堂里，像梁灵瓒这种在正义堂就发病的还真是罕见。

宋其明拿手在梁灵瓒面前晃了晃，可梁灵瓒的眼睛眨也不眨，毫无反应。宋其明暗暗叫苦，转身就要去找大夫，忽听梁灵瓒一声大叫："我知道了！"跟着提笔疾书，片刻不停，酣畅淋漓。

宋其明松了一口气，原来是在解题。

可片刻之后，梁灵瓒又顿住了，喃喃："不对，不对，不是这样……"她三下两下把纸揉成团，掷在一边，又开始对着白纸发呆。

果然还是要去请大夫！

宋其明冲出门去，跑太快，险些撞上一个人，站定后更是吓了一跳，居然是李司业，他连忙行礼。

"梁灵瓒可是住这间？"李司业问。

"是，不过她……她好像病了，最好请个大夫来瞧瞧。"

"病了？"李司业一怔，"在考场时不是还好端端的？"他走到近前，自窗子里看了看梁灵瓒的模样，地上的纸团渐多，梁灵瓒又开始埋头疾书。

李司业的嘴角牵起一丝浅笑，向宋其明道："无妨，你回去过节吧。"

宋其明一呆："那梁灵瓒……"

"她无事，我会照看她。"

宋其明有点儿迟疑："要不，我留下来陪她……"

"不必。让她静下心来更好。"

在国子监，如果有一个人能得到所有生徒的信任与爱戴，那一定是李司业无疑。宋其明点点头，收拾好东西，回家了。

他进进出出，梁灵瓒头也没抬一下，好像完全没看见。

简直是魔怔了啊……宋其明感慨。

走出半道，他忍不住回头，只见李司业还站在窗前。

真是奇怪了，司业大人虽然人品好、性子好，待生徒也好，但对一个交白卷的生徒也这么上心，宋其明还真是没想到。

六

有几个人能像宋其明那样没心没肺，还有心情去过上祀节？

生徒们各有各的忐忑，功课不好的生徒自然是忧心忡忡，功课好的学生也要发愁排名，轻松不到哪儿去。压力最大的是四门学率性堂，他们已经到了是去是留、何去何从的最后关头。

假期结束，宋家的马车在国子监门口停下，正遇到前面一辆马车堵在门口，宋其明吩咐车夫先回去，这段路他走过去就是。

"哟，宋公子真是体恤下人，是我辈典范啊。"前面的马车上，凉凉的声音传来，"这么喜欢跟下人打交道，难怪会和那个贱奴交好。"

一听这声音，宋其明就没好气："崔子皓你说话给我小心点儿，梁灵瓒是国子监生徒了，什么贱奴不贱奴的？"

"哼，现在是生徒，将来结业了又如何呢？那等下贱的出身，难不成还想混官身？再说了，我可是听说他交了白卷啊！哈哈哈，国子监中居然有人交白卷，真是笑谈啊！我过节给人说笑话，人人都笑掉大牙呢！"

宋其明大怒："梁灵瓒才来国子监几个月？交白卷又如何！你崔子皓可是在率性堂混了两年了，今年再入不了前十，进不了太学，你可是要准备好再留一年了！"

正所谓打蛇打七寸，宋其明这一手打得稳、准、狠。崔子皓脸色铁青："我怎么着关你屁事！你还是顾好你自己！毕竟你家严表哥都只是个捕头，看来宋璟宋大人还真是清标绝世，对外孙如此，不知对嫡孙又会如何？你猜，你家那位位高权重的祖父会不会给你一个太学的举荐名额？"

"给不给关你什么事！反正不会给你就是了！"

"你——"

"吵吵什么？"银枪在日头下闪过寒芒，源重华银衣银甲，喝道，"这么喜欢吵，滚回家吵去！"

两人立刻噤声。

"还堵在这里？"源重华狞笑，"是不是想各留一对招子给我？"

"源将军万安！"宋其明一句废话都没有，火速进门。

"源将军万安。"崔子皓也不敢再多嘴，但经过大门，回头冷冷一眼，低声道，"区区一个护监卫军，神气什么！"

宋其明回到号舍吓了一跳，满桌满地都是写废的纸团，整个屋子差不多要被淹没了。

梁灵瓒埋身其中，伏在桌上，一动不动。死、死了？！宋其明心凉了半截，颤巍巍伸出手，试了试梁灵瓒的鼻息。呼……还好，有气儿。

"小瓒，小瓒，小瓒！快醒醒！"宋其明抓住梁灵瓒的肩狂摇，梁灵瓒翻了翻眼皮，宋其明急急问道，"你怎么了小瓒？你没事吧？"

"你再晃，我脑袋就得掉了……"梁灵瓒有气无力，眼皮合上，"别动我……让我睡会儿……让我睡会儿……"

宋其明看她既不发烧也没别的毛病，好像单纯就是困得不行，问："你多久没睡了？"

"不……不知道……"

"李司业不是说照看你吗？难道他就没来管过你？"

"司业……司业大人……好像给我送过饭……"

"什么叫好像？你吃没吃自己不知道吗？"

"……"梁灵瓒好像还咕哝了一句什么，宋其明还没听清，她就一摊烂泥似的重新倒在了桌上，眼一闭，瞬间进入梦乡。这是有多困！

"不能睡！"宋其明又去摇她，"今天可是升堂的大日子，所有人都得去博士厅，你要不去，就得按旷课论，绳衍厅向来辣手无情，处罚起来要命的！你就算是交了白卷，也不能这样自暴自弃啊！"

但不论他怎么晃，梁灵瓒都是摇头晃脑不打算睁开眼睛了。钟声已经响起，宋其明一跺脚："唉，算了，一会儿司业问起，只得给你请个病假了。"

七

国子监有五厅六堂，博士厅专司教学，是国子监最紧要的所在，堂上正中悬着孔圣先师画像。下面是国子监祭酒的主位，照例空悬，司业在副位，再往下两排座椅，上面坐着各堂博士和各厅司丞。

堂外广场上，国子监生徒林立，春风吹动青衿衣摆，远望如一片黛青的秀木聚成林。

在最后一道钟声停歇之前，宋其明赶到，站好。

崔子皓就站在他身边，低低笑道："哟，只有宋公子一人来啊，你那位交白卷的舍友呢？怎么？作为国子监里交白卷的第一人，没脸见人吗？"

宋其明横了他一眼，正要开口，旁边好友拉了拉他的衣袖，小声道："方才蔡博士给他道喜，好像这回他进了前十。听说南宫祭酒请了周老先生出山辅导他，会考前，他请假在家中一个多月，如今看来是卓有成效。小人得志，你别跟他一般计较。"

说话间，堂上源重华的视线扫过来，大家登时噤声，站直，目不斜视。

司丞捧出卷册，宣布此次升堂的名字。点到名字的人喜笑颜开，没有点到名字的人垂头丧气，当真是几家欢乐几家愁。

宋其明竖起耳朵，直到正义堂的名字全报完了，都没有听到"梁灵瓒"三个字。他无声地叹了口气。

"叹什么气？难不成交了白卷还能升堂？此事毫无悬念啊。"崔子皓嘴角带着一丝讥笑，"有工夫担心别人，不如担心自己吧，一行大师的星命符是真是假，今次就能见分晓了。"

宋其明真想揍他一顿。

接下来，是崇志堂、广业堂、修道堂、诚心堂，以及率性堂。

终于到了率性堂。宋其明深深呼吸。

率性堂的前十名会被举荐入长安国子监，四门学馆的生徒将会补入太学。

太学生徒，要求具备文武官员三品以上、国公的子孙，二品以上曾孙的身份，将来实习历事，至少是七品上起，是大部分四门学馆生徒梦寐以求的地方。

名次是从后往前报的，宋其明在第二十名的地方听到了自己的名字。

崔子皓看着他，幸灾乐祸一笑，转而踌躇满志，等自己的名字。

"第十一名，崔子皓……"

崔子皓脸上的笑容僵住。宋其明"扑哧"一声笑了出来，哈哈哈哈，原来是第十一名！第十一名和第十名，名次虽然相近，结果却是天差地别！

司丞的声音停也不停，一口气接着报下去，宋其明正想以牙还牙好好"安慰安慰"崔子皓时，忽然好像听到了熟悉的名字。

"第一名，梁灵瓒！"

梁灵瓒？宋其明怀疑自己的耳朵。几位见过梁灵瓒的都狐疑地向宋其明递过来询问的眼神。其他人则是一脸茫然，想不起来率性堂里哪位生徒姓梁名灵瓒。

队伍的另一端，正义堂的生徒们交头接耳，议论声如蚕食桑叶，沙沙作响。

源重华枪杆一顿，压下这议论声。

"错了，错了！"崔子皓脸上有一丝狂乱，高声叫道，"司丞大人，搞错了！梁灵瓒不是率性堂的，是正义堂的！"

"没有错。"司丞合拢名单卷轴，答道，"梁灵瓒在会考中，三场考六堂考卷，每一份皆是头名，三日之内，连升六堂，如今以率性堂头名结业，补升长安国子监！"

一语既出，激起轩然大波，生徒们惊愕之下议论纷纷，甚至有人离开了队伍行列，想去正义堂队伍中一睹这位头名的真面目。源重华银枪出手，险险镇不住场面。

三日之内，连升六堂！

从龙朔二年高宗皇帝下旨设立洛阳国子监起，数十年间，还从来没有这样的先例！

"这、这怎么可能？怎么可能！"崔子皓不敢置信，"他明明交了白卷！"

宋其明虽然觉得崔子皓讨厌，但此时此刻，崔子皓确实是喊出了他的心声，他也觉得不敢置信。是啊，这怎么可能？

梁灵瓒……梁灵瓒考场失利，自己把自己关在屋子里好几天，现在还出不来呢！头名？连升六堂，怎么可能？怎么可能？

"今次会考的所有考卷皆已由典籍厅入库封存，有疑议者，可以去典籍厅查阅。"司丞说着，扬声道，"率性堂前十名者三日后行结业礼——"

"不！"崔子皓尖声道，"我不服！不对！不对！那个贱奴才来国子监多久？率性堂？头名？补入长安国子监？开什么玩笑？我不服！"

司丞眉头一皱，若换了别人这样大喊大叫，早就被治上失仪之过交给绳衍厅了，但崔子皓毕竟是南宫平的亲外甥，国子监里的人谁能不给祭酒几分薄面？因此耐着性子道："会考阅卷，有博士六名，助教十名，学正十名，司录十名，一道考卷要经过三次阅卷，最后还有司业大人把关，决计不会搞错……"

李司业一直坐在位置上，此时回头向身边侍立的一名司录吩咐一句，司录离开，片刻后回来，手里抱着一叠卷宗，李司业当众撕了卷宗封印，里面是一份份考卷，同属于一人。

"传阅吧。"李司业道。

生徒们几乎是迫不及待地去看这些考卷，传说中的"梁灵瓒"三个字明显地写在封头上。别的学馆倒罢了，算学馆的生徒们却是看一片静一片，看到了，全场寂静无声。

好容易轮到宋其明这边，宋其明不懂算学，只见卷面笔迹工整，边上有"极优"二字评语，还没来得及细看，考卷被崔子皓一把抽了去。

崔子皓铁青着脸，翻一张，看一张，越翻脸色越难看，但翻到最后，他眼前蓦地一亮，好像将溺之人抓住了最后一块浮木，将那张考卷高高举起，大声道："这张不是考卷！有人徇私舞弊！梁灵瓒不可能是头名！"

国子监所有的考卷皆是由典籍司抄录出品，全是整齐划一的楷体，但此时阳光晴好，清晰地照出这一张纸上的字迹是飘逸如云的行书。并且大家都认得，这是李司业的笔迹。

"李司业！你还有什么话说？"崔子皓脸上肌肉因狂喜而有几分狰狞，"就算是给自己的爱徒开后门，也不必单给他出一份考卷吧！这公平吗？梁灵瓒的头名是假的，我是第十名！"

李静言缓缓走到崔子皓面前，接过他手里那张考卷，招手唤来一位算学馆的生徒："四门学馆的人不认识这道题，你来念给众人听。"

那生徒便念道："今有望海岛，立两表齐高三丈，前后相去千步，令后表与前表参相直，从前表却行一百二十三步，人目着地，取望岛峰，与表末参合，从后表却行一百二十七步，人目着地，取望岛峰，亦与表末参合，问岛高及去表各几何？"

起初声音朗朗，中途越读越疑惑，最后声音竟越来越低，额头上隐隐有汗水渗出，他读完了一时也不能释手，迫不及待地往下看这份考卷的答案。

李静言问："看得懂吗？"

生徒原也是算学馆的佼佼者，身在率性馆，此时面色却有点儿难看，摇摇头。

"无妨，这道题我去年才解出，花了三个月，你看不懂很正常。"李静言说着，目光掠过全场，"这份考卷不是出给率性堂生徒的，而是我想看看梁灵瓒超出率性堂生徒多远。现在，你们知道了。"他顿了顿，道，"这就是我给梁灵瓒头名的原因。诸位，还有谁不服吗？"

阳光下，生徒们彼此看了一眼，满场寂寂，再也没有一个人开口。

"若无异议，散席——"

"我有不服。"堂上忽然有人开口，源重华踱了下来，"我身兼绳衍厅司丞，有一事不服。"

"请说。"

"有生徒不尊师上，口出狂言，尚未处置，怎么能散席？"

李静言点头："有劳源将军。"

"职责所在。"源重华的右眼发出雪亮光芒，一把提起崔子皓的衣襟，扔给一旁的卫军，"带去绳衍厅！"

"放开我！放开我！"崔子皓变了脸色，大叫，"我说几句话便要处罚，那缺席的人又该如何？"

八

"率性堂头名？补入长安国子监？"梁灵瓒睡得昏天黑地，一觉醒来，受惊不小，指着自己的鼻子，"我？"

宋其明想到自己一个二十名居然给头名掬了那么多同情泪，就没好气："对，你。你啊，赶紧走，赶紧去长安，不然再待在你身边，我迟早要给你吓死。"

"我是率性堂头名，要去长安国子监？"梁灵瓒兀自接受不了，"为什么啊？"

宋其明朝天翻了个白眼。为什么啊？他也很想问为什么啊！为什么他苦读这么多年，比不上人家区区几个月！为什么？！

"你这种人为什么要生到凡间来！给我们这些凡人一点儿机会好不好！"宋其明说着，忽然精神一振，抓住梁灵瓒肩膀，"小瓒，你老实说，一行大师是不是给过你什么东西？比星命符还要厉害的那种！"

"啊？什么东西？"

"就是逆天改命，让人一下子飞黄腾达的那种！"

"哪有那种东西？"梁灵瓒说着一笑，笑完又叹了口气，"就算有，师父……他也不会给我的……"

"为什么啊？"

梁灵瓒不想答，捂着肚子："好饿，我要去吃饭。"

说到这个，宋其明的脸一下子垮下来了："还吃饭？别想了，你今日缺席，我想帮你请病假，结果源将军说他一没见着大夫，二没瞧见药方，不准，算你旷课，把我都一起连坐了。从今天起，我们得一起饿上三天……"

"什么！"梁灵瓒大叫一声，肚子也很配合地咕咕叫。

"别叫这么大声。"宋其明从身后变出两把大扫帚，外加水桶布巾，"留着点儿力气，我们还得打扫三天的号舍。"

梁灵瓒呆滞半天，瘫回床上，喃喃："我不要这头名行不行？不去长安行不行？我不知道自己上一顿是什么时候的事了……我要饿死了……"

"饿死事小，受罚事大！要是咱们不乖乖去扫号舍，接下来就得饿四天，六天！"宋其明想想都气，"你说这都是什么事儿！你受罚好歹还有个头名，我可怜兮兮一个二十名，居然也要陪着饿肚子扫号舍，才真是冤！"

慑于源重华的淫威，梁灵瓒还是被宋其明拖了起来，唉声叹气扛起了扫把。

不过，虽说是饿肚子，总有同窗偷偷塞个馒头过来，好歹不至于真饿死。

国子监号舍不少，梁灵瓒原以为三天扫不完，谁知道第三天下午，就在两人打算完前一排号舍，拎着水桶准备去下一排时，宋其明忽然站住脚："好了，我们不用去了。"

"为什么？"后面还有好几排，连自己那间在内，梁灵瓒满心都是"快点儿打扫完我要好好吃顿饭"。

宋其明朝前方点了点下巴，露出一个灿烂的笑容："因为有人已经帮我们打扫完了。"

前方号舍，崔子皓拖着扫把走出来。

"吃奶的劲儿都使出来了，好容易进了前十，因为天上掉下个梁灵瓒，第十名变成第十一名，还得受罚，啧啧啧，我以为自己已经够倒霉了，但想想这世上还有人比我更倒霉，心里就舒服多了。"从来都是崔子皓对宋其明冷嘲热讽，宋其明还是第一次找到这样的机会，说完，就由衷理解了崔子皓为什么老是这样阴阳怪气地说话，因为真的太爽了！

他笑眯眯道："崔兄，有劳，多谢了啊。"

按说以崔子皓的为人，就算不跳起来暴起伤人，至少也会反唇相讥，结果崔子皓只是在经过时冷冷看了梁灵瓒一眼，凉幽幽地道："梁灵瓒，你运气真好。"

梁灵瓒说不清他是嘲讽呢还是真心夸她，只好道："呃，还行。"

崔子皓笑了，笑容很奇怪："就是不知道你这好运还能用多久？"

一直到他走开，两人一时都没反应过来。

宋其明道："他难道是饿傻了？居然没骂人？"

梁灵瓒道："他这是祝我好运？"但为什么那个笑容让人心里隐隐发凉呢？

算了，管他呢，两人分头行事，宋其明去馔堂领好饭菜，梁灵瓒回掌馔厅交还工具，正要转身，只听一个温和声音道："饿了吧？"

门外，一人含笑而立，正是李静言。

九

司业官署里，简单的四菜一汤，还有一碗菜粥。

"久饿之下不能暴饮暴食，是以菜色都是清淡易消化，不知道合不合你胃口，你随意吃些吧。"李静言微微笑，"我知道你是解题辛苦，所以未能列席，但绳愆厅规矩所在，我也不便多说，这几日辛苦你了。"

"我……我其实有吃馒头，而且打扫也不辛苦，我本来就是干杂役的啊，打扫是老本行。"

梁灵瓒发现自己有个毛病，就是人家越是待她好，她就越是容易紧张，就差指天发誓表示自己很热爱杂役这一行了。看着桌上的饭菜，肚子明明是饿的，心却被另一种东西充满，饱饱的，她轻声问道："司业大人，为什么要让我当率性堂头名啊？"

"因为你确实是率性堂头名。"李静言微微一笑，"还有，记不记得玄景曾经告诉过你，要叫老师？"

"我……"梁灵瓒捏着筷子有点儿迟疑,"可你是司业大人,所有人都叫你司业大人……"

"你可以叫我'老师'。"李静言看着她,"如果有一天,李静言的名字传遍天下,那必定是因为我曾是梁灵瓒的老师。"

梁灵瓒呆住:"我……"

"我从未教过你这样的学生。灵瓒,你进展如此之快,超出我的想象。一来是你天资聪颖,二来是你原先打下的基础深厚。你的算学是谁教你的?令尊吗?可否以名讳见告?他能教出你这样的儿子,便有资格来国子监教生徒,若只当一名私塾夫子,屈才了。"

梁灵瓒僵住:"这个……这个……我爹他……呃不是,家父……家父不喜欢见生人,也不喜欢同别人打交道……"

"这样?"李静言叹了口气,"那我就不强人所难了。"

梁灵瓒松了一口气,心情复杂地吃完碗里的粥,李司业取来一只锦盒,示意她打开。

盒子里是一封写给国子监南宫祭酒的信,以及洛阳国子监生徒被入长安国子监的荐书。

"夫算者,天地之经纬,群生之元用,五常之本末,阴阳之父母,星辰之建号,三光之表埋在,五行之准平,四时之终始,万物之祖宗,六艺之纲纪。"

阳光自窗棂间透进来,照得李静言淡青色的衣袖半透明,他的目光也如此时的阳光一样清澈温和:"于算学一途,我已经没有什么能教你的了。长安国子监里,最擅长算学的人其实不是算学馆博士,而是另有其人。只是那人已经不再教任何人。你若有机缘,可以去找南宫祭酒,他才是有资格教你的人,只是他身为祭酒,事务冗杂,只怕不一定有空,一切要看你的运气。"说着,他顿了一下,"我听说,一行大师也在长安。说起算学,天下无人比得上一行大师。只可惜他身在集贤院,别说是你,连我都不一定能见着。只盼你勤学苦练,有朝一日名扬天下,便有资格去向大师讨教了。"

"老师……"梁灵瓒看着他,有什么东西从心底涌出来,经过喉咙,喉咙发涩,冲上眼眶,眼眶发热。

"禀司业大人,"门外有学录前来回事,"源将军说,崔子皓丢的东西找到了。"

李静言领首:"找到便好,此事请源将军处置便是。"

"大人……"学录微有迟疑,"源将军命我来要人。"

"要人?要什么人?"

"那东西……"学录抬头,视线笔直落在屋内的梁灵瓒身上,"是在生徒梁灵瓒的箧箱中找到的。"

第七章

长安国子监

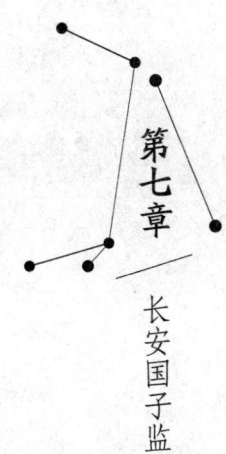

一

　　桌上有一尊白玉镇纸，雕成一只肥圆的蟾蜍，口中衔着一枝桂花，取"蟾宫折桂"之意，对读书人来说是上佳的彩头。而且白玉温润，通体有一层莹光，即使是梁灵瓒这种没见过什么世面的，也看得出来这镇纸很值钱。但这么值钱的镇纸为什么会在她的笈箱里呢？要知道，她笈箱里所有的东西加起来也值不上镇纸的一只边角。

　　崔子皓横眉冷眼："我回房之后，便发现这镇纸不见了。如果是别的东西，我也不敢惊动源将军。但这镇纸是我舅舅少年时所用之物，今年正月里才给我的，是给我添个好彩头的意思。我每用一次，便在心里感念舅舅对我的疼惜与鼓励，从来不敢随意乱放。一朝不见，我急得各处都找遍了，还是舍友说起今天梁灵瓒和宋其明打扫过我们的号舍我才怀疑。现在，果然在梁灵瓒的笈箱里找到了！铁证如山，请源将军为学生主持公道！"

　　梁灵瓒努力回忆，崔子皓的号舍是哪间？难道她真的不小心顺了回来？

　　宋其明怒道："我们这几天打扫的号舍多了去了，谁知道哪间是你的？我看你根本就是妒恨梁灵瓒得了头名，故意栽赃陷害！"

　　"梁灵瓒得了头名，我要说心服口服，诸位也不会信。但再怎么不服，既然司业大人发了话，我也不敢再有什么想法。可是梁灵瓒……"

梁灵瓒还在沉思中，一被点名，抬起头来，就见崔子皓一脸失望，一脸鄙夷，一脸痛恨："可你怎么能做出这种事？我失去了进入长安国子监的名额，已经够让舅舅失望的了，现在还把舅舅给我的镇纸都丢了，你让我有什么脸面再去见舅舅？梁灵瓒，我到底哪里得罪过你，你要这样害我？"

梁灵瓒仔细想了一下："说起来，其实应该是我得罪你……"

"不敢！你是仆役出身，我叫了你几声'贱奴'，那也是从前的事，自从你成了国子监生徒，我可有半分冒犯？你既然是洛阳国子监的头名，走出去就是洛阳国子监的脸面，不想着谨言慎行为洛阳国子监争光，居然做起这下三烂的勾当！你知不知道，国子监生徒犯偷盗之罪是什么下场？"

梁灵瓒挠挠头，回忆了一下刚入国子监时背的绳衍厅条例，偷盗……好像是革去学籍，遣回家中，不得再入国子监。

"但真不是我。"梁灵瓒道，"会不会是别人拿错了？"

"小瓒你还看不出来吗？这东西一定是他自己放进你笈箱里的！别忘了，我们这间号舍是他打扫的！"宋其明说着，向源重华深施一礼，"源将军，请您一定要查明真相，还梁灵瓒清白！"

源重华全程懒洋洋地靠在椅背上，脸上却就差没写着"无聊"二字，打了个哈欠，道："查明真相不是我的活儿。我的活儿就是哪个犯事削哪个。梁灵瓒，现在证据在此，你还有什么好说的？"

崔子皓恭恭敬敬行礼："源将军英明！"

"我真没拿这东西。"梁灵瓒道，"而且我和宋其明打扫完便去还工具，还了工具我便去了司业大人的官署，就算我拿了东西，也没工夫塞回笈箱里，这点司业大人可以为我作证。"

源重华便吩咐人把李静言请来，李静言来了之后，有些意外："还没说清楚吗？"

源重华一摊手："原告有物证在此，你呢，就是被告的人证。"

李静言道："梁灵瓒心地单纯，绝不会做出这等事。"

崔子皓脸色一变："司业大人这话是说学生诬告梁灵瓒了？"

李静言道："或许这其中有什么误会？"

崔子皓微微冷笑："东西就在梁灵瓒的笈箱里，如此明显的罪证，司业大人居然说是误会，如此不公，实在令学生心寒。"

宋其明嚷道："你到底想怎样！"

"不想怎样，源将军在此，一切按规矩处置，将偷盗之人革去学籍，赶出国子监！"

宋其明气笑了："然后你便是第十名了！"

崔子皓一声冷哼。话音才落地，外面有人回禀："洛阳县尹求见。"

李静言一怔，一面命请，一面看了源重华一眼，意思是："怎么惊动了县衙？"源重华一摊手："不关我的事。"

崔子皓脸上露出一丝笑，隐含得意："学生早猜到，梁灵瓒是司业大人的爱徒，就算再犯了什么错，司业大人只怕也舍不得处置，是以擅作主张，托人去了县衙报了案。"

洛阳县尹进来，先和李静言相互拜见，再见过源重华。崔子皓上前施礼："周大人，晚生崔子皓拜见。"

"是子皓啊，几年不见，出落得一表人才了。上回见你，你还在恩师府上和令表兄玩蹴鞠呢，一晃就长这么大了。怎样？恩师如何？身子可还康健吧？"

"舅舅一切都好，周大人，晚生这次请您来是有公事。"

周大人点头："正是，本县接到报案，听说事涉一只白玉镇纸，物件虽小，却价值百金，更兼作案者是国子监生徒……啧啧，这国子监一向为我大唐培养国家栋梁，今日居然出了这等宵小之辈，实在让人意外。李司业，这事本县已经立案，把人交给我，我带回县衙好好审理，定会给国子监一个交代。"

宋其明拦在梁灵瓒身前："司业大人，千万不能让他把小瓒带走！"

梁灵瓒看他神情激动，拍拍他的肩："放心，不是我拿的就不是我拿的，他是官，一定会审清楚的。"

"笨蛋，你看不出来他们是一伙的吗？真进了县衙，就由不得你了！"

"大表哥不是也在县衙当差吗？他会帮我的。"

"大表哥是捕头，他是县尹，胳膊还能拧得过大腿？唉！"宋其明说完又对着崔子皓骂道："崔子皓，我一直以为你只是心胸狭隘外加有几分不知好歹，没想到你竟然这样阴险毒辣！"

崔子皓冷冷一哼，不作理会。县尹一挥手，几名捕快进来，正要动手，"哐当"一声，两杆枪交错拦住他们的去路，捕快的反应也不慢，腰畔横刀"唰"的出鞘。

"周大人想审案，可以回县衙，这里可是国子监。"源重华的右眼眯了起来，"生徒犯了错，归我绳衍堂处置。"

周大人面上带笑，嘴上却毫不含糊："本案已立，若不当堂过审，本县如何结案？还望李司业和源将军行个方便。"

"这是要抢人了是吧？"源重华长身而起，没有罩起来的那只眼在发光，又兴奋又热烈的光。他一伸手，握住了枪杆，就像猛兽露出了獠牙，"哈哈，来这鬼地方这么久了，今天总算有点儿意思了！"

宋其明身子晃了晃，脸色惨白："完了，完了，要打起来了！"他拉起梁灵瓒，就想觑空子跑路，"三十六计，走为上策！等我回家找我爹，不怕找不到一个官儿来压这姓周的！"

梁灵瓒却没动："不用找你爹，去找金粉。"

宋其明一呆："金粉是谁？"

"就是铜粉，去典籍厅领。"

宋其明一脑门雾水："干吗用？"

梁灵瓒："作法。"

宋其明立刻眼睛大亮。对啊，平时梁灵瓒不让提，他居然就忘了，梁灵瓒是谁？是一行大师的高徒啊！那是谁都能陷害的吗！他立刻麻利地去了。

"二位，国子监是教学育人之所，不是动刀枪的地方。"李静言开口，"有话好说，不可冲动。"后面一句话，他是盯着源重华说的。

源重华就像一只出笼的兽，那腾腾的杀气怎么都按捺不住，李静言低声道："出了乱子，你怎么向大哥交代？"源重华一顿，咬了咬牙，把枪扔给了属下。卫军们也撤了长枪，捕快们见好就收，立即回刀入鞘，同时暗暗出了一身冷汗，原以为只是来抓个贼，早知道怎么样也该叫上严捕头一起。

"其实在这里就可以有分晓，何必一定要上公堂呢？"梁灵瓒道，"其实我也有证据，能证明我没动过这镇纸，并且还能知道是谁动过这镇纸。"

"信口开河，胡说八道！"崔子皓道，"周大人，别让她拖延时间。"

李静言微微皱眉："崔子皓，慎言。既然梁灵瓒自有办法自证，何妨让她一试。"跟着道："梁灵瓒，你有什么办法？"

"请等一等。"

"等什么？"

"等一样东西。"

崔子皓哈哈大笑："司业大人，都说了她在拖延时间了，你偏不信！"

话音落地，宋其明几乎是连滚带爬地跑了进来，他养尊处优惯了，难得这样剧烈运动，气喘吁吁地把手里的瓷瓶交给梁灵瓒，饶是如此，还是要放一放狠话："你们……你们都给我看……看好了……小瓒，小瓒可是——"

"多谢宋兄！"梁灵瓒飞快地把他按在椅子上，盯牢他的眼睛，"有劳宋兄，宋兄好好歇息。"

宋其明反应过来，连忙捂上嘴。

梁灵瓒问道："请问方才是谁在我的笈箱中找到这镇纸的？"

一名卫军出列："我。"

"好。"梁灵瓒点点头，又问："请问还有谁碰过这镇纸？"

众人都摇头。

崔子皓十分不耐烦："你还想拖延到什么时候？"

梁灵瓒很好脾气地解释："总要问清楚，一会儿才不会搞错了。"

她打开瓷瓶的塞子，缓缓将瓷瓶里的东西撒向白玉镇纸。自瓶口里流泻而出的是极细的粉末，晶亮如金，轻盈如尘，温柔地覆在镇纸上，像是给这只白玉蟾蜍鎏了一层金。

崔子皓不知道梁灵瓒要做什么，但梁灵瓒的神情太镇定，让他莫名有一丝慌张，喝道："我告诉你，这镇纸可是我舅舅的，你要弄坏了一分一毫，把你卖了都赔不起！"

梁灵瓒好像没听见，轻轻吹了一口气，尘飞如雾，白玉蟾蜍上的金粉飞起，只留下浅浅一层附在上面，现出淡淡的纹路。

宋其明一脸惊奇，凑过去细看："这是什么？"

"指纹。"梁灵瓒解释，"只要手碰过的地方，一定会留下印记。尤其是做坏事时，人心里往往很紧张，手心自然会出汗，印记就更明显。天上没有一颗完全相同的星星，人手上也没有一个相同的指纹。我们只要一个个比对，就知道还有谁动过这镇纸了。"

"哟，小子有点儿脑子嘛。"源重华挑了挑眉毛，下巴一点那卫军："你，过来把手印摁了。"

卫军照做，沾着印泥，十枚指纹一个个清清楚楚地印在纸上。

接着，梁灵瓒把自己的指纹全摁上去，然后拿着那张白纸给崔子皓。

崔子皓拒绝："我的镇纸上有我的指纹，再正常不过，有什么好验的？"

梁灵瓒道："非也。不是要证明上面有你的指纹，而是为了验出上面是不是有第三个人的指纹。要是有第三个人，贼就是第三个人。但要是没有第三个人……"

"那贼就是你！"宋其明抢着道，脸上放光，"贼喊抓贼！"

"你血口喷人！"崔子皓厉声道，但看着递到面前的白纸，脚下却不由自主地后退一步，仿佛那张白纸会咬人。

宋其明道："你要真清白，为什么不敢摁手印？"

"我是失主，为什么要查我？"崔子皓拉住周县尹衣袖，面上难掩惊慌，"周大人，快替我做主！"

周县尹还没来得及开口，源重华已经一声暴喝："抓了他的手摁！"

两名卫军上前，捉住崔子皓。

"我不要！我不要！"崔子皓挣扎，"就是那贱奴偷了我的东西！你们应该抓的人是那贱奴！放开我，我不要，我不要——"

可他哪里是卫军的对手？两名卫军抓着他，就像老鹰抓小鸡似的。崔子皓使出吃奶的力气挣扎，十个指印还是一个不落地留在了纸上，一枚枚鲜红无比。

崔子皓怔怔地看着指印，再看看边上的白玉镇纸，忽然暴起，只是手还没有碰到镇纸，便像是落进了一把铁钳中——源重华扼住他的手腕，阴阴笑道："好啊，这是要毁灭证物吗？不错，不错，你本事很大，耍猴耍到我面前来了，当本大爷很闲是吧？拉本大爷来陪你演戏？"

"不，不，不——"崔子皓脸色惨白，满口喊，"周大人救我！周大人救我！"

周县尹咳嗽了几声："这个……其实一个镇纸而已，也不是什么大不了的事……"

"国子监的规矩，偷盗超过五两银子以上者，革除学籍，扫地出门；陷同窗于不义者，受鞭刑三十，革除学籍，扫地出门。"源重华眼中带着嗜血意味，"绳衍厅的鞭子已经落满了尘，崔子皓，多谢你，今日可以让它活动活动筋骨了！"

"不……三十鞭，我会死的！"崔子皓不敢置信，"为什么？为什么会这样？都是梁灵瓒，都是她逼我的！我在率性堂已经两年了，拼命努力才得了第十名，可是……可是她这贱奴冒了出来，我就什么都不是了，我两年的努力就什么都不是了！梁灵瓒，是你！一切都是你的错！你一个下人，一个杂役，竟然爬到我的头上，毁掉我的前程！你才该挨鞭刑，三十鞭，往死里抽！"

他的脸色惨白，脸颊上却有可怕的潮红，眼珠子死死盯着梁灵瓒，好像恨不得把视线变成钉子，全扎进梁灵瓒的身体里。

这大概就是……恨吧？师父跟大相和元太讲经，说起过"恨"，师父当时说过一个比喻：恨像火焰，能炙干一个人的内蕴。恨令人愤怒，令人痛苦，令人盲目。

那个时候，梁灵瓒在一旁摆弄浑仪造型，一边耳朵进，一边耳朵出，既听不明白，也不想明白。可此时此刻，看着崔子皓的模样，忽然懂了师父的话。

"恨是错的，你恨我也没用。"梁灵瓒看着崔子皓的眼睛，"如果你是第九名、第八名，或者干脆就是头名，你的烦恼是不是都没有了？如果硬要恨的话，就恨你平时不够努力，或是天资实在有限吧。"

崔子皓死死地瞪着她，喉咙里"嗬嗬"作响，好像恨不得咬下梁灵瓒的一块肉。

第七章·长安国子监

梁灵瓒拿起那张印满指印的白纸，叹了口气："金粉虽然能显出些许纹路，但真要辨认起来也不容易，何况指纹覆着指纹，即使有你的指印，我眼力虽好，也不一定辨得出来。你自己做贼心虚，怪不得旁人。"

崔子皓眼睛全红了，蓦地发出一声喊叫，这喊叫声似凄怆似怨怒，简直像是野兽发出来的，他挣脱了源重华，向梁灵瓒扑了过来，双手掐住了梁灵瓒的脖子。

二

"他怎么就那么恨我啊？"到了县衙，梁灵瓒还是心有余悸，要不是源重华一枪敲晕了崔子皓，她毫不怀疑崔子皓要掐死她。

宋其明哈哈笑："险是真险。哈哈，但你后面那番话实在是把他气得不行。"

"我……我是跟他解释呀！"梁灵瓒睁大眼睛，"我都说那么明白了，他只要打死不认账不就不用挨罚了吗？"

宋其明愣了："你不是想落井下石气他的吗？"

"为什么要气他？他已经够惨了。"府衙的窗棂擦拭得极为洁净，园中盛开着一树树的花，夜色中不知道品种，一阵阵的香气却随晚风送过来。梁灵瓒在风中叹了口气，声音有点儿低，"他很想去长安。一个人很想做一件事却不能去做，是很难受的。"

"所以你才同意和解？"

和解是周县尹提出来的，一来自然是出于私心为崔子皓考虑；二来这件事情传出去对国子监的声名有损；三来若是到县衙走上流程，只要周县尹稍稍使点儿手段，把日子一点点往后推，拖着梁灵瓒误了入长安国子监的时间，梁灵瓒也不划算；四来周县尹看梁灵瓒的笈箱行装颇为清贫，已经想好了让崔子皓出点儿钱摆平这一次，至于出多少，那就看梁灵瓒的底线在哪里了……

可谁知，周县尹这许多打算一条也没来得及说出口，才说了个"和解"，梁灵瓒就点了头，然后就来县衙准备签字画押了。

周县尹一时也摸不清梁灵瓒是有什么后招，还是突然犯了傻，但眼下赶紧把崔子皓择出来是正经，不然以后哪儿有脸去见南宫大人？因此交代书吏把文书做得格外妥当些，这才命人传唤梁灵瓒。

宋其明不放心，一起跟进来。周县尹一脸慈爱地道："梁公子宽宏大度，陂湖禀量，是不可多得之才啊！洛阳能出你这样的人物是我洛阳府之幸！来，请梁公子下去签名画押，留档封存。"

一出门，宋其明低声道："当官儿真不容易，比戏子还会演呐！"

梁灵瓒笑道："那你可得多学着点儿了。"

宋其明看她神情，问："你真不生气啊？你别怕，你的事就是我的事，我会让我爹给你讨回公道的。"

"多谢你的好意。他又没怎么着我，我有什么好生气的？"

"你不怕这回放过他，他下回还害你呢？"

梁灵瓒想了想，摇摇头："我觉得他挺笨的。"言下之意，想害也害不了。

宋其明想想今天的事，服气了。

书吏把两人领到签押房，先拿出文书给梁灵瓒过目，梁灵瓒匆匆扫了一眼，提笔就准备签名，书吏道："户帖、坊籍请出示一下。"

笔顿时停住，梁灵瓒声音僵硬："还要户帖、坊籍？"

书吏点头："自然。要入库封档，少不得要登记。"

"我……我没带……"

"我去帮你拿！"宋其明响亮地道，"你放在哪儿？"

能不能不要这么热心？梁灵瓒有流泪的冲动。

"没带也没关系，报上编号就成。"书吏道。

"我……不记得……"

宋其明大笑："哈哈哈哈，你堂堂率性堂头名，居然不记得自己的户帖编号！哈哈哈！"

梁灵瓒幽幽地白了宋其明一眼，第一次觉得这家伙如此聒噪。

书吏也没办法："那你说你住哪里，我来找找。梁灵瓒是吧？梁姓……"书吏去开身后山一样高的资料柜，"梁姓在……这里了。"

"等等！"梁灵瓒问，"我要是不和解，是不是就不用签字画押了？"

书吏有些奇怪地看了她一眼："不管和解还是结案，字都是要签的。"

宋其明也问道："小瓒你怎么了？"就是被诬偷盗都没见梁灵瓒这么慌张。

"我……我……"梁灵瓒后悔，无比后悔，她怎么能因为崔子皓笨就不把崔子皓放在心上呢？再笨也能给她制造麻烦啊！眼看书吏已经找出一本厚厚的卷宗，问她："户主叫什么名字？"如此简单的一个问题，即便去问一个小孩子都能得到准确的答案，可梁灵瓒脑子里嗡嗡作响，不知道该怎么答。

答"梁天年"，一翻就能翻到户主梁天年，有女梁灵瓒。胡诌一个，翻不到档案，身

第七章·长安国子监

份照样存疑，再查下去，麻烦更大。再难的题目都难不住她，但这小小的一问却把她难住了。

"梁公子？"书吏十分疑惑。

梁灵瓒有夺路而逃的冲动。

"我来找吧。"一道声音从门后传来，沉稳、有力、冷静。

有人推门进来，向书吏道："这是我家亲友，我来就行。你辛苦了，回去歇着吧！"

"严捕头巡逻回来了？"书吏见了他，眉开眼笑，"谁说不是呢！在家饭刚吃到一半就被叫出来了，那就劳烦你了。"一面说，一面把事情略做交接，便去了。

严安之接过卷宗，头也没抬，道："其明，去走廊守着，不要让任何人过来。"

"好的！"宋其明对大表哥一向是言听计从，待跑到走廊里吹了一阵冷风之后，才模模糊糊地想，这晚上的县衙一只鸟也没有，大表哥让他来守什么呢？

三

签押房里灯光昏黄，照出严安之一身公服，双肩绣飞云纹，腰束革带，悬着一把细长横刀，刀柄温润光泽，显然是经常握的。

严安之的眼神也像刀柄一样，有一种熟润的光，被这样的眼神看着，梁灵瓒止不住地心虚，挠挠头，坐立不安。

"在国子监过得如何？"严安之终于开口。

"呃……就那样，就那样。"梁灵瓒干巴巴地答。

严安之瞥了眼桌上的文书："像这种事情，有一次就会有两次、三次……甚至比这个更麻烦、更复杂，不一定你每次都应付得来。"

"还好吧。"梁灵瓒一点儿也不怕这种阴谋诡计，诡计是人想出来的，只要比想诡计的人聪明一点儿，就一定能破解。

她真正应付不过来是严安之面前那本卷宗。那里有她的秘密，有她的老底。

只要有人轻轻一掀，她就溃不成军。

晚风拂过，灯影微微晃动，严安之眼中仿佛也起了一点儿涟漪，他轻叹一声，问道："若是现在让你成亲，你愿意吗？"

这个话题会不会跳得有点儿太快啊大表哥……

"若有一个人来照顾你，保护你，不让任何阴谋诡计伤害到你，不让你经受任何风雨，和你相伴一生，你愿意吗？"

"这个……"梁灵瓒吃吃地,"我还没想过。"

"那么,现在想一想。"

梁灵瓒发现今夜的严安之好像有点儿不一样,到底哪点儿不一样……哦,有点儿像那次喝多了的时候,眼神不是平常的锋利,而是有一种说不出来的温润,仿佛充满期待。

梁灵瓒皱起眉头,苦思冥想,深刻反思,半晌,点头:"我想我是愿意的……"

刹那间,梁灵瓒有个错觉,严安之眼中的光芒好像压倒了此时的灯光,以至于让她顿了顿,才接着说下去,"只要不妨碍我继续待在国子监。"

要是他不让我做女红,那就更完美了。这样,又成了亲,又能继续学东西,啊,就是说,既能让婆婆和爹爹放心,她又能做自己想做的事……世上真有这样的好事吗?真有这样的人吗?

严安之看着她一派向往的眼神,摇了摇头,左手抚了抚额头,掌心下,嘴角微微勾起,笑了:"你啊……成了亲怎么还能待在国子监?在国子监又怎么能成亲?"

"那还是不成了吧。"

严安之深深地看着她:"这便是你的选择吗?"

"嗯。"

"也罢。"严安之轻轻叹息一声。

他叹息起来的样子又让梁灵瓒想到那一次,他说"也罢,反正你还小"的样子。有点儿温柔,又有点儿怅然。这种模样的大表哥像是卸去了坚硬的铠甲,梁灵瓒大着胆子道:"大表哥,你能帮我一个忙吗?"

"你说。"

"我……我的户帖和坊籍丢了,你能帮我补办一个吗?我……我也不记得编号……你能……呃,能随便帮我写一个吗?"

严安之抬起头,看着她。

梁灵瓒好紧张,好怕下一瞬严安之就会把刀搁她脖子上,说一句"想弄虚作假,性命拿来"。

但严安之没有,他打开卷宗,翻到最后一页,略一思索便下笔。

梁灵瓒看得清清楚楚,他写的是——

户主:梁又年

一子:梁灵瓒

户址:东市小磨安坊仁清巷

严安之起身取了空白户帖和坊籍各一份，待填好名字、盖好章，递到梁灵瓒手里，梁灵瓒依然没有从呆滞状态中缓过来。

她满心满眼满脑只有一件事——大表哥，他……他果然早就知道！

四

婆婆、爹爹：

这次春水大娘来长安选布料，带了我出门。因为出来得匆忙，来不及面辞，小瓒在这儿给二位认错赔罪。

长安城好大，有十二座城门，东西向十四条大街，南北向十一条大街，每条街都是笔直的，把长安城分成一百一十座坊。据说，从高处看长安城，长安城就跟一座棋盘一样。

买东西可以到东西两市。这两市比洛阳的两市可大多了，尤其是西市，春水大娘带我和捧香去逛了，看到很多很多胡人，每个人都长着绿眼睛、红胡子。

长安还有很多好吃的，有黄桂柿子饼、金线油塔、千层酥油饼……太多了，说也说不完，每样都好吃得很。

婆婆爹爹请放心，我在长安好得很，每天都跟着春水大娘学刺绣，大娘说我的手艺进步多了呢。只是归期未定，还请婆婆爹爹不要太记挂我。

小瓒 上

这封信梁灵瓒写了好几稿，改来改去，终于觉得从各方面都体现了长安城的特色，显得她真的在长安城逛过一样，才托人带去驿站，寄往洛阳。

她到长安已经五天了。

行过节业礼后，她回了一趟绣坊，捧香张大了半天嘴巴，才接受她要去长安的事实，然后问："那你怎么跟婆婆和梁叔交代？"

这个问题一击就命中要害，梁灵瓒垂头丧气："我也不知道。"

"要不，我们去找大娘，大娘也许有办法……"

"大娘能有什么办法？总不能让大娘把绣坊搬到长安去。"

捧香也默然半晌才开口："就算把绣坊搬到长安，婆婆和梁叔也未必会让你去。上回回去，我看到他们正在和陈媒婆看你的生辰八字呢。"

梁灵瓒长叹一声，捂住脸。

"要不,你就别去了呗?在洛阳难道不是一样学?长安那么远,人生地不熟,婆婆和梁叔肯定不放心啊……"

梁灵瓒很是郁闷地回了国子监。她心里清楚,先不说婆婆和爹爹那里怎么交代,单是去长安的盘缠就够叫她头疼的,更别提入长安国子监还有一百四十四两的束脩。

她连洛阳国子监的束脩都还欠着别人的呢!

行完结业礼,国子监头十名都喜气洋洋地回去收拾行李,又正逢旬假,偌大的国子监空空荡荡的,只剩淡淡月光笼罩着连绵的、寂静的屋宇。月亮升到中天,星辰布满天空,梁灵瓒站在屋檐下出了会儿神,看看左右无人,找了架梯子爬上了房顶。

房顶是个神奇的地方,一上房顶,好像就离地上的烦恼很远,离天上的星辰很近。

星辰真美。三垣恒久地光亮,像人间的帝王,光辉灼灼。二十八宿星罗棋布,像朝廷里的臣子,各司其职。

春天的晚风温柔极了,暖洋洋的,梁灵瓒不知道自己是什么时候睡着的,半梦半醒间好像有乌鸦在耳边呱呱乱叫,睁开眼才发现是宋其明。

"你不要命了!最后一天还想被逮去绳衍厅是吧!还不快下来!"

梁灵瓒揉揉眼睛,正是晨光熹微时候,天边只剩下一颗启明星,已经可以听到源重华操练护监卫军的号令声。她赶紧溜了下来。宋其明一颗心才放回肚子里:"幸好幸好,你还没走,我不知道你家在哪儿,就来碰个运气。怎样?东西收拾好了没有?"

梁灵瓒摇摇头。

"那还不快去收拾?"宋其明一边帮她收拾笈囊,一边苦口婆心,"我说小瓒,你这么拖拖拉拉可不行。长安国子监是什么地方啊,听说比钟声晚一步,连饭都没得吃。"

好在梁灵瓒东西不多,三两下便收拾齐了,宋其明把囊袋往梁灵瓒身上一搭,自己替她背了笈箱,拉了她就走。

门口,停着一辆马车,梁灵瓒被推了上去,一脸疑惑地问道:"去哪儿?"

"去长安啊!"

"我……我还没想好……"梁灵瓒抓着门框就要下车。

"不用想了,我都给你准备好了!"宋其明拿出一个锦匣,递给梁灵瓒。

梁灵瓒一头雾水地打开,里面是码得整整齐齐的一匣银子,不多不少,刚好一百四十四两。

"家里给我准备束脩,我就多要了一份。"宋其明道,"下回记住了,借钱这种事情也是分亲疏的,不要乱跟不相干的人借钱,知道吗?"

梁灵瓒捧着锦匣,呆呆地看着宋其明,眼眶忽然有点发热。

"别！别这么看着我！"宋其明惊恐，"你要哭出来可丢脸了啊！"

"谁要哭了？"梁灵瓒咕哝，"我是没睡醒，等等，你要交什么束脩？"

"唉！"宋其明发出一声复杂迂回、一波三折的长叹，从身上摸出一份荐书。

这荐书和梁灵瓒那份一模一样，所不同的是落款。梁灵瓒那份的落款是国子监司业李静言，宋其明这份的落款是刑部尚书同中书门下三品宋璟。

"为了宋家的未来，爷爷终于出手把我送进了火坑。"宋其明一腔怨气，满腹苦水，"呜呜呜，我好命苦，为什么我不是穷人家的孩子？为什么我这么倒霉投胎在宋家？刚学会说话就被逼着念书认字，爹妈还没认清楚，就要先认夫子像，假如我聪明也罢了，偏偏我连大表哥的一半天分都没有！更别提你这种混蛋！唉！我为什么要姓宋？假如我姓严，就可以和大表哥一样去当捕头了！原以为读完率性堂就能熬出头了，现在还要去太学！呜呜呜，我的命好苦！"

车轮辚辚，装着一马车的抱怨，驶出巷口。

梁灵瓒就这样脸都没洗一把，稀里糊涂地就去了长安。

五

一条朱雀大街把长安城一分为二，一边是长安县，一边是万年县。

但长安国子监既不在长安县，也不在万年县，国子监在皇城里。

从进长安城门的那一刻起，长安留给梁灵瓒最明显的印象就是"大"。这个印象随着后来经过朱雀大街，再从含光门看到宫城，震撼感达到顶点。

马车是不能进宫门的，梁灵瓒和宋其明进了含光门，走了大半个时辰才走到国子监门口。洛阳国子监出门即是小巷，虽然门楣高大，颇有声势，但人们走街串巷，熙熙攘攘，也很是热闹，坐在号舍里上着课，遥遥地还能听院墙外有人叫卖豆腐花。

如果把洛阳国子监比作一个充满人间烟火气的大叔，长安国子监就一定是个气度森严的学究。别说豆花的叫卖声了，长安国子监里，连生徒们之间的嬉笑声都很少听见。

"祭酒大人性子端方，教导我们要克己复礼，生徒之间严禁嬉戏打闹，违者要去静室面壁三天。"

洛阳国子监的五厅六堂原本就是仿长安国子监而设，洛阳国子监的绳愆厅一般是罚人停公膳、扫号舍的，源重华去了之后多了一道鞭刑。长安国子监的绳愆厅则讲究"刑不上大夫"，生徒犯错一般是关静室思过或者充作下仆执役。

师兄姓李，名成杰，脸圆圆的，一副笑呵呵的模样。他也是从洛阳算学馆升上来的，因此见面就存了几分乡谊，很热心地带梁灵瓒领青衿笈囊等物，又带梁灵瓒去号舍。

长安国子监的号舍也是两人一间。但来长安国子监的基本上都是三品大吏子弟，皆是冲太学馆来的，律学馆、书学馆和算学馆的生徒都比较少，所以梁灵瓒一个人就分到了一间号舍，据说这差不多等同太学生徒的待遇了。

李师兄又指点她何处吃饭、何处沐浴、何处上学。长安国子监里花木幽幽，开得很是繁盛，庭院当中有一口池塘，荷花刚刚抽出碧绿的嫩叶，像是刚裁出来的绿缎子。

李师兄告诉梁灵瓒："千万别过去，这荷花池我们管它叫'雷池'，以它为限，前面就是太学了。"

梁灵瓒一愣："太学去不得吗？"

李师兄肃容道："你一定要记住一件事，虽然同叫国子监，但长安国子监不是洛阳国子监。在洛阳国子监可以做的事，在长安国子监不一定可以。比如在咱们洛阳，你住进四门学馆号舍都没事，但在这里，越过雷池一步，就要被送进绳愆厅了。"

他一直笑眯眯的，严肃起来不免有几分森然，梁灵瓒被他感染了，忍不住问道："为……为什么？"

"因为他们是达官贵人之后，而我们只是庶民。"李成杰长长地叹了一口气，拍拍梁灵瓒的肩，"我知道你现在还不太明白，不过很快就会懂了。"

因着这条禁令，梁灵瓒一直没能去找宋其明，专专心心开始上课。她天资好，反应快，很快被算学馆的博士所注意。博士因问起梁灵瓒在洛阳求学的种种，听说李静言有推荐信给祭酒大人，便道："李司业在洛阳五年，还从来没有这样推荐过任何一人。信给我，我替你转交祭酒大人。"

梁灵瓒自然是欢喜不尽。她连太学都去不了，更别提去祭酒官署送信，原来还以为这封信要躺在行囊里发霉了。

不过博士也告诉她："祭酒大人公务繁忙，太史局和集贤院两处也时常要他效力，是否有时间点拨你，全看你的机缘了。"

推荐信送出去的第二天，梁灵瓒像往常一样背着书囊下课，踏着钟声去馔堂，她脑子里还思索着课上的题目，脚下慢吞吞，不免落后了几步。忽听得"哎哟"一声，身边走廊处，一名生徒跌坐在地上，怀里的书掉了一地。

梁灵瓒连忙去扶起他："怎么样？没事吧？"

"脚……脚崴了……"生徒疼得直吸气。

"我送你去典簿厅找大夫。"长安国子监身在皇城，不能像洛阳国子监那样随意传唤大夫，是以在国子监日常有一名太医当值。梁灵瓒说着就要去背他。

"我……我坐一会儿就好，你真想帮我，替我把这些书还了吧。"生徒道，"今天是最后的还书期限，还得晚了就要交罚金了。"

身为穷人，梁灵瓒深深感受到"罚金"二字的分量，郑重地点了点头。捡起地上的书，却见不是算学馆常用的算经之类，当先一卷便是《五经义疏》，书卷发黄，显然还是年份不少的古籍。

"你不是算学馆的？"梁灵瓒随口问。

"我……是书学馆的。原想抄捷径，没想到反而耽误了事。这位师兄，这事就拜托你了！"

一声"师兄"唤得梁灵瓒露出灿烂笑容，拍着胸脯保证："包在我身上。"又问，"书学馆的藏书楼在哪里？"

生徒指明路径，梁灵瓒一一问清楚，算算吃饭的钟声还有半炷香工夫才停，来回应该够了，抱起书，一溜小跑去了。

见她去得远了，地上"崴了脚"的生徒慢慢爬起来，掸一掸衣摆上的灰尘，朝着她离去的方向轻蔑地一笑。

身后转出一名生徒："成了？"

"成了。乡下来的傻鸟，半点儿脑子都没有，蠢得要死。真不知道有什么地方能得罪公子。"

"这就不是我们能过问的了。"另一人道，"回去跟公子复命吧。"

六

每个学馆都有自己的藏书楼，供本馆弟子借阅。这座藏书楼共有三层，梁灵瓒要仰起头才能看到房顶。没想到书学馆这样气派啊，比算学馆只有两间屋子的藏书楼阔气多了。

算学馆的藏书楼一名学录当差，平时会叫些生徒帮着打点整理。这座藏书楼却有五六名穿学录服的师长，各自在书架前忙碌，好像在找什么东西。

"那个……学生见过各位师长。"梁灵瓒弯腰行礼，"学生来还书……"

一名学录点点头，放下手里的书过来。他三四十岁年纪，又黑又胖，学录的衣袍勉强裹着铁塔般的身子。原本没什么表情，一看到梁灵瓒怀里的书，眼睛猛然一睁："原来是你！"跟着叫道："诸位，不用找了，书在这儿！"

几位学录纷纷走过来，目光沉沉，将梁灵瓒上下打量，其中一人沉声道："去请绳衍厅周学丞来。"

梁灵瓒原本还心说好险，老师们都在找书了，再晚一点儿那倒霉的书学馆生徒只怕就要交罚金。现在看起来……气氛好像不大对，她感觉自己像是闯进了狼窝的小兔。

她把书往面前的学录怀里一放："书还了，学生告退！"拔腿就跑。

"站住！"

梁灵瓒一面往门外冲，一面分神想，人们在这样凶巴巴叫别人站住的时候，难道不知道只会把人吓得跑更快吗？谁会说站住就站住啊！

然而，下一瞬，她站住了。

脚下一个急刹，险险撞上从门外跨进来的人，这人面色严峻，目光冷利，一步一步，把梁灵瓒逼回楼内。那黑胖学录道："周司丞，拦住他，这便是那窃书的逆徒！"

梁灵瓒下巴快掉了……绳衍厅明明离这里至少要两炷香路程啊！周司丞你是飞过来的吗？还是这几位学录有仙法，一拘就把人拘来了？

"姓甚？名甚？哪一馆？哪一堂？博士何人？"周学丞冷声喝问。

"我……我只是来还书的！"

"言行无状，记静室一日。"周学丞道，"速速报上名来，因何窃书？"

窃……窃书？！

"不不不不！不是！我……我是帮别人还书，这是书是别人的，他托我来还——"

周学丞："言行无状，再记一日。"

梁灵瓒深吸一口气，努力学着师兄们的样子，垂首躬身："学生知错，谢周学丞教诲。学生姓梁名灵瓒，是算学馆正义堂生徒，因路遇一书学馆生徒，他托学生还书，是以学生前来。"

"书学馆生徒？"黑胖学录一声冷哼，"扯谎也要仔细些！这里是太学馆藏书楼，书学馆生徒如何进得来？"

梁灵瓒一呆："这里不是书学馆藏书楼吗？"

"区区正义堂生徒就如此顽劣，还要在师长面前演戏到什么时候？一个书学馆生徒，借五经之书有何用？"黑胖学录怒目，"这些书全是古籍孤本，不久前刚由太学生徒捐献，还来不及誊写录入，就被你这厮偷去！周司丞，此次务必要严惩，不然谁都当这藏书楼是西市，想来就来，想拿就拿，那还了得！"

周司丞一令下，两名护监卫军走来，一左一右，擒住梁灵瓒。

"讲不讲道理？"梁灵瓒的手臂被反剪在身后，整个人被摁得跪在地上，怒道，"真要是我，我还会送上门来吗！"

那学录怒极，面孔涨得通红："今日再找不到这几本书，我必定要全监搜查，到时你藏也无处藏！你能送回来，我本来还想念在你知错能改的分上，请周司丞从轻处罚。没想到你是如此冥顽不化，不但不承认，还要攀咬他人！"

"我没有！"梁灵瓒叫道，"我说的都是真的！"

"好，你一个书学馆生徒，那我问你，那生徒姓甚名甚，长什么模样？你把他叫来，你们当堂对质！"

"我……"梁灵瓒语滞，自己也很恼火，还书还出这么大麻烦，这都是什么事儿！"我没问他。"

学录一脸"我就知道"的表情："周司丞，这等劣徒不关上三日静室是不行了！"

"闵学录这是想掌绳衍厅？"周司丞看了那学录一眼，缓缓道，"到底是你主罚，还是我主罚？"

学录一怔："呃……我失言了。"

周司丞凉凉细细的眼睛扫过梁灵瓒，忽然道："梁灵瓒，刚从洛阳升上的是不是？"

"是！"梁灵瓒用力昂起头，直视他的眼睛，大声道，"我是从洛阳国子监升上来的！在我们洛阳国子监，错便是错，对便是对，司业大人和源将军从来不会错罚一个坏人，也不会冤枉一个好人！"

周司丞勾起嘴角，冷笑了一下："你是说，我冤枉你了？"

"我根本就没有偷书！这是我第一次来这里！"

"那你怀里的书做何解释？"

"我都说了，这是别人让我还的！"

"何人？"

"不知道！"

闵学录跺脚道："岂有此理！岂有此理！偷就偷了，还要赖人！赖不成人，还要嘴硬！你……你真是无药可救！"

周司丞再一次笑了，他的笑容有一种梁灵瓒无法形容的感觉，像雾气里幽幽探出的蛇："确实是冥顽不化，无药可救。记静室一月，罚充杂役半年。"

梁灵瓒还未及反应，闵学录先讶然出声："静室一月？充杂役半年？这么重？"

周司丞淡淡瞧了他一眼："怎么？不是闵学录说要严惩的吗？"

"不……不是，这等顽劣的是该罚重些，但记他几日静室便罢了，充杂役充个十天半月便好，若充上半年，他还学什么？再说，静室一月……这……"

"咳咳，"其他学录之中，有一人咳了一声，道，"周司丞执掌绳衍厅，自有公断，闵学录你就少说两句吧。"

闵学录还想再说什么，那人上前拉住他："书既然回来了，咱们就赶紧抄录吧，免得浪费陈家一番心意。"

卫军拎起梁灵瓒便走，梁灵瓒用力挣扎："我没有！我没有！我没有偷书！凭什么罚我！你们处事不公，我不服！我不服！"

"你可知就凭你这言行无状，就够关你十日静室！"周司丞冷哼一声，"敢在太学行窃，没把你的学籍革了，已经算是我手下留情了！带走！"

"且慢。"两个字从众人头顶飘落，似清泉出松壑，泠泠然有清凉意。

梁灵瓒抬起头，骤然睁大眼睛。

一人自二楼步下楼梯，普普通通一件国子监青衿，穿在他身上却有说不出的清贵气，他向众师长施了礼，微微躬身有行云流水之态——除了陈玄景还有哪个？

陈玄景恭恭敬敬道："学生在楼上看书，一时看得入了神，没有及时下来拜见，失礼之处还请师长们恕罪。"

梁灵瓒心说她在这里大呼小叫半天，别说出神，就算是个聋子也该听见了。他一直没现身，只不过是想置身事外罢了。只是这会儿下来干什么？

偏偏众人好像集体都忘了这点，纷纷笑眯眯道："哪里哪里，玄景你发愤忘食、勤学苦读，实在值得嘉勉。是不是这生徒吵着了你？不妨事不妨事，周司丞马上便要处置他了。"

周司丞拈须道："是我疏忽了，想这藏书楼本来就是生徒苦读之地，在这里审这逆徒，实在是扰了生徒的清静，呵呵，该罚自己一日静室才是。"

陈玄景含笑施礼："周司丞折煞学生了。"

梁灵瓒惊奇地发现，藏书楼的气氛一时间如春风化雨般温馨。大家好像会变戏法，其中尤以周司丞变得最快，原来他那张刀割不动的脸居然也可以笑成一朵花儿。只有闵学录，依然板着那张黑黑的胖脸，道："你看书便看书，跑下来作甚？这里没你的事。"

陈玄景道："此事全因学生而起，学生要再不下来，梁灵瓒便要代学生受过了。"

众人十分意外。梁灵瓒也不明白这是什么意思，梗着脖子，抬着望着他。

他脸色平静，眼神却颇为复杂，终于还是开口道："敢问梁兄，让你带书的人可是出现在算学馆？"

"是啊。"

"那人是否和我差不多年纪？"

"是啊。"

"长相可是颇为斯文?"

"是啊。"

梁灵瓒一溜"是啊"答完,才觉得不对劲。国子监里,除去有个别年纪较长的,以及个别和她一样年纪偏小的,剩下的都和陈玄景一样十八九岁上下,自然是差不多年纪。再说长相斯文,在国子监里读书的生徒,不管骨子里是什么样,哪一个走出去不是斯斯文文的?

陈玄景点头,向众人微笑道:"诸位师长莫要见怪,学生自把这些书送来后,偶有一日读书,读到疑难之处,便想找书本查阅。因为在家里看惯了,一时忘了书已经献入藏书楼,顺手便带回了号舍。今晨原想带出来还,一时又忘了,便请一位同窗代我跑一趟,没想到他也出了事,最后这事还是落到了梁兄身上,更没想到惊动了诸位师长和周司丞,实在是罪过不小,学生深感惭愧,请诸位师长责罚。"

又向周司丞深施一礼:"不论是静室、暗室,或是充仆役之罚,皆该由学生来领。一切都是学生的错。"

周司丞像是被他吓愣了,后退了一步:"这个……"

梁灵瓒也愣住了。他这是在帮她?

有学录笑道:"既然是一场误会,如今解释清楚了便好。玄景你是这些古籍的旧主,罚谁也罚不到你头上。你可莫要难为周司丞,真罚了你,陈大将军从宫城里提刀杀来怎么办?"

周司丞脸露一个僵硬的笑容,打了个哈哈:"不错……"

"哪里不错了?全是胡说八道!做便是做了,错要受罚,没做的便是没做,不能硬扯到身上!"闵学录宽厚的胸膛起伏,忍了又忍,还是忍不住,"陈玄景,我问你,你过目不忘,哪儿有看过的书还要回头查阅的道理?就算要查阅,查完还要抱着书走?你是这种不带脑子出门的人吗?还说什么请同窗还书,好,你倒是说说,那同窗叫什么!"

诸位学录你看看我我看看你,都在彼此的眼神中深深感受到一个道理——闵学录跟南宫祭酒是师兄弟,却一直只能管着一间藏书楼,不是没有原因的。

陈玄景道:"他叫源重叶。"

闵学录便道:"叫那源重叶来!"

梁灵瓒的心顿时提到嗓子眼儿,这可怎么办才好?陈玄景在二楼听了半天,自然可以猜出来龙去脉,可这源重叶什么都不知道啊,怎么可能圆得上话?

片时,卫军领着一名生徒过来。说是"领",倒不说是"引"。那生徒手摇折扇,面目俊美,同样一件青衿,在陈玄景身上周正如祭服,在他身上却有说不出来的俊逸洒脱之意。

他的目光从跪在地上的梁灵瓒身上一溜，收起扇子见过众师长："学生拜见，不知各位师长传唤何事？"

闵学录一声断喝："源重叶，你老实招来，今日为何要在藏书楼盗书！"

这学录看上去黑胖黑胖，居然也不蠢，来这招！梁灵瓒心道不好，这下源重叶只怕要忙着替自己辩解了！

她忍不住望向陈玄景，陈玄景却是低眉垂目，并不见着急的样子。

而源重叶果然大惊："学录何出此言？学生不知啊！"

"就是说，你没有盗书？那你今天可曾还过书？"

"回学录，也不曾。"

闵学录看了陈玄景一眼，脸上浮现出一种类似于"我吃的饭比你们吃的盐还多竟敢在我面前玩把戏"的神色，岂知他这一眼还没看完，源重叶便道："学生本来要还的，路上出了岔子，只好托人代还。"

说着，他讶异地问梁灵瓒："咦，这位师弟，我不是托你还书吗？你怎么这副模样？该不是趁还书的时候做什么坏事了吧？"

除了做女红外，梁灵瓒一直觉得自己挺聪明的，但此时此刻，她觉得自己好像就是个傻子。这个世界太奇妙了，她快要分不清什么是真什么是假了，也许刚才托她还书的真是这人？崴脚什么的根本就是她的错觉？

她整理了一下身心，朗声道："回师兄，我什么也没做，可不知道为什么，师长们却误会我盗书，所以要罚我。"

"哎呀，这可是我的过错，是我没有完成陈兄的托付。"源重华忙道，"陈兄，你既然在这里，为何不向师长们说明真相呢？我俩都是为了你办事啊。"

"确实是我的错。"陈玄景再次施礼，"恳请诸位师长责罚。"

"是，一定要狠狠责罚才行，不罚重一点儿，只怕他不长记性。"源重叶兴高采烈地道。

闵学录明明知道事情不对，却无计可施，怒道："好！陈玄景你自己要揽事，便把这藏书楼的书全给我晒一遍！"

周司丞咳了一声："既然是误会，责不责罚便不用再提了。只是这梁灵瓒，误入太学，出言无状，冲撞师长，记静室三日，充仆役半月。"太学生们个个来历不凡，轻易动不得，总归罚她一个算学生就对了。这时梁灵瓒终于明白了几分李成杰李师兄的话。

事情既了，临时来帮忙的学录也都回去了，顺便把气呼呼的闵学录劝去馔堂吃午饭。

藏书楼里顿时就剩三个人，梁灵瓒恭恭敬敬地向陈玄景施了一礼："陈兄，多谢你，

第七章·长安国子监

你又帮了我一次。"旧债未清,新债又来,这人情债越滚越大了。

"哎哎哎,这话我不爱听啊,明明在危急关头以聪明才智替你化解危机的人是我,为什么只谢他?"一把折扇插进来,源重叶一脸不满。

梁灵瓒自然谢他,同时十分好奇:"源师兄,你怎么猜到的?"

源重叶一摇折扇:"你们都只顾着看他开没开口,其实他在袖子里给我比了几个手势。我跟他穿同一条裤子长大,自然一看就明白啦——话说我家陈二公子向来是事不关己高高挂起,怎么这回却主动出手帮你?而且,什么叫'又'帮了你一次?他以前帮过你?在哪儿?什么时候?"他这一问就是一长串,梁灵瓒还没来得及答,陈玄景便道:"小叶,你先回去。"

源重叶还要说话,一眼瞥见陈玄景的脸色,顿时一声也没吭,掉头就走。

陈玄景已经不是刚才在师长面前那个温良恭谦的陈玄景了,他脸沉得能滴下水来。梁灵瓒不由自主后退一步,背心抵上了门板:"那个……那一百零八两银子,我才存够五两,你看能不能再等等?再不然,我加上利钱……"

陈玄景直接打断她的话头:"你怎么在这里?"

梁灵瓒觉得他每个字都是咬着后槽牙发出的,头皮有点儿发麻,难道这就是人们面对债主的反应?

"我……从洛阳国子监升上来。"

陈玄景的脸色难看到极点:"你在洛阳国子监才几个月!"

"这个……据说是因为我把六堂的考卷全做了,所以老师就让我来了。"梁灵瓒答得一脸认真,又认真又懵懂,一双眼睛乌亮亮光澄澄,陈玄景要深吸一口气才能将将按下胸中的无名业火。

去年在洛阳重逢,他以为那将是他最后一次见到这猴子。在他的想象中,梁灵瓒应该在洛阳国子监待上几年,然后长成一个普普通通的青年,去官府谋份差事,养家糊口,娶捧香为妻,生几个孩子,淹没在芸芸众生中。所以当他在藏书楼二楼听到那个声音时,恍惚了好一阵,以为自己是幻听,又或者只是声音相似之人,于是他往下看了一眼。

这一眼,就看见梁灵瓒被押得跪在地上,背脊却挺得笔直,头昂得高高的,大声斥责师长的不公,眼睛是那样明亮,好像有什么东西不受那小小躯壳的束缚,直欲以那双眼睛为通道,喷薄而出。

他不知道那是什么东西,神魂却莫名震慑,在自己反应过来之前已经出声。简直是中邪。

梁灵瓒给他看得头皮发麻,殷勤道:"要晒书是吗?我帮你!"说着撸起袖子就要干,被陈玄景一把拎住了后衣领:"梁灵瓒,你的脑袋摆在脖子上是为了好看的吗?"

这话里的嫌弃简直浓得能化为有形。

梁灵瓒叹了口气："我这个脑袋既不聪明也不好看，陈二公子你有什么话就直说。"

"我问你，一个书学馆的生徒为什么会借太学馆的书？"

"这个……也许他爱好四书五经？"

陈玄景眼皮抖了一下，深呼吸之后才开口道："为什么他明知道你不能进太学馆，还让你来还书？"

"可能他和我一样也是新来的，不懂这里的规矩？还是我记错了路？"

陈玄景再次深呼吸，险些气炸："为什么师长们一看见就要抓你？为什么周司丞一呼即至？"

"师长们正好在找那些书嘛……至于周司丞，也许他正在附近遛弯？"

陈玄景胸膛深深起伏，梁灵瓒的手抚上他的胸膛。

陈玄景的脸又僵又冷："你干什么？"

"看你接连大喘气，替你顺顺气。"梁灵瓒一脸关切，"是不是哪里不舒服？病了吗？"

"把你的爪子拿开！"陈玄景再也忍不住，"蠢材！你难道看不出来？你得罪了人，有人安排这一切要陷害你！"

梁灵瓒吓一跳："为什么啊？"她才来多久？别说得罪人，连认识都不认识几个。不过顺着陈玄景的提示一想，顿时想通了："我知道了，一定是闵学录！他管着这些书，贼喊捉贼，栽赃给我。哼，怎么一个两个都爱玩这种把戏？可我连他的面都没见过，怎么就得罪他了？"

陈玄景深深呼吸，觉得自己可能会晕过去。

梁灵瓒十分关切："说真的，你脸色真的不大好，要不要看大夫？"

陈玄景狠狠地瞪了她一眼，告诉自己这是最后一次看这张脸，以后不管是听到声音还是瞥见衣角，他一定转身就走。

他转身往里走。梁灵瓒连忙跟上，他猛然转身，幸好梁灵瓒刹住了脚，不然险些撞进他怀里。他几乎是咬着牙问："你跟着我干什么？"

"帮你晒书啊。"

"不用。"这两个字咬得很重。

"那可不行，你帮了我，我自然要帮你，不然也太不够义气了。"

狗皮膏药粘上身，他还甩不掉了是吧？陈玄景微微吸了口气："你当真要帮我？"

"自然！"

第七章·长安国子监

"好。"陈玄景点点头,指向门外,"你先去外面。"

梁灵瓒立刻照办了,还想问问外面有什么活可干,前脚刚迈出门槛,后脑勺就"哐"的一声响,大门在她身后关上了……这是什么意思?

"陈兄?陈兄?陈二公子?陈玄景?"梁灵瓒拍门。里面一点儿声音也没有。她蓦地想到之前陈玄景再三深深呼吸、好像喘不上气的样子,脑海不由自主多了幅画面:陈玄景背靠着门,捂住胸口,痛苦地倒下……不会吧?以她的了解,身体不适却强撑着不让人发现一个人躲起来舔伤这种事情,陈玄景好像真做得出来啊!

"陈玄景!"梁灵瓒慌了,"你开门!别撑着!我带你去看大夫!你快开门!"

门内没有反应,难道他已经连开门的力气都没有了?

梁灵瓒四下里看了看,到花园里抱起一块大石头,一步三挪,用尽吃奶的力气举过头顶,往门上砸去——

可就这个时候,大门猛然从里面打开。

石头已经脱手,宛如离弦的箭,对准了陈玄景砸去。

"小心!"她尖叫一声,下意识闭上了眼睛。啪、咣、轰隆……响动一声接一声,她颤巍巍地睁开一只眼睛,瞬间吓得把另一只眼也睁开了。

藏书楼内像是经历了地震,书架次第往后倒去。罪魁祸首正是那块石头,大概是先砸翻了第一架,然后第一架砸向第二架……视线慢慢移向陈玄景,陈玄景后退了两步,间不容发地避开了要害,但右侧额角还是被石头擦过,鲜血淋漓。

"我……我……"梁灵瓒咽了口口水,"我……不是有意的……"

"轰隆",像是为她的话作注脚,最后一排书架倒地,整个藏书楼烟尘四起,如经浩劫。

七

静室在国子监最北角的一座石塔中,名为静室,当真是静极,四周光秃秃的。

室内一张石桌,旁边一张草垫,除此之外别无他物。房门紧闭,只有墙上一块三尺见方的小窗子透气,兼送清水和馒头。梁灵瓒抱着膝盖坐在草垫上,深深感受到了什么叫做"人倒霉了喝凉水都会塞牙",她不过是还个书,就能还出这么多事。

把她关进来的时候,周司丞气急败坏,指着她的鼻子将她大骂了一通:"陈玄景若是没事便罢,若是有事,你赔上这条贱命都没用!"又道,"洛阳补录的规矩非改不可,这都是些什么货色,也敢往这儿送!"

梁灵瓒抬不起头来——陈玄景帮了她的忙，她反而将陈玄景砸得一头是血，还连带毁了太学藏书楼，不论是私是公，她都抬不起头来。

入夜之后，门外响起脚步声，跟着房门打开，一个又高又壮的人影走进来，身形如一座黑塔。闵学录！梁灵瓒就要跳起来。

"嘘，祖宗，是我！"居然是宋其明的声音。他穿着黑漆漆的斗篷，兜帽挡去了半张脸，肩上搭着一条被子，难怪像一座黑塔。

梁灵瓒松了口气："我还以为闵学录白天栽赃不成，晚上又来害我。"

"闵学录害你？"宋其明讶异，"没可能啊，长安国子监里最不可能害人的就是闵学录了。"

"为什么？"

"他和南宫祭酒当年一同在前太史令座下，是师兄弟啊，你想想看，祭酒的师弟，换成别人还不得横着走，但他从头到尾只管一座藏书楼，十几年了还是个学录，他这人爱书如命，除书之外的东西一眼也不会多看。你大闹藏书楼，他当然讨厌你，但可犯不着害你。"

梁灵瓒怔住了："那会是谁？"

宋其明把今天在藏书楼里的事情一一问明了，他在官宦世家，国子监里各种门道他比梁灵瓒熟得多，听完一拍大腿："姓陈的说得没错，问题就出在那个书学院的生徒身上！"

梁灵瓒已经把这人的脸想了又想，摇头道："可我以前从没见过他。"

宋其明又是发愁，又是叹气："虽然你砸了姓陈的，替我姐报了仇，我很欣慰。但小瓒你这回当真是惹上大麻烦了，听说明天诸厅会审，南宫祭酒也会出面，搞不好你就要被逐出国子监了！"

先是触犯监规，以算学馆弟子身份误闯太学藏书楼，然后言语无状顶撞师长，再掷石伤人，毁坏藏书，这一条条罪状就算压到他身上，祖父也不一定保得住他，何况是庶民出身的梁灵瓒？

"才进来就要被赶出去，这是倒了多大的霉！姓陈的就是个扫把星，只要有他在，准没好事！等等——会不会就是姓陈的捣鬼？"

"啊？"梁灵瓒一时没反应过来。

"一定是！你想啊，首先书学馆的人绝对不会好端端的跑到算学馆，再则书学馆的生徒也不可能借得到太学馆的书，借的偏偏还是刚入库的古籍！这种书一般都是要珍藏的，摆在书架上的都是抄本。所以，一定是有人害你，而且一定是太学馆的人，还不能是普通人，因为普通人碰不到珍本古籍！"他越说越觉得有道理，"他当年拜师不成，对你又妒又恨，见不得你好。还有那些书就是他送给藏书楼的，除了闵学录，他最容易拿得到。最后，事

第七章·长安国子监

发之时他刚好在藏书楼,你看,哪儿有那么巧的事!"

宋其明说得头头是道,梁灵瓒忍不住道:"如果是他陷害我,直接让我受罚不就是了吗?为什么还要帮我?"

"因为……因为周司丞给你的处罚不够重,所以他以身犯险,故意激怒你,让你砸他,然后用蓄意伤人的罪名把你赶出国子监!"

"不,当时也太险了,要不是他身手快,那块石头能叫他脑袋开花。"梁灵瓒想到那一幕,便觉得不寒而栗,只要陈玄景的动作慢上那么一点点……

"他是陈玄理的弟弟哎!陈玄理是谁?是皇上最信赖的禁卫大将军,武功号称天下第一!陈玄景是他教出来的,身手能差到哪儿去?这点本事能没有?只有你亲眼见过他是如何被一行大师拒之于门外的,只有你亲眼见过他的失败,所以他不会容许你再留在国子监。这种人,我太知道他们在想什么了!你想想崔子皓就知道了!"

宋其明越说越激动,猛地一拍大腿:"我有办法了!从现在开始你就装病,口吐白沫也好,四肢抽搐也行,总之怎么吓人怎么来,然后就说是当时陈玄景打的!把蓄意伤人做成斗殴,至少能保住学籍,不被赶出去!"

他说得唾沫横飞,梁灵瓒只低着头,宋其明道:"你不要怕,明天是公审,生徒都可以旁听,我找几个相好的生徒,到时候会帮你起哄。"

梁灵瓒摇摇头:"我想去看看陈玄景。"

宋其明给她吓一跳:"看他干什么?"

"是非曲直,明天一审,自然就有分晓。但我砸得他头破血流,我想去看看他怎么样了。"

"他能怎么样?总不会死了!要死了你就不会关在这儿,而是关在大理寺了。我虽未亲眼瞧见,但看他的号舍没什么动静,想来伤得也不怎么重,不然早就回家去了。"宋其明苦口婆心,"现在是什么时候了,你快想想你自己吧!"

梁灵瓒问:"你怎么进来的?"

"花五十两银子,卫军便让我来了,还附送崭新棉被一床,意思是你在里面可以安心睡觉,看守巡查的卫军自会睁一只眼闭一只眼。这原是卫军的一门生意。"

梁灵瓒的目光落到他的斗篷上。

睁一只眼,闭一只眼吗?

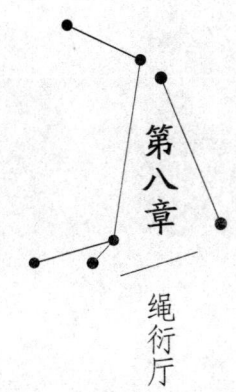

第八章 绳衍厅

一

　　国子监里卯时起亥时息，太学号舍也不例外，梁灵瓒趁黑摸进来时，到处一片漆黑，只有天上淡淡的星光。

　　甲字七号房前，梁灵瓒悄悄拔下发簪，从门缝里一点一点把门闩拨开，"嗒"的一下后，门发出"吱呀"一声响，推开了。

　　这一声响在寂静的夜晚格外清晰，梁灵瓒心肝都提起来了。

　　门内幽暗，眼睛适应光线后，只见进门先是书房，有书案、琴架、棋枰，中间隔着一道屏风，后面才是寝房。

　　看来李成杰对太学号舍有所误会，算学馆虽说也是一人一间房，但房间大小连这间的一半都不到。

　　梁灵瓒轻手轻脚转过屏风，就见淡淡星光照进窗子，陈玄景在床上安稳合目而睡，额头上缠着白色纱布，额角渗出一抹血迹。

　　那一幕又闯回了脑海……石头的去势好像被无限放慢，陈玄景腰往后避开了最要害的位置，然后额头上的血冲下面颊，半边脸上一片鲜红……

梁灵瓒深吸一口气，用力甩了甩头，把那可怕的画面甩出脑海。

就在吸这口气的时候，她猛然明白了一个事实——陈玄景压根儿不是哪里不舒服，他只不过是不想看到她而已。

原来人有什么不想面对的东西时，就会想这样深深吸口气，然后把它吐出去，就好像连同那些让人不高兴的东西一起吐出去了一样。

她苦笑了一下，蹑手蹑脚地退出来，在外间书房摸到笔墨，将纸拿到窗下棋枰上，借着一点星光开始写信。

写了一遍，看了看，把纸团揉了扔一边，又写一遍，再看，还是扔了。

一连写到第三遍，勉强觉得能入目，从怀里掏出一只小瓶子，将信压在书案上，正要离开，忽然觉得身后有些异样，一回头，一声尖叫蹿到嗓子口，身后黑抹抹站着一个人！

在那声叫喊出口之前，那人出手如风，捂住她的嘴。

梁灵瓒也借着星光看清了，是陈玄景。他冷冷道："你在干什么？"

"我……送药。"梁灵瓒把瓶子举给他看，"尹观主的玉魄膏很灵的。我……是不是吵醒你了？"

"你拨开门闩用了半炷香时间，就算是头猪也该被吵醒了。"

梁灵瓒连连鞠躬："对不起对不起对不起！"

陈玄景冷笑："你搬起石头行凶的时候，怎么不见这么恭谦？"

像"我以为你在里面发病了才要砸门去救你"这种蠢话，梁灵瓒实在没脸说出口，只好默默地放下药，转身就走。

"站住。"

梁灵瓒站住，心想，果然没这么容易善了啊。但给他揍一顿，多少能还点儿了，也好。

可陈玄景并没有揍人，只是伸出两根手指捏住了她手里的信。

梁灵瓒立马紧紧抓住。

陈玄景挑起半边眉毛："看不得？不是写给我的吗？"

这是写给你的没错，可不是当面写给你的！梁灵瓒连连摇头，两只手死死攥着信。

陈玄景盯着她，左手微抬，指了指自己额头上的伤。

那意思很明白——你把我伤成这样，看封信还不让？

梁灵瓒手上一松。陈玄景把信抽了去，展开来，就着星光，念道："陈兄，伤了你，我很抱歉……"

你有没有被人当面读过信？如果有，大概能理解梁灵瓒的感受。梁灵瓒觉得头皮都快

第八章·绳衍厅

炸开了，扑向门边："你好好养伤，我先走一步！"

"站住。"陈玄景慢条斯理接着读，"……这是尹观主的宝贝药，治外伤据说很是管用……"

读完，翻到背面，微哂："就这两句，还要写三遍？"

梁灵瓒脸上爆红，他……他都看到了！装睡很好玩吗！

陈玄景凉凉的声音从头顶飘落："你该不会以为写这么两句话，送这么一瓶药膏，这事就能算了吧？"

梁灵瓒早有心理准备，抬头望着他的眼睛："要怎么样才行？你说吧。"

黑暗中，她的一对眸子异常明亮，好像有星辰坠落其中，陈玄景怔了一下，偏开视线："是不是我说什么，你便做什么？"

"只要你能解气，什么都行。"

"好。"陈玄景道，"我要知道你成为一行大师弃徒的真正原因。"

梁灵瓒僵住，半响："你怎么还惦记着这事……"

"怎么？不行吗？"陈玄景淡淡道，"方才有人说只要我能解气，做什么都行，言犹在耳，就不算数了吗？"

梁灵瓒低头想了想，走到书桌边，找到两样东西，一样是青玉方形镇尺，一样是淡青洮河砚，掂了掂，觉得还是镇尺重些，把镇尺递给陈玄景。

"玩什么花样？"

梁灵瓒指了指自己的右额角："你用这个照我这里来一下，不用手下留情，务必又狠又重，血一定不能出得比你少，这样可以解气了吧？"

陈玄景不悦："胡闹！"

梁灵瓒又去书桌上摸了样东西来，是那把锋利无比的千星，平时大概是做裁书刀之用，递给他："再不然，你用这个往我脑门上划拉一刀，只要别要了我小命，我都能接受。"

陈玄景盯着她半响，窗外的星光远不及她的眸光明亮。又明亮又坚定。陈玄景夺了刀，皱眉："你简直是无赖！"

梁灵瓒对着他再鞠了个躬："对不起。"转身出去，手刚碰到门闩，听到背后陈玄景道："明日会审，你很可能要被赶出国子监，但若我愿意帮忙，你也许能在算学馆待下去，继续学你的算学。"

梁灵瓒知道他的意思，坦白师父抛弃她的理由他便出手相助。

看今天藏书楼里众师长对他的态度，就知道他在国子监里的地位和分量，如果他能帮忙，那一定能将大事化小。

梁灵瓒静了一会儿，还是拉开房门，走了出去，轻轻地在外面带上了门。

岂有此理！陈玄景怒极，忽地指上一下刺痛，原来恼怒之下，指尖被刀尖划破，血珠沁出来。

他从来不相信什么鬼神轮回之说，可此时此刻，真忍不住怀疑他和梁灵瓒是不是八字不合，一遇上她，轻则诸事不顺，重则有血光之灾。

皱着眉毛站了片刻，他弯腰捡起来地上的纸团。

展开来，只见上面写道："陈兄，对不起，我搬石头原是为了砸门，因为我以为你在里面晕倒了……"

陈玄景拿着纸，一时也不知道该气还是该笑，心里只想，这么蠢的事也能做，不但做了还能写出来，也算是勇气可嘉。

他又捡起一个，那一个写的是："陈兄，对不起，将你伤成这样，全是我无心之失……"大约是想到不管有心无心，伤人总是事实，所以又揉成团了。

陈玄景向来浅眠，被吵醒之后心知是睡不着了，长夜漫漫，无所事事，便把两张皱纸慢慢抻平了，和第三张并排放在一起，细细端详。

信是写得乱七八糟，字倒是清秀挺拔，纤秾合度。

二

宋其明在静室里等了半天，梁灵瓒才回来。宋其明不免又提着耳朵训了她一顿。

第二天，宋其明早饭也来不及吃，赶紧去绳衍厅，却发现不少人比他到得还早，绳衍厅外面早围了里三层外三层，众人议论纷纷。

有人问道："我都升到率性堂了，还没见过会审，这回还真是开眼了。这人到底是犯了什么事啊？"

有人解惑："就是一个刚从洛阳升上来的算学馆生徒，叫作梁灵瓒，啧啧，真是胆大包天，火烧太学藏书楼，砸死了陈玄景……"

有人辟谣："胡说胡说，藏书楼哪里被烧了？只不过被人推倒了书架，乱得一塌糊涂。"

"陈二公子也没死啦，陈二公要真死在国子监，咱们今天还能上课吗？这里还用会审吗？人早就押入天牢了！不过我听说陈二公子被砸了脑袋，血流满面，血流成河啊……小命至少去了一半……"

第八章 · 绳衍厅

"啧啧，"原先问话的人感叹，"乱藏书楼，砸陈玄景，这得是多彪悍的一条大汉呐……"

大家纷纷点头，有人甚至表示远远见过梁灵瓒，称其长得五大三粗满脸横肉，活像夜叉转世。

就在这时，众人齐齐让开一条道路，护监卫军押着梁灵瓒来了。

梁灵瓒爱熬夜，脸上常年挂着两只黑眼圈。从前和大相、元太满山跑，晒成小麦色，黑眼圈还不明显，如今圈在监中不能跑了，肤色渐渐白皙，黑眼圈便越发浓郁。众人只觉得她病恹恹的好像随时要睡过去，被两位人高马大的卫军拖在手里，又小又单薄，像是纸扎的。

等着瞻仰大汉的生徒们眼珠子和下巴齐齐掉了一地。

进了绳衍厅上，梁灵瓒被押着跪下。堂上，五厅司丞都在，主位上坐着南宫祭酒，闵学录站在下首，一见梁灵瓒就想起藏书楼的惨状，眼睛里已经冒火了。

南宫平开口道："梁灵瓒，你入洛阳国子监的荐书还是我亲手写就，如今你破格升入长安国子监，不思进取，却毁坏藏书楼，伤害同窗，这是为何？"

闵学录大声道："师兄，你不用跟她废这么多话，她就一肚子坏水，国子监断留不得，趁早赶出去是正经！"

南宫平道："长泽少安毋躁，就算他再顽劣，你我身负教导之责，也该先听听她的分辩。"

周司丞便问道："梁灵瓒，接下来问你话，你要好生回答，不得有半句虚言。"

梁灵瓒道："是。"

周司丞道："我问你，昨日午时，太学馆藏书楼门口，是不是你毁坏书架，砸伤陈玄景？"

梁灵瓒点头道："是。"

外面的宋其明见她这头点得毫不含糊，顿时直跺脚。

"你和陈玄景有何冤仇？"

"无冤无仇。"

周司丞一拍桌子："既然如此，你为何还要伤人？"

宋其明急得不行，说你只是开玩笑！说你不是有心的！再说你自己也受了伤，再怎么样也要咳嗽几声啊！

梁灵瓒低头道："是我失手伤人，师长们无论怎么罚，我都毫无怨言。"

宋其明扶墙，很想晕倒，找死也不用这么痛快啊大哥！

几名司丞不动声色地交换了一下视线，大家都是同僚，会审开始之前，大概就知道会审出个什么结果，但审得如此顺利，还真是有几分意外。

周司丞听南宫平示下，南宫平点点头。周司丞便回身道："你犯了大错，本来该移送大理寺押入大牢。姑且念在你年幼无知，且能供认不讳的份上，就免了你的牢狱之灾。但，你既做下这等恶事，国子监就留不得你了。"他抬高了一点儿音量，宣布："算学馆正义堂生徒梁灵瓒，蓄意伤人，其罪非轻，触犯监规，现革去学籍——"

"等等！"梁灵瓒叫道。

另一个声音和她的重叠在一起："且慢！"

梁灵瓒心里"咯噔"一下，回过头去，就见厅外晴光朗朗，人群中分出一条道路，陈玄景走了进来。

家世第一，容止第一，言语第一，德行第一，即使是在贵胄子弟遍地走的国子监，陈玄景也依然是天之骄子。他迈过门槛，姿势如天际随风流动的白云，没有扎纱布，头上戴着幞头，挡住了额头，神清骨秀。脸色有点儿苍白，却未见丝毫病态。

他向堂上的师长们一揖到地，身段如同一竿修竹："弟子陈玄景参见，有话要回诸位师长。"

周司丞道："玄景放心，是非曲直祭酒大人自有公断，一定会给你一个公道。"

该来的总归要来。梁灵瓒深深吸了一口气。

然而只听玄景道："不瞒诸位师长，昨天学生确实被梁灵瓒砸伤，'凶器'也确实是石头，就是这一块。"

梁灵瓒心里苦笑。要不要这么下本钱？你只要站在这里说一句"就是这家伙砸的我"不就完了吗？还要去花园把那块石头搬来……然而当她看清那块石头长什么样，顿时愣住。

那块石头躺在陈玄景手心，只有巴掌大小，还颇为圆润可爱，称它为"凶器"，实在是有点强"石"所难。

"此事说来好笑，当时梁灵瓒说起她在洛河边长大，从小打得一手好水漂。学生好奇，要她演练手法，她便捡了块石头来试，好巧不巧，石头擦过学生的额头，略蹭破一点外皮，实不算什么。这原本只是个无伤大雅的玩笑，只是学生当时忙于找太医，所以无暇澄清误会，让梁灵瓒蒙冤，让师长们劳心，是学生之过矣。"说着又是一揖。

此言一出，厅上厅下的人都十分意外，梁灵瓒更是完全怔住了。

他这是……帮她？她砸伤了他，他还……帮她？

从她的角度，只能看到陈玄景黑色幞头的系带，以及整整齐齐的发根，他谦卑地站立，宛如一株挺拔的孤松。

他仿佛把门外初夏的阳光带了进来，温暖而明亮，梁灵瓒眼眶一阵发热。

周司丞迟疑地说："可是，有人说看到你血流满面……"

第八章·绳衍厅

陈玄景微微一笑，"当时正值膳时，藏书楼只有我与梁灵瓒二人，并没有第三人看见。再说，如果当真血流满面，我此刻还能好端端地站在这里吗？"

外面有生徒点头说："果然人言不可尽信啊，我就说，那样的小身板怎么可能砸着陈玄景？"

闵学录不满："你不要替他扯谎！那书架又是怎么回事？难不成，也是打水漂打的？"

"关于书架，学生有事要禀。国子监自武德年间设立，至今已经有百余年了，藏书楼的书架已是年久日长，不堪使用，不然怎么给这小石头一碰就倒？幸好当时楼内无人，不然后果不堪设想。学生今晨已经命人订购酸枝木书架三十座，不日可得，正好将藏书楼内的书架更新，百年之内应该不会再发生昨天那样的意外了。"

"当真？"宝贝藏书们又了新的安身之所，闵学录的脸色顿时好看了许多，向南宫平道："大师兄，我跟你说了多少次啦，藏书楼的书架早该换了，楼梯也该修了，书也要抄录一批……藏书楼里最新的书都是十年前的，好些书纸质脆黄，拿在手里都快化了……"

他一念叨起书，那便是没完没了，周司丞咳了一声打断他，道："祭酒大人，您看这如何处置？"

南宫平道："既然是生徒们之间的玩笑，便不是什么大事。"

周司丞道："可就算这梁灵瓒没有伤人，以算学馆生徒之身闯太学馆藏书楼总是有的，并且言行无状，冲撞师长，又不知悔改，态度恶劣，依我看，就罚他静室一月，充仆役半年，以儆效尤。"

这处罚不可谓不重，但南宫平向来不多干涉诸厅事务，说了声"周司丞看着办便好"，就要起身，梁灵瓒忽然道："祭酒大人，请留步！"

周司丞喝道："大胆，难道你对本丞的处罚不服？"

"没有不服，学生只是有事想禀报各位师长。"梁灵瓒抬起头，目光澄澈，声音清朗，"陈玄景其实撒谎了。"

此言一出，厅里厅外一片死寂。

陈玄景慢慢转过头，盯着她，一字字问："请问梁兄，我撒什么谎了？"

梁灵瓒朗声道："其实昨天托我还书的人并不是源重叶，而是另有其人。那人才是真正窃书的人，也是故意陷害我的人，请祭酒大人明察。"

源重叶也在厅外的人群里，和宋其明虽然没站在一块儿，却是情发一心，同是顿足长叹，并同时产生一个冲动——冲进去掐住梁灵瓒的脖子，让她那张嘴再也吐不出一个字。

事情已经遮掩过去了，还翻出来干什么？这不是自掘坟墓吗？

南宫平重新坐下："事情如何,你且说来。"

梁灵瓒口齿清楚,把昨天的事情原原本本从头到尾说了一遍,最后道："陈兄和源兄都知道我被陷害,为免我被错罚,所以替我隐瞒。但如果我真这样就算了,那个人下次肯定还会出现,也许是害我,也许是害别人,这样的人,国子监才真正留不得!"

周司丞冷着脸道："你连他的名字都说不上来,更不知道他是哪个馆的生徒,就凭一张嘴,谁知道你说的是真是假?"

"我确实不知道他是谁,但能进太学馆藏书楼的,必定是太学生,而且我记得他的脸,只要让我见到他,一定认得出来!"

"荒唐!"周司丞怒,"太学生皆是簪缨世族之后,未来之国家重器,无凭无据,岂容你一个庶民出身的算学馆生徒随意指认!来人,给我把这逆徒拖下去!"

陈玄景看着梁灵瓒,眼神已经从恼怒转为怜悯。

这个天真的蠢货。上与下有阶层之分,这是国子监的根本,也是整个国家的根本。以下犯上,国子监绝对不会容忍。

卫军上前,待要把梁灵瓒拖下去,梁灵瓒背脊用力挺直背,昂起头,望向主宰着国子监的一群人,眸子澄澈明亮,毫不避让:"请给我纸笔,我可以把他的脸画出来!"

周司丞冷笑:"画像与真人终有差别,岂能作数!庶人就是不知礼,给我拖下去!"

卫军人高马大,梁灵瓒哪里挣得过,被卫军拖得一路往外,她大声道:"庶民出身又如何?整个大唐有五千万人,至少四千万都是庶民!天子给养,官员俸禄,哪一样不是出自庶民!我是庶民,可我没有做过一件对不起良心的事,而那阴险、卑鄙又毒辣的小人,我与他无冤无仇,他却陷害他人,这就是国子监要教的国之重器吗?倘若这样的人真成了国之重器,大唐哪里还有未来可言!"

厅堂宽广,阳光只能照进来一截,梁灵瓒被拖进那一截阳光里,陈玄景忽然间觉得这阳光异常明亮,明亮到刺眼的地步,仿佛神将雪光、月光、日光以及世上一切能搜罗到的光全绞缠在一起,形成此时的阳光,照进他的神魂,神魂几乎要昂首发出一声高叫,分不清这是痛苦还是甘美。

梁灵瓒声音喊到发哑,却终是被拖出了厅门,背脊狠狠撞上门槛,疼得眼泪都要出来了,却咬牙忍住。她的胸膛激烈起伏,心中明明有无限的力量,可肉身是这样无力,任人摆布。她终于明白了入学那天李成杰告诉她的话,这就是庶民和贵胄的差别。

厅里厅外这么多的人,没有一个人能听进她的话。只因为她是个微不足道的庶民。

就在她要被拖过门槛时,手腕蓦然一紧,她抬起头,就见陈玄景捏住了她的手腕。

第八章·绳衍厅

闵学录大叫:"陈玄景,你不要犯糊涂,这是干什么!"

"松开。"陈玄景低低地喝令卫军,卫军不敢跟他作对,松开了手。梁灵瓒只觉得一股大力从手腕传来,将她从地上拉起,这一瞬身轻欲举,她没有用一丝力气就站在了陈玄景身边。

陈玄景朗声道:"祭酒大人,诸位司丞,绳衍厅向来以理服人,对生徒们皆是苦心教导。不如遂了此人的心愿,能找出祸首自然是好,找不出来也能让她心服口服,以免再生事端。"

"对!对!让她画!"源重叶缩在人堆里,捏着嗓子叫道,"庶民难道就活该被陷害吗?"

宋其明也跟着道:"是非黑白面前,谈什么庶民?庶民也是人!"

书学、律学、算学三馆中有一些庶民生徒一直颇受世家生徒的欺压,早就攒了一肚子怨气,受此一激,纷纷叫道:"让她画!让她画!让她画!"

周司丞大怒:"都给我住口!都散了,散了!"厅外群情喷涌,周司丞的声音转眼被淹没,心中又惊又怒又怕,好好一堂会审难不成要搞成哗变?

"诸生安静。"南宫平一开口,外面的呼声顿时小了很多,只剩源重叶和宋其明两人嗓门最大,但南宫平的视线扫过厅外,两人的声音也渐渐低了下去。

南宫平吩咐:"备笔墨。"

"祭酒大人英明!"源重叶和宋其明立即高声道。

"祭酒大人明察秋毫,公正无私!"生徒们纷纷附和,厅外顿时一片歌功颂德之声。

陈玄景松开梁灵瓒的手:"好好画,你的冤屈能不能洗刷就看你画得像不像了。"

他的眸子漆黑温润,里面是信任、欣赏或是其他,梁灵瓒看不明白,只觉得这一刻他的眸子真而静,不像以前总隔着一层虚假的温和,她重重地一点头:"放心!"

接过纸笔,她伏在地上,以地砖为案,略一沉吟,走笔如飞,片时,纸上渐渐显出一个人,眉眼消瘦、鼻头微尖、左腮下有一粒小痣。厅上诸人的视线都落在那张纸上,都是越看越惊异。这已经不是像不像的问题了,纸上的人栩栩如生,好像下一瞬就要开口说话。

周司丞道:"这人面生得很,太学馆里并没有这个人。"

"不对,"闵学录思索,"有点儿面熟,我好像见过……他一准儿来过藏书楼……"

周司丞道:"那也不作数,他跟谁有过节就可以画谁的脸,单凭画像不能做凭证。"

闵学录道:"把人找出来,看他昨天都在哪里,做了些什么,不就好了吗?"

周司丞冷冷道:"闵学录这般在行,要不要由你来管这绳衍厅?"

南宫平抬手阻止两人,吩咐道:"将画像拿出去给众人认认,若真是太学生徒,诸生必定有认得的。"

果然,画像一拿到外面,宋其明的声音顿时传来:"这不是我们正义堂的薛安吗?"

三

薛安，曾祖荫封镇海侯，世袭三代，到其父为止，薛安作为世家子弟，由门荫荐送入国子监太学。

人一来到厅上，梁灵瓒便认了出来，正是昨天那位书学院生徒！

薛安却跪地叫冤："学生从昨天早上便感腹痛如绞，于是向博士告假去看太医，太医说是肠绞痛，叫我卧床静养，我便回了号舍，一整天都没出过门。别说跑去算学馆，我连号舍的房门都没出一步，真不知道这位同窗为什么要把我画上，为何要陷害我？"

梁灵瓒大怒："就是你！我认得你这张脸，认得你这声音！"

薛安问她："你说是我就是我？要是你画了别人，难道就是别人？别红口白牙冤枉好人！我问你，你说我让你还书，可有证人？"

"什么证人？"梁灵瓒气极，"我当时就一个人，不，就我和你两个人！"

"你没有证人，我却有。"薛安眼中闪过一丝得意，向堂上道，"祭酒大人，诸位司丞，南宫公子就住我号舍隔壁，昨日午间他回号舍取书，还替我送过窗课笔录，他可以为我作证。"

他说到南宫季友，梁灵瓒倒是心中一定。南宫季友是位好心肠的温文君子，肯定不会帮着他说瞎话。

南宫平便命传南宫季友，不一会儿，南宫季友来至厅上："见过诸师长。"

他和陈玄景站在一处，每一个动作与表情都从容优雅，微笑时嘴角的弧度，行礼时弯腰的弧度，多一分嫌僵硬，少一分嫌不恭，真是完美无瑕。

梁灵瓒开始就觉得他笑容眼熟，此时此刻，她猛地明白过来，他像陈玄景！

两个人并肩而立，一模一样的青衿，一模一样的幞头，一模一样的做派，除了身形容貌不同，风度姿势竟然像到了极点！国子监的师长和生徒却像是对此习以为常，周司丞对他也像对陈玄景一般和颜悦色："南宫季友，今日打扰你修学，是有一件事请你作证——昨天薛安可是一天都没有出过号舍房门？"

"回司丞，昨日中午学生回了一趟号舍，听见薛兄嚷肚子疼，便去探望了片刻。要说薛兄是不是一整天都在房中，学生未曾亲见，不敢妄言，只能说昨日午间，薛兄是在房中的。"

"君子当如此，敏于行，慎于言。"周司丞赞叹，面向梁灵瓒时板起了脸："梁灵瓒，到了这个地步，你还坚持在算学馆碰到的人是薛安吗？"

梁灵瓒道："就是他！如果不是，我怎么画得出？"

薛安嚷道："我不知哪里得罪了你，你故意陷害我！"

第八章·绳衍厅

梁灵瓒大怒，正要反驳，南宫季友微笑道："梁兄的意思是，在下作伪证吗？"

他的神情温和，让梁灵瓒想到了洛阳的冬天，风雪之中将荐书送给她的也是这样微笑着的南宫季友，她喃喃道："……自然不是，你自然不会做伪证。"

"若在下所言属实，除非薛兄有分身术，否则便不可能去算学馆找你帮忙还书。梁兄，恐怕是你看错了。"南宫季友温言道，"人的记忆飘忽，谁也不能保证自己记下的东西全是对的。也许你无意中见过薛兄，又也许那人确实和薛兄有几分相像……总之，在下可以证明，薛兄是无辜的。"

"听见了没有！"薛安趾高气扬，满脸嘚瑟，"你说我陷害你，我还说你陷害我呢！随便凭一幅画就给我安这么大的罪名，我们往日无冤近日无仇，你怎么这么狠毒？"

南宫季友道："薛兄，梁兄也是为人所害，一时情急才会出此差错，望你看在我的薄面上，不要再计较了。"

他一说话，薛安登时住了嘴，只向梁灵瓒扔下一句："哼，算你好运！"

南宫季友向堂上道："据学生看，梁兄所言应当也是事实，只不过记错了那人面孔。如果不是当真有冤屈，梁兄也不必把明明已经遮掩过去的事情重新牵扯出来。只是无凭无据，一时难以查明，各位师长不如将梁兄的处罚折中一下，白天充仆役，晚上入静室，总共一个月，如何？至于真正的盗书之人，周司丞自然会追查下去，学生不才，也愿鼎力相助。薛兄身体欠安，还是早些回去歇息，看到梁兄也是一时情急的分上，就不要见怪了吧。"

他侃侃而谈，面面俱到，滴水不漏，引起一片赞誉之声。周司丞笑着向南宫平道："小世兄聪明练达，处事细致，真不愧能和陈二公子并称我太学双璧啊。"

南宫平捻须不语，视线颇为嘉许。

南宫季友谦辞两句，向梁灵瓒道："梁兄可还有什么要说的吗？"

梁灵瓒看着薛安得意扬扬的脸，心中一片怒火，可望向南宫季友，又十分迷惘。

问题出在哪儿？

四

梁灵瓒一出绳衍厅，就被宋其明拦住，宋其明抓着她的肩，又是咬牙又是笑："以后你想干点儿什么能不能先打声招呼？险些吓出人命来！"

"好好好。"梁灵瓒满口答应，一眼瞟到陈玄景的背影，就要追上去，斜刺里"唰"的一声，一把折扇挡住了她的去路："哎，梁兄请留步。"

"源兄，有事一会儿再说，我有事要找陈玄景……"

"唉。"源重叶一声长叹打断她的话,"正是因为我家陈二公子的交代,我才要拦着你啊。"

梁灵瓒一愣。源重叶正色道:"来的时候,他要我告诉你一句话,此事了结之后,如果你想谢他,那就只要做到一件事。"

"什么事?"

"退避三舍。有他的地方你最好就不要出现。因为你一旦出现他就要倒霉。"

梁灵瓒怔了片刻,苦笑。说得也是。第一次在宋家相遇,他拜师不成;第二次在洛阳国子监重逢,他损失一百零八两银子;第三次在藏书楼,更是直接头破血流。

她急着追上他,一是为了道谢,二是有一肚子疑窦,想问问他的主意,但人家既然把话说得这么清楚了,她脸皮再厚也不能跟上去了。

"多谢告知,我……知道了。"她垂头丧气,嘴角弯出一张苦瓜脸,丝毫没有方才在堂上高声朗朗的模样。源重叶心有不忍:"你跟我家陈二公子到底有什么过节……不对,是有什么渊源?按说他如果厌恶你,就不会帮你;既然帮了你,那就不是厌恶你。"陈玄景这种一面嫌弃一面还要帮忙的情状,二十年来真是头一回见。

梁灵瓒叹了口气,肚子里好像有无数的气,吐也吐不完:"这个,说来话长,不说也罢。"

源重叶很有劲头地给她打扇:"怎么会呢?既然有故事,当然要讲一讲啊……"

话没说完,不远处一阵喧哗,好几人失声惊呼,然后围向某处,只听闵学录的大嗓门乍然响起:"玄景!你怎么了玄景!"跟着大叫:"快,快叫太医!"

五

太医进了绳衍厅,厅上厅下人头攒动,梁灵瓒看不到内里的情况,只见地上有星星点点的血迹。

一定是他的伤口迸裂了。

她想起他在堂上侃侃而谈的模样,谁也看不出来他受了伤,可为了营造不曾被砸伤的假象,他连纱布都扯了。

师长们听说了消息,急步折返,周司丞看了看梁灵瓒,冷着脸道:"你怎么还在这里?还不快快去领罚?"又对卫军说道:"给我把她拖走!"

卫军上前,梁灵瓒便被带下去交给管事的。国子监生徒一个个都是养尊处优的,一时受罚,管事的也不敢真拿他们当仆役使唤,让梁灵瓒换上仆役的衣裳,塞了把扫把给她,交代道:"你自己看着哪里需要人手,就去哪里帮忙吧。"

这种交代约等于无。梁灵瓒拖着大扫帚，心不在焉，有一下没一下地扫着，不知不觉又回到了绳衍厅外。

绳衍厅门口依然是人头攒动，有的说："不是说没砸伤吗怎么突然晕倒？"有人补充说："不止晕倒还一脸血呢！"从而断定陈玄景昨日只怕真的被砸伤了。也有人反驳说："哪有人被砸了还替对方说话的？陈二公子岂会做这种傻事？一定是方才不小心磕着了。"总之大家议论纷纷。

梁灵瓒听到那句"陈二公子岂会做这种傻事"，心里轻轻地抽了一下，带着一点儿酸楚，这感受前所未有，却绵绵地盘踞在胸膛里，叫人呼吸都有些困难。

她仔仔细细把两人相识以来的情景筛了一遍，没有找到一丁点儿她值得他这么做的理由，也没有找到一丝丝陈玄景舍己为人的迹象，难道真的是被她砸坏了脑子不成？

忽然人群里一阵骚动，有人道："来了来了来了！"

果然见一个小太监急步跑来，众人让开道路，他跑得太急，在门槛处险些被绊倒。

有生徒失声道："糟了，他是空手的！只怕御药房里也没找到血余炭！"

梁灵瓒问："什么是血余炭？"

那人道："血余乃人发，烧而成炭，是止血的良药。太医说陈二公子伤口迸裂，远比第一次止血来得凶险，一定要用到血余炭，只是这种东西不常备……"

果然，有两位学录很快出来，连声叫人备马，要出皇城去东市，太医唤住他们："不中用！外面的血余炭多半掺了炭灰，成色不足，买来也用不上。唉，唯今之计只有现做了！各位，每人割一缕给我，救人要紧！"

所有人都面面相觑。血余炭之所以难得，正是因为人人都奉行"身体发肤，受之父母，不敢有所毁伤"，断发等同自残，自残等同不孝。会断发的人，要么是穷疯了，要么是偏远之地未受教化，国子监里人人遵从孔圣人教诲，说什么也不可能断发做炭。

梁灵瓒只见太医两手鲜红全是血，一股气直冲脑门，扫把一扔，走上前去："我来！"

太医大喜，连忙拉了她进去。

梁灵瓒只见南宫祭酒等人都在厅上等候，再往里间，源重华和闵学录守在榻旁，陈玄景躺在榻上，两眼紧闭，面色苍白，唇上没有一点儿血色，半边脸像是浸在血海里，额角伤口犹有血汩汩涌出。她的眼眶一热，眼泪一下子流了下来。

太医满口叫人快取剪刀，越锋利越好。梁灵瓒走到陈玄景跟前，明知道他听不到，还是低声道："借你的刀一用。"摘下蹀躞带上悬着的错金小刀，打散发髻，握在手里，手起刀落，头发齐根而断，手里握了满满一把，问太医："够不够？"

"够了。"太医捧起头发,忙去炮制。

闵学录原本一看到她就要吹胡子瞪眼,这会儿张大了嘴,半晌才合拢,咕哝:"算你还有点良心……"

源重叶拾起地上的发簪,双手捧到她面前,郑重道:"我也肯为他断发,但自问没你这么痛快干脆。梁灵瓒,你是条讲义气的汉子,你这个朋友我源重叶交下了。"

他一贯潇洒跳脱,难得有这样正经的时候,梁灵瓒有点儿意外:"不就一点儿头发么,没什么大不了,反正还会长出来。天马上就热了,短一些正好凉快。"

源重叶哈哈大笑:"举重若轻,不着痕迹,我喜欢!"一拍她的肩膀,"放心,等玄景醒了,我替你说情。这么好的兄弟,怎么能避到三舍之外呢?"

说到这个,梁灵瓒又变成了苦瓜脸:"算了,算了,要不是我,他也不会变成这样。我……我还是赶快走,免得招他烦。"

一面说,一面就要走,还没走出内室,就听南宫平的声音:"幸珠,你来做什么?"

只听一个声音道:"幸珠听闻有生徒受伤,心想仆役粗手粗脚只怕帮不上太医的忙,若是影响医治,于国子监名声不好,于义父的声名也不好,于是擅自到来,请义父恕罪。"这声音又轻又柔,像黄莺儿一样好听。

外面南宫平大概是首肯了,一人走了进来,一样也戴幞头,穿圆领外袍,但腰肢纤细,胸脯有着柔美的起伏,任谁都看得出来,这是个女孩子。

她肌肤白皙细腻,一双柳眉叶微微蹙起,蓠水双眸中似乎含着泪光,身后的仆役端着水盆手巾等物。她先见过闵学录,口称师叔。这时太医已经和好了药,正要人清洗伤口,她挽起袖子,一点一点拭去陈玄景脸上的血迹,下手轻且快,确实比仆役们好得多。

从她进来那一刻起,梁灵瓒的眼神就像是定在了她身上,挪都挪不开,源重叶悄悄道:"怎么?喜欢这样的?"

梁灵瓒完全听不到他在问什么,满心满脑只有一句:"国子监收女生徒?"

"不是,她是祭酒大人的义女,平常在祭酒大人跟前侍奉,不是生徒。不过,幸珠姑娘诗文了得,博士们都交口称赞,不然也不能侍候祭酒大人的文墨。"源重叶在她耳边低声道,"还有,别怪我没告诉你啊,谁都看得出来,幸珠姑娘心有所属,你这番真情怕是要付诸东流了。"

原来不是生徒啊……原来,即使是诗文了得,又有祭酒大人这样的义父,女孩子还是入不得国子监。梁灵瓒无声地叹了口气,正要转身走人,忽然见南宫幸珠眼中微光一闪,转瞬即没。她愣了一下,再一细瞧,发现那是眼泪。

第八章·绳衍厅

每抬一次手,南宫幸珠便要落一次泪,手下不停,泪水也是滚滚而出,好像断了线的珍珠。

梁灵瓒看了良久,终于明白"心有所属"四个字是什么意思。

源重叶把她的怅然与怔忡全看在眼里,揽住她的肩,发出一声同病相怜的长叹。

血余炭果然是止血良药,敷好之后血很快止住,太医包扎好伤口,交代众人:"陈二公子这伤口虽说不大,但刚好擦过血管,再者新伤迸裂,更是严重。切记戒急戒躁,不能让他大动肝火,一切以静养为上。"

说着另开内服汤方。

梁灵瓒一听"戒急戒躁"四个字,立刻很有自知之明地准备闪人。

她在陈玄景心中估计就是一个大写的"急"和一个大写的"躁"。

"站住。"闵学录却叫住了她,眼睛将她上下打量,"我那儿正缺人手,你自己惹下的烂摊子,你自己也该去收拾收拾。"

六

所谓的烂摊子当然就是废墟一般的藏书楼。

已经有不少仆役在忙碌,废旧的书架被清理出来,搬去后房当柴烧,书则一卷卷抱出来,放在太阳底下掸尘,清晒。

闵学录一会儿担心搬书架的人踩着书,一会儿担心搬书的人扯坏了书,一会儿又嫌仆役们把书叠在一起,阳光不能均匀地洒在每一本书上……总之一进藏书楼就忙得脚不沾地,训斥叨念声不绝于耳,让梁灵瓒很想多出两只手来捂耳朵,好容易静了片刻,忽然"啊"的一声惊呼,竟然跟着长长的抽泣声。

梁灵瓒吓了一跳,连忙过来,只见他捧着一卷书,书封上裹着的素锦完好无损,内里的书页却已是七零八落,也不知是受潮了还是被虫蛀了。

闵学录哭得脸上泪水潸然:"师兄,我对不起你啊,你抄的书天天放在我眼前,我只知道看看外面好不好,竟不知道打开瞧一瞧!我真是没用啊,连书也管不好!我对不起你啊!"

仆役们不知道是看惯了呢,还是不敢多瞧,一个个忙进忙出,头也没有抬一下。梁灵瓒看他哭得当真是痛心疾首,忍不住道:"祭酒大人宽宏大量,一定不会怪你的……"

话没说完,闵学录狠狠瞪她一眼:"你懂什么?这是我二师兄抄的书,整个藏书楼总共只有一本，现在坏了，我可怎么办啊？"说着，又哭了起来。

一条铁塔般的大汉哭得稀里哗啦，画面是有点儿惊悚的，梁灵瓒道："你别哭，我想想办法。"

闵学录道："你有什么办法！"

"不试试怎么知道？"

闵学录一想也是，止了泪，小心翼翼把书捧过去，恶狠狠道："你要是敢弄坏一张纸片，我……我……"

"我"了半天也没想到什么好主意，只好道："我就不给你饭吃！"

梁灵瓒心说"那我可真是好怕"。接过书，只见内页零落，稍微来阵风，只怕就要化作片片蝴蝶飞走。虽然混乱散落，但写的仿佛是算题，梁灵瓒顿时来了精神，轻轻地把书卷放在地上，一小片一小片拼接起来。

越拼神情越凝重，目光却越亮。

闵学录原本不满他将自己心爱的书就这么搁地上，但见她手指轻柔，动作却极快，眨眼之间就拼好了第一页。

闵学录大惊："你……你怎么做到的？"

梁灵瓒比他更吃惊，除了吃惊以外，更有一层狂喜，激动之下，舌头都打结了："我……我做过这个，我是说这道题司业大人给我做过，就是这一道！"

第一页上，纸张碎片有些斑驳，但拼凑起来严丝合缝，只见上面写道："有望海岛，立两表齐，高三丈，前后相去千步，令后表与前表相直，从前表却行一百二十三步，人目著地取望岛峰，与表末参合。从后表却行一百二十七步，人目著地取望岛峰，亦与表末参合。问岛高及表各几何？"

这是李司业给她做的最后一道题！而这样的题在这里有一整本书！

她的双手都在发颤，推开卷轴，一直翻到最后。

"住手！"闵学录发出一声惨叫。

梁灵瓒猛然醒悟过来，可惜已经来不及了，卷轴顺着力道滚了出去，一直滚到最后一段才停，满篇的纸碎浮现，在狼藉的地面上横出七尺多长。

就在这时，一名仆役正要跨过书卷去搬东西，闵学录和梁灵瓒一齐大声道："别动！"

仆役吓了一跳，僵在当场。闵学录走过去，将那仆投直直拎起来，转了个身，放到一边："今儿不用搬了，你们统统出去。"然后回过头来，刀子一样的目光直射到梁灵瓒身上："你！不给我把书拼好了，就永远别想出这道门！"

第八章·绳衍厅

内页已经全碎，不把它完全拼好是不可能收得起来的，若是就这么收起来则永远拼不好了。

梁灵瓒不敢看他的视线，心虚地伏下手，一点一点开始拼。

她所熟悉的只是第一题，往下的碎片往往要思忖上半天才知道放在哪里。心里面急于窥得此题全貌，手上却半天拼不出来，急得抓耳挠腮："复从后表却行八步……复从后表却行八步……却行八步……唉！八步多少啊！"

"五尺！"闵学录脱口道。

梁灵瓒愕然抬头："闵学录，你知道这题？"

闵学录脸上有一丝尴尬之色，连连摆手："不不，我不知道，我随口说的，你自己拼。"接着便走开了。

梁灵瓒一肚子狐疑，姑且找到"五尺"二字开头的纸片，往上一拼，纹丝合缝。真的是八步五尺！

接下来她故伎重施，反复念叨某一句，闵学录却始终不接口了。她没办法，只好当是自言自语。

闵学录在一边整理书卷，隔着山头一样的书册开始听她叨念，心里要强忍着答案，后来她的声音便小下去，只是自己小声嘀咕，再后来干脆一片安静。闵学录心想莫不是开溜了吧？从书山后绕出来，就见梁灵瓒还是趴在地上，却不是在拼书，而是拿着纸笔开始做题了。

闵学录勃然大怒："梁！灵！瓒！"

"不要吵。"梁灵瓒皱眉道，手下的笔不停，"行七步四尺……去表二尺八寸……不对……表高二丈，相去五十步……"

"区区算学馆正义堂生徒也妄想参悟《海岛算经》！"闵学录怒不可遏就要夺过她的笔，可手却生生停在半空。

梁灵瓒兀自挥笔疾书。闵学录看得清清楚楚，她尚未破解这道题，但已经找到了正确的思路，只要沿着这个思路走下去，解出来是迟早的事。

这……不是正义堂能解的题……闵学录惊疑不定，思绪回到许久没有回到的从前。

乌木格窗，窗外晴光朗朗，窗内几案洁净，身着青衣的师兄含笑递过一卷素锦裹着的书："聊以此书，贺吾弟加冠之吉。"

是的，那年他二十岁。他一向被师父称为天资聪颖，也是到了二十岁才接触到这本算经。

可眼前这小子趴在地上小小一只，最多不过十六七岁，在算学馆算是年纪最小的生徒。

算学馆几个博士有几斤几两他再清楚不过，怎么也不可能教出这样的弟子。

地上的梁灵瓒忽然扭了扭身子，换了个姿势盘腿坐着。

她卡住了，皱着眉头，全神贯注地思索着。

闵学录看着他，隔着十数年的时光，仿佛看到了当初那个沉迷算法的自己。他轻声开口道："以入表乘表间为实，相多为法，除之。"

梁灵瓒醍醐灌顶："是！"

日影很快升到中天，又很快西斜，从窗子里投进来，照出楼内两人的影子。站着的那一个影子拖得长长的，趴着的那一个影子是重重的一团。

两人一个疾书，一个旁观；一时，疾书的停下来，旁观的开口点一两句。梁灵瓒一点就透，奋笔疾书。

她独力解第一道题花了三天，这回有人从旁点拨，只花了半天。当结果终于解出，她掷下笔，几乎是跳了起来："闵学录，多谢你指点！司业大人曾经说过，长安国子监中真正擅算学的另有其人，原来就是你！"

闵学录如梦初醒，脸色大变："不是我，不是我，我也没有指点你！你……你给我把这些拼好，不然不给你饭吃！"

他慌慌张张地转身就走，一脚绊到地上的倒塌的书架，"扑通"一声跌在地上，梁灵瓒连忙去扶，跟前却多了一双黑靴，两人抬起头，只见周司丞面沉如水，也不知道来了多久，他死死盯着闵学录："闵长泽，你该不会忘了自己答应过什么吧？"

"我没有！"闵学录从地上爬起来，一脸狼狈，"我答应过大师兄的，绝不会忘！"

"那这些是什么！"周司丞指着地上的稿纸，气势汹汹，咄咄逼人，梁灵瓒忍不住心生反感，"回司丞，这些是学生的算法草稿。再说，就算是闵学录想算上一算，难道也违反了绳衍厅的监规？不知是第几条？有没有明文？"

周司丞大怒："梁灵瓒！这里哪有你说话的地方？这都酉时三刻了，你还没去静室领罚，要本丞亲自来拿人！本司看你有意逃罚，且藐视师长，出言顶撞，不思悔改，罪加一等，静室再延期一个月！"

太阳收去最后一缕霞光，窗外陷入暮色中，她和闵学录，一个解题太入神，一个教得太入神，竟然都没注意到时间。

"就算他回静室迟了些，也是上进求学，并没有荒废嬉戏，延期一个月也太不公道了吧？"闵学录道，"我看这孩子心地挺好，资质也算出类拔萃，将来算学馆要能有几个出头，必定有她。国子监毕竟是教书育人的地方，不是折腾人的地方，还请周司丞手下留情。"

"你的意思是我处置不公了？此子盗书、伤人、毁楼在先，狡辩、诬陷他人在后，顽劣不堪，用心险恶，按律应该逐出国子监！是南宫公子求情，本丞才只关她一个月静室，她却不知好歹意图逃罚！这种顽劣之徒不严惩，当我绳衍厅的规矩是摆设？"

周司丞脸色发青："闵长泽，你也不想想你是什么身份，十五年前，你是太史局里的一条丧家之犬，人弃鬼厌，惶惶不可终日，是祭酒大人收留了你。你发誓此后只为祭酒大人测算，祭酒大人不开口，你便碰也不碰算法。可这些是什么？你个灾星，你毁了太史局不算，难道还想毁了国子监？"

周司丞说着，一脚踢向地上的书卷。

"不要！"闵学录大叫一声。

梁灵瓒急急扑过去，想拦住周司丞，但她人小力微，被这一脚踹了个正着，跌在书卷上，一阵剧痛。

"周青云！"闵学录大喝一声，对着周司丞一脚踹出去。近二百斤的肉不是白长的，这一脚把周司丞踹得直飞出门外。跟着周司丞来的卫军连忙扶住周司丞。

闵学录当门而立，面黑如锅底，怒容铮铮："我对大师兄发下的誓言，且莫说我没破誓，就算我破了誓，也只有大师兄管得，你算哪门子东西？我敬你对大师兄忠心耿耿，平日里叫你一声'周兄'，你再敢到我藏书楼废话半句，我敢把你揍到爹妈都不认识！"

"你……你好……"周司丞捂着胸口，气红了眼，气歪了嘴，哪里还有半丝平日里的冷峻？

"你给我等着，给我等着！我这就去找祭酒大人！"

闵学录像一尊铁塔一般看着他去了，才回转头，过来查看梁灵瓒的伤势。

梁灵瓒从小摔打惯了，不把这一脚当回事，只是这一摔刚好摔在书卷上，底下的碎片只怕挪位得更厉害了，不知道要拼到猴年马月去。她撑着坐起来，手方才正按着卷轴尽头，收手的时候依稀看到落款上的几个字，脑子里还转着如何让闵学录教她算法的念头，这几个字一时没往脑子里去，却神奇地有一股吸引力，扯着她的视线再一次落在上面。

她揉揉眼睛，再睁眼，还是那几个字——愚兄梁天年手书于长安四年春日。

她的注意力之前完全被算题吸引，完全没有注意字迹，竟然一直没有发现这书卷里的字挺拔有致、圆润柔和，是爹爹的笔迹。

"闵……闵学录……"她的声音简直像呻吟，"你二师兄……叫梁天年？"

闵学录收拾着散落的纸片，点点头。

"洛阳人？"

闵学录再点头，忽然明白了什么："你认得？"

梁灵瓒心里"哇"了一声。岂止认得！是了，是了！严安之曾经说过，爹以前是太史局里的少监，而闵学录又是从太史局出来的！

"他……现在可好？"

"挺好的，挺好的。"梁灵瓒搓手，很是激动，不想来了趟长安，还替爹认了个亲，"他就在洛阳，下次我带你回去看看他——"

这句话一出口，她猛地僵住。

带闵学录去见爹？告诉闵学录她是梁天年的女儿，告诉爹她在长安国子监？

不不不不！她悔得肠子都青了，直想抓住那句话塞回肚子里。

"不，不，我不能去见他……"闵学录丝毫没有注意到她的异样，他的脸色惨白，一步步后退，"我害了他，害了师父，害了雅然姐，害了他们的女儿……我是罪人，我是灾星！我没脸去见他！"他说着，抬起手一连抽了自己好几个耳光，接着大叫一声，冲了出去。

周司丞正引着南宫祭酒过来，被他一撞又一次跌在地上，南宫祭酒一面扶起他，一面吩咐卫军去追闵学录。

梁灵瓒整个人呆住，闵学录最后一句话在她耳朵回荡——他害了爹，害了娘，害了她？

从记事起，她就没有见过娘，因为从来没有见过倒也不觉得有多难过，顶多是看到别的小孩依偎在母亲怀里有几分羡慕罢了。但也是从记事起，爹就愁眉不展，终日对着娘的画像发呆。如果不是因为还要养大她，爹也许宁愿和娘一起去吧？

而让她变成一个没娘的孩子，让爹抑郁终生的人，就是闵学录？

"梁灵瓒，你跟他说了什么？"南宫祭酒的声音穿透耳膜，梁灵瓒怔怔地抬起头，就见南宫祭酒皱着眉头，神情比以往更加严肃，脸仿佛也板得更厉害，她喃喃道："我……不，学生没说什么……"

"他说雅然，你认识雅然？"南宫祭酒眸子猛地一震，"你姓梁！"

梁灵瓒一个惊吓，以毒攻毒，神魂一下子归位。

然而南宫祭酒一顿："不……不，雅然生的是女儿……"他问道，"你今年多大？令尊大名？"

"学生今年十六，家父……家父……梁又年。"这时候就好后悔，为什么严安之只改一个字呢？反正要改，索性全改了好了！

果然，南宫祭酒的目光立刻锐利了起来："令尊和梁天年什么关系？"

"这个……是同族，隔了好远的堂兄弟。"

第八章·绳衍厅

"你认得梁天年?"

"见……见过几次……"

"他现在如何?"

"在……在族中私塾当夫子。"

"当夫子?他女儿呢?"

"在……在绣坊当绣女。"

"当绣女……"南宫祭酒慢慢地道,"太史令的外孙女给人家绣衣裳?你为何结巴?"

他后两句之间一点儿停顿也没有,梁灵瓒措手不及,舌头打结得更厉害:"我……不……学生……学生看闵学录突然这样,有点儿害怕。祭酒大人,闵学录到底是怎么了?"

周司丞道:"大人,这姓闵的平日做事就颠三倒四,现在还干脆发了疯,这样的人留在国子监终究是个祸患。"

南宫祭酒低着头,看着地上的破碎书卷,目光久久地落在最后一行字上,眉眼低垂,瞧不出神情:"青云,把十五年前那件事说给他听。"

周司丞讶异:"大人!"

"传道解惑,师之本分也。学生既有惑,我们做老师的自然要为他解答。此事发生时我虽然不在,但到底都是我的至亲之人,转述之时言语失之客观,所以由你来说。"

周司丞纵然不情愿,还是依言开口说起当年。

那是十五年前,当时朝廷有两个宠臣广植羽翼,有谋反之心。其中一人名为张昌宗,找到术士占卜,箕草呈极阳之相,术士言他有天子相,若是能造大佛,则天下归心。

当时的太史令温岚座下有三位太史丞,一是南宫平,二是梁天年,三是闵长泽。三人是温岚一手教出来的徒弟。其中南宫平擅历法,梁天年擅天相,闵长泽擅测算,那张昌宗占卜之后借故去了趟太史局,问出了"近来紫微星垣有变,有改天换日之兆"。

两下里相合,张昌宗大喜,于是广招能工巧匠塑造佛像,并在长安城中举办悦天大会,选出最美丽、歌喉最动人的歌伎在佛前扮演吉祥天女,据说最后的胜出者引吭高歌之时,长安城中一片寂静,天地生灵都醉倒在吉祥天女的化身之下。

然而不等大佛造成,当时的宰相张大人与御史中丞宋大人联手冲进长生殿,杀了他们,迫使当权者还政,另立新帝。

新帝登基,清算前朝遗留问题,那尊大佛当然永远立不起来了,为大佛准备的吉祥天女也被押入死牢,同样逃不过的还有当日向张昌宗吐露天相的太史监师徒。

温岚在牢里自尽而亡，绝笔书信言明一切系自己亲口吐露，与两名弟子无干。

适逢新帝登基，大赦天下，梁天年和闵长泽被削去官职与功名逐出太史监。

"祭酒大人那段日子因母丧回乡，再回长安时又痛失师长，悲伤过度，几乎一病不起！全都是因为这姓闵的贪图钱财、识人不明、嘴关不牢。要不是祭酒大人重情重义，将他收留，他早该饿死在街头了！"

梁灵瓒怔怔地看着那书卷，最后一行贴着素锦，异常清晰——愚兄梁天年书于长安四年春日。当时他和闵学录，二十来岁位列少监，正是春风得意、平步青云、意气风发的时候，以为自己前途不可限量。他们一定没有想到，不过短短几个月，他们就被权势争斗扯下了云端，跌入泥沼，万劫不复。

而她的母亲……嫁给了自己喜欢的师兄梁天年，生下了她，人生刚刚展开新的一页，转眼间一切就烟消云散。

她的声音忍不住微微发颤："那……那雅然……是怎么……"

"雅然身子一向单薄，自生养后便一直缠绵病榻，噩耗连连之下，再也支撑不住，香消玉殒。"南宫祭酒仰起头，长长一叹，"我回京之时，天年尚在大牢里，我刚办完师父的后事，接着又安葬雅然……十五年来如一梦，梁灵瓒，如今你可知道闵学录为何失态了？"

周司丞道："大人又何必为了这逆徒重忆伤心事？总之一切都是这姓闵的过错！留他在一日，大人便要伤心一日，而且万一宋璟大人重提旧事，连大人都有不是，不如赶出去是正经。"

"闵学录说了什么？"

"他说什么'紫微垣中有变'，又说什么'奎木兼行'，总之是正投了那张昌宗之所好，给太史监引来血光之灾！"

"哪一个星垣没有变化？奎星与木星兼行于天，也是常事，闵学录没说错。"

周司丞一愣："你一个算学馆生徒知道些什么？总之一切都是因他而起……"

"一切是因那张昌宗而起吧？不，说到底是因为那个术士李鸿泰吧？"

梁灵瓒和一行大师一样，最看不上这些术士，他们窥到一点儿天地法则就拿来装神弄鬼，迷惑人心。假如不是那个术士胡说八道些什么天子气，那张昌宗就算有再大的胆子也不敢谋反。

"那个术士后来怎么样了？"梁灵瓒问。

"谁知道？这种人无足轻重。"周司丞说着翻了个白眼，正要训斥几句，南宫平开口道："命由天定，就算长泽造下业果，也不是有心所为。只是大错铸成，长泽终日自责，唯有以书忘忧，我多番劝解也是无用。"跟着指了指地上那些稿纸："这是长泽教你的？"

梁灵瓒本想替闵学录遮掩，但一想南宫祭酒面前又何须遮掩，她大声道："是。"

南宫祭酒颇为赞许："我这个师弟眼高于顶，整个国子监也只有陈玄景还能入他的眼罢了，看来你资质不错。"

梁灵瓒立刻打蛇随棍上："李司业曾命学生向祭酒大人求教，书信已请苏博士转呈，祭酒大人可曾看见？"

南宫祭酒微微一愣："书信倒未曾看见，也许是案牍积压着了。不过陛下命集贤院制定新历，要我参助行事，我两头奔忙，少有得空，既然闵学录肯教你，你以后便跟着他，可好？"

岂止是可好！梁灵瓒差点儿没跳起来。

她一揖到地，入国子监以后，再没有哪个礼行得这样心悦诚服："谢祭酒大人！"

第九章

金吾卫

一

　　静室里每个时辰都有卫军巡查，一旦发现受罚生徒睡着了便强行唤醒，要其坐正思过。

　　梁灵瓒的睡眠被分成了许多块短暂的瞌睡，就在其中一块瞌睡里，她做梦了。

　　她梦见了一座好大好大的宅院，种着高到天际的大树，屋子宏伟得像宫殿，她小手小脚，走得摇摇晃晃，天地都随她一起摇晃。

　　"宝宝，来，到娘这里来……"有人在前方向她张开双臂，那一定是世上最温暖最美好的所在，她蹒跚着走过去，心里是雀跃般的欢喜。

　　"来，宝宝来……"声音温柔至极，她用尽全身力气挥动着手脚，想要投入那个怀抱。

　　就在她快要碰到那个怀抱时，浓重的雾气涌来，雾气中有一双巨大的黑手抓着那个温暖的怀抱迅速退去。

　　"娘！娘！娘！"梁灵瓒在哭喊中醒来，这是她第一次梦见娘。

　　看不清脸，隔着一层梦境，声音也变得模糊，但那种让人觉得天安地稳、永世都能依偎的安全甜蜜久久地留在心里。

　　如果娘还活着……如果外祖也没有死……如果那张昌宗没有造反——不，如果那术士根本没有提什么天子气，她过的将是另一种人生。

她从来不觉得自己现在的人生有多糟糕，可是如果身边所有的亲人都在，光是用想象的就叫人眼眶有点发热。

天一亮，她一离开静室就去找宋其明——当仆役的好处在这时就体现出来了，一个算学生徒不能越雷池一步，一个仆役却是想去哪儿就去哪儿。

宋其明还没全醒，迷迷糊糊："李鸿泰？谁啊？查他干吗？十五年前……喂，十五年前怎么查？"顿时被吓醒了。

"当年不是你爷爷主审吗？你能不能找到一点儿卷宗什么的？"梁灵瓒道，"我就想知道这家伙有什么下场。"

"大哥，你也知道是卷宗，又不是家书，我怎么找得到？十五年前的案子……嗯，这事情其实找陈玄景最好，他托他大哥就成了……不过谁要去求那小子！咱们不理他，一会儿我去找小叶子！"

梁灵瓒也想过陈玄景，但找陈玄景帮忙，未知的代价太大了，就跟耗子去找猫帮忙似的。

"小叶子是谁？"

"源重叶呀！他哥就是源将军，源将军当年是金吾卫，估计知道些内情。小叶子又见多识广，十分的……呃，渊博，一定能帮上忙。"

梁灵瓒看了他两眼："渊博就渊博，你脸红什么？"

宋其明义正词严："我哪里脸红了？快给我出去，我要更衣！"

梁灵瓒被赶了出来，饥肠辘辘的肚子把她驱往馔堂，填饱肚子之后，她去了藏书楼。

只见一个仆役正在开门打扫，她小心翼翼地避开地上那一摊子碎书，蹲下来开始拼书，经昨天一闹，碎片大挪其位，同一道题里的字隔得天南地北，她拼得是欲哭无泪，闵学录却迟迟没有来。她忍不住抓住一个仆役问："你可知道闵学录家住哪里？平日一般什么时候来？"

仆役奇怪地看她一眼："闵学录就住在楼里。"

"诶？"

原来闵学录没有家小，又爱书成痴，常常就在藏书楼里凑合着睡，祭酒大人便把藏书楼后面一个小院子拨给他住。那儿有几间厢房，原本是当仓房用的，不过闵学录住进去之后，貌似也依然是仓房——连床上都堆满了书。房门没关，闵学录摊在书堆上，鼾声如雷，床边滚着一只酒坛，里面只剩一点儿残酒，竟是喝完了一整坛。

梁灵瓒轻手轻脚地捡起酒坛子，床上的闵学录忽然叫道："不是我——不是我——不——是我——是我——他找的是我……"手舞足蹈，在梦里好像也在拼命挣扎，声音里满是惊恐。

"闵学录！闵学录！"梁灵瓒推醒他，他睁开眼睛，额头全是冷汗，好一会儿才回过神来，"是，是，我是闵学录，这里是国子监，不是太史局，不是太史局……"

梁灵瓒很想问一问当年太史局到底是个什么情况，但看闵学录的神情还是忍住了，只说道："我去给你端早饭来。"

然而去了一趟却是空手而回。闵学录已经起身，一看就知道是馔堂饭点已过，他摆摆手表示不妨事，有时看书入了迷，一顿不吃是常事，然而他忘了昨天已经饿过两顿，再站起来的时候头重脚轻，险些站不稳，幸好梁灵瓒一把扶住，他自嘲道："唉，老了！不行了。"

卧房一旁是间小厨房，堆着些柴火米面，闵学录抓起一块木柴就准备点火，那木柴又粗又长，闵学录举着火折子点了半天也没能让它着起来。

梁灵瓒看他点火的手法和水平就仿佛看到了自家老爹，心中暗想："不愧是师兄弟！连烧火技术都是师门传承！"

她接过火折子，道："我来吧。"

闵学录很是意外："你会？"

这根本不是会不会的问题。梁灵瓒先点了火，淘米下锅，四下里找了找，发现半片菜蔬都欠奉，唯一的调味料是盐巴。

天井里有棵大槐树，初夏时节，满树槐花盛开，在阳光下清香袭人。她活动活动腿脚，爬上树摘了满满一衣兜槐花，一半撒上面粉蒸熟，一半拌入面糊煎成槐花面饼，小厨房里顿时飘出诱人的香气，饼煎好，粥也恰恰出锅。

闵学录空腹兼宿醉，身体十分难受，这顿饭一下肚，只觉得肚子里暖融融的，心也变得暖融融的，越看梁灵瓒越觉得顺眼。瘦也不再像只猴了，那叫伶俐；眨巴着一双大眼睛也不叫一肚子坏水了，那叫聪明。

"既然大师兄都发了话，我也就不能不教你了，走，咱们先把《海岛算经》拼起来！"

有闵学录指点，拼书自然进展神速。但拼全一题，梁灵瓒就忍不住想解上一解，闵学录就忍不住想教上一教，这一教就常常是一整天时间哗哗过去，常常是解完题之后两人相视一笑，然后肚子里咕咕作响，门外已经是日落西山，到了梁灵瓒思过的时候。

闵学录严肃道："我们不能再这样下去。饭总是要吃的，且也不能老把书卷横在地上，对我二师兄也太不敬了。"

梁灵瓒点头称是。然而管得住手管不住脑子，她手里虽然在拼下一题，脑子还在思索这道题目，随口问了句："老师，去八尺五该当如何？"

这一句开了头，底下就刹不住了，两人又进入了教学的深渊里爬不出来，饿着肚子结束后，闵学录骂道："梁灵瓒你给我闭上嘴！拼好之前一题都不许问！"

然而让梁灵瓒闭嘴实在是难事，要是不说话，更管不住脑子想去解题，因此一面拼，一面问："老师，你和你二师兄是怎么认识的？你二师兄年轻时是个什么样的人？"

"我二师兄啊，那是少见的斯文美少年，温文尔雅，是真正的谦谦君子。他没有读过国子监，原本只是在太史局里管文书，因写得一手好字，被派去伺候师父笔墨，然而他天资过人，在师父教导大师兄时潜心默记，不多时竟比大师兄还要出色，师父惊喜之下将他收入门墙，一力举荐，列为司丞。"

她时不时便会问问当年的事，问一次就是戳一次闵学录的伤口，开始闵学录是问一次暴跳一次，之后大概戳得多了，竟渐渐适应，也愿意开口说上一说，尤其是少年往事，说起来脸上一片悠然："我初入太史局，全靠二师兄一力照拂，我痴心算学，二师兄悉心教导，还说我算学天分在他之上，请师父亲自教我。其实这是二师兄自谦，我哪里比得上二师兄一星半点？雅然姐的眼光那么高，那么多王孙子弟向她求亲，她谁也不要，只嫁二师兄……"

"雅然。"梁灵瓒默念着这个名字，心中一片温软，手指好像有了自己的意识，想要勾勒出那一幅熟悉的画像。

"她……一定很漂亮，很温柔，很聪明吧？"

"是啊，除了雅然姐，我不知道还有哪一个女子称得上'温柔贤惠'四个字。她懂诗文、懂测算、懂观星、针黹女红样样精通，厨艺也好得不得了！她有一道莲房鱼包的拿手菜，真是世上难得的珍馐。那会儿她时常往太史局里送吃的，每次我都大快朵颐，吃得不亦乐乎，后来才知道，那其实是雅然姐做给二师兄的，哈哈。"

他"哈哈"笑了两声，声音渐低，抬手揉了揉眼睛，口里道："这些书真该晒了，全是灰……"

梁灵瓒看着他发红的眼眶，认认真真地道："我想，他们一定没有怪你。"

闵学录惨然一笑："你这臭小子又知道什么？"

"至少，他们的女儿一定没有怪你。"嗯，这点她可以确认。

二

周司丞有时候会冷着脸抱来一堆测算材料，那是南宫祭酒交代下来的。

闵学录见猎心喜，每次看到这些都觉得周司丞那冷冰冰的脸也有几分可爱了，他将这些好物与梁灵瓒分享："来，你也看一看，算一算。制定历法事关天文，天文算法是所有算法中最精密、最庞杂、最艰深的，也是最有意思的。"不过再三告诫梁灵瓒，"咱们看归看，算归算，离了这幢小楼，在外面可一个字也不要提起。这些东西是把利刃，捏在手里稍不留神就会伤到自己。算出来了交给大师兄便好，大师兄向来聪明，他知道什么话该说，什么话不该说，他才能运用好这些利刃。"

他戒惊戒惧，自然是一朝被蛇咬，十年怕井绳。

梁灵瓒一开始学的算法便是天文算法，对它真是亲切得不能再亲切，算上这些东西当真是如饥似渴，比闵学录还要疯魔。闵学录摇头，叹息："师父当年总说我是个痴儿，那是因为他没能见着你这个痴儿。"

梁灵瓒心中顿了一下，她知道他说的是她外公，如果外公还活着，是不是也可以教她这些？那件事没有发生，爹是不是也不会烧她的书？她是不是从小就生养在算法、星相与天文之中？那一定是神仙一般的日子吧？

她忍不住问："雅然是不是从小就学天文算法？"

刚问完，头上就挨了一记爆栗子："那是你师伯母！什么雅然雅然，这二字岂是你能叫的！"骂完，又叹了口长气，"雅然姐也是生得早，当时武周当政，女子可以为官，学什么做什么都行，现在可不行啦。"一句话把梁灵瓒满腔的美好幻想击得稀碎，低头将算完的材料放到一边，另取新的一份。

这份是别人已经算过的，过程中却出了点儿问题，有人以笔圈出，在旁批注。

梁灵瓒一看这批注字迹，整个人似被雷劈了一般，呆住。

闵学录还以为她遇上什么难题，凑过来一看，便又坐了回去："既有一行大师的批注，便好改了，你慢慢算，不会再问我。"又道，"一行大师学究天人，咱们是比不上了。李淳风的《麟德历》岁差越来越大，四时难以对准，陛下早就想改历了，一直等不到有能耐做此大事的人，千邀万请终于把一行大师盼到了长安。这种事情非得有这样的人物不可，昔年有李淳风，而今有一行大师。当时我师父也曾制过历，名曰《九执》，后来大师兄和我把它修完了，却终归不得用。要说大师兄，人品学问样样都是好的，但历法功在千秋，泽及万民，真不是一般人能动的。"

往日他聊起这些，梁灵瓒多半要问东问西，今天却是无声无息，梁灵瓒呆呆地捏着纸，像是傻了。闵学录敲了敲镇纸："魂儿呢？"

梁灵瓒像是从梦中惊醒："啊，哦，哦。"低头看着纸，半天仍是没落一笔，犹犹豫豫问道，"我算的也会交到一行大师手里吗？"

"想得美。一行大师是主持，自有人将数据汇总，呈报给他。这种有批注的，大约是大师觉出不对，从源头查起，查到这份测算，所以打回来让人重做。"

梁灵瓒松了一口气，也就是说只要不出错，师父就看不到她的字了。可这辈子如果能让师父再给她批一次功课……那又该有多好。

她东想西想，这一天的进展便极慢，好不容易把南宫祭酒交代下来的测算完成，才空下来继续拼书。

宋其明和源重叶有时候也会过来帮忙，顺便带来那个术士李鸿泰的消息——时任御史中丞的宋璟宋大人当时便要严惩这故弄玄虚之徒，可早在事发之前，那术士便不见了人影，从此就像是蒸发了一般，再也没有出现过。

"可能是躲起来了，也可能是被灭了口，总之是一点儿消息也没有。"源重叶说着，又问，"你找他干什么？"

梁灵瓒其实没想好，就算找到了，大概会揍一顿吧？她是心里面挂不住事的人，那几天念着这个名字就想咬牙，这些天已经淡下去了，这会儿更是直接丢开了。

时间有着最公正的裁决，那个挑起一切的人也许已经死了。

前前后后花了一个多月，梁灵瓒终于把书拼好了，换上一幅素锦，再刷上一层极稀的薄浆，将碎片一一粘上。这是细活中的细活，需要绝佳的耐心和灵巧的双手。闵学录原本怕梁灵瓒性子跳脱做事会毛躁，岂知她一坐便是好几个时辰，一双手又巧又稳，满卷碎片拼得严丝合缝，不细看竟看不出痕迹。

闵学录大喜："干得不错，说，要什么？我奖赏你。"

梁灵瓒眼睛一亮："那就让我抄一份副本放算学馆藏书楼吧！"

闵学录心说就算放过去，只怕也没人看得懂，但这孩子既然想惠及同窗，自然是好的，便由她去了。

陈玄景订的书架已经送来了，一楼的残局也整理得差不多了，现在便是要将书卷一一归位。梁灵瓒在二楼抄着书，一楼仆役进出的动静和窗外的风声、学舍的读书声融为一体，响在耳边，却又穿耳而过，明明热闹，又极为安静。

忽地，有人道："玄景见过老师。"

声音悦耳动听，梁灵瓒耳朵一动，自动将它从茫茫一片背景音中识别了出来，跟着心猛地一跳。

陈玄景伤口迸裂，伤势不轻，梁灵瓒悄悄去找源重叶，才知道陈家已经来人将陈玄景接回家中养伤了，现在是恢复了吗？

楼下闵学录也问道："身子怎么样？可大好了？"

第九章 · 金吾卫

"劳老师记挂,已经无碍了。"

"这些书架木料好,结实,你这孩子做事稳妥,我没看错人!这底下乱糟糟的,你上去看你的书吧。"

陈玄景谦虚了几句,跟着上了楼梯,脚步声动,梁灵瓒觉得他一步一步好像踩在她的心上,一颗心渐渐收紧,紧得有点儿发疼了。

猛地,她一下子跳了起来。糟糟糟!她怎么忘了他的交代?他可不想再看到她!

从楼梯上下去已经不可能了,跳窗?不行,太高了。她急得如热锅上的蚂蚁,而脚步声已经越来越近。她走投无路,蹿到一扇书架后,只希望陈玄景不要来这一架上找书。

从书架的缝隙中望过去,只见陈玄景的身姿翩然,已经上来了。天气渐热,他没有戴幞头,额头系着一根淡蓝色一字巾,刚好挡住额角,瞧不出伤痕如何。他穿着青衿,腰束蹀躞带,越发显得身段修长,本是走向书架,不知是看到案上有书还是如何,微微一顿之后,走向书案。从这个角度,梁灵瓒只看得到他的背影,发丝梳得一丝不苟,肩宽腰细腿长,站立的姿态如孤松一般出尘,若是给宋其柔或是南宫幸珠看到,只怕要芳心大动,但梁灵瓒全没有心情欣赏,她心里全是惨叫。

完了完了完了!纸上墨迹未干,他一定知道她在这里!

等等,等等,不要慌,不要慌。纸上又没写名字,他怎么知道是她?就算她给他写过一封短信,他只怕看也不看就扔了。对,对,他不知道,他一定不知道。

然而陈玄景就在这个时候转过身,目光环视二楼的书架,显然是在找些什么。那对眸子莹亮,神情笃定。梁灵瓒只瞧了一眼,整个人就挨着书架蹲下了,恨不得把自己缩成一只蚂蚁,钻进地缝里去。脚步声缓缓移动,梁灵瓒听着他往东、往西,心跳如雷,忽然,脚步声停了下来,一抬头,眼前已经多了幅衣摆,蹀躞带上垂下荷包玉佩,以及那把眼熟的错金小刀。梁灵瓒的脖子僵住,脑袋好像有几百斤重,再也不能往上抬。

"你在这里干什么?"头顶凉凉的声音飘落,不带一丝感情。

"我……我……"梁灵瓒急中生智掏出手帕,擦拭书架,"我在擦灰。"

头顶上一声儿也没出,她干巴巴道:"灰擦好了,我去楼下帮忙。"说着就要起身,手腕却被陈玄景捉住

陈玄景盯着她手上的帕子,眯起了眼睛:"这是我的?"

她点点头,这帕子正是他当初在宋家给她的那块,陈玄景神情有些异样:"你一直把它带在身边?"

"捧香说这种料子很贵,碰上什么事,能当些个银子应急……"

她的话还没说完，陈玄景就变了脸色："知道贵，还用来擦灰？"

可如果她说不知道贵，估计就是有眼无珠了……梁灵瓒已经知道了，当一个人讨厌一个人的时候，那个人无论做什么都是错的。

她默默起身走开，才转身，忽地头上一轻，她一声低呼，幞头已经到了陈玄景手上。

仆役很少有戴幞头的，但梁灵瓒断发之后，发型殊异，走到哪儿都有人指指点点，为免麻烦，她只好把幞头戴上。且幞头还有一个好处，头发短了容易四处乱翘，怎么梳都压不下来，幞头一戴万事大吉，十分省事。

现在，头发们压抑已久，甫得自由，登时要翘上天。她知道陈玄景一向很看不惯她仪容不整，便拿两只手按着头发，道："那个，陈兄，你把幞头还我，我这就走，不打扰你看书。"

陈玄景一脸高深莫测的样子，只盯着她看，仿佛她头上突然长出一朵花。良久，他发话："听说是你为我做了血余炭？"

"没什么没什么，都是我应该做的……"

"自然是你应该做的。"陈玄景打断她，"难不成你以为我会谢你？"

会就怪了，她早该想到的。梁灵瓒闷闷地想，

幞头的系带是黑色的，愈发显得他手指白皙而修长。夏日的阳光明朗又灿烂，为他的脸颊镀上一道明亮的金边，眉峰清冽异常，垂下的眼睫又密又长，梁灵瓒忽然就有点儿走神——不知道他的睫毛和春水大娘的睫毛比起来哪个长？

忽地，陈玄景一扬手，把幞头朝她抛过来，梁灵瓒差点儿没接住，捞过来往头上一套，转身就走。还没迈开脚，后衣领就一紧，身子被拎得打了个转儿，陈玄景又把她的幞头摘了。

这是玩哪套？

幞头搁在书架上，陈玄景腾出两只手，以指为梳，将飞翘的短发捋到耳后，确认没有一丝头发敢逃逸在外，再取过幞头，替她戴上，手绕到她脑后，系紧带子。

窗外晴光朗朗，书楼内宁静悠凉，四下里全是沉沉的墨香，梁灵瓒听到自己的心跳声，"咚、咚、咚……"如擂鼓一样。她极力把脑袋往后仰一些，以离他远一点，生怕他听见。

假如他问她为什么心跳这么大声，她真的不知道怎么答。是啊，为什么心跳声这么大？按都按不住，这颗心简直不受控制！

她僵直了身体杵在原地，一动不敢动，身体里面却已经是万马奔腾呼啸而过，有一个声音在狂呼——他……他到底是在干什么？！难不成是被她砸坏了脑子！

陈玄景替她系好了带子，幞头外再找出不到一丝乱发，才收回手，然后打量她。

那眼神像一位游历四海列国的精明商贩突然见到一种奇异货品，价值在"白送人也不

要"和"说不定能赚大钱"之间摇晃不定。

梁灵瓒当初听他让她退避三舍心里还有些失落，但面对这般诡异的眼神，她觉得可以再退个七八十舍。她请示道："陈兄，我……可以走了吗？"心里面十分盼望陈玄景能赐个"滚"字。

陈玄景看了她半天，终于开口："梁灵瓒，你出身卑微，品貌低下，既无见识，人又痴愚，看在你还有一丝良心的分上，我给你一个机会追随我。"

梁灵瓒呆掉，她在国子监里混了这些时日，已经知道陈家是什么样的人家，也知道有多少人削尖了脑袋想攀上这样的人家，但她早想过了，当时他帮她很可能只是一时脑热，又或者根本就是脑子被砸坏了，现在静养了一个月，该是想好要把她剥皮抽筋了，怎么还来招揽她？难不成脑子还没养好？或者是有什么厉害的后招在后面？

"为……为什么？"她结结巴巴问。

陈玄景的脸色不太好看。因为他发现自己根本答不上来这个问题。

为什么？这一个多月来，他把梁灵瓒对他做的事情以及自己对梁灵瓒做的事情翻来覆去想了个遍，结论都只有一个，假如是另一个人将他砸到头破血流，这辈子都休想再出现在国子监。可梁灵瓒偏偏好端端的。不，他不是后悔，只是不解。无法理解。

一个洛阳国子监升上来的算学生徒，就算聪明绝顶又如何？永远也不可能是他的同路人。他像一个立身于云端的神明，看着蝼蚁般的梁灵瓒一步步往上爬，心中是悲悯的，因为他知道，不管梁灵瓒再怎么爬，也不可能爬到这世间的巅峰。

蝼蚁永远是蝼蚁，不管这只蝼蚁有多聪明。他把这件事情想得清清楚楚，胸怀里如浸着一片冰雪，已经打算好了——若梁灵瓒夹起尾巴从此不再出现在他面前，他便就当没有这个人；若是梁灵瓒还敢冒出来，那就莫怪他不客气。

可当他一看到书案上抄到一半的《海岛算经》，冰雪胸怀就起了波澜——他认得那是梁灵瓒的字迹，也认得书是闵学录的宝贝，连宝贝都愿意交付，只说明了一个问题，梁灵瓒在得了一行大师与二哥的青目后，现在连一开始对梁灵瓒很是瞧不惯的闵学录也沦陷了。

这小子身上到底有什么魔力？直到他摘下梁灵瓒的幞头看到那一头乱发飞翘时，他好像明白了答案。这个家伙好像总能做出别人想象不到的事情。

这家伙睁着一双眼睛瞧着他，亮晶晶的眸子里有感激、有内疚、有不安、有疑惑，心事明明白白全写在里面，叫他的心狠狠地抽动了一下。

他在心中长长地叹了口气，他一直以为自己很讨厌这个人，可现在才明白，讨厌这个人实在是一件很难的事。罢了，罢了，既然驱之不得，那就留在身边吧。

"让你跟，你就跟，天上掉下这么大块馅饼，还怕毒死了你？"陈玄景没好气道，"跟了我，只要你——"

"老老实实不惹麻烦"还没说出来，梁灵攒就露出了恍然大悟的神色，摇头道："对不起，我不能跟。"

陈玄景怀疑自己的耳朵听错了："你再说一遍？"

"我不能说。"梁灵攒认真地看着他，"我说一百遍还是那句话，我的错只是我的错，你绝对不会犯，所以真的不用知道。"

陈玄景一口气噎住："你以为我在套你的话？"

梁灵攒闭上嘴没说话，心里面已经在翻江倒海了："不然呢？真被我砸傻了吗？话说陈兄你还真是孜孜不倦啊，点心不管用了，就用前途来利诱？"可惜她已非吴下阿蒙，对他那一套早已经了如指掌，不管他铺垫得有多么情真意切，她都不会再轻易上当了。

但看陈玄景脸上已经是山雨欲来黑云压城，一副想要把她剥皮抽筋的模样，真面目已然暴露出来了！她连忙道："陈兄你饿不饿？一看就知道你没用晚膳，不要紧，我这就去给你端来！"一面说，一面已经脚底抹油，冲出楼梯。

"站住！"身后传来一声暴喝。

楼梯就在眼前，只要一溜烟跑下去就能脱身，从此以后绕着陈玄景走。可想到绳衍厅上他站在自己身前的模样，脚步就不由自主地顿住，她硬着头皮，慢慢转身："陈兄还有什么吩咐？"

她也不敢抬眼去瞧陈玄景的脸，但觉陈玄景的视线像刀子一样捅过来，能把她插出满身窟窿，良久良久，陈二公子世家大族的风度重新上身，他再开口时声音已经恢复了平常的优雅淡然："好，既然你有心，我也不好拂你的意。我中午要吃一道菜，你能给我弄来吗？"

三

"什么？"听到那道菜名的时候，大厨的脸忽然皱了一下，好像有点儿怀疑自己的耳朵。

"浑、羊、殁、忽。"梁灵攒一个字一个字地咬清楚了。

大厨瞪着她半晌，拉她着转了个方向，手指越过层层叠叠的飞宇翘檐，指向东边方向遥远的某一个角落："看到了吗？"

"看到什么？"

"你要的东西在那儿！"

"那是哪儿啊？"

"御膳房！"大厨道，"那可是烧尾宴上的名菜，不是谁都能吃得着的！"

梁灵瓒丝毫没意外。要是陈玄景点个萝卜白菜，那才真奇怪了。

她出了后厨，正想去御膳房，一名仆役走来，道："你在这里可叫我好找，祭酒大人要你去官署一趟。"

这些天一行大师批回来重算的案卷越来越多，梁灵瓒和闵学录对了一遍又一遍，数据是没有错的，到了一行大师手中汇总时却总是不对，梁灵瓒当时便有个想法——是不是最初观测到的数据就不对？闵学录直说这想法过于大胆，由李淳风改良的黄道游仪沿用至今从未出过错差。但他们能接触到的案卷只是一小部分，无法窥得全貌，也就无法找出问题真正出在哪儿。他把这事同南宫平商量了一番，南宫平沉思一阵，自去想办法。

所以现在大概是有办法了吧！梁灵瓒兴冲冲地来到祭酒官署，里面却是静悄悄的，梁灵瓒唤了好几声，也没人应声，只有书案上堆着高高的卷轴。其中一幅摊开，上面搁着只盒子，盒子半开，里面好像是截木头……还没等她看清楚，身后忽然有人道："别动！"

里间丝帘打开，南宫幸珠急步走了出来，拉了梁灵瓒就走。梁灵瓒正要表示自己在等南宫祭酒，南宫幸珠却把手指竖在唇间，示意她不要出声，跟着三步两步把梁灵瓒推进一间厢房，自己连忙把门关上："快，躲到床后，千万不要出声！无论如何都不能出声！"

梁灵瓒一头雾水，完全不明白这是怎么回事，但看她一脸急切，好像事情挺严重，就依言躲在了帐后，心里面直犯嘀咕："这不会又是什么坑人的新套路吧？"

南宫幸珠踢了鞋子上床，拉过被子盖在身上，才盖好，厅上就隐隐听到人声，一人怒喝："谁动了这盒子？"

是南宫祭酒的声音。南宫祭酒说话庄重低沉，梁灵瓒没想到他也会这般失态大吼，声音隔这么远她还能听见。

不一会儿，脚步声纷杂，一扇扇房门开开合合，卫军们四下搜索，阵仗之大，声势骇人。

这边厢房门也被拍得"砰砰"响，南宫幸珠停了停才起身开门，隔着帐子，梁灵瓒听到南宫季友的声音问："幸珠，你可看到有什么人进到官署？"

卫军们奔忙搜查的动静不断，少说也有几十号人，梁灵瓒心快跳到嗓子眼，虽然不知道到底发生了什么事，但只要南宫幸珠往帐后一指，她就是跳进黄河也洗不清了。

幸珠道："我身子有些不好，吃了午饭一直睡到现在，什么人也没看见。怎么了？"

"有人动了父亲极要紧的东西。你当真没看见？她明明走入了官署……"

幸珠问："谁？"

"都没瞧见，又问什么问？"南宫季友语气很是不耐烦，忽地，屋子里静了静，梁灵瓒还以为自己被发现了，下一瞬，幸珠发出一声低呼，南宫季友的声音近在帐前："好妹妹，我拿了那封信的事，你是不是告诉了父亲？"

"怎……怎么会？"幸珠的声音有些吃力，"哥哥再三叮嘱，我不敢忘。"

"不是你，父亲怎么会问起那封信？"

"也许是李司业，也许是蔡博士……大概是有谁问起吧？不过哥哥你信我，这件事我一个字也没对谁说起过。"

"谅你也不敢。"南宫季友起身，走到门口，忽然笑道，"妹妹好一幅海棠春睡的姿容，怎么不去给陈玄景瞧瞧？"

"吱呀"一声门关上，他带着人去了，声音还隐隐传来："都给我仔细搜！我就不信她能飞天遁地！"

梁灵瓒呆呆地站在帐后，脑子里一团糟。博士把信送给南宫祭酒的第二天，她遇上了假扮算学馆生徒的薛安……薛安称病，南宫季友作证……所有人都相信南宫季友，包括她，不，尤其是她！怎么可能呢！她蓦地走出来，只想冲出去看看，这个南宫季友是不是她认得的那一个，那一个会在风雪中微笑着给一名赶车少年递上荐书的南宫季友……

"梁公子！"幸珠拦住她，低声道，"卫军还没有走远，你且在这里等等。"

她的声音原本娇柔清丽，这会儿却有几分低哑，梁灵瓒一回头就看到了她白皙的脖颈上多了一道瘀青，不由睁大了眼睛："这是……这是他……"

幸珠连忙掩住颈子："不妨事，哥哥心情不好……其实他没用力，是我肌肤原比别人薄一些，轻轻一碰就会留印子。哥哥……是很好的。"

梁灵瓒脑海一片乱麻："这……这到底是怎么回事？"

幸珠认真地道："梁公子，从今往后你最好不要离开陈二公子身旁半步，方能保你平安。"

这话很耳熟，之前陈玄景也说要保她平安来着，但……她干了什么需要别人保护？又到底是为了什么这么不平安？

"从我认识他的第一天起，他就高高在上，好像和所有人都隔着老远的距离，他一般也冲人含笑，待人温和，但别人永远也摸不到他一片衣角。"幸珠低声叹道，"你把他伤成那样，他还为你出头，梁公子，你在他心中是不同的，他是真心想结交你这个朋友的。"

梁灵瓒苦笑："我和他到底是敌是友，可真说不清楚。"不单是他，她现在才发现长安是如此奇怪的地方，她已经完全看不懂哪些是坏人，哪些是好人。

"幸珠姑娘，你能不能告诉我那盒子里到底是什么东西？我要被逮住会怎样？"

第九章·金吾卫

幸珠摇摇头："梁公子，恕我不能奉告，幸珠能做的只有这么多了。等到半个时辰后，他们搜不到人，自然会散去的，你便可以离开。"

半个时辰！梁灵瓒吃了一惊："那可不行，我答应了给陈玄景弄那浑羊殁忽去……"

"浑羊殁忽？"幸珠的眼睛忽然一亮"他喜欢浑羊殁忽？"

梁灵瓒的眼睛也亮了："你会做？"

幸珠羞涩地摇头："但我可以学……"

梁灵瓒叹了口气："那可来不及了。"

半个时辰后，太阳已经落山，暮色降临国子监，幸珠打开房门，梁灵瓒悄悄从官署后门溜出来，刚过一道弯，空地上列着整整齐齐一队卫军，南宫季友站在前面，微微一笑："梁兄为何行色匆匆？要去做什么？又是从哪里出来？"这个笑容一如既往的温和，梁灵瓒心中却有一丝说不出来凉意，她凝望着他，想从这个笑容背后看出他真正的表情。

"怎么？"南宫季友带着人负手走近，"梁兄的行踪不能说吗？"

"为什么？"她忍不住问，"你为什么——"

"梁灵瓒！"一个声音在背后响起，陈玄景看上去步履悠闲，仿佛正在附近散步，"我找了你半天，原来你在这里，浑羊殁忽呢？"

他一面说着一面走近，不甚客气地质问着她，身子却有意无意地挡在了她和南宫季友之间。

南宫季友道："陈兄请见谅，祭酒大人官署了丢了要紧的物什，特命我带人捉拿窃贼，梁兄的品行我自然是信得过的，只不过是例行查问一声，请问梁兄今日可进过祭酒官署？"

他的笑容不改，望向梁灵瓒的眼神也格外柔和，一如在风雪中送荐书那一刻一样，梁灵瓒彻底被弄糊涂了，正要弄个明白，陈玄景回身，代她答道："没有。"

南宫季友道："我问的是梁兄。"

"她一直和我在一起，我自然知道她有没有去。"

南宫季友笑了："梁兄一直和陈兄在一起？不知陈兄可有人证？"

"南宫兄那日午间给薛安送书兼探病，不知又可有人证？"

南宫季友脸色微微一变，走近一步："陈兄此言何意？"

"我奉劝南宫兄一句话，适可而止，见好就收。"陈玄景淡淡道，"会因为手段和银子说假话的人也一样会因为更多的手段和银子承认自己说了假话。"

"看来陈兄是一定要站在我的对面了？"

"错了，那本是我看中的东西。"

两个人近在咫尺，暮色四合，最后一点儿余光在两人之间褪去。两个都是一派斯文的人物，不知怎的，梁灵瓒却觉得他们像两把已经出鞘的刀剑，刃对刃格在了一起。

南宫季友回头深深望了梁灵瓒一眼，一笑："我原以梁兄本质纯朴，没想到倒是攀得一手好高枝。"他一施礼，领着卫军离开，步履平稳，是和陈玄景一般无二的娴雅之态。

"这到底……是怎么一回事？你怎么会在这儿——啊！"梁灵瓒话没说完，脑门上就被陈玄景弹了一记，下手不轻，脑仁儿生疼。

"蠢成这样，没有我，你怎么活得下去？"

陈玄景说完，负手在后，悠悠然转开，扔下几个字："别忘了我的菜！"

"菜菜菜，就知道吃，堂堂陈二公子居然是个吃货，这话要传出去我看你怎么做人！"梁灵瓒捂着脑门，一肚子腹诽，也一肚子疑惑。

南宫季友……到底是怎么回事？

四

一个时辰后，金吾卫的羁押房。

"我真的是国子监生徒，你们可以去国子监查！我从来没进过宫城所以不知道要宫牌啊！我只是来找浑羊殁忽而已……实在不行我回去弄到宫牌再来好不好？能不能先放人啊？"梁灵瓒抓着粗大的栅栏，叫得口舌发干，可屋外依然一片寂静，守宫门的金吾卫把她扔进这里就不管了。她原先对金吾卫很有好感，因为在那个夏天，金吾卫还帮过她抬水缸挖泥种荷花。可今天碰上的金吾卫不一样了，她客客气气地在宫门口向他们打听御膳房怎么走，结果他们两眼朝天一翻，只问她有没有宫牌。

宫牌？什么是宫牌？能吃吗？于是她就被投到这里来了，理由是"擅闯宫掖"。

"你能不能消停消停。"靠墙角那一堆稻草忽然窸窸而动，露出一颗脑袋，幽幽叹息，"明天一早我就要被移送到掖庭了，这晚恐怕是我这辈子睡的最后一个安稳觉，能不能求求你不要再吵了？"

梁灵瓒吓了一跳："你也没有宫牌？"

"我九岁入宫，到现在已经七年了，我能没有宫牌？"那人又叹了口气，"我就做点儿好事，权当给来世积德，指点你一句，你别喊了，叫一百声也没用，你得罪人了。"

长安城一定很流行这句话。梁灵瓒感觉已经听过很多遍了："为什么？"

"明知道你没有宫牌，却让你来找浑羊殁忽的，摆明想给你点儿苦头吃吃。我劝你老老实实待一晚上，明天金吾卫去国子监问个明白，你就能走了。"

梁灵瓒抓着栅栏，欲哭无泪。她终于明白了，浑羊殁忽什么的根本只是个噱头，陈玄景只是想把她送进这羁押房关一晚上！

她就是他手里的一只老鼠，想揉一揉就揉一揉，想拍一爪子就拍一爪子。

"唉，你运气可真好，那人只是想教训教训你，哪像我，从这儿出去直接就是去掖庭，从今以后脏活累活做到海枯石烂，这辈子是别想再睡个好觉了……"

他一脸的生无可恋，梁灵瓒忍不住问道："你又是为什么被关在这儿？"

这个说来话长，按这内侍自己的话来说，就叫无妄之灾。他是东宫的一名小内侍，名叫小潘子，工作是在东宫给太子磨墨。就在昨天晚上，小潘子休沐，和几个一起长大的内侍聚在一起喝了几口小酒，有了几分醉意，见天色不早，便从御花园抄小径，结果却冲撞了正在园中赏月的武惠妃。武惠妃是皇帝最宠爱的妃子，权势最盛，据说连王皇后都比不上。

所以梁灵瓒咋舌："你撞了她？"

"是冲撞，不是撞。"小潘子翻了个白眼。

"哦，怎么冲撞了？"

小潘子冷冷道："我是太子身边的人，扫了武惠妃赏月的雅兴。"

"你是太子身边的人，和武惠妃的雅兴有什么关系？"

梁灵瓒花了很长时间才弄明白，原来当今太子李瑛的生母赵丽妃是皇帝在任潞州别驾时纳的娼妓，他身份低微，原本不敢奢望成为太子，但王皇后和武惠妃为储位争执不下，国又不能无储，他倒被拱上了太子之位。只是这太子之位从来就没有稳当过，王皇后和武惠妃没有一日不想把李瑛拉下马，只不过不想让对方乘虚而入，这才没有正式发难。

"太子他很可怜啊，连带我们这些下人也是朝不保夕。大家平时都跟太子一起安安分分地待在东宫，一步也不敢乱走。这回算我倒霉！"说着小潘子咬了咬牙，"赏月便赏月，连盏灯笼也不打，谁知道有人在？"

梁灵瓒忽然道："你是什么时辰经过花园的？"

"戌时左右，反正没到亥时，亥时便要宫禁了。"

梁灵瓒疑惑道："那奇怪了，昨晚廿三，月亮子时二刻才出来，不到亥时，西北有云层弥漫，别说赏月，当时天上连一颗星都瞧不见，武惠妃赏什么？"

小潘子怔了怔，蓦然爬了起来："当真？"

"自然是真的。"观天对梁灵瓒来说是比呼吸还要自然的事情，她清楚天象，就像清楚自己的掌纹。

"难怪，难怪，我记得当时一片漆黑，还以为是我喝多了看不清路，当时是边走边摸索……"小潘子喃喃,"我怕被人知道晚归,所以不敢打灯笼,她又为什么不命人点灯笼……难道她也是怕什么?"

他两眼猛地一睁,然后脸色白得像一张纸,浑身发抖:"完了……完了……完了……我原以为她只是随便找个借口惩治一下东宫的人,我在掖庭干些苦活累活便罢了,这样看来……这样看来……我这条命保不住了!"

梁灵瓒安慰他:"别怕,你又没犯法,谁能拿你怎么样?"

小潘子笑得比哭还难看:"哈哈哈哈……我又没犯法……哈哈……你不懂,你不懂,在宫里,有人想要你的命,不一定是因为你犯法,而是他们自己在犯法……不对,不对,宫里根本就没什么王法……"

他哭笑一阵,抹了抹眼泪,忽然道:"不,我不能就这么死……"他撕下里衣的衣摆,咬破手指,写上"太子"两个字便顿住了,抬头道:"殿下只教了我几个字,我别的都不大会写,你能帮我吗?我……我可以……"宫里找人办事,都要先许好酬谢,可是他身陷囹圄,命在旦夕,实在不知道能许人什么。而这个人是国子监生徒,自然不想趟这个浑水。小潘子心中开始绝望。可梁灵瓒不待他说完,便接过那半截衣摆:"写什么?"

小潘子愣了一下,仿佛抓住最后一株救命稻草:"让太子去找王皇后!武惠妃有古怪,不是针对太子,便是针对王皇后。即便是针对太子,王皇后也不会放过扳倒武惠妃的机会,必然会出手!"

梁灵瓒学着他的样子咬向自己的食指,嘶,还真疼,小潘子道:"用我的。"

血书顷刻写就,梁灵瓒看着小潘子苍白的脸:"你不疼吗?"

"命都没了,还怕什么疼?"

"为什么要没命?没有月光,没有星光,没有灯光,你什么也看不到,所以才惊了武惠妃的驾,这有什么大不了?"

小潘子惨然一笑:"没有用的……就算所有人知道这是事实,也没人会站出来为我说话。"

"谁说没人?"梁灵瓒觉得奇怪,"我难道不是人?"

五

夜已深沉,国子监太学号舍里,陈玄景坐在灯下,手握千星,反反复复、细细致致,在坚硬的玉石里刻出繁复的篆字。门"吱呀"一声被推开,陈玄景眼皮也没抬一下,会这般闯进来的除了源重叶没有别人了。——不,还有一个梁灵瓒。但是无妨,至少在今晚过完之前，梁灵瓒绝没可能来拍他的房门。

人从外头越过屏风，果然是源重叶，风风火火，行色匆匆："你看见梁灵瓒没有？"

陈玄景眼也没抬，摇了摇头。

"这可奇怪了，都这时候了他还没去静室，周司丞正领着卫军满国子监找他呢！我还以为是你想教训他。算了，我和宋其明再找找去。"

陈玄景这才抬头，视线越过屏风，就见门外夜色中还站着一个宋其明，正假装看天，却掩不住一脸的着急。静室逃罚，这罪名可不轻，以周司丞的性子，一定会罚到梁灵瓒后悔生下来吧？既蠢又瞎，还不识抬举，这种人确实该好好罚一罚，以便长点儿脑子。

他轻轻吹开玉上碎屑，悠然道："不用找了，他现在应该在金吾卫的羁押房。"

宋其明一听这话，忍不住跳进来："我就知道是你动的手脚！"

源重叶连忙拦住他："别急别急，梁灵瓒砸人在先，玄景这么做也无可厚非。羁押房那地方出不了什么事，最多待一晚就出来了。"一面拉，一面劝，把宋其明弄了出去，然后向陈玄景道："你下手可得悠着点儿，毕竟是二哥的徒弟。"

陈玄景挥了挥手，示意他把门关上。屋子里重新安静下来。

悠着点儿吗？陈玄景微微勾起一边嘴角。那得看那只猴子乖不乖了。

滴漏一滴滴过去，转眼亥时已至，号舍里鸣钟灭灯，陈玄景正要起身，门又"哐当"一声打开，源重叶闯了进来："玄景！你这回来真的？"

"什么真的假的？"

"梁灵瓒替东宫内侍喊冤，状告武惠妃处事不公，还把去接人的慎刑司打了，已经惊动你大哥了！"

六

梁灵瓒被押进金吾卫大将军的官署，先看到架上的刀。刀身极为修长，刀鞘通体漆黑，只在鞘口用金箍圈出一道如意云头纹。它静静地躺在刀架上，无声无语，却能吸引所有人的目光。

一只手缓缓将刀抽出，洁白的绸帕缓缓拭过刀身。

那是个二十七八岁的青年人，身材颀长，袖子挽到手肘，露出结实的小臂，再往上是一张俊秀的面孔，和陈玄景有几分相似，不过陈玄景更文雅柔和，他则更英挺峭拔。

梁灵瓒脱口而出："你就是陈玄理？"

"不得对大将军无礼！"金吾卫立刻给了她后膝弯一脚，梁灵瓒扑通一声跪下，顿时只有一个感觉——膝盖好像要裂了……

陈玄理挥了挥手，让那金吾卫退下："胆子不小。你可知道，在这宫里，不，在这大唐，武惠妃三个字意味着什么？"

"我只知道不管是谁都不能随随便便要别人的命！小潘子真犯了错也就罢了，可小潘子明明什么也没做，为什么慎刑司的人要来勒死他！"

"主子和奴才之间有什么对错？"陈玄理手上的刀在梁灵瓒脖子上比了比，"比如现在，如果你不是国子监生徒，而只是一个小内侍，我一刀下去，有谁能拿我怎么样？"

梁灵瓒愤怒地瞪着他："你这叫草菅人命！"

"我只是想教你在这里活下去的方法，连这点儿道理都不懂，你就算回了国子监也没好日子过。懂吗少年？"

冰冷的刀锋贴上梁灵瓒的脖颈，那一小块肌肤起了一层鸡皮疙瘩，梁灵瓒整个人战栗了一下，视线却没有一丝退缩，直直地望着他，瞳仁黑白分明，一往无前,："可对就是对，错就是错！"

陈玄理微微挑了挑眉，忽地大门"哐当"一声打开："手下留情，大哥！"

梁灵瓒和陈玄理一起回头，两人脸上有一模一样的惊讶——门外的人居然是陈玄景。

陈玄理皱眉："这时候太学生该当就寝了，你违反监规了。"

"大哥恕罪。"陈玄景三步并作两步上前，两指轻轻拈住刀身，将它从梁灵瓒的脖颈边推开两寸，"此事和我有关，大哥请容我来处理。"

陈玄理意外："他是……你的人？"

陈玄景一点头："是。"

陈玄理的脸色要多难看就有多难看："你挑人的眼光何时堕落到这种地步！"

陈玄景低头："是我的错，我来做个交代。"

"你交代？"陈玄理陡然间大怒，"你可知道他得罪的人是谁？今天不留点儿东西下来，谁也交代不过去！"

"大哥，"陈玄景恳求道，"你信我。"

陈玄理看他半晌，道："慎行司的人必定已经去向武惠妃告状，她马上便要来了，你的时间不多了。"

"戗啷"一声，他回刀入鞘，把刀扔给陈玄景："你的人，你善后。就算不能缺胳膊断腿，也要在他身上留点儿伤势，看起来越重越好。"

交代完毕，陈玄理起身离开。室内只剩陈玄景和梁灵瓒，七宝树灯光辉灼灼，把两个人的影子投在地上，一团高，一团低。

第九章·金吾卫

梁灵瓒戒备地盯着陈玄景，那柄危险的刀还握在他的手里，她再也不想被刀锋贴着脖子了。陈玄景沉沉地看着她，大概是考虑捅哪里？他要在她身上戳个窟窿以便向武惠妃交差吧？

陈玄景手一抬，梁灵瓒吓得双手抱头："不要！"紧紧闭上了眼睛。

可冰冷的刀锋没有降临，手腕反被拉开，她的脑袋反而落进一双温热的手中。梁灵瓒睁开眼睛，就看到陈玄景的脸在她面前，灯光下脸如冠玉，漆黑的眸子深沉无边。

梁灵瓒有点儿混乱，呆呆地看着他。难道他打算徒手挤扁她的脑袋？好像还是捅一刀来得方便点吧？呸呸呸她在想什么？谁要被捅啊！

陈玄景的手指拂开她脸上散乱的短发，他的指尖温热，被碰触的肌肤没来由地开始发烫，梁灵瓒努力摒除这奇怪的感觉，只在他指尖碰到她鼻梁时"嘶"的瑟缩了一下。疼。

一瞬间，梁灵瓒好像在陈玄景眸子里看到了一道迅猛的杀气，几乎有形般要喷出来，她下意识又想闭眼。但他没有动手，他问道："不是说你揍人的吗？怎么自己被揍成这副德行？"声音里有一万分的不满。

"我哪有揍人？"说起这个梁灵瓒就来气，"那帮人一个个人高马大，还带着那么粗的麻绳，竟然当着我的面打算勒死小潘子！我能不出手吗？我拦了拦而已，就变成这样了……"

"而已？你跟武惠妃的人动手，还叫'而已'？"陈玄景真想徒手把这颗脑袋拧下来，咬牙道，"梁灵瓒，你给我记着，这回要不是我让你入宫的，你就算是被人大卸八块我也不会管，你知道吗？"

"还用你说？我怎么会不知道？"他真是哪壶不开提哪壶，梁灵瓒更加来气，扬起脸，给他展示自己的鼻青脸肿，"怎么样？我变成这样，陈二公子你可还满意？是不是还想捅上我几刀？对！我砸伤了你，你要收拾我我认了，但人命关天，我不能看着小潘子死在我面前！我就不信这宫里没有王法，就算是武惠妃来了，除非她有本事把我一起勒死，否则我一样拦着她！"

陈玄景怒极而笑："你还别说，她还真有这本事！"

梁灵瓒弯腰抓起陈玄理那把刀："大不了跟她拼了！"

刀还拿稳，就给陈玄景劈手夺去，梁灵瓒从来没见他表情这么凶狠过，几乎能用狰狞来形容，这一瞬间，她以为自己还没死在武惠妃手里，就会先死在他手里。

陈玄景握着的手指节发白，咬着牙一字一字道："梁灵瓒，我真想挖了你一双眼睛，让你什么也看不到，再割掉你的两只耳朵，让你什么也听不到，最后切了你的舌头，让你一个字也说不出，这样你大概就不会惹麻烦了！"

就在这时，门外有宫人高声唱喏："惠妃驾到——"

七

武惠妃来到金吾卫官署，路上只用了一炷香工夫。

她太急了，急着想来看一看，是谁敢挡她的道。皇帝拥有天下，而她拥有皇帝。她已经太久没有被触逆过，几乎忘记了被触逆的滋味，现在，有人让她想起来了。

"臣恭迎惠妃娘娘！"陈玄理率部恭迎。

"不敢当。"武惠妃坐在凤辇上，眉毛也没有抬一下，"现在世道变了，我处置个内侍，一个仆役都敢出头，而你陈将军不但没有秉公处置，还把人看守起来了，是不是真的？"

"那人是国子监生徒，末将不敢随意处置，是以关押，听候娘娘发落。"

"生徒？呵！我倒要看看，给本宫把他带过来！"

两名金吾卫把小潘子押了过来，五花大绑，嘴堵得严严实实，武惠妃脸色好看了一些。声音柔腻："大将军是明白人。还有一人呢？"

"禀娘娘，昨日由内监送来的只此一人。"

"陈将军你跟我装什么糊涂？难道区区一个贱奴能让本宫跑一趟？本宫倒要看看，现在的太学生徒是不是都吃了熊心豹子胆，敢到本宫面前来撒野！"

武惠妃虽是妃位，但皇帝特谕，一应仪仗形同皇后，羽扇纷纷，宫灯灼灼，凤威之下，众人头顶一片静默，空气沉沉地压下来，陈玄理躬身："臣，遵娘娘懿旨。"

他亲自上前，打开了官署大门。门内，七宝树灯明亮，照出书案前的两个人。

个儿高的那一个，一身庄重雅致的生徒青衿；个儿矮的那一个，一身穿得歪七扭八的仆役短打。这两个人原本走路都不该挨着一条道，可偏偏此时却站在一起，都在提笔疾书。

武惠妃自然认得陈玄景，讶然："你怎么在这儿？"

陈玄景搁下笔，领着梁灵瓒来到凤辇前，行礼拜见："回娘娘话,晚辈今晚之所以在这儿，是因为一桩赌约。"

"什么赌约？"

"回娘娘话，今日博士布置下窗课，要生徒们以女德为题，作赋一篇。同窗便说，现在世间女子大多重貌轻德，一个女子只要生得美貌就能得到宠爱，而和德行没有半点儿关系。因为说到美貌，不由便说到惠妃娘娘，世人都传言惠妃娘娘美若天仙，容貌第一，晚辈却以为，这话真是大错特错……"

武惠妃向来自矜美貌，这话一出口，宫人们一个个脸色都很不好看，凤辇前的女官喝道："不得无礼！"

武惠妃脸色倒是没变，只是声音微沉："让他说。"

"娘娘上承君恩，侍奉陛下，尽心尽力，抚育儿女，劳苦功高；下佑宫人，不论品阶高低，尽皆温柔和善，宫中侍人无不感恩戴德，如此德行，应为第一。

"娘娘精通文墨，博览群书，更兼歌舞双绝，艺动天下，世人只知道陛下倾心娘娘是因为娘娘的美貌，这都是升斗小民的无知之谈。陛下有纵横宇宙之豪情，亦有游戏梨园之雅兴，能得陛下盛宠不衰的，岂是单单有一具美貌的躯壳？后宫佳人无数，没有一个能替代娘娘在陛下心中的地位，其实是没有一个人能兼有娘娘这般的才情。是以才情第二。"

陈玄景说着，抬起头，眸子如星，望向武惠妃："所以晚辈觉得，娘娘虽禀天人之姿，但与娘娘的德行才情比起来，容貌只能算第三。称娘娘美貌第一，岂不是大误？"

灯火辉煌，耀如白昼，看着陈玄景侃侃而谈，梁灵瓒只觉得自己在做梦——他居然不是捅她一刀而是在帮她？太奇幻了吧！

俗话说得好，不怕读书人讲道理，就怕读书人拍马屁，眼看这一顶顶华美的高帽送上去，武惠妃笑容满面："你这孩子怕是从小是吃蜜糖长大的吧？这样会哄人，难怪我家咸宜总是惦记着你。"

"玄景不善言辞，说出口的每一个字都发自内心。"

就这还叫不善言辞啊！梁灵瓒惊叹得下巴都要掉了。

武惠妃更是笑得花枝乱颤："还说不哄人！那赌约又是怎么回事？"

陈玄景将手中的稿纸呈上去。上面写着一首长诗，字迹端雅，武惠妃看到了，喜到了："这是将本宫比作洛神了，不敢当。"

陈玄景道："洛神到底如何，世人谁也没见过，是曹子建让她名留千古，人们至今依然对她念念不忘。娘娘外禀天人之姿，内怀旷世之才，若是也能以辞赋传世，千百年后，声名又岂会弱于洛神呢？"

古往今来，不管帝王将相还是英雄美人，都怕一样东西。这样东西名叫"时间"。

时间像一条河流，不管你生前如何煊赫，终要被这条河流淹没，一切如同流水，不会留下一丝痕迹。但有些东西却能超越时间，比如那些传世的名画、名诗、名赋。

武惠妃捏着稿纸的手微微颤抖，声音也有一丝不易人人察觉的发紧："我听说过一句话，'千金纵买汉相如，不如陈二笔中赋'，说的就是你陈二公子的文赋千金难求，今日一见，果然名不虚传。"

陈玄景恭谦道："娘娘谬赞。司马相如的文赋千金可求，是因为司马相如需要千金。人传学生的文赋千金难求，只不过学生不需要千金，所以全凭兴致罢了。"

武惠妃含笑："那陈二公子可有兴致把这篇写完？"

陈玄景眼中带着三分笑意："这还要娘娘助学生一臂之力。"

武惠妃好奇："要我怎么助？"

陈玄景恭恭敬敬道："学生和同窗无意中听人说起，一名宫人只因眼神不好，摸黑走路，意外冲撞娘娘，便被关了起来。学生认为娘娘只是想教教这宫人规矩，学生这名同窗却说慎刑司来拿人，娘娘只怕是要这宫人的性命。学生笃定娘娘宽宏体下，因此同她打赌，两人各写文赋一篇，学生赞娘娘德才俱佳，她批评现今世道，女子唯貌失德。谁赌赢了，谁将文赋交于紫竹坊刊印，全城刊发。"

紫竹坊是长安城最大的书坊，影响力巨大。陈玄景一躬到地："谁知还没写完，娘娘便来了。学生斗胆恳求娘娘成全学生，毕竟输的人还要输对方一件自己珍爱的文房秘宝，学生可舍不得。"

武惠妃慢慢地靠在凤辇上，拈着稿纸看了半晌，眼皮一抬，视线落在梁灵瓒身上："你同窗便是这位了？"

陈玄景道："是。她的性子随了他祖父，最是较真，生死不惧，说是怕学生私下求娘娘通融，所以扮成仆役混了进来。"

"祖父？谁？"

"宋璟宋大人。"

武惠妃吃了一惊，重重瞪了身边慎刑司的心腹一眼。

宋璟以忠义耿直闻直朝堂，历仕五朝。今上自把他召回，便倚作肱股，十分器重。那心腹一脸苦相，谁能想得到，一个不起眼的仆役会是国子监生徒，又有谁能想得到，这生徒还是宋大人的孙子？

梁灵瓒也被新身份吓了一跳，还好鼻青脸肿，骇异的神色不明显，陈玄景暗中扯了扯她的衣袖，梁灵瓒硬起头皮，行礼道："博、博士教导我们眼见为实，我想，既然要评点女德，不如从世上最尊贵的女人看起，上行下效，惠妃娘娘如何行事，别的女人自然也差不了多少。"

"最尊贵的女人"五个字显然取悦到了武惠妃。一番沉吟后，她叹道："你们这些孩子也太不让人省心了。我原本只是罚那小内侍打扫几天屋子，是听说有人帮着他把慎刑司的人都打了，这才特意赶来看看是谁这么大胆，这是不想坏了宫中规矩的意思。没想到却是

第九章·金吾卫

你们两个，现在可怎么办？本宫是后妃，管管宫务还行，手若伸到你们国子监去，不说别人，宋大人只怕第一个人站出来呢。"

陈玄景立刻道："是学生们无知莽撞，让娘娘受累了。"

梁灵瓒也跟着道："娘娘受累了。"

"罢了罢了，你们不是那等死读书的，将来必定能造福百姓，本宫也替陛下欣慰。"武惠妃轻轻递了个眼色给慎刑司的心腹，那人替小潘子松了绑，小潘子战战兢兢跪下："奴才谢惠妃娘娘！惠妃娘娘宽厚仁德，奴才感恩戴德！"

陈玄景笑道："宋兄，这回可是我赢了。"

"是是是，在下佩服。"梁灵瓒心甘情愿。

武惠妃把稿纸还给陈玄景，含笑道："写成刊印的那天，可别忘了给本宫一份。"

陈玄景恭恭敬敬接过："定当遵命。"

眼看事情就要了结，武惠妃的仪仗队尾一阵波动，有人急急奔过来，在武惠妃耳边一阵低语。紧跟着女官耳边低语一阵，女官点点头，近身向武惠妃回禀，武惠妃听了，微微抬了抬眉毛。就在这时，几个内侍急步奔来，当前一个内侍穿管事服色，高声宣道："陛下口谕，禁卫大将军陈玄理速速往凤仪殿见驾！"

陈玄理接旨，那管事内侍还要往宫外宣旨，急急道："这事儿可了不得了，瞿县悉达大人府邸在何处，陈大人你快给奴才派个懂事的带路吧！"

陈玄理派了几名金吾卫陪同管事内侍出宫，便要应旨前去凤仪殿。武惠妃道："且慢，本宫与你同行。"说着，回头向陈玄景和梁灵瓒招招手："但凡用得着瞿县悉达的地方，必然也用得着你们。你们也一起来吧。"

梁灵瓒悄声问道："凤仪殿是什么地方？"

"是皇后的中宫。"

"为什么要带上我们？"

"战士上战场，自然要带上兵器。"陈玄景冷冷瞧着她，"尤其是刚好捡来的趁手兵器。"

原来从武惠妃手里讨人情这么难啊，她还以为这事已经完了呢。

不过，陈玄景的眼神又冷漠又嫌弃，让她长长地松了一口气。呼，这才是她熟悉的眼神，这才是正常的陈玄景啊！

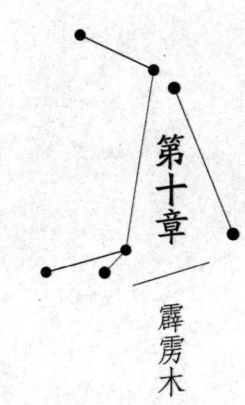

第十章　霹雳木

一

刚进皇城的时候,梁灵瓒偶尔也想过一个问题,那就是:"什么时候会见到皇帝呢?"

倒不是她有多期待,而只是觉得都在一座皇城里,也许哪天就会碰上也说不定。但绝对没有想过会是在这种情形下。

凤仪殿很大,此时却显得拥挤。金吾卫、内官、宫人、妃嫔……一直从殿外排到了殿外。临入殿时陈玄理看了陈玄景一眼,陈玄景便站住脚,带着梁灵瓒站在了殿外。

梁灵瓒原想伸长脖子去看看皇帝长什么样,脑袋才探了一半,脑门上先被陈玄景弹了一指头,疼得龇牙咧嘴,只好乖乖站着了。

就方才一眼,只看到正殿主位上坐着一名男子,年纪和师父差不多大,长得挺英俊,只是皱着眉头一脸怒气。

殿上跪着一名华服丽人,哭道:"我错了……陛下我错了……我一时听信了小人的谗言,以为这个东西能助我诞下皇儿……我是受人陷害,那人是受人指使!"

只听武惠妃的声音道:"皇后娘娘,人是你请的,东西是你自己佩的,是你在祭祀斗星时被宫人发现,现在才推说是别人陷害,晚了吧?再说皇后娘娘聪明绝顶,谁又能陷害得了你?"

皇后娘娘？这个跪在地上、哭得头发都散了的女人是皇后娘娘？梁灵瓒的三观受到剧烈冲击。在戏文里，皇后娘娘不是和皇帝陛下一起高坐宝座接受百官朝拜的吗？

皇后娘娘叫道："是你！一定是你！除了你不会有别人！那术士一定是你的人！"

"冤枉，我谨守女德，在后宫之中只知道陪伴陛下，照料孩儿。光是那几个孩子就够我头疼的了，哪像皇后娘娘这般清闲，有空和朝臣往来，关心国家大事。"武惠妃说着，顿了顿，然后不知拿起了什么东西，轻声诵读："佩此有子，日后当如则天皇后。"

她的年纪已经不轻，声音却依然如少女般娇柔。只是这娇柔的声音仿佛是催命的符咒。"则天皇后"四个字入耳，皇帝重重一拍案："王菱！你当真要步武氏后尘吗！"

"陛下！"王皇后哭道，"妾身一时不察中了小人奸计，还请陛下看在你我结发多年、患难与共的分上，饶过妾身这一次吧！"

那位传旨的内官此时回来了，领着匆匆而来的瞿昙悉达。梁灵瓒生怕被他看见，飞快朝陈玄景背后一闪。这么近，才发现陈玄景比她高出不少，肩背挺直宽阔，她躲在他的身后，安全至极。

瞿昙悉达一脸肃容，目不斜视，就算不藏，估计也发现不了她。

瞿昙悉达先见过皇帝，然后请旨去了殿后，片时回来，回禀道："庭中祭台对应北斗星位，此物乃霹雳木，厌胜之行属实。"

梁灵瓒踮起脚尖，凑到陈玄景耳边，低声问道："什么是霹雳木？"

温热气息拂在陈玄景耳坠上，陈玄景的半边身子莫名一阵酥麻，知道这人好奇心重，不给看个明白不能善了，便让出一点儿位置，将梁灵瓒往前推了一点儿，耳语道："不许出声，不许动。"话才说完，忽见梁灵瓒的耳朵尖上一片晕红，像是被胭脂染了色一般。

梁灵瓒捂住自己的耳朵。不单是耳朵，她的脸也是发烫的。她不知道这是怎么了，先瞪了陈玄景一眼。她瞪完就伸长脖子去看那霹雳木，浑不知陈玄景对着她的后脑勺全然地顿住。

在这一个瞬间，陈玄景觉得自己好像被谁施了定身法，一个手指头也动弹不得，一颗心却活泼得过分，"怦怦"乱跳。

这一捂脸、一回头、一瞪眼……不知道为什么，他竟觉得有种说不出的……娇羞……

若说陈二公子最熟悉的女孩子的表情是什么，一定是娇羞。根据源重叶的理论，这种神情是女子最好的美容品，胜过任何一种脂粉，能让最平凡的女孩也变得动人。

动人者，心动也。陈玄景从来没有在任何一个女孩子身上领略到这种动人，万万没想到，居然是在此时此刻、一个鼻青脸肿蓬头乱发的猴子身上！

他狠狠地在自己脑门上弹了一记。

梁灵瓒正巧在此时回头，一愣："你干什么？"

"没什么。"陈玄景面无表情，"天太热，夜太深，脑子有点儿糊涂。"

梁灵瓒也没去追究夜深为什么还会天热，她看清了霹雳木的模样，它大概有三寸长短，黑不溜秋，似枯非枯，似焦非焦，从当中一劈为二，能合二为一，两边各刻有符文。

"我见过这个！"梁灵瓒压低声音，却压不住声音里的惊异，"就在南宫祭酒的书案上！"

陈玄景一惊："就是这块？"

"呃……当时我就在盒子里瞄了一眼，不知道有没有符文，反正就长这样……"

陈玄景有揍她一顿的冲动："你知不知道，就凭你这随随便便一句话，南宫祭酒可能会掉脑袋？霹雳木是雷劈后犹然存活的树木，经受了上天的考验，据说颇有灵异之能，除了术士喜欢用它占卜作法外，不少人也用它做算筹，集贤院里一抓一大把，南宫祭酒有也很正常。给我小心你这张嘴！"

梁灵瓒乖乖地点点头："哦。"

陈玄景瞧她这眼睛圆圆乖乖巧巧的模样，心里不知怎的又是一软，只想揉揉那乱七八糟的短发，手伸出去才猛然惊觉，半途改道重重弹了梁灵瓒一脑门。

梁灵瓒捂着脑门，并不知道自己挨罚是另有原因，只想着南宫祭酒受人敬重，要真给南宫祭酒惹来祸事，她自己也不会原谅自己。

王皇后被金吾卫拖了出来，一面挣扎，一面叫道："陛下，陛下，你忘了当年你被贬时，我爹爹脱下紫衣换面食为你过生辰？陛下，夫妻一场，妾身就算有千般不是，在你最困苦之时也曾陪伴左右，不离不弃！你既然如此讨厌阿武，为什么又让这姓武的留在你的后宫！真正想做武则天第二的，只怕不是我，而是她！"

声音凄厉至极，人被带了下去，声音犹在大殿上回荡。

殿中忽然传来哗啦啦一片脆响，不知是什么东西被扫落，梁灵瓒正想看个明白，前面的人忽然跪下，骤然清晰的视野里，皇帝满面怒容，杯盏在地上粉成一片，殿内殿外皆跪了一大片，全都俯低垂首屏息以待。

方才还在金吾卫官署威风八面的武惠妃这会儿也跪在地上，望着皇帝，泪珠儿滚滚而出，却不敢出一声。

一时间，整个大殿静到极点。

这是梁灵瓒第一次见识到什么叫天子之怒，跟着肩上一沉，被陈玄景按得跪了下去，她可怜的膝盖在金吾卫官署遭逢大难，这会儿往地面一跪，差点儿没疼晕过去。

陈玄景却已排众而出，朗声道："当年袁天罡大人夜观星象，发现月孛星逆罗睺、犯计都，入紫微，是以推断唐三代后有女代唐主天下，侵伐李唐王孙。但紫微星垣中星不灭，陛下英明神武，终将李唐光复。学生夙夜观星，但见紫微王气正和，我皇功勋昭昭，德配天地，月孛淡弱，再无女主侵世之兆。武惠妃为我皇开枝散叶，有生育之功，是女德之典范，望陛下明鉴。"

梁灵瓒对这番长篇大论半懂不懂，皇帝却是龙颜大悦，亲手扶起武惠妃："爱妃受惊了。"

武惠妃泪眼盈盈，向陈玄景投来赞许的一瞥。

陈玄景终于还完了这个人情。

人们纷纷起身，或颂扬皇帝，或恭维武惠妃，或谴责王皇后，众人的声音嗡嗡响，梁灵瓒一个字也没听进去，只看着陈玄景的背影。他永远站得那么直，像松生石上，一任风雨。

梁灵瓒的心跳得有点快，脸上有点发烫。真的是天太热了，夜也太深了……她这样想。

瞿坛悉达进谏，说宜在庭中为大唐福祉禳星，以驱散王皇后厌胜之术留下的残障，皇帝准奏。瞿坛悉达笑眯眯地跟陈玄景说了句什么，梁灵瓒还想听清楚些，忽地，边上一左一右两名内侍架住她的胳膊，捂住她的嘴，跟着头上罩上一只麻袋，她还来不及反应，就被拖了出去。

二

梁灵瓒做出一个决定——以后一定要去练些拳脚功夫，再让人这样拖来拖去她还要不要面子！

黑暗中不知拐了几道弯，她最后被放了下来，麻袋除去，明亮灯火刺进视野，墙角各放着一架七宝树灯，将华丽宫室照得耀如白昼。

内侍躬身照屏风内回禀："公主，人已请来了。"

"好，有朋友在这里，玄景哥哥一定会来的！"屏风内传出清脆的声音，跟着道："大师请见谅，咸宜告退片刻，一会儿便回来。"

屏风后转出一名俏丽的女孩子，身穿浅紫襦裙，遍地金绣，越发显得肌肤雪白，眸子漆黑，颊边还带着一粒酒窝，笑得甜极了。

她在宫人的簇拥下走向梁灵瓒，待看清了梁灵瓒身上的仆役服色，蓦地就变了脸色，扬手给了内侍一记耳光："废物！叫你请宋公子，你弄了个什么东西来？"

"奴才们打听得清清楚楚，他确确实实是同陈二公子一道的……"内侍话还没说完，咸宜公主反手又是一记耳光："胡说八道什么！景哥哥怎么会和这种人在一起？"

梁灵瓒清了清嗓子，正要打起精神，表示公主英明，自己和陈玄景确实没有半点儿关系，就算把她关上一百年，也基本等于拿臭豆腐去逗大狼狗，人家理都不会理一下。可就在她要开口的时候，有声音从屏风内传出："阿弥陀佛，云何为嗔？谓于有情乐作损害为性。请公主戒怒戒嗔。"

梁灵瓒的耳朵完完整整地接收到这声音，一丝细节都没有遗漏。它温和舒缓，像一只温柔的大手，能抚慰人的神魂。

全身的血液有了自己的主张，轰然冲向大脑，满肚子草稿化作了云烟，半个字也不剩了。

"师父……"梁灵瓒喃喃，声音嘶哑得近乎无声。眼眶一热，泪水不问情地冲了出来。

"又来了，又来了，真是烦死了！"咸宜低低抱怨，忽见这一头乱发、鼻青脸肿的"宋公子"好端端泪流满面，吓了一跳，"喂，不是个傻子吧？算了算了，你们这些没用的东西，先带他下去，看好了，等玄景哥哥来找我再说，要是玄景哥哥不来，哼！"

她这一声"哼"叫内侍哆嗦了半天，才架起梁灵瓒离开。

梁灵瓒扭着头，死死盯着屏风的一角，在那儿，隐隐露出一片雪白僧衣，在融融树灯下微微发着光。玄都观，山风中，星光下，这片僧衣曾陪着她度过无数个日夜，可现在，她用尽了所有力气，想再看一眼也不能了。

内侍把她扔进了一间偏殿，关上房门。梁灵瓒扑到门上，声音冲到喉咙口，硬生生忍住。不能，不能让师父听到她的声音，不能让师父知道她在这儿。师父不会想看到她在这里。

她把耳朵贴在门上，太远了，隔得太远了……从前时时响在耳畔的声音再也听不到了。

已经过去这样久了，她长大了，她以为那些痛苦已经平复，已经被她遗忘。可是没有，不管时间过去多久，她依然是那个被师父抛下的小女孩。只是，她再也不能像小时候那样放声痛哭了。她沿着墙坐下，双手抱住自己的膝盖，头埋在双膝间。

不知过了多久，门"吱呀"一声被打开，一团昏黄光芒涌进来，梁灵瓒茫然地抬起头，眼睛一时适应不了这样的黑暗，无神地看着门口那道修长人影。

门口的人静了静，向身边的人道："公主殿下便是这样照顾在下的朋友的？"

"我……我也不知道他们竟这样不懂事……"公主说着，骂道，"哪个废物当得差？谁让你们这么怠慢宋公子的？给我自己掌嘴！我不喊停，你们就不许停！"

两个苦命的内侍跪下，一五一十地互相掌起嘴来。

在"啪啪啪"的耳光声里，梁灵瓒有点儿茫然地想，哦，是陈玄景，陈玄景来了。她扶着墙壁，想站起来，膝盖却一阵刺痛，身子一晃又坐了回去。

陈玄景快步走近，一把撸起她一条裤管，膝盖露出来，上面青紫一片，在灯笼昏火芒下有点儿吓人，陈玄景眼神冷下来："谁动的手？叫什么？长什么样？"

这眼神让梁灵瓒激灵了一下，猛然回过神："是你老哥手下给我一脚，我扑通一跪，就这样了。"隔着薄薄一层布料，肌肤好像感觉得到他指尖的温度，梁灵瓒试图把腿抢回来，"你、你能不能松手？"

陈玄景却没松手："药拿来。"

"什么药？"

"你不是随身带着玉魄膏？"

"最后一瓶给你了啊。"

陈玄景瞪她。梁灵瓒心想：孝敬你老人家也有错？

陈玄景把她扶了出来。那两名内侍还在扇耳光，"啪，啪，啪……"清脆无比，忽然殿内一声叹息："公主殿下，嗔乃三毒之一，如烛火毒龙，既伤他人，复噬己身，请节制。"

陈玄景臂上一疼，是梁灵瓒搭在他臂的手指骤然收紧，他低头向梁灵瓒望去，只见梁灵瓒脸上一片雪白。

"放过他人，即是放过自己。阿弥陀佛。"声音更清晰了，该是走出了正殿。

梁灵瓒强忍着回头的冲动，声音低哑："我们走。"

一走了之这种无礼之事，换在平时陈玄景绝不会做。但此时此刻，他清晰地感觉到梁灵瓒的身体在颤抖。像一只受惊的幼兽缩在他身边瑟瑟发抖，像是要把自己缩至无限小，这样便不会被人看见。陈玄景心中有种说不出来的情绪。雨天看到淋湿的猫，雪中看到艰行的鸟，便会隐隐生出这种情绪，只是远不如此时来得强烈又突然。

他深深吸了一口气，扶着她，沿着屋檐的阴影暗处往外走。

"玄景哥哥！"

这一声把所有的视线都吸引了过来，梁灵瓒就要落荒而逃，可惜腿脚不给力，膝盖偏偏在这个时候一阵抽痛，身形一歪，眼看就要往地上栽，被陈玄景一把拉回来，靠在怀中。

她这一晚上过得惊险刺激，一身破衣烂衫，往街角一蹲自动就有善心人士来施舍，真要把陈玄景衣裳蹭脏了，陈玄景只怕要发大火。她僵硬着身子起开，陈玄景的手却扣在她的肩上，一动也不让她动。

挡住了来自身后的视线，陈玄景淡淡道："公主，大师，玄景的友人身有小恙，玄景告辞。"

"玄景哥哥，"咸宜公主追上来，泪眼汪汪，"玄景哥哥你生气了吗？可都是这些下人犯下的过错，我已经打骂过他们了，不，我这就把他们罚去慎行司……"

梁灵瓒一听到慎行司就头疼，陈玄景平静地问咸宜公主："难道是这些下人自作主张

第十章 · 霹雳木

把人请来的?"

"我……"咸宜公主低下头去,"我……我还不是为见你一面……我听说你受伤了,在家养了一个月的病,我早就想去看你了。可父皇非要让我听什么佛法,把我拘在宫里不让我出去。今天听说你入了宫,我……我无论如何都想见你一面……"

"公主盛情,玄景铭感五内,只是消受不起。"他说着便走,只是要这样推着梁灵瓒出去,姿势相当怪异,干脆将梁灵瓒打横抱起,"告辞。"

梁灵瓒不提防这一下,赶紧揽住他的脖子,把脑袋缩在他胸前,但就低头的一瞬,她看到了师父。师父站在正殿前,背后是灼灼的灯光,他逆光而立,白衣仿若透明。

大相和元太侍立在他身后,两人已经有师父高了。

泪水一下子冲上她的眼眶,滚落下来,渗进陈玄景的衣裳里,陈玄景只觉得胸口那点位置一片湿热,仿佛有什么东西从肌肤直接透进心口,心口又热又烫,快要炸开来。

"玄景哥哥,玄景哥哥——"

他大踏步离开咸宜的宫殿,步子迈得又急又大,将身后咸宜公主的呼声置之不理。这辈子都没有这样无礼过,尤其对方还是一位金枝玉叶。但他隐隐知道,再留下去,他很可能会揍人。早在他推开偏殿大门看到梁灵瓒抱膝坐地的那一刻,他就想揍人了。那双永远晶光闪闪的眼睛一片茫然,脸上全是泪痕。只要想到这一幕,他的胸口就像被梗着了一样呼吸困难,然而这一幕却是被刻在了脑海里,想忘也忘不掉。

他一路大步走,突然发现一件很重要的事。梁灵瓒也发现了——他们走进了一片黑暗里。皇宫原本就大得像迷宫,再陷入黑暗,他们寸步难行。

"陈二公子,梁公子。"小潘子从一道角门后转了出来,手里提着一盏宫灯,恭恭敬敬地跪下磕头:"奴才将今天晚上的事情回禀给主子,主子说救命之恩定当报答,命我送二位出宫。"

梁灵瓒正想说"你来得正好",忽然身子一沉,"啪"的摔在地上。

宫城的甬道铺着坚硬的青砖,梁灵瓒的屁股大概变成了八瓣。她皱着脸诧异地看向陈玄景。陈玄景一脸淡然,还训她:"好好走路,不要往人身上赖。"

三

小潘子一面给两人引路,一面向梁灵瓒道:"看来昨晚的事情应在今天,那霹雳木同武惠妃绝对脱不了干系。唉,虽然不是对付太子,但后宫只剩武惠妃独大,太子的日子只怕更难熬了。"

梁灵瓒一瘸一拐的，同小潘子有商有量："那怎么办？要不让你家主子跟他爹说说这事？"

小潘子消化了一下才明白主子他爹是谁，稍微噎了一下，道："唉，若是主子在陛下面前有说话的分儿，也不至于到眼下这个地步了……"

"潘公公，做奴才的妄议上情，是哪个宫里的规矩？"走在前面的陈玄景忽然开口，"既然担心你家主子，言行更该谨慎些才是。"

小潘子一凛，垂首道："是。"默默地只引路，不再开口了。

梁灵瓒不知道陈玄景为什么好端端又训人，拍拍小潘子的肩膀安慰道："以后有什么事，你往国子监送个信，我能帮忙的一定……"

她的话还没说完，陈玄景又开口道："潘公公，不劳你送你，将灯给我，你退下吧。"

小潘子真心实意地向梁灵瓒道："梁公子，你在国子监也要多加小心，那个让你来找浑羊殁忽的人就是你得罪过的人，以后可要尽量离那人远些。"说完，才告辞而去。

梁灵瓒默默地想那个人就站在你面前你知道吗？她悄悄转过一点儿脑袋去打量陈玄景，陈玄景眉眼纹丝不动，瞧不出喜怒。

但待小潘子走得没影了，他忽然抬手就朝她脑门上弹了一记："了不起啊梁灵瓒，东宫的事你也敢往自己身上揽了，活腻了吗？"

梁灵瓒"嗷"一声捂着脑门，要不是看在他专门进宫捞她的分上，她一定得弹回去！弹十下！

陈玄景还不解气，脾气全上来了，训道："明眼人都看得出来，太子的位置随时都有可能不保，谁往太子身边走，那就是自找死路。你就算要在宫里寻靠山，麻烦把眼睛擦亮些，找谁不好偏找他！"

这人跟谁都客客气气的，就只有对她，永远这么凶！她也是个有脾气的，加之心情本就糟糕，怒道："陈玄景，是不是我干什么都不对，干什么都招你讨厌？"

陈玄景愣了一下，讨厌吗？应该是讨厌吧？他自小懂得隐忍情绪，内心仿佛一口枯井，再大的风刮过，传到地底也只能起一点儿微澜。只有这只猴子是他从前世界里从未接触过的物种，稀奇古怪、乱七八糟、毫无章法、完全不可理喻，一遇上这人，心中那口井就狂澜四起、波浪滔天，自己都无法控制。他不喜欢这种感觉，不喜欢让他有这种感觉的人。

"对，讨厌，就是讨厌。"

梁灵瓒的脸色很难看："既然这么讨厌，为什么还要来救我？"

"自然是可怜你。"陈玄景冷冷道，"难道还喜欢你不成？莫非你以为自己很讨人喜欢？"

梁灵瓒握紧拳头，很想大声反驳回去，但一想以前的崔子皓，现在的周司丞，还有让她摸不明白的南宫季友，尤其还有……师父……

她确实不讨人喜欢，连师父都讨厌她。她的脑袋慢慢低了下去。

陈玄景只见她眼睫半垂，整个人静得好像要化在空气里似的，心头无由地一抽，开始感到后悔。即便真讨厌一个人，也没必要当着人家的面说出来。他为什么会做出如此失礼、粗鲁而幼稚的事？

一时间两个人都静下来，只默默地往前走。偶尔有巡逻的金吾卫经过，步声橐橐，越发显得宫城寂寂，只是这整齐的步伐也显出强烈的对比——两人走得太慢了，梁灵瓒膝盖一用力就疼，只得一步一拖。

陈玄景站住脚，皱着眉毛等梁灵瓒走近，把灯笼递到她手里："拿着。"

得，尊贵的陈二公子给她提了一路的灯笼，她居然没有主动接过来，还要陈二公子递过来，是何其的不懂事。

她接过灯笼打算继续挪，陈玄景忽然背过身子，手撑着膝盖，在她面前矮下身："上来。"

梁灵瓒拎着灯笼，呆呆地看着他，左看右看，这姿势除了背人以外，好像并没有别的用途。

"愣着干什么？上来。"

"你这是……要背我？"

"废话。"

梁灵瓒还是犹豫："真背啊？"

陈玄景的声音开始有些不耐烦了："你打算走到天亮吗？"

梁灵瓒想想也是。上回只晚了一点点，周司丞就给她的惩罚翻了倍，真走到天亮，她估计可以在静室里住到颐养天年了。她深吸一口气，怀着冒险精神上了陈玄景的背。

陈玄景看着并不魁梧，一趴上，她才觉出他的肩背很是宽阔沉稳，硬中带软，触感好到简直让人忍不住趴上去睡一觉。但她得忍住，一只手提着灯，一只手牢牢揽着他的脖颈。

"你想勒死我？"陈玄景没好气地说。

"呃，对不住。"梁灵瓒稍稍松开一些，但也不敢松太多，因为满心都在提防他突然把她甩地上，八瓣屁股跌成十六瓣。陈玄景背她，怎么看怎么像阴谋。

陈玄景站起来，只觉得身上轻飘飘的，忍不住道："梁灵瓒，你吃得也不少，怎么身体就是不见长？"

一语戳到梁灵瓒的痛处，以前还不明显，现在周围的男孩子全都齐刷刷地往上蹿个儿，对比之下她就越来越小，越来越矮，想想就要吐出一口老血，一句"我长脑子"已经到了喉咙头，但不知怎的就是说不出来。

有什么东西从心里蒸腾出来，像云朵一样浮在喉咙口，浮在脑海里，奇怪地晕晕荡荡。

可能是太舒服了吧……她真想把脑袋搁在他的肩膀上……不行！梁灵瓒你要忍住！

身后没有声音，陈玄景还真有点儿不习惯，声音不由低了一点儿："膝盖是不是很疼？"

"不……不算。"

"哪个金吾卫吾踹的？"

"记……记不得了。"

"梁灵瓒，你为什么结巴？"

"我……我没有！"梁灵瓒惊恐，简直炸出一身汗。

陈玄景笑了一下，梁灵瓒虽然没办法看到他的脸，但他下颌的线条完全敛开来，这一笑好像甚是开心。真是……喜怒无常。

灯笼的光映着他挺直的鼻梁，一字巾挡住了他的额角，梁灵瓒抬起一只手，刚要碰到一字巾，陈玄景别开脸："再动，小心我把你扔地上。"

"我就想看看……留疤了吗？"

"哼，留又如何？不留又如何？"

"要是将来你喜欢的姑娘为这个嫌弃你，我就给她当牛做马，哄她开心。"

他的语气很不善："我喜欢的姑娘却要你来哄开心？你几个意思？"

哄她开心了好嫁给你啊。不过，被陈玄景喜欢上的姑娘怎么会不开心呢？又是什么样的姑娘能让陈玄景喜欢上呢？她一定有着宋其柔那样的温柔、南宫幸珠那样的贤惠与才华横溢，还要有咸宜公主那样高贵的出身……

梁灵瓒伏在陈玄景的背上，脸已经不知不觉搁在了他的肩头，他一步一步走，她的脑袋便一伏一动，她觉得自己像是乘了一艘漂在汪洋中的小船，风平浪静，心里也渐渐静下来。宫灯发出一团温柔昏黄的光，像一只巨大的萤火虫。他们便像是裹在萤火虫的肚子里，在这广袤无垠的宫城里缓缓前行。

晚风柔和极了。陈玄景恍惚想起，他的生命中好像也有过这样一个夏夜，风露洗去了暑热，星辰透着清凉，父亲和母亲牵着他的手，他还很小很小，小到视野只够得到父母的衣袖，以及一大片璀璨般的星空。

父母亲先后离世时，他还不到三岁，他也不知道这是真实的记忆，还是仅仅是一场梦。父母已经永远地离开了这个尘世，只有夏夜的风和清凉的星子，以及这温柔的梦境带给他有关父母的最后一丝怀念。每每思及，心中温柔，难以言喻。

此时此刻，背上的人如此轻盈，好像他背负的不是一个人，而是一个梦。他忽然有种希望，希望这条路永远没有尽头，希望这个夜晚永远不要结束。然而就在这个时候，梁灵瓒开口打破了这无边的温柔静谧，她道："陈玄景，我知道你为什么这么讨厌我了。"

"不，不讨厌。"至少在这一刻，他一点儿也不讨厌。陈玄景清晰地听到自己的心在回答。

但嘴上依然习惯性地嘲讽："难得你有自知之明，为何？"

"因为你嫉妒我。"

陈玄景停下脚步，觉得自己可能出现了幻听："你再说一遍。"

梁灵瓒感觉到他的背脊绷紧，这才明白自己不小心撸到了虎须，连忙抱牢他："别……别……别急！师父说过嫉妒心为人常有之心，这很正常！世上都会嫉妒，有深有浅罢了……"

"我，陈玄景，嫉妒你梁灵瓒？"陈玄景仰天大笑三声，眉眼全是冷意，"你倒是说说，我嫉妒你什么？"

"因为你想拜师，没拜成，师父却收了我。我们想要的东西怎么样也要不到，别人却轻易就要到手了，要不生嫉妒很难吧？"梁灵瓒轻轻叹了口气，"我原本也不知道，我以前从来没有嫉妒过别人，直到今天看到咸宜公主……"

梁灵瓒大概不知道，她那声叹息救了她，陈玄景原本已经打算把她扔地上了，听到了她叹息中的失落与忧伤，登时又想到了她那双茫然的眼睛和布满泪痕的脸，心便像被一只小手掐了一下一般，恼火像冰雪般消融下去："一行大师并没有收咸宜公主为徒，只因咸宜生性骄纵，被武惠妃宠得无法无天，陛下才请一行大师抽时间为公主讲经，收收公主的性子。除了经书，一行大师什么也没教她。"

他的声音很生硬，自己也觉得有些别扭。这货要难受就让他难受去，关他什么事？他陈玄景会嫉妒这浑身上下没二两肉更没半两脑子的猴子？开什么玩笑！

其实陈玄景错了，梁灵瓒嫉妒咸宜公主并不是误以为师父收了公主为徒，而是因为，她连看一眼都成奢望的人，咸宜公主却能每天看见，还能听到他的声音。

她真的嫉妒，非常，非常嫉妒。

四

国子监里依然火光闪动，梁灵瓒爬上墙头，看着卫军们在到处搜人，眉毛都皱了起来。

用膝盖想也知道，她这会儿进去会死得多难看。

陈玄景双手抱臂，问："你会不会学乌鸦叫？"

梁灵瓒正满脑子思考脱身之策，闻言一怔。

片刻后，梁灵瓒缩在太学号舍外的围墙根下，扯着嗓子："呱，呱，呱……"

"啊！"

鸟叫声未落，号舍里便响起一声惨叫："快来人啊！快来人啊！抓贼啊！"

是源重叶。

"有贼啊！来人啊！"另一个声音也响起来，是宋其明。

无头苍蝇般搜了半晚的卫军们终于有了奔头，一窝蜂朝太学号舍奔去，陈玄景和梁灵瓒翻墙而入，直奔静室，梁灵瓒把自己关在里面。

陈玄景道："接下来该怎么说，不用我教你吧？"

梁灵瓒用力点头："我一直待在这里。不小心打个盹儿，可能是石桌挡住了，守卫没看到人，以为我没来。"

陈玄景点点头，便要关门。

"那个，陈兄！"梁灵瓒挡住门，歪着头问他，"你会不会学乌鸦叫？"

这种默契一看就不是头一回，陈玄景和源重叶小时候只怕常玩吧？陈二公子学乌鸦叫，她真的很想听听啊。这种问题当然不会得到回答，陈玄景冷冷地在外面把门带上，梁灵瓒扑到门边，叫道："陈兄！"

"你有完没完！"

"那个……"话到嘴边，那云腾腾雾蒙蒙的东西又从心里飘出来了，明明简单的话，经它阻拦就觉得有点儿艰难，就好像人在水中跋涉的脚步一般，变得沉重凝涩，她的头抵在门上，低声道，"……多谢你。"

三个字顺着夏夜清凉的空气透过门，落进陈玄景的耳朵。一门之隔，陈玄景脸上的不耐褪去，慢慢地，一丝笑意浮上来，先是嘴角，再是眼睛。他带着这样的笑意摇了摇头，对着门无声地说了两个字，转身离开。

——笨蛋。

五

卫军们忙碌了一夜，回来换岗时，才发现梁灵瓒居然就在静室里，都以为见了鬼。

梁灵瓒学着陈玄景淡淡定定的样子，表示"其实我一直都在，你们没看见是你们的事"。至于这一头的鼻青脸肿，那是自己做了个噩梦，不小心磕的。周司丞自然不信，气得吹胡子瞪眼，直道要把梁灵瓒赶出国子监。闵学录闻讯而来，咬定梁灵瓒确实没离开过，真离开了，满国子监都是卫军，梁灵瓒如何能神不知鬼不觉地回来？

两个人一直闹到南宫祭酒面前，南宫祭酒处事向来公道，无证据不判罚，梁灵瓒逃过这一劫，长出一口气。

静室门被打开，一名卫军进来，手里抱着一床被子。话说被子这种物什梁灵瓒已经很久没见到过了。自从知道这里的被子要五十两银子一晚后，穷人梁灵瓒就觉得盖在身上的不是被子，而是白花花的银子，相当有罪恶感，再不让宋其明花这个冤枉钱了。

她只道宋其明莫不是忘了她的交代，还是同情她这一晚上的奔波辛苦……结果卫军又递过来一只小瓷瓶。很眼熟，正是她送陈玄景的玉魄膏。

梁灵瓒握着小瓷瓶，一时间，心动得比脑子更快，那些晕晕腾腾的东西又要冒头，梁灵瓒用力把它按了下去。

药膏十分清凉，唤回理智。她仔仔细细回忆了今晚陈玄景的每一个举动，结合过往惯例，得出一个结论——每当她觉得"陈兄真的好好啊"的时候，下一刻，她就要倒霉了。

那么这次又是什么？还有什么她不知道的阴谋在等着她？

这么一想，被子立刻不敢睡了，翻过来覆过去检查里面是不是暗藏了针或者其他要命的东西。结果它柔柔软软，就是一床被子，丝毫没有半点儿不妥的地方。

不管了，他要对付她，法子多得是，她兵来将挡，实在挡不住，大不了给他出出气好了。反正那家伙对着她总是一肚子气……

她折腾了一晚上，抱着被子不知不觉进入了梦乡，在梦里，她回到了小时候，和大相、元太上山追兔子。她在梦里自由地奔跑，全身心都轻盈得要飞起来。师父就在不远处的蓝天下，含笑看着她。

这样的梦她有一段时间经常做，醒来之后，心中依然是那种轻盈得快要飞起来的感觉。

她靠着石壁，闭着眼睛，不愿睁开，想留在梦中。

她再一次做梦了。梦见的却不是师父，而是陈玄景。她追着要解开陈玄景的一字巾，却怎么也追不上，好容易追上了，正要解开，陈玄景忽然给了她一记弹指，弹得她脑门生疼，"啊"的一声惨叫。这一叫就叫醒了，然后发现，她的睡姿诡异，脑门刚刚磕在石桌上，鼓起好大一只包……果然话不能乱说，现世报来得快！

这一脸的青紫外加大包，自然逃不过闵学录的眼睛，闵学录瞪着眼睛道："你老老实实给我交代，昨晚到底干什么去了？"

梁灵瓒只好把昨晚的事一五一十地交代，从"闯宫禁被押在金吾卫羁押房"那一段时，闵学录的心脏就不好了，等到把"救内侍得罪武惠妃""游中宫王皇后厌胜被废"讲完，闵学录差点儿没晕过去，捂着胸口，只有出气的分儿："佛祖保佑，佛祖保佑，你竟然还能活着回来……唉哟我的娘，还好，还好用了宋其明的名字，人家有宰相爷爷罩着，金刚不坏！阿弥陀佛！"然后狠狠道，"你知不知道这是什么地方？别以为是洛阳！这地方多走一步路、多说一句话，都是个死！"

正巧，宋其明和源重叶趁早课前来找梁灵瓒打听昨日的始末，上楼来，先见过闵学录，闵学录和颜悦色，问宋其明用了早膳不曾，好一番寒暄才下楼去。

话说自从梁灵瓒在这里，宋其明和源重叶也成了藏书楼的常客，但二位基本属于学渣，拿本书只不过装装样子，向来为闵学录所不屑，对这两人闵学录不是视若无睹，就是翻一个大白眼——天底下最贵重最美好的东西就是书，来藏书楼却不看书，闵学录没把他们轰出去，已经算很给面子了。

这会儿宋其明不由受宠若惊，不知道自己何德何能竟能得闵学录青目，颇有几分沾沾自喜，然而等他明白为什么的时候，顿时脸都白了："要死了！这事要给爷爷知道，非打断我的腿不可！"

源重叶安慰道："后宫和前朝隔得远着呢，武惠妃生怕别人想起她是武氏之后，对前朝大臣向来敬而远之，不妨不妨。"

宋其明这才松了一口气，然后一撇嘴："长安样样都好，就是女孩子们的眼光太差，一个两个的怎么都喜欢姓陈的？"

源重叶哈哈笑："别人还罢了，这个咸宜公主是有缘故的。五年前上祀节，咸宜公主在曲江游船的时候失足落水，当时是我家陈二公子把她救了上来。这一救不打紧，咸宜醒过来就嚷着非他不嫁了。"

五年前……梁灵瓒默默地算了一下："咸宜公主那会儿还不到十岁吧？"

"哈哈，可不是！咱们陈二公子也才十四岁呢，哎哟，你是不知道，咱们陈二公子飞身一跃，不单是咸宜公主这小女娃一见倾心，曲江两岸不知道有多少游春仕女芳心暗许啊。长安第一公子的美名就是那一天传出来的——"

源重叶的声音到这里戛然而止，一吐舌头，掩住了话头。

因为楼梯上脚步声响，仆役们向陈二公子问安的声音已经传了上来。

俗话说物以稀为贵，多了就不稀奇了，不但不稀奇，还会嫌厌烦。这话说得便是陈玄景。女孩子们的仰慕是多么动人的东西，世上所有男人都求之不得，陈玄景偏偏避之不及。

梁灵瓒忽然就想起了宋其柔，那个温柔美丽的女孩子已经嫁到了长安，不知道在她的

第十章·霹雳木

心里是否还会记得那年上祀年对某个人的惊鸿一面。

春江水暖，杨柳初绿，风景如画，游人如织，有绝世之少年纵身一跃，跳入水中……梁灵瓒此时看着陈玄景缓步走来，衣带当风，翩然有神仙气，时光重叠，年少的陈玄景和长大的陈玄景并肩入画，只让人悠然神往，心旷神怡。

陈玄景显然没有想到这两个不爱看书的家伙居然也会来藏书楼，微微有些意外。

不过，他很快就知道这两人为什么会在了。

他们手头上拿的书还没翻到三页，就开始缠着梁灵瓒画画。

宋其明头一回离家这么久，甚是想念亲人，便磨着梁灵瓒画爹娘的画像，画完又画姐姐，捧着画像惆怅良久。源重叶则是专门要求画自己，迎风而立的自己，提笔书写的自己，开怀大笑的自己……姿势要求层出不穷，比如今天他要求来一个"低眉垂眼专心读书"的自己，梁灵瓒让他摆好姿势，他摆了片刻就放弃了，一指陈玄景："喏，就他那样的，照他的样子画，把脸换成我的就成。"

即使窗外的阳光亮到耀眼，藏书楼深处依然是一种阴静的幽暗，陈玄景坐在案前，坐得也比别人端正些，对身边的喧闹置若罔闻。阳光从窗外照进来，给他的侧颜镶了一道金边。从额头到下颌，是一道优美至极的曲线。

心随意转，意在笔先，狼毫吸饱了墨汁，运转如意。

源重叶一面替梁灵瓒打扇，一面欣赏着画上的"自己"，越看越不对："小瓒，让你照着他画，可没让你画他啊！"

可不是，纸上人面貌俊雅、身姿端凝，不是陈玄景是哪个？

梁灵瓒的脸腾地发烫，简直像做贼的被捉住了贼赃，连忙毁尸灭迹，把纸揉了，扔出窗外，正要重画一张，楼下仆役上来："梁公子，有位宫人在下面找你。"

是小潘子。小潘子拎着一只椿箱，脸上也带着伤，两个人一照面就像是照镜子，都忍不住笑了。梁灵瓒低头就掏出玉魄膏，要给小潘子上药，小潘子却递过来一只精致药盒。

两支药撞在一处，两人又笑了。梁灵瓒说："既然都有，就不必费事了，各人搽各人的就好。"

小潘子却坚持把手里的药递了过去："这是主子让我拿来的。主子身份特殊，不能大作赏赐，以免陷梁公子于麻烦中。一盒药想来是无妨的。"跟着又把手里的椿箱递过去，"这是浑羊殁忽，也是主子让御膳房做的。"

梁灵瓒谢过，接过了椿箱。她原以为名字里有个"羊"字，料想是盘羊肉，结果是盘鹅肉，片得极薄，一片片叠放在玉样的瓷盘里，呈美丽的胭脂色，像一朵盛开的花。

小潘子告诉她，这道菜是由西域传来的，先取嫩鹅一只洗净，掏出内脏，腹中塞糯米、肉糜和各种作料，以麻线缝好。然后再取一只小羊，照样洗净，掏出内脏，把缝好的鹅塞进羊肚子，依然是用麻线缝合。然后将小羊上火炙烤，火把羊肉的香气和鲜味全烤进鹅肉里，羊肉弃之不用，只取鹅肉。鹅肉吸取鲜味，又不经火炙，是以口感鲜嫩无比，美味十足。

小潘子辞别而去，梁灵瓒捧着鹅肉"蹬蹬蹬"上楼，献宝一般送到陈玄景面前："快看，这是什么？"

宋其明顿时嚷起来："喂喂喂这不是烧尾宴上的浑羊殁忽吗？小瓒你哪儿来的？"

陈玄景却是看也没看一眼："倒了。"

"倒了？"梁灵瓒呆掉，"这可是一只羊、一只鹅……加起来才得这么一点子肉……好贵的啊……"

"别理他。不吃就不吃，干吗倒了？"宋其明拈了一片肉就送嘴里，眉眼都舒展了，"唔唔唔唔……太好吃了吧！"

"真的？"梁灵瓒咽了口口水，也拈进一片放嘴里，只觉得还没尝出什么味儿，那肉就已经顺着舌头化了。

唔唔唔，好吃好吃！两个你一片，我一片，宋其明拈着最后一片，良心发现，送到源重叶面前，源重叶展开折扇掩住口："我不吃。"

"为什么？很好吃的！"梁灵瓒劝说。

源重叶半张脸都隐在扇子后面，只露出一双眼睛："我怕被人打死。"

梁灵瓒顺着他的视线望向陈玄景。陈玄景端端正正地坐着，眉毛都没有多抬一下，但不知怎的，梁灵瓒忽然发现，他的每一根头发丝好像都写着不高兴。

完了！一定是因为他们没有给陈玄景留！

现在把最后一片从宋其明手里抢过来孝敬给陈二公子，陈二公子肯收吗？

就在这时，仆役又来报，有人找梁灵瓒。

一定是小潘子去而复返！啊，是不是要让小潘子再弄一份来？会不会太麻烦呢？

下楼的时候梁灵瓒还这样想着，就看见一道温柔身影立在藏书楼外，微风轻轻拂动她的衣摆，却是南宫幸珠。她手里也提着一只椿箱，椿箱里也是一盘浑羊殁忽。

梁灵瓒忍不住看了看天，世间所有的事都瞒不过老天爷的眼睛，老天爷又给她送肉来了！

南宫幸珠轻声道："我试了又试，这次还算像样，所以就来献丑了。"

这道浑羊殁忽色泽胭红，薄如蝉翼，单从卖相看，比宫里那盘已经是有过之而无不及，且底座下搁着一只小小的炭炉，将肉保持在最可口的温度，可见幸珠花了多少心思。

无论是谁，看到有人肯花这么大工夫做这么复杂的菜式，一定都要感动坏了吧？而幸珠又是这样美丽，这样温柔。她不自觉地看着幸珠，久久地没有挪开目光。

幸珠脸上微微泛红，欠身告辞，梁灵瓒连忙拉住她："陈玄景就在上面，你送上去吧。"

幸珠脸更红了，微微挣了挣手。梁灵瓒这才发现自己抓着她的手，连忙松了。幸珠低声道："我是从梁公子这里听说的，自然是送给梁公子。这么去找陈二公子，就太冒昧了。自然是有劳梁公子去送比较好。幸珠告辞。"

她踏着夏日的阳光离去了，那阳光照在她身上，好像为她披上了一件明亮的霞衣。

这第二盘上来，梁灵瓒恭恭敬敬地放在陈玄景面前，宋其明还想再尝尝，被她一手拍开。

陈玄景还是道："倒了。"

梁灵瓒连忙道："这是南宫姑娘做的。"

"倒了。"陈玄景连声调都没有改一下。

"什么？"源重叶倒起身了，"南宫姑娘的手艺怎么能如此糟踏？来来来，大家快来尝尝，幸珠姑娘的厨艺可是和她的诗文齐名啊！"梁灵瓒心说这回你不怕被打死了吗？

结果那一盘被源重叶和宋其明分了个干净，宋其明还强塞了一块到她嘴里，她不吃，源重叶帮着按住她，告诉她"这可能是这辈子唯一一次尝到幸珠姑娘的手艺，好兄弟有福同享"，三个人闹成一团，梁灵瓒才咽下去那块肉，然后瞄了陈玄景一眼。

不看不要紧，一看吓一跳。陈玄景脸上是没有表情的，眉毛没皱，嘴角没抿，一如他在外人跟前那副永远风淡云清的模样。

换作以前，就算是敲破梁灵瓒的脑袋，梁灵瓒也不可能从陈玄景没有一丝表情的脸上看出什么来，可现在，她一眼望去，就发现在他平静的面孔下，怒气已如波涛般汹涌。

陈玄景真的生气了！很生气！仿佛那勃勃的怒气再也无法按捺般，陈玄景重重地放下了书。这回连宋其明和源重叶都静下来了。梁灵瓒更是大气也不敢出一声。

"太吵了。"陈玄景道。

"是是是，我们确实太吵了，安静些，都安静些。"梁灵瓒连忙道。

"我是说外面的知了太吵了。"陈玄景抬起眼睛，直直地盯着梁灵瓒，漆黑的眸子在外人眼里是一贯的清净无波，梁灵瓒却清清楚楚地看出来里面的怒意与杀气，只听陈玄景斯斯文文客客气气地问道，"梁兄不是很会爬树吗？可否劳烦梁兄替我把外面的知了捉了？"

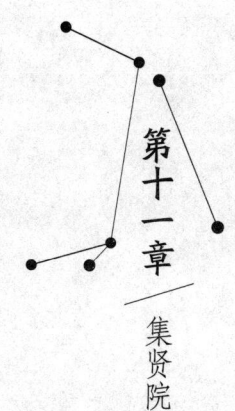

第十一章　集贤院

一

梁灵瓒很久没有爬树了，这一爬才知道，多年的功夫还没有搁下，依然身轻如燕，感觉十分良好。

"陈玄景说什么你就干什么，你让你吃屎你吃不吃呢？大热天捉什么知了，他就是要折腾你！"宋其明在树下骂她，骂完，蓦地叫道，"那边！那边还有一只！高一点再高一点，对了对了！耶耶！快有一袋子了吧？够了吧？"

梁灵瓒数了数："才五只，太少了。"

"去号舍！我屋子外头那棵树上就有，整天吵死人！"

梁灵瓒捏着网兜，看了看藏书楼，陈玄景这会儿正在气头上，去避一避也好。

号舍内外都捉了一圈，总共有十几只，梁灵瓒表示可以烤了。

号舍里是不准开火的，但都有一只小炭炉，冬日温茶，或是暖化凝滞的墨汁。梁灵瓒点好炭炉，将知了放进去。

宋其明对"烤知了"这种神物是只闻其名未见其形，这会儿急得捉耳挠腮，恨不能立刻吃上。好容易点好炭炉，知了一烤，发出一种特别的香气，周围的生徒们纷纷闻香而至。

宋其明眼疾手快把第一只抢到手，也不怕烫，一口咬下，哇，又香又脆又酥，美味！

生徒们有敢吃的，也有不敢吃的，大家等吃的等吃，看热闹的看热闹，把宋其明的号舍挤了个满满当当，人还是源源不断地围过来。

薛安路过，见此情形，想了想，返身离开。

源重叶趴在藏书楼二楼窗子上，百无聊赖，四下张望："捉个知了，捉哪儿去了？"忽见周司丞带着卫军远远地向号舍而去，前面有一人引路，似是正义堂那个薛安。源重叶直起身子，面色有几分凝重："糟，号舍里好像出事了……不会是小瓒和小明吧？玄景，我们——"

他一转身，才发现案边的位置空空荡荡，只有风翻过书页，方才还坐在这里看书的陈玄景已不见了人影。

二

号舍里，不知是谁一声惊呼："周司丞来了！"

众人顿时作鸟兽散，宋其明慌了："怎么办怎么办？"他手忙脚乱地关上房门，一回头，就见梁灵瓒脱下外衣，把知了连同小炭炉一起包了，爬上后窗，宋其明忙道，"不行！门口有卫军守着，你一出去就会被逮着！"

"谁说我要出去了？我自有去处。你赶快开门扇风，给屋子去去味。"梁灵瓒说着一眨眼已经翻身而下，猫着腰，沿着后墙根，一直数到甲字第七号房，轻轻推开窗子，翻身而入。

稳当！

屋子里静悄悄的，有股好闻的沉静的墨香，被褥书具摆放得整整齐齐，千星躺在书案上，错金花纹发着幽静的光，旁边是只小锦盒，锦盒里有一枚刻到一半的玉石印章，是几个曲里拐弯的篆字，梁灵瓒不认得。

"好千星，原来你还会刻章。"梁灵瓒对它是垂涎已久，拿起来爱不释手。一般刀身薄小的容易折断，刀身厚重的又很难做精细功夫，这千星也不知是什么材质，又小又薄居然还如此锋利牢靠，要是有了它，那些精致机械做起来岂不是事半功倍？

可惜啊可惜，今生跟它有缘无分了，陈玄景断断是不肯把这宝贝送人的。

就在此时，门忽然从外面打开，梁灵瓒吓了一跳，以陈玄景好好学生的声名，周司丞怎么会搜到这儿来？再定睛一看，并不是周司丞，而是陈玄景。

梁灵瓒赶紧把刀放回桌上："我就看看，就看看，不是偷。"

陈玄景关上房门，回身盯着她，眼睛里好像能有刀子射出来，梁灵瓒给这眼神瞪得心里发毛，干笑："陈……陈兄你不是在藏书楼吗？怎……怎么过来了？"

"是啊，我原该待在藏书楼，而你就可以打着捉知了的幌子和宋兄烤知了了，怎么不叫上源兄？你们不是好兄弟吗？"他冷冷地说着，一步步走近，他进一步，梁灵瓒就退一步，直到背脊抵住墙壁，退无可退，恨不能缩成一团。

陈玄景将她逼到墙角，伸出两根手指，捏住她的下巴，迫使她抬起头："看来梁兄当真是不怕罚，罚你做仆役你倒过得如鱼得水，让你捉个知了你还能跟宋兄一起烤起来，这些天想必都和源兄宋兄绘画唱和吧？这般受罚的日子可真是逍遥啊！"

呜，梁灵瓒心中哀号，周司丞你快点儿来把我抓走吧，这样阴阳怪气的陈玄景好可怕啊！

"也……也没有，大家都是朋友，画着玩儿的……"

"画着玩儿？"陈玄景咬牙，"那我的画像就画不得？扔着也是玩儿？"

"难道我们不是朋友？"这句话，陈二公子绝对、永远、打死也不会说出口。

"和他们可以称兄道弟，可以闹作一团，为什么和我不是？说话！你这猴子不是惯会油嘴滑舌哄人吗？解释！"陈玄景很想问，但也只是想想罢了。

可梁灵瓒偏偏没有说话，还低下了头去。

她自己也不知道自己是怎么了，当发现画的是陈玄景时，内心在那一刻的感觉竟然是害怕。就像做贼的被抓住了贼赃，就像犯案的被发现了罪证，一定要把那画像揉烂了撕碎了远远扔开才好受些，就可以当作从来没画过一般。

其实仔细想想，画了又怎么样呢？陈玄景虽然总看她不顺眼，但到底帮了她不少忙，她替他写真一幅充当谢礼，于情于理也说得过去。

可她的心不这么想，她的手也不这么想，一想到将陈玄景的眉眼描在纸上，她的心就毫无章法地乱跳，快要喘不过气来。

"我……我画得不好……那个，怕损了陈兄你的英姿……"

"借口！"陈玄景闭了闭眼睛，发现自己竟是又悲哀又愤怒。

"万一画得不入陈兄的眼，陈兄看了……岂不是要生气……"梁灵瓒期期艾艾，忽然一股怪味在两人之间蹿升起来，紧跟着梁灵瓒怀里一阵剧痛，她"啊"的一声惨叫，把怀里的东西扔了出去。

小炭炉还没灭，烧红的炭块终于烧透了那层外衣，直接把梁灵瓒的里衣烫了个窟窿。梁灵瓒被烫得原地跳脚，小炭炉在纤尘不染的地面上四分五裂，炭火更是碎了一地，知了已经在炭火里烤煳了，还有一只挂在了丝绢屏风上，迅速把那轻薄的丝绢烫出一个洞来。

惨了。梁灵瓒不敢去看陈玄景的脸色，跳起来就要跑路。被陈玄景一把拽了回来，直扣到墙壁上，就在此时，门外有卫军道："是这里的声音！"又一人道："这里可是陈二公子的屋子。"

门上响起叩门声，周司丞在外面问道："玄景，你可在里面？"

是谁都好，快把她带走，不然她一定会被陈玄景剐了！梁灵瓒张嘴就要开口，被陈玄景一把捂住嘴。陈玄景盯着她的眼睛，口里道："司丞大人请恕罪，学生身体不适，起身乏力。大人请稍候，学生这就来开门……咳咳……"

如此近距离地观摩陈二公子的演技，梁灵瓒当真是服气极了。

既然都"起身乏力"了，像周司丞这么玲珑的人当然马上笑道："不必，不必，你好生歇息吧。有名仆役触犯舍规，你屋中可有什么异动？"

"异动？不知。学生方才失手打翻了花瓶。"

既然如此，周司丞自然不会再打扰，又叮嘱两句。陈玄景盯着梁灵瓒，脸上露出一丝微笑，嘴里道："司丞辛苦。"

这声音恭谦而温润，这微笑却是杀气腾腾，手略往上挪，连梁灵瓒的鼻子一起捂住，梁灵瓒拼命想去扳他的手，他的手却像是生铁一样铸在了她的脸上，就在她以为自己会被捂死的时候，他终于松手了。

新鲜的空气冲进喉咙，梁灵瓒眼泪都流了出来，一半是被呛的，一半是股没来由的难过："你……你真这么讨厌我？"

泪水洗过的眼睛那样的明亮，瞳仁里亮着两团小小的火焰，那火焰好像能灼伤他，他猛地转身，咬牙道："滚！"

果然是真的讨厌，讨厌到恨不能杀了她。

确实啊，她怎么就没点儿自知之明呢？她惹的每一次麻烦好像最终都会落到他头上，他不讨厌她就真奇怪了。

梁灵瓒深深地吸了一口气，用手背抹干净了眼泪："好，我滚。"

她说滚就滚，打开门就走了出去，迎面就见源重叶和宋其明站在庭中。

她看也没看两人，走了。

宋其明想去追她，源重叶一把把他拉住，握着扇子若有所思："玄景让他滚，你听到了吗？"

"哼，让小瓒捉知了的是他，捉了知了来找麻烦的人也是他，他还有脸让小瓒滚，这混账东西——"宋其明说着就要撸袖子。

源重叶再一次拉住他,还是一脸若有所思:"我跟玄景从小穿一条裤子长大,二十多年了,这是我第一次听到他说这个'滚'字。"

"那又怎样!"宋其明气呼呼,"难道还要感谢他陈二公子赐骂不成?"

三

闵学录把自己关在屋子里演算,不幸又错过了膳时,梁灵瓒下厨煮了碗面。

"怎么了?"闵学录一边吃面一边问。

"什么怎么了?"

"面都糊成这样了。"

梁灵瓒脸上一红,确实,这种面端出来实在丢梁婆婆的脸,她起身:"我再去煮一碗。"

闵学录没让,稀里呼噜地把面吃了,然后看着梁灵瓒:"我都知道了。"

俗话说做贼心虚,梁灵瓒的秘密太多,一听这五个字就悚然一惊。

就听闵学录道:"我听仆役说,今天大师兄家的小幸珠给你送吃的来了。要说这个小幸珠,模样性情是很好的,算你小子眼光不坏。虽然比你大两岁,但都说女大三抱金砖,也是要得的。不过你毕竟还小,这个事儿不急,再者你才正义堂,好赖等学业有成才能成家呀。你好好念书,将来立下基业,我替你跟大师兄说去,大师兄一定是肯的。"

梁灵瓒呆住了,不知道该说什么。

闵学录将梁灵瓒一脸的呆滞理解成被说中心思后的意外,笑道:"我是谁?我吃过的盐比你吃过的米还多!雅然姐头一回见二师兄那天,也是这般把面汤煮成面糊!我还不懂吗?当心里头有了一个人时,便会是这副模样!"

"不是这样的……"梁灵瓒虚弱地想挽回一下。

然而闵学录已经开始遥想他身为媒人公撮合一对金童玉女喜气洋洋送入洞房的场景。只是这想象的画面总有什么地方不大和谐,终于他找到这个地方在哪里了,严肃道:"你该多长点儿个头才是。新郎比新娘子年纪小点儿没什么,若是个头比新娘子小,就不大好看了。"

梁灵瓒默默含了一口血,彻底败了。

闵学录存了这个心思,开始督促梁灵瓒多吃多动,每顿要梁灵瓒务必塞下两大碗饭,没事还逼着梁灵瓒出去跑步,还好梁灵瓒自己也常为自己的身高饮恨,倒也配合。

这日跑完步回到藏书楼，还没进门就被宋其明抓住，宋其明面无人色："完了，咸宜公主让我进宫！说是什么要赔那日失仪之罪！我管她什么失不失仪啊！一瞧见我不就全露馅了吗？"

源重叶也发愁："都怪那内侍来得突然，要早知道是咸宜公主派来的，小明就不用站出来了。可如今再把小瓒推出去也是不行了……"

梁灵瓒看了宋其明半天，道："小明，我们是朋友吧？"

宋其明后退一步："如果你没有冒用我的名字到宫里去乱来的话……"

"乱都乱了，多说无益。"梁灵瓒给源重叶使了个眼色，"抓住他。"

源重叶照办，架住了宋其明的手，梁灵瓒活动活动手脚，朝手上哈了口气，照宋其明脸上来了一拳。

"啊！"宋其明惨叫，正要暴跳，源重叶点头，"这是唯一的法子了。"

"到了这一步，只能硬来了。要是公主问起你怎么和那天不像，你就说那天被揍得爹都不认识了，这不淤青还没消散呢；要是公主问起你那天个子好像矮些，你就说那日是初见公主诚惶诚恐吓得直不起腰来；声音也不一样……呃，就说你这两天伤风，嗓子哑了。"梁灵瓒一口气说完，拍拍宋其明的肩，"实在不行就把你爷爷抬出来，我发现你爷爷的名字挺好用的。"

宋其明欲哭无泪："爷爷会打死我……"

"要是一个时辰后你还不回来，我们就拜托陈玄景去捞你！放心，只要陈玄景出马，咸宜公主保管忘了你长什么样！"

梁灵瓒这话说得其实有点儿心虚，因为这几天陈玄景看到她只当她是空气，眉毛都没有多抬一下，她去拜托可能一点儿用都没有，好在还有源重叶，好兄弟出马，他总归还是要给面子吧？

然后就听源重叶道："玄景一早就被太史局的人叫去了，现在还没回呢。"

宋其明"嗷"的一声，当真要哭出来了。

就在这时，内侍让人来催问宋公子书还好了不曾，宋其明无计可施，只得长叹三百声"交友不慎"，一步三挪地去了。

梁灵瓒和源重叶在藏书楼里提心吊胆，手里都攥了把冷汗。然而不到一个时辰，宋其明便回来了。

他去时如丧考妣，回来时却是春风满面："我去喝了顿好茶，公主还送了我一支上好的狼毫笔，半句疑问也没有！我看她那天满心只有陈玄景，压根儿没管你长什么样！"

过了几天后,他还收到一封爷爷的书信,一开始以为又是一顿训诫,不外乎要他头悬梁锥刺股之类,结果一打开,固然是劝勉他读书,措辞却比往日平和许多,末尾还将宋其明褒奖了一番,甚至还附上一方贵重汉砚,以示嘉许。

宋其明一头雾水,问起送信的老仆,才知道爷爷昨日遇上了武惠妃,武惠妃大夸宋其明聪慧机敏,前程远大。宋璟不知就里,以为是宋其明在国子监出风头,名头居然都传到宫里去了,因此深感大慰。

那砚台端方凝重,是宋其明垂涎已久的汉砚,捧着舍不得放手,拍着胸膛表示:"以后我的名字小瓒你随便拿去用,千万别客气!"

当然,这事已经是后话了。此时此刻,宋其明全须全尾归来,磨着要梁灵瓒烤知了庆贺,地方都想好了,不要再去号舍,就借用闵学录的小厨房。然而正等梁灵瓒扎起袖子爬上树,闵学录一路颠着肚子小跑着过来,梁灵瓒吓得赶紧溜下树,袖子挂着树枝,"哧"一声拉出一道长长的口子,心想糟糕,这回准要挨骂。

然而闵学录的脸上比宋其明还要喜气洋洋,像是完全看不到梁灵瓒的猴儿样,小眼睛里满是兴奋的光,拖起梁灵瓒的手就走:"快!快!快随我去见大师兄,大师兄有准信了,浑天黄道仪测数偏差太大,一行大师要重制游仪!"

四

太史局现用的铜铸浑天黄道仪造于贞观七年,是李淳风所制,年久日深,局部已经运转失灵,测算失准。天文测算的数据往往庞大到常人难以想象的程度,一个小小的谬误到最后都会酿成极大的差错,要制新历,旧的黄道仪已不堪使用。

"再者,黄道仪只能测黄道经纬、赤道经纬和地平经纬,而新历法想要避免岁差,还需要观测赤道经纬以及与黄道经纬对应之坐标,因此制新仪已是势在必行,就在今天早朝上,一行大师上表请奏,陛下已经准了。"

祭酒官署里,南宫平的目光望向梁灵瓒,脸色十分温和:"测算出错,人人都以为是计算不当,你能想到问题出在游仪上,天资甚是了得。"

他平常脸色冷峻,能这样说话已是了不得的嘉奖。闵学录拍拍梁灵瓒的脑袋,喜笑颜开:"这小子还行,这小子还行!"

南宫季友道:"梁兄脸上的伤怎么还没好?衣衫又怎么弄成这般模样?毕竟是入宫,给人瞧见,还以为咱们国子监生徒会打架斗殴呢。父亲,不如这次还是由我服侍您入宫吧。"

"我带人入宫,难道是为服侍我吗?"南宫平道,"君子内外兼修自然是最好的,若有真才实干,仪态略次一点儿也无伤大雅。反倒是你,于天文算学又无进益,仪态再出众又如何?回学舍好生读你的书去!"

南宫季友低头无言,一弯腰,躬身退下,临门回头看了梁灵瓒一眼。

这一眼带着寒意,但梁灵瓒毫无觉察。

从听说要重造黄道仪起,梁灵瓒整个人就已经呆掉了,只剩两只眼睛放光,那是内里的灵魂在奔腾咆哮。

在这个世上,如果还有什么比天文测算更加精密复杂,那就是天文仪器的制造。她小时候用树枝和木棍做过许多游仪,然而师父告诉她,真正造游仪,一丝一毫的误差都容不得,有时一个角度的倾斜,都将毁掉整座游仪。一旦开始制造,将填进无数的人力与无尽的财力,唯有天家才撑得起这样的工程,不,有时甚至天家也撑不起。大唐从太宗到现在,经过近百年的累积,才有了一试之力。

许多人终其一生也不会有这样的机会,亲眼见到一座全新游仪的诞生。那是人类想去丈量天地的工具,是人类向神明发出挑战的武器!

造游仪!一座新的游仪!梁灵瓒全身心都被这个念头贯穿了,耳边隐隐听到南宫平道:"你且去收拾一下,换上青衿,随我一同去集贤院吧。"

"集贤院"三个字把梁灵瓒的魂魄拉了回来,梁灵瓒猛然僵住。

集贤院……去集贤院,岂不是可以见到师父?

五

梁灵瓒恍恍惚惚,回号舍换好了衣裳。闵学录怎么看怎么不满意,替她整整幞头理理衣襟。奈何他本人的衣裳就从来没有穿整齐过,这番收拾毫无改进,他自觉还行,觉得这小子眉眼灵动,自有一股聪明劲儿,一行大师说不定看着喜欢,愿意指点指点。

路上又叮咛道:"宫里规矩大,你千万跟牢我大师兄,一步也不要多走,一句也不要多说。不管算出来什么,你只悄悄同我大师兄说就好,千万别告诉旁人说是你自己算的,就说是我大师兄算的。我大师兄聪明,向来知道什么话该说什么话不该说。你可得牢记,须知祸不是从天降,而是从口出!"

梁灵瓒两眼发直,闵学录的话自左耳进,从右耳出,一个字也没有听进去。她压根儿不知道自己是怎么到祭酒官署的,又是怎么跟着南宫平入宫的,两只脚轻飘飘的,像是踩在棉花上。

穿过长长甬道,南宫平迈进一间宫殿的门槛,梁灵瓒抬起头,看到上面的三个御笔亲书的大字:集贤院。

一时间,梁灵瓒觉得耳边只剩下自己的呼吸,待要迈过门槛,腿脚却不听使唤,绊在门槛上,险些栽倒,连忙扶住门框。

南宫平温言道:"你莫要被长泽吓破了胆子。只要你不争风不出头,乖乖听话,自然无事。"

集贤院高二百九十四尺,东西南北各三百尺,有三层。下层象四时,各随方色;中层法十二时辰,九条龙捧出圆形顶盖;上层法二十四节气,盖顶也圆形且亭是有巨木十围,上下贯通,整座宫殿辉煌巍峨,不像是人间之物。是从武则天当政之后建造,举倾国之力,从垂拱三年春天开始,到垂拱四年五月才结束,原名乾元殿。开元初年,今上命人在此修史,改乾元殿为集贤院,同时授张说为集贤院学士,知院事。

除主殿集贤院外,还有数座偏殿,并花园亭台,时值盛夏,草木葱茏,芙蓉花开得正好,只是院中各处往来忙碌,没有一个人有心情去欣赏。梁灵瓒只见所有人都各司其职,井然有序,算筹碰触的清脆声响相互交织,文书翻阅哗哗有声,空气中浮动着熟悉的墨香,即便有争执言论,也都是轻言细语。

太史局每天会将头一天的观测数据送到集贤院,由南宫平负责统算分析,汇成文书,送往二层。二层由瞿昙悉达主理,除了复核算法外,还要跟历年历法对比查证,同时改造游仪。一行大师则在三层总裁一应事务,张说从旁协理。

原来即使进了集贤院,也不一定能见到师父。一时间,梁灵瓒如释重负,又若有所失。

贤集院的藻井饰以黄金,杂以彩漆,美轮美奂,她呆呆地看着,想象着师父就在她的顶上,白衣如雪,不染纤尘。

"梁灵瓒?梁灵瓒?"南宫平不知唤了几声,她才猛然回神:"在……在。"

"你心思机敏,脑子活络,这是好处,但君子以端方稳重为上,不可自恃聪明,随性走神。"南宫平脸上有几分严厉,梁灵瓒忙肃容道:"是。"

"今日带你来不为别的,一行大师要这二十年来的荧惑升落轨迹,数据记录在左偏殿,你去那里好生查看,算出来给我。"

荧惑便是心宿二,即火星。集贤院中因为修书所需,藏书本来就十分丰富,现在要制新历法,又把太史局里的资料搬来一半,因此梁灵瓒推开偏殿大门,只见深长宫殿全数被高大书架占满,藏书量抵得上两三个太学藏书楼。

"哇……"梁灵瓒忍不住出声。

"谁？"有人问。这声音挺稚嫩，在深长宫殿里隐隐激起回声。

梁灵瓒吓了一跳，南宫平告诉她偏殿无人，她可以静心，意思是不用再东张西望四处走神丢国子监的脸。

"我，呃，国子监算学馆生徒梁灵瓒。"梁灵瓒从森林般的书架旁走过去，"你是谁？"

窗户关着，屋外盛烈的阳光经过淡绿色的窗纱，变得清透幽净，屋子里的一切仿佛都浸在清清凉凉的水里。

靠左窗下有张檀木书案，一个少年半坐在那儿，看上去比她还小些，脸色微白，就像是被雨水洗过的月色，沉静的眸子里有丝意外："你就是梁灵瓒？"

梁灵瓒笑了，心想自己已经这么有名了吗？于是问道："你知道我？"

"我听小潘子说起过你。"

原来是小潘子的朋友！她就说嘛，集贤院里怎么会有年纪这么小的半大孩子？

"你是在这里伺候的？"梁灵瓒把抱来的纸笔放下，铺开场子，一面问，"知不知道《太史局观测日志》放在哪里？"

少年微微一愣："我……我也是新来的……"

南宫平原本让梁灵瓒去二层找个太史局的人一起帮忙，但梁灵瓒生怕碰见瞿昙悉达，压根儿不敢上楼。现在对着汪洋般的书海忍不住后悔了，问少年："小兄弟，你叫什么名儿？认得字吗？"

"我叫小瑛子……"少年慢吞吞道，"认是认得几个字……"

"认得就好！"梁灵瓒道，"帮我一起找找，先找到跟太史局相关的书架，再找'荧惑'或是'星宿二'字样的书册，找到叫我！谢啦，下次我再来，请你吃西市的麻家胡饼！"

两人便一架架找起来，小瑛子问道："麻家胡饼是什么？"

"就是麻老头做的胡饼啊，西市里的胡饼数他家最好吃了。你没吃过？"

小瑛子摇摇头："我从来没去过西市……"

"那可惜了，西市好热闹呢。"她来长安之后，西市其实也只去过一两回，原因无它，她的荷包不是太愿意去。

不过看小瑛子眼睫垂下，一脸落寞，好可怜见的模样，梁灵瓒摸摸他的头："没事没事，你哪天休沐？我每旬休一日，带你去啊。"不论走到哪里，她都是个子最小的一个，这回终于有一个比她矮些的了，梁灵瓒摸完，又摸了摸，笑眯眯道，"现在天冷，听说西市的冷淘好吃，我也没尝过，到时一起吃。"

她摸完又去找书，小瑛子呆呆地看着她，整个人像是僵住了。梁灵瓒找完一架，他还留在原地，梁灵瓒一怔："你怎么了？"

"没……没什么。"小瑛子摇摇头，接着找书，隔着一个书架，他道，"你能为小潘子仗义出头，我原以为你会是个……像陈玄理那样的大汉……"

梁灵瓒叹了口气，从书架后伸出脑袋，指着脸上的瘀伤："我也想长成陈将军那样，就不用被人揍成这副德行了。"

小瑛子看看她的脸，扑哧一笑。他笑起来眉眼弯弯，比女孩子还可爱，搞得梁灵瓒又想去摸摸他的头。

隔了一会儿，小瑛子又问道："你怎么敢帮小潘子？难道你不怕武惠妃？你帮小潘子就是帮太子，可曾想过会惹祸上身？"

"那种时候哪有空想那些啊，再说了，你不知道小潘子死到临头还想着提醒太子保命，能让人这样尽心尽力拼死保护的，太子一定是个好人。"梁灵瓒老气横秋地教他，"既然是好人，怎么帮都是对的。知道吧？"

小瑛子凝望着她，良久，道："太子心里定然十分感谢你，因为你是这么多年来第一个帮他的外人。"

"他已经谢过啦。"梁灵瓒笑得见牙不见脸，"他送我一盘浑羊殁忽，超好吃的！"

隔着书架，小瑛子低下头笑了，面前一排《太史局观测日志》，他问道："你是拿了书就走，还是要留下来用？"

"自然是要留下来慢慢算啦，没看我笔墨纸砚都抱来了。"书架那头，梁灵瓒抱怨，"天啊，书这么多，这要找到何时——"

一语未了，小瑛子抽出了面前的书册："我找到了。"

梁灵瓒一声欢呼，摸了摸他的头："多谢！"

她抱着书册跑向书案，小瑛子站在原地，看着她奔跑起来像鹿一样的背影，慢慢地抬起手，碰了碰她方才摸过的地方。

六

二十年份的观测日志，铺在案上一大堆，梁灵瓒埋首其中，从一条条记录中找出关于荧惑的，在另一本上一一誊录出来，然后根据二十年来的变迁测算荧惑星的运行轨迹。

这是个极漫长又极琐碎的工程，梁灵瓒终于知道南宫平为什么要带她进宫了——太史局的观测日志是秘录，不可能带去国子监。

小瑛子也帮着她一条条找，问道："他们都说，天上的星辰预示着人间的兴衰，他们还说，紫微星垣中伴星微弱，预东宫之位不正……"

梁灵瓒头也没抬："别听他们瞎说。就算地上的人全死光了，星星也还是星星，没有一颗会变动位置。"

"可是，自古以来，君王就以星辰参政……"

"那是他们胡说八道。"

小瑛子忍不住道："不管是与不是，你说这话要小心些。"

"我知道，我就随便说说。"

"问题是随便说说也不行……"小瑛子在心里暗道。

"其实，这个问题我请教过一行大师……"

梁灵瓒蓦地抬起了头，双目炯炯地看着他。

"我……我是偶然遇到一行大师才向他请教的。一行大师是世外高人，向来不以身份高低辨人，因此对我的问题也详尽回答。"小瑛子好一番解释，才道，"大师说，天命无关乎人命。你和大师说的竟是差不多的意思。"

隔着窗棂，梁灵瓒望向正殿方向，心里有股柔软的酸楚："是啊，大师一定会这么说。"因为这原本就是大师教给她的。

"主子，主子，冰来了！"有人推门进来，手里捧着细瓷坛子，一头说，一头走，"我就一个人，拿不得许多，只盛了一小坛子，顶不了多久，主子要嫌热，咱们就还是回去吧——"

"小潘子！"梁灵瓒笑着喊了出来。

"梁公子？"小潘子又惊又喜，跟着望向小瑛子，"主子——"

"主子嫌热，已经回宫了。"小瑛子截住他的话头，"他跟我说，'小瑛子，你也乏了，就在这里歇歇吧，不用跟着了。'我便留在这里了，正巧遇见了梁公子。"

小潘子脸上的神情可以称得上是百转千回，最后将坛子放在书案上："是，那这坛子冰，就给……给二位用吧。"

梁灵瓒问："你们太子也来这里了？他也懂历法吗？"

小瑛子道："不是。他名义上拜了一行大师为师，实则过来偷偷清静罢了，省得留在东宫，不定什么时候就有麻烦找上门。"

梁灵瓒摇摇头，叹了口气："你们主子说是太子，其实也挺可怜的。"

小瑛子也叹气："谁说不是呢？"

小潘子全身僵硬地听了半天，躬身道："奴才……奴才去倒壶茶来。"

小瑛子对日志上所载颇感兴趣，有不懂的便问，梁灵瓒便教了他不少观星与测算之法，只是还没等小潘子的茶水倒来，主殿一层的文书便过来传话，在门口道："国子监梁灵瓒可在？南宫大人唤你过去。"

梁灵瓒应着便起身，小瑛子忽然按住她的手："我偷偷在此歇息，按规矩是不成的。梁公子出去千万莫告诉别人。"

"放心放心。"梁灵瓒把已经誊录好的部分卷好，腾出手来又摸了摸他的头，笑眯眯，"你这么乖，哥哥我自然不能害了你。"

一直到她去了，小潘子才蹑手蹑脚地进来，手上并没有什么茶水。小瑛子还维持着方才的姿势，凝固半晌，轻声道："小潘子。"

"奴才在。"

"你过来，摸摸我的头。"

小潘子一撩衣摆就跪下了："奴才不敢！主子是真龙天子血脉，未来的大唐之主，星命照耀之人，奴才的手要是摸上去，只怕天上的星星都要摇动了！"

"傻子。"小瑛子轻笑，"你没听到，他和一行大师都说，压根儿没什么星命。"

"奴才不敢！"

"让你摸你便摸，难不成想抗命？"

小潘子不敢抗命，战战兢兢地伸出手去，还没碰上小瑛子的头发丝，就像被火烫了一样飞快收了回来，跪地："主子请恕奴才大不敬之罪！"

"唉，不是这样的。"小瑛子轻轻地叹了口气，这声叹息在深长的宫殿里几乎激起回音，显得格外空寂。

小小的少年抚摸过自己的头顶，声音轻得像梦呓："自母妃去后，再也没有人摸过我的头了……"

七

梁灵瓒跟着那书吏回正殿，意外地发现书吏径直穿过一层，走向楼梯。

梁灵瓒的心猛地跳了一下，一把拉住书吏的衣袖："去哪里？"

"上楼。"书吏道，"一行大师与诸位大人商议重造游仪的事，南宫大人让你去旁听。大人交代了，你只许听不许说，有什么想法出来后再禀报与他。"

楼梯靠近窗口，窗外是大片的阳光，石阶在阳光下泛白，这样的阳光真亮，就像师父离开那日一样。

梁灵瓒的眼前晕了晕，她以为不会这么快见到师父。

书吏楼梯上了一半，发现梁灵瓒还在原地，问："怎么还不来？"

"我……"梁灵瓒张了张嘴，只觉得口干，像鱼儿离了水那样难以呼吸，阳光照得她眼前发白，那一天所有的痛楚和难受都汹涌而来，两年时间过去了，她很少想起，以为自己忘了，没想到它们竟然还是这样清晰。

"我……我……我肚子疼……我要去茅房！"梁灵瓒捂着肚子，落荒而逃。

她不知道自己在跑什么。两年多了，七八百个日夜，她天天都想再见师父一面，现在师父近在眼前，她的腿脚却好像背叛了她的意志。

她呆呆地看着这座巍峨的集贤院，既混沌又困惑。

阳光盛烈，各殿之间人来人往，在她身边穿行而过，仿佛快成道道虚影，只有她一个人像是被谁施了定身法，凝立，一动不动。

脑子乱成一团糨糊，在太阳底下晒得头皮发麻，隐约还剩一点儿神志，知道找块阴凉的墙根，蹲下，下意识地抱住膝盖，好像把自己抱得紧一些，缩得小一些，便没人注意到她。

忽地，视野里多出一双靴子。

不用抬头，她也知道靴子的主人是谁，在她认识的人里面不是没有人穿这样考究的靴子，但既考究又不显山露水的只有陈玄景了。

"你怎么在这里？"陈玄景凉凉的声音飘落，不知为何，她知道他一定皱眉了。

果然，她抬头就见陈玄景居高临下，眉头微皱，眼底有一丝她很熟悉的神情，一点儿意外，一点儿不耐烦，似乎还有一点儿忧心，好像她身后随时会有一大堆麻烦涌出来。

说起来，好像他每次碰到她，她身上都是一堆麻烦啊。

她笑了笑，觉得自己应该解释一下，不然他一定以为她大概是被谁骗过来的，或者是胡乱跑来的："别怕，祭酒大人带我来的……"

陈玄景忽然俯下身，捏住了她的下巴，眉头皱得更紧了："不要这样笑。"

梁灵瓒呆呆地看着他。

"太难看。"

梁灵瓒原本难过得要死，可不知道为什么，他这一打岔，难过倒淡了几分，便站了起来。

陈玄景看着她："既然来了，躲在这里干什么？"

梁灵瓒用鞋尖在地上画圈，声音闷闷："祭酒大人让我上三层。"

"你名正言顺而来，怕什么？"

梁灵瓒的声音更闷了："你不懂。"

陈玄景看了她半晌，冷冷道："既然这么怕，还不走？"

梁灵瓒抿紧嘴巴不说话了。陈玄景忽然一把把她拖了起来。他的力气大极了，梁灵瓒毫无还手之力，拼命挣扎："你干什么？放开我！放开我！我不去！我不去！"

"你只有两条路！"陈玄景冷着脸道，"一、堂堂正正走进去，不管一行大师是打你骂你辱你罚你，都磕头认错；二、干脆利落地滚出去，别在这儿丢人！"

梁灵瓒绝望地发现自己既不敢走进去，又舍不得离开。

陈玄景清楚地看到梁灵瓒脸上那丝绝望，太过凄楚，像一只被主人扔掉的小狗，徘徊在旧屋前，想回又不敢回。眼看这只天不怕地不怕的猴子活成了一条丧家之犬，他的心像是被烧红的铁棍捅了一记，猝不及防地灼痛了一下，一股刺痛从胸中勃发，怒道："你从洛阳国子监走到长安国子监，从长安国子监走到集贤院，所为的难道不就是这一天？做错了事就去认，有什么罚也该受着！怕什么！这般畏畏缩缩裹足不前，哪里像我认得的梁灵瓒！"

阳光很亮，他的话更亮，像闪电一样劈进梁灵瓒的脑海。不错，她一点一点学，一步一步来，为的是什么？不就是想离师父近一点，再近一点吗？现在，她就站在殿外，一门之隔，师父就在里面！她为什么要躲？躲有什么用？而她要做的就是走过去，站在师父面前，告诉师父，女孩子又怎么样？男孩子可以做到的，女孩子一样也可以，她甚至能比大多数男孩子做得都要好！

陈玄景看到光芒一点一点在她眼中汇聚，原本无神的眸子渐渐发出光来，让四周的晴光都黯淡，仿佛有仙人在他眼前施下某种仙法，抽取了天下所有的日光，只为给这双眼睛增色。虽然脸上还残留着瘀青，但已经没有任何东西能挡住这双眼睛的光芒。

他松开了她的手腕。"多谢你。"梁灵瓒向他一点头，转身朝正殿走去。

她的背影很瘦小，背脊却很挺直。步伐坚定，一往无前。

八

梁灵瓒踏上楼梯，就好像踏入一场梦境。

她以前也做过这样的梦。梦见婆婆给她几个小芋头，她用衣摆兜着，跑去听风楼，打算放进炭盆里烤。听风楼的楼梯也是这样高，一阶又一阶，无穷无尽，心里知道师父在楼上等她，所以脚步轻盈，好像要飞起来。

正殿三层最里间，人头攒动，南宫平、瞿昙悉达、张说都在，大相和元太侍立在侧。有人皱眉思索，有人奋笔疾书，有人与身边的人低声议论。明亮的阳光从窗外照进来，照出中间两架黄道仪，一架为铜铸，是李淳风旧制；一架为木制，只具有大致框架，聊备雏形。

师父就站在木制雏形前，弯腰调整最外围一环，眉眼清癯，和从前相比没有半点改变。僧衣洁白，腕上一圈檀木佛珠光滑柔亮，一手按住外环位置，一手朝这边伸出来。

梁灵瓒怔怔地看着，一切恍然如梦，她不由自主地拿起桌上的木梢交到师父手里。一如在玄都观里无数个日夜，窗外有春花或者秋月，只要师父一伸手，她便知道师父要的是什么。

一行大师接过木梢，正欲插进梢孔，无意间一抬眼，看到了梁灵瓒。那一瞬，眼中全是震惊。

"啪"，他手里的外环未及稳固，掉在地上，"哐啷啷"转了好几圈才停。

梁灵瓒想笑一下，眼眶却酸胀，视野开始模糊。

她又看见师父了，她又站在了师父的面前，这样近，这样近，近到只要伸出手，就能碰到师父的衣袖。

她真想去碰一碰啊，像从前那样拉着师父的袖子，不管犯了多大的错，只要拉着师父的袖子摇一摇，师父就会原谅她。

她想过无数遍，如果还能站在师父面前，她该怎么做？是不是可以扮个鬼脸逗师父开心？或是装病让师父心软？还是磕头求饶？

现在才知道，所有的想象都是多余的，站在师父面前，时光哗啦啦地倒流，她一瞬间变回那个刚刚被师父抛弃的小孩。

她缓缓跪下，一个字也说不出来，只有眼泪无声奔流，一点一点打湿青衿的衣摆。天晓得怎么会有那么多泪，像是要把这几年来的委屈一起流尽。

她拾起地上的外环，双手捧起，奉给一行大师。

她不敢抬头，只见师父的衣袖微微颤抖，然后就听那熟悉的声音带着陌生的冷淡，一字字从头顶落下："南宫大人，这位是你国子监的生徒吧？"

南宫平答道："是。此人是我国子监算学馆生徒梁灵瓒。"

"据贫僧所知，国子监只有率性堂结业生徒方能实习历事，而集贤院更是只有前三甲的太学生才能进入，闲杂人等为何在此？"

"这是我的疏忽，请大师恕罪。因此子算法尚可，所以带他入宫长长见识，不想他年幼无知，举止唐突失当，冒犯大师了。"南宫祭酒冷然道："梁灵瓒，你且退下吧，这里不是你蓄意讨好的地方，一行大师也不是你能讨好得了的人。才智机敏固然重要，心性品性更加要紧。子曰：学也，禄在其中矣。君子求学不为利禄，求学本身便是利禄。你回去好好思过吧！"

南宫平的话梁灵瓒每个字都听得到，但每个字好像都没办法钻进脑子。

她的脑子被四个字占满了。

闲杂人等。

闲杂人等。

闲杂人等。

她想象过，若是师父再见到她，也许会意外，也许会生气，也许会发火，但她怎么也没有想到，师父不认她。

心里像是被灼伤了那样疼，师父离开那一日的疼痛呼啸着穿过两年前的时光，冲进了她的心。

她终于知道，为什么明明师父近在咫尺，她却不敢进来。

她害怕那一天的一切会重演，她怕师父还是不要她。

现在，师父不是不要她，而是不认她了。对于师父来说，她只是闲杂人等。

她朝着一行大师慢慢磕下头去，起身离开。

人们的视线或鄙夷，或淡漠，梁灵瓒在门口最后回望一眼。师父没有转身。始终没有转身。

九

正是一年之中最热的时候，天上的太阳与地上的热气交互蒸腾，把人间变成一只巨大的蒸笼。

梁灵瓒走在这蒸笼里，一步一步，一脚深一脚浅，漫无目的，全无方向。

"梁灵瓒！"有人叫她。但声音听上去好像隔得很远很远。

她继续往前走，抬了好几次脚，好像都迈不动，仔细看看，原来有人挡住了她的去路。她于是绕开两步，可再往前走，那人还是挡着。

她还想再绕开，那人捉住了她的肩膀，重重晃了晃她："你到底犯了什么错？一行大师为什么会这样对你？"

她的脑子给他晃得有点儿发晕，抬头看到了熟悉的一张脸——是陈玄景。

"你不用问，真的不用问，问了又怎样？你又不会犯这样的错……"梁灵瓒说着，笑了一下，笑得苍白而虚弱，像一朵行将凋零的幻白之花，"你不会……我要是你就好了，我就永远永远不会惹师父生气了……"

这笑容让陈玄景的心狠狠抽了一下，恨不能捏碎手下的肩胛骨，可她连肩胛骨都是脆弱的，他真怕一用力就把人捏碎了。他咬着牙，强按着心头的怒气："你以为我还在套你的话？你不说清你到底干了什么，我怎么帮你？"

梁灵瓒两眼无神，喃喃道："帮我？怎么帮？"

"做错了就认，知错了就改！一行大师不是不讲道理的人，你又不是十恶不赦，他自然会原谅你。"

"不会的……"梁灵瓒又想笑了，笑着笑着，眼泪滑下来，"不会的……他永远都不会原谅我……"

"他不原谅，你便不做什么了吗？"

那泪滑下眼角，滑过面颊，滴在地上，溅起尘埃。重重一滴，仿佛是滴在陈玄景的心上。

这张脸露出这种神情已经够叫人火大的了，更让人火大的是上面还有泪水。梁灵瓒的脸加眼泪，世上为什么会有这样一种要命的搭配？陈玄景掏出帕子就要强行把这张脸上的泪擦干净，最后一丝理智阻止了他，他把帕子摔到梁灵瓒怀里，怒道："你扪心自问，你一路走来到底是为了什么？难道你不想进到三层那间屋子里，亲眼看着新游仪诞生，亲手制定历法？难道你不想堂堂正正地回到你师父身边？"

梁灵瓒拿起帕子擦了擦眼泪，深深吸了一口气，认认真真地道："多谢你，陈玄景。"

她看得到他脸上的焦灼，看得到他眼中的关切，这些就像暖阳一样缓解了她心中的僵冷——这一次她终于真真切切地明白，这位长安贵公子早就不在她面前玩心眼耍套路了，他是真正地关心她。

但是，没有用的。不管她做什么，都是没有用的。

她再一次想绕开他，却被他拖住了胳膊，狠力一拽，背脊重重撞在甬道的石壁上，还没反应过来，陈玄景已经扣住她的双手，死死地看着她，喉结上下滑动，眼底隐隐发红。

晴光朗朗，甬道笔直而悠长，朱红石壁被太阳晒得发烫，仿佛要将梁灵瓒的背脊烧着，梁灵瓒一动也不敢动，惊讶地睁大了眼睛，这个时候的陈玄景多么陌生，凶猛得仿佛要择人而噬。

"梁灵瓒，"他低低地唤着她的名字，声音压得太低，让她有一种他要把她的名字嚼碎了的错觉，"我陈玄景自问对你算得上以诚相待，为了你什么事都做得，你却连这件陈年

第十一章·集贤院

往事也不肯以实相告吗？你不肯说，是信不过我肯帮你，还是信不过我能帮你？"

梁灵瓒看着他，他的面孔逆着光，眸子里是焦灼的担忧，还有一丝……痛楚。

有那么一个瞬间，梁灵瓒真想告诉他，什么都告诉他。

可是不行。

她看着他缓缓摇头。我不能说。我怕。我怕你也会像师父那样头也不回地走开。

陈玄景毫无障碍地读懂了她的坚决。

"呵呵……呵呵呵……"陈玄景松开她，一手按住自己的额头，低低笑了起来。

这算……什么事啊……他好像在求人家给他一次帮人的机会，而人家好像还不愿给？陈玄景啊陈玄景，你怎么混到了这个分儿上？

他像是发现了什么好玩的事，笑了好一阵才停下来，慢慢站直身子，阳光照在他身后，把他照成一个逆光的修长剪影，他的眉眼渐冷，又成了那个仪表风度无懈可击的长安第一贵公子了。

"好，很好。你就回你的算学馆，和闵学录一样，一辈子替他人作嫁衣吧！这原本就是你的事，和我没有半点儿关系，是我多管闲事了！"

他转身就走，风卷起他的衣袖和袍角，一字巾的垂带飘飞如蝶翼。

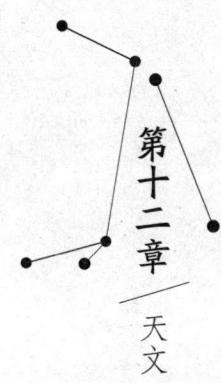

第十二章 ／ 天文

一

梁灵瓒和南宫平一起进宫,如今一个人回来,还把眼睛哭得肿成桃子,闵学录一看就知道大事不好,一迭声追问,梁灵瓒却径直进了他的屋子,钻入他的被子,闷头就睡。

这种情况闵学录从来没有应对过,把人拉出来不是,对着被子骂也不是,犹豫一下,干脆带上房门撤了。

梁灵瓒这一觉睡到黄昏才起,闵学录端着一脸肃然进来,准备将其教训一番,却见梁灵瓒对着一条帕子发呆。

闵学录是听过戏文的,一看到帕子这种紧要物什已经收住脚。世上什么事闵学录都能说上个道道,但只有感情这件事,闵学录自认毫无发言权,当即默默地转身走了,一边走一边想,这孩子莫不是受了什么情伤,难道被小幸珠拒绝了?

这世上能让人淡忘伤痕的除了时间,还有睡眠。

梁灵瓒闷头睡了一觉,纷乱的脑筋在这场歇息中松弛下来,各归其位。

她发了会儿呆,然后去荷花池摘了一朵荷花。

闵学录想,送女孩子花,这主意不错,女孩子都喜欢花!

梁灵瓒却带着荷花进了小厨房，不一时，变出了一碟子点心，放进椿箱。

闵学录想，唔，以花入馔，也是风雅，女孩子应该也会喜欢。

梁灵瓒忽然往这边来，闵学录立刻转身正儿八经查书。

"闵学录，厨房有一碟糕，你尝尝看。"

闵学录庄严地"嗯"了一声，待确定梁灵瓒走得远了，才探出脑袋，心想，尊师重道，是个好孩子，女孩子一定也会喜欢。

呃……等等，这孩子去的方向好像不是祭酒官署，而是……太学号舍？

二

正值晚膳时分，号舍里没什么人。

陈玄景推门进来，坐在榻上，他坐得依然端正挺直，只是眼神里有丝懒散厌烦，对着榻上的棋枰，看了半日昨晚自己留下的残局，拈起白子，自填了一眼，又填了一眼，正要把自己的白子逼到绝境，一丝若有若无的香气飘了过来。

淡淡的，似荷香，又有丝甜香。

香气来自屏风后。

他无声无息地起身，缓步走到屏风旁，"喀啦"一声，将屏风推开。缩在屏风后的梁灵瓒一声惊呼，就这么暴露了出来。

陈玄景居高临下，冷冷地说："梁兄。"

"陈兄，陈兄好。"梁灵瓒假装看不见他那张滴水成冰的脸，提着椿箱站起来，端出一只碟子，"我带了荷花糕，特地给陈兄尝尝。"

陈玄景嘴角勾起一个冰凉的弧度："梁兄好兴致。可惜你我并无交情，无功不敢受禄，请回。"

"哪里哪里，陈兄帮过我许多次，对我情深义重，恩深似海，我十分地……哇呃呃呃……"梁灵瓒的话还没说完，就被陈玄景拖起来往外拽。

体力上她完全不是对手，为免被扔出去，只好手脚并用，八爪鱼般抱住了陈玄景的腰腿。

陈玄景又是好气，又有一股说不上来的奇怪滋味，甩了甩竟甩不脱，怒道："松开！"

梁灵瓒抱得牢牢的："我不松，我松开你就要把我扔出去了，我还没道歉呢。"

"谁要你道歉！"

"做错了就要认，知错了就要改，你说的啊。我错了，你好心帮我，我不识好歹，难怪你生气。"她认错认得干脆利落，每一个字都打进了陈玄景的心窝，陈玄景虽然还是拉扯的姿势，力道却是已经发不出来了。但他已经发过誓，再多看这猴子一眼就是猪！他一狠心，将这条八爪鱼扒拉下来，待要扔出去，梁灵瓒再一次展现出猴子般的灵活身手，挣脱他的掌控，只是方向没选对，懵懵懂懂，撞进了陈玄景怀里，干脆牢牢将他抱住，叫道："君子动口不动手！要动手也先听我把话说完！"

陈玄景没动。陈玄景完全地僵住了。

他已经不记得上一次被抱是什么时候了。四岁？三岁？还是两岁？反正从启蒙入学，他就被要求言行起坐要像一个君子，君子如玉，君子端方，君子……不会拥抱，也不会被抱。拥抱是多么遥远的事，遥远得全然陌生。

暖。暖的感觉充盈了全部身心。被抱着居然是这样暖的事。温柔的、舒缓的、愉快的暖意，好像春天里最美好的一束阳光，照在身上，再透进心里。

光线所到之处，所有的气恼、不满、愤怒都烟消云散，于是一颗心温暖透亮，就像一片被阳光照得半透明的叶子，随风轻拂，洁净没有一丝尘埃。

梁灵瓒的脸贴在他的胸前，发现了他的不对劲。他一动不动，但心跳如雷。

梁灵瓒的脸顿时皱了起来。完蛋！这是要生大气、发大火的前奏！

她……她真的是太过火了，要知道这家伙被人碰一下都不高兴呢，看看她都做了些什么事儿！

她火速退开三步远，好像生怕再在他怀里多逗留一瞬就有狂怒之焰从天而降，将她焚得个灰飞烟灭。她就差没贴上墙了，结结巴巴道："我……我不是故意的，我……我保证不再多你碰一下，你……你也别赶我走，让我把话说完成吗？"

黄昏，夕阳的光线醉了似的温柔，像美人微醺的笑靥，软红。她站在这样的光线里，面颊也染上了一层红晕，越发显得那双明眸如水，如璀璨星辰。

"好，你说。"话说出口，像气泡消失在空气中悄然无痕。他没听出自己的声音有多温柔。

可梁灵瓒吃过他温柔的苦头，知道他越是好言好语，心情便越是糟糕，顿时就产生了一种夺路而逃的冲动，颤声道："我……我之所以不能告诉你我做错了什么，是因为这是我个人的隐私，这种错只有我会犯，大师只会恼我一个人。我不敢说出来，是怕你也恼我。陈玄景，你待我挺好，帮我许多次，我认你这个朋友，不想你恼我。"

暮色降临，屋子里暗下来，在这幽暗的光线中，她的眸子是那么明亮，带着一点儿惧，一点儿怯，忽闪忽闪地看着他，像只湿漉漉的小狸猫，让人只想抱在怀里把它擦干抹净，让它舒舒服服地窝在暖处。

此时此刻,陈玄景只有一个念头——对着这样的人,一行大师是怎样硬起心肠的?

他的心已经无可阻挡地化成水了。言语也像是随着化成了水,张了张嘴竟不知道要说什么,静了半日,梁灵瓒越发战战兢兢,像是随时会跳窗跑路,陈玄景忍不住"哧"的一声轻笑了一下。

这一笑清浅温和,既不是冷笑也不是假笑,梁灵瓒终于松了一口气,知道这事成了,连忙端来荷花糕,殷勤道:"陈兄,要不要尝尝看?虽说才吃了晚饭,但这糕不占肚子的……"

一语未了,就听"咕噜"两声肚子叫唤,一声来自自己,一声来自陈玄景。

梁灵瓒讶然:"陈兄你没吃饭啊?"

陈玄景拈起一块糕送进嘴里:"你不也没吃?"

"我那是忙着做糕嘛。"梁灵瓒也不客气地吃了一块。

"我那是忙着生气。"陈玄景心道。

一碟子糕也不过六七块,做得轻软香甜,入口即化,两人你一块我一块,转眼碟子就空了,陈玄景问:"听说这是特地带来给我的?"

梁灵瓒嘿嘿笑:"我回小厨房煮面去,你要不要也来一碗?"

"天要黑了,你一会儿就要去静室,哪有工夫煮面?"陈玄景说着,朝左边一抬下巴,"你去隔壁小叶屋子,屏风后有个小柜,小柜里有只小椿箱,拿过来。"

梁灵瓒依言去了,找到椿箱提过来,一打开,"哇"了一声。

里面是精精巧巧的两层,上层是浅浅几个格子,放着各色肉脯点心,下面一层深一些,两只圆滚滚的小酒坛躺在里面。

梁灵瓒口水狂流,正要拈进一片肉脯,陈玄景按住她的手:"十份荷花糕。"

"成交!"梁灵瓒爽快地答应。

陈玄景却有些发怔,看着自己的手。指尖还残留着梁灵瓒手背肌肤的触感,好像很滑,很软,很是……异样。他微微吸了一口气,不允许自己胡思乱想,掏出酒坛,喝了一口。

三

源重叶晚上总会喊饿,因此给自己妥妥当当地备好了夜点心,这一日他照常打开柜子,发出一声惨叫:"有贼!"

他冲进陈玄景房里:"这儿真的有贼!我的——"

他刚想说他的夜点心不见了,就见他家夜点心的残骸大大咧咧地摆在面前,陈玄景手里还提着一只小酒坛。

他看看吃得干干净净的上层小槅间,再晃晃另一只小坛子,都、空、了!

"陈玄景!我真没想到你是这样的陈玄景!"源重叶悲愤了,"以前叫你一起吃,你说什么君子不夜食,结果倒好,现在学会了吃独食!还喝酒!还喝了两坛!"

陈玄景微微一笑:"我知道你和二哥为什么喜欢喝酒了。"

源重叶没好气:"自然是因为酒好喝!"

陈玄景一笑,仰头喝完了坛子里最后一口。好喝是没有多好喝,但当一个人心中有浅浅欢喜,却又说不出来的时候,把酒喝到微微醺然,当真是再妙不过。

四

南宫平从宫里回来,把闵学录叫了过去,闵学录到底还是知道了集贤院里发生的事,等不及第二天,他从官署出来,直接杀到静室,隔着门把梁灵瓒痛骂一顿:"你翅膀硬了是吧?之前我怎么跟你说的?你一转头就都忘了!颈上这颗脑袋不想要了!告诉过你一百遍,咱们只管测算只管测算只管测算!旁的事就算找到咱们头上,咱们也当没看见,你倒好,还自己凑上去!你就这么想拍人家马屁啊?我告诉你,那马屁岂是好拍的!现在拍到马腿上了吧?丢了自己的脸不说,还把我大师兄的脸都丢了!真是要气死我,要气死我!"

梁灵瓒头一次觉得静室里谢绝探视的规矩很好,有一扇门隔着,至少闵学录的唾沫星子喷不到她脸上。

闵学录一气骂这么多,歇了好一阵,问:"大师兄让我问你,你以前和一行大师是不是旧识?若是旧识,把详情细细说来,他还能在一行大师面前替你说项。"

梁灵瓒对着门摇摇头,然后才想到闵学录看不见,她轻轻地叹了口气:"不是。"

不是旧识,只是闲杂人等。

闵学录更火了,又骂了半天,大约是对着门骂不痛快,扔下一句"明天一早给我滚过来",这才走了。梁灵瓒眼前已经出现了明天一早闵学录杀气腾腾地在藏书楼门前等她的场景。

结果第二天一到藏书楼,在门前等她的不是闵学录,还是两颗光溜溜的脑袋。

两颗脑袋凑在一起商量:"你去叫吧。"

"你去。"

"我先进的国子监。"

"那又怎样？来国子监师父又不会说什么，直接找小瓒才能见真章。"

"那就一起叫。"

"明明是你猜拳输了。"

初夏的阳光好极了，他们已经长成高大的男子汉了，只有光溜溜的脑袋还是昔日模样。

"大相师兄，元太师兄，"梁灵瓒在后面唤，"找我吗？"

两人"啊呀"一声齐齐回头，元太大笑："好了，这回是一齐见着的，师父要骂也是一齐骂。"

大相道："你只顾着罚不罚！小瓒，我问你，你快快老实交代到底是做了什么坏事，把师父气成这样？"

一语问出，梁灵瓒脸上的笑容就僵住了，叹了口气，低下头不说话。

三个人从小一起长大，梁灵瓒是什么脾性两人还不知道？一看这模样就知道是什么也问不出来了，两人对望一眼，也叹了口气："我们问师父，师父也是这般叹气的。"

元太改问其他的："你怎么来了国子监？这脸上又是怎么回事？谁欺负你了？告诉我们，我们给你出气。"

大相道："这国子监是不是伙食不好？小瓒你怎么还是这么小个儿？是不是没好生吃饭？"

三个人久别重逢，絮叨起来便没完没了，有说不完的话，还是大相看着天色，提醒元太该回去了，毕竟两人是随便找了个借口出门的，没敢告诉师父他们来找梁灵瓒，耽搁久了不好回话。两人走得依依不舍，一面走，一面回头。

他们已经长成伟岸挺拔的青年了，可在梁灵瓒心里，他们永远是当初在玄都观偏院门口探头探脑的小和尚，而一跟他们在一起，她也重新变回了那个躺在梨树上睡觉的小孩子。

她长长地叹了一口气。真想将时光倒流，再和他们去山上捉一回兔子啊。

只可惜还没等她将这口气叹完，身后就响起一声暴喝："梁、灵、瓒！"

五

陈玄景来到藏书楼，发现今日的藏书楼格外安静，因为没有梁灵瓒。

然而这安静很快被窗外的声音打破——

"还说不是旧识！这皇宫里能有几个光头！人家徒弟都找上门来了！还骗我说不认识！小小年纪就这么骗人，长大还了得！我……我非打死你不可！"

窗下，梁灵攒跪在庭院中，闵学录无儿无女，被"教育"这个问题搅得头昏脑涨，满院子乱转才找到合适的工具——扫把，高高扬起。

"住手！"扫把被一只手架住，闵学录被这力道推得后退一步，看看从天而降的陈玄景，再看看二楼窗子的高度。陈玄景在他面前斯斯文文惯了，他实在料想不到这孩子竟有这样的身手。

"都是骗人的！"闵学录悲从中来，"你们都是哄我的！你们一个个都是真人不露相，只有我蠢，被你们耍得团团转！"

梁灵攒心说这种教育风格和爹真是两个极端，还不及辩驳，陈玄景就道："老师，学生是不想看老师犯错，情急之下这才出手，望老师恕罪。"

闵学录一愣："我犯什么错？"

陈玄景握着那扫把，指着梁灵攒："老师请看，梁灵攒就这么点儿大，您这一扫帚下去，就算不残也要吐血，不免要在床上躺个十天半个月，到时老师又要心疼，难道不是错吗？"

梁灵攒将自己缩成小小一团，眨巴眨巴眼，可怜兮兮地望着闵学录。

闵学录硬起心肠瞪着她。

陈玄景又道："若老师是说一行大师的两位高徒，学生在路上还碰见了呢。听他们二位说，昨日梁灵攒虽是举动失礼，但大师也觉得他颇为聪敏机灵，怕他被责备后无心向学，因此特意派两位弟子前来安慰。梁灵攒，是不是？"

若论一本正经胡说八道的本事，全国子监梁灵攒只服陈玄景一个，当即点头："他们说让我好好修习算学，还问我算学是谁教的，说我已经这样厉害，我的老师定然更厉害，哪天还想请我的老师入宫一叙呢……"

闵学录脸色大变，头摇得像拨浪鼓："不不不，我不入宫，死也不入！"

梁灵攒忍着笑，努力摆出正经脸："幸好我知道老师会这样说，已经回绝他们了。"

闵学录这才松了一口气，挥挥手，让她赶紧起开。梁灵攒逃过一劫，回到藏书楼上，左右无人，她抱拳向陈玄景深深一揖："谢陈兄救命之恩！"她这一揖行得颇有陈玄景的风范，腰肢更显得柔韧，只是一抬头，手一撑就坐在案上，晃着两条腿，"刚才你怎么下去的？用跳的？我的老天爷，这么高，我都不敢，你怎么还跟没事人儿似的？你会飞吗？"

这坐没坐相一副猴儿样，换从前陈玄景一定看不上，可现在不知是看惯了还是怎的，竟觉得看见了这样的梁灵攒才能放下心，道："我家世代将门，我小时候还梦想着像兄长那样做个驰骋天下的大将军，所以跟着兄长学了几年武。"

"痛快！当将军多么威风！"梁灵攒激赞，"不过，怎么后面改念书了？"

"因为后来我发现,将军就像皇帝养的马,要拴就拴,要放就放,身不由己,更遑论自在驰骋。于是我便想做文臣,以一言匡天下,替天子牧养万民,只是……"

"只是什么?"

"你回头看。"

梁灵瓒还以为背后有人,猛一回头,却什么也没看见:"看什么?"

"看窗外。"

梁灵瓒扭着头,窗外是夏日绿茵茵的大树,以及数不清的屋宇,一直连绵到天边。

"你看到了什么?"

"呃,皇城?"

"再远呢?"

"就是宫城了。"

皇城与宫城,合起来便是皇宫。

"你看这天下很大,皇宫很大,其实再大的天下,再大的皇宫,都只有一个主宰。"阳光照在连绵的飞檐翘宇上,琉璃瓦呈一种美丽的金色,耀眼极了,风微微吹动陈玄景的一字巾系带,"臣子终究是臣子,真正一言以决天下的是君王。不论文臣武将,都要臣服在天子的意志之下。"

这话梁灵瓒听得不是很明白,似懂非懂道:"当官的都得听皇帝的话啊,有什么不对吗?"

"不错,当官的听皇帝的,那皇帝听谁的?"

"自然是听他自己的啦。"

"不,"陈玄景微微一笑,比他任何一次微笑都要深沉,都要骄傲,"天子要听上天的。"

梁灵瓒眨眨眼,又眨眨眼,脱口而出:"你想让皇帝听话,所以才学星占术!"

"嘘。"陈玄景笑着抬手,在她脑门弹了一记,"不得妄言啊梁兄。"

窗外阳光灿烂,映得他眉飞扬、眸胜星、人如玉。

梁灵瓒捂着脑门,一时呆住。

六

晨钟敲响,所有生徒都往学舍去,陈玄景也不例外。藏书楼顿时安静下来,梁灵瓒开始做测算。

这些日子以来,她白天忙于测算,晚上在静室又不能好生休息,再好的底子也渐渐熬不住，用宋其明的话来说，就是"黑眼圈都能滴下墨汁来了"，今日的测算才做了一半，哈欠却一个接一个地来了，人也有点儿东倒西歪。

陈玄景午后再来的时候，一上楼，就见梁灵瓒的脑袋晃了两晃，"啪"的一下，趴在了桌上。

"《太玄经》也太玄了……"

"博士说要先把《易》读熟了，再读《太玄经》就容易了，你试试看。"

"《易》更难懂好吗……"

两个太学生一面说话，一面走来，正要上楼，忽见楼梯上站着一人，向二人道："两位兄台，书楼重地，请勿喧哗。"

二人连忙噤声，但陈玄景并没有让开，对二人微微一笑："失礼。闵学录有言，二楼书籍今日清点，概不外借，二位请回。"

这话若是别人说，两人大约要上去看看，但由陈玄景说来，两人却连问也没有问一句，说声"告辞"便走了。

陈玄景唤来一个仆役，轻声嘱咐守在楼下，不让人上楼。

楼上梁灵瓒睡得正香，脸贴着桌面，被挤得变形，嘴唇微微张开，嘴角挂了一缕亮晶晶的口水……

陈玄景低头看着，自己都没有发现自己的嘴角弯出了笑意。

他拿手指戳了戳梁灵瓒的面颊，梁灵瓒咕哝："一会儿……一会儿就来……知了……我就来……"

陈玄景的手指顿了一下。梦里都还在捉知了吗？他是不是做得有点儿过分了？他稍微反省了一下自己，然后又用手指戳了戳。手底下的肌肤，软、弹、嫩，像香合坊的杏仁豆腐。

梁灵瓒"哼唧"两声，抬起头。

陈玄景迅速收回手，拿起案上的书做苦读状，但见梁灵瓒只不过换了一边脸枕着睡，眼睛都没有睁开一下。

陈玄景"扑哧"一下笑出了声。

梁灵瓒趴下的时候，纸上的墨迹还没干，这会儿墨汁全印在了脸上。

他站着看了一阵，取过她面前的算纸，在书案前坐下来，提起笔。

楼下，仆役们进进出出，搬书的搬书，晒书的晒书，不知哪里遗漏了一只知了，在炎热的空气里拼命叫唤"知了知了知了……"但隔得远，一切的声音好像都隔得很远。

整个世界仿佛只剩下这张书桌，羊毫柔顺地滑过纸面，墨香浮动在空气里，浅浅的呼吸响起在这个宁静的午后，陈玄景忽然想不起来在他二十来年的人生里，以前是否也有过这样静谧得近乎甜蜜的一刻。

七

梁灵瓒这一觉睡得很是香甜，全身的骨骼经脉都得到了休憩，像是泡个了热水澡那般舒服。

她痛痛快快地伸了个懒腰，只是这懒腰才伸到一半，就看见陈玄景坐在她对面，笔下不停，低眉垂目，眼睫长长一片，夕阳把暖红的光照在他脸上。

居然已是黄昏，她居然睡了这么久……不对这不是重点，重点是——"下学了吗，陈兄？"

"充仆役、罚静室、做测算，寻常人只做一份也忙得不可开交，你一个人三样都包揽，当自己是神仙？"陈玄景搁下笔，等最后一笔的墨迹干了，将纸卷好递过来，"再这么熬下去，你怕是要成为国子监第一个活活把自己累死的生徒。"

梁灵瓒接过一看，大吃一惊，今日的测算已经全部完成，笔迹工整、计算缜密、数据无懈可击。她先是想到："陈兄你真在这儿坐了一下午啊？"旷课好像要罚什么来着……绳衍厅条例没背熟……然后才猛然站了起来，"你……你会天文算法？"

天文算法不同于普通算法，若没有各种天文基础打底，永远也算不出名堂。她以为陈玄景只会观星占星而已，没想到他居然也懂天文。

"闵学录教你的吗？还是说，太学里也教天文？"

"不是太学里'也'教天文，是整个国子监，只有太学生可以修习天文。"

梁灵瓒捏着算纸站在原地，一动不动，张大了嘴巴合不上，呆呆看着他，脑子里只剩四个字："太学……天文……太学……天文……"

"想来太学？"

梁灵瓒眨眨眼："你怎么知道？"

"你已经把那四个字写在脸上了。"

梁灵瓒也知道太学难进，不然当初崔子皓就不会费那么大劲儿了。她叹了口气，想着要不要故伎重施，去太学窗外偷听。

"想也别想，这里的卫军比洛阳多一倍，也没有给你藏身的假山。"

梁灵瓒忍不住摸了摸脸……有这么明显吗？

陈玄景将身子靠近椅背，看着她，慢悠悠问道："真想进吗？"

梁灵瓒立刻懂了，立刻上前殷勤地给他捏肩捶腿："请陈兄指点！"

"你已入长安国子监，比外人多了一层机会，如果在每年会考之际能答上太学正义堂的考卷，再求得三品以上荐书一封，便可以入太学。"

"就……就可以学天文？"

"太学生要通六艺，礼、乐、射、御、书、数，数便是理数和气数，即天文历法，四时变化。"

梁灵瓒久久地怔住，整个人似僵了般一动不动。

"但你也莫高兴太早，明明有这条监规，为何没人去考？一来是荐书难得，二来是太学里的四书五经六艺，哪一样都是少小启蒙、十年寒窗上来的，非一朝一夕之功。偶尔有人托到荐书门路，想要转考太学，结果却是正义堂会考没通过，自身学馆的会考又缺席，被除去学籍，以至于遗憾终生。梁灵瓒，你可要想清楚。"

梁灵瓒仍是一动不动。陈玄景疑惑道："你傻了？"

"太学……前三名……可以入集贤院……"梁灵瓒一字一字地说道，抬起了头，语气坚定，"我清楚得很，我要进太学，不单要进，还要考前三名！"

——因为我要进集贤院！师父不让我进，我就自己进！

明明暮色快要降临，陈玄景却觉得眼前一片光耀。他看到了梁灵瓒的眼睛。她的眼睛明亮到极点，仿佛是一对要燃烧起来的小太阳。若心是一把琴，现在一定是被人重重拨弄了那根弦，铮然一声，响动天地，久久都是回音。

这就是梁灵瓒，他认识的梁灵瓒。小小的躯体里裹着一个强大的灵魂，蛮横、粗野、不顾一切。他久久地看着她，眼睛眨也不眨，心跳如雷，耳边几乎有轰鸣。好一阵，理智才将这一切平复，他深深吐出一口气："梁灵瓒，别犯傻了，这是不可能的。"

"不试试怎么知道？"梁灵瓒眼睛亮晶晶的，看着他，天真地问道。

陈玄景捉住她的手腕，将她拉到窗边，道："跳下去试试。"

藏书楼为着藏书方便，楼层建得极高，窗口距离地面少说也有两丈，饶是梁灵瓒胆子大，也不由得后退一步："我又不是你，这么跳下去，岂不要摔断腿？"

"呵，你也知道！"陈玄景重重点了点她的脑门，"太学生徒从启蒙到入太学，少说要十年，从正义堂到率性堂，一般要六年，人家十六年光阴才能贯通六艺，就这样也不敢说定能考上前三名。你半路出家，上来就要考前三名！就好比你没有锻过一天筋骨，光是活动活动手脚就想从这里跳下去，结果如何用膝盖想都知道！"

梁灵瓒声音低了下去："可不试试怎么知道……"

"还用试吗？不然你跳下去试试！"陈玄景火大，"你要学天文，凭你的脑子恶补四书五经，或许能入太学，但要进率性堂前三名，想都不要想！只要一行大师点个头，你便可以进集贤院，你现在要做的就是豁出脸皮求得大师原谅！现放着青云大道不走，却要走这条弯死了的死路，梁灵瓒，你脑子是不是进水了！"

梁灵瓒低着头，抿着嘴，双手搓着自己的衣角，不说话。

陈玄景苦口婆心地说了半天，见她还是这般油盐不进的模样，头被气得一阵阵发晕，顿时充分理解了闵学录的心情，真想找扫帚把这死脑筋的猴子揍一顿。

偏生梁灵瓒不知死活，还伸手拉拉他的衣袖："要不，你教教我试试？万一我能行呢？我从前连升六堂的时候自己也不敢相信呢！"

"这哪里是一回事！"陈玄景咬牙切齿，"你要犯傻就自己犯去，别妄想我同你一起干蠢事！"陈玄景说完，转身就走，因为他很清楚，再多留一刻，他只怕要被这蠢货气到吐血。

八

源重叶花银子买通卫军，刚刚将夜宵补上仓，就听"哐当"一声，有人踹门而入，再一看，吓一跳，竟是陈玄景。

"喂，陈兄，你这可难为人啊，温文尔雅那一套人家好不容易才学会了，现在又换戏路，人家可怎么学？"

陈玄景理也不理，直接开了椿箱，拎出一只酒坛，仰头便喝。

源重叶赶紧抱住另一只酒坛，胆战心惊，脑子里有一个念头——

这回完蛋了！大哥一定会怪他把陈玄景带成了酒鬼！

陈玄景发誓再也不理梁灵瓒了。虽然他自己也记不清这种誓到底发过几次。但这次他决定来真的。

源重叶第一个发现陈玄景不对劲，首先是陈玄景不去藏书楼了。不去便不去，每天必来他房里一趟，天南地北随便指一事聊聊，末了总会问问他有没有去藏书楼，梁灵瓒在做什么之类的。源重叶觉得后面一句话才是重点。

至于梁灵瓒在干什么……梁灵瓒在背书。背书便背书，梁灵瓒背书的方式十分新奇，源重叶去的时候见梁灵瓒在背《论语》里的一条："子曰：恭而无礼则葸，慎而无礼则乱，勇而无礼则绞，直而无礼则劳……"背得很认真。

源重叶虽说学习不太行，但《论语》一书从小背到大，早已滚瓜烂熟，一听便觉得梁灵攒很可能背了一本假《论语》，把书翻过来一看，原文是："恭而无礼则劳，慎而无礼则葸，勇而无礼则乱，直而无礼则绞。"

梁灵攒抱头："啊啊啊啊，怎么又错了？这几个字怎么这么奇怪啊……"

源重叶把梁灵攒的情况说了一通，陈玄景断然道："不可能。"

"我也觉得不可能，就这脑子当初是怎么连升六堂的，难不成是二哥给开的后门？可不信你自己去看，那小子都快把自己薅秃了。"

陈玄景冷冷一哼："我去看什么？关我什么事？"

那猴子越是资质平庸，越能知难而退。

只是……这个夏天好像过分漫长，他以为他已经一个月没去藏书楼，实际上才不过五天。知了在窗外声声叫唤，叫得人心烦意乱，陈玄景伸手拎起了酒坛。

源重叶对此已经完全看淡，并且与时俱进，酒的储备量升至四坛。

九

梁灵攒也觉得时间漫长。虽然才背了没几天，她却觉得她好像背了快一年。好像又回到了当初学女红的日子。她曾经以为世上只有女红让她显得蠢，现在"世上"告诉她，不是的，还有诗书这种东西等着她。

明明都是认得的字，放在一起怎么就完全不知道在说什么了呢？其艰涩拗口，同佛经相比完全不遑多让。她拿着本书死记硬背，且动用了最笨的法子——抄书——来记诵。一段话抄个十来遍，再背诵，总归是可以的。

这日她正埋头抄写，眼角余光忽见有人上楼，不用抬头，只凭眼帘里那一角衣袍及走动的势态，梁灵攒就知道来的是谁。

那人径直走向书架，好像根本没看到她这个人。她也没吱声，好像根本没看到有人上来。

抄完十遍，她开始背诵："子张问崇德辨惑。子曰：'主忠信，徙义……徙义……呃，徙义……徙义……徙义……"

陈玄景见惯她机敏聪明的样子，纵然有所耳闻，亲眼看见她如此没用，还是吃了一惊。但他早就打定主意，只当这猴子不存在，可梁灵攒就像念经一样，反反复复卡在那两个字上，如同魔音穿脑。他手里的书被捏变了形，终于忍不住道："崇德也！"

"嗯嗯，多谢！崇德也……崇德也。咳，爱之欲其生，恶之欲其死，既欲其生，又欲其死，是……呃……是……是……"

陈玄景用力朝天翻了个白眼："是惑也。"

"啊是是，是惑也。"梁灵瓒好像一点儿也没听出他声音里的不耐烦，从善如流地背下去。

书架后的陈玄景却怔住。他八岁时便能将整本《论语》倒背如流，个中微言大义全都了然于胸，比如这一句，他的脑子无比清楚地知道它是什么意思，可是心却从来没有触动过。

而此刻，这句话穿透千余年的时光，重重地在他心上叩了叩。

"爱之欲其生，恶之欲其死，既欲其生，又欲其死，是惑也。"梁灵瓒，就是他的惑啊。

他一时恨不得世上没有这个人，一时又看不得这人受一丝苦楚。原来这般纠结在一千多年前便已经是人类的烦恼了。他忽然发现他以前好像从来没读懂过《论语》。

那边，梁灵瓒好容易囫囵背了一遍，提笔开始靠默写牢记。这法子蠢得让陈玄景都看不下去了，冷冷道："你就算默上十遍，过几天一准全忘光。"

梁灵瓒咬牙："那我就默一百遍！"

"蠢材！一条默上一百遍，你要多久默完一本《论语》！一本《论语》尚且如此，还有后面的五经及策对你可怎么办？等你结业只怕已经七老八十了，再去集贤院只能用新历法来查哪一天宜动土安葬！"

"你！"这一句话便是一刀，直戳中梁灵瓒心窝，梁灵瓒拍案而起，但是很可惜，陈玄景高出她一个头，且神色看起来杀气袭人，不论身高还是气势，梁灵瓒都输了一大截，只好忿忿然坐下："那又怎样？我学得一日是一日，学得一条是一条，总比什么都不做得好。"

"你去集贤殿认个错，哪里还用学这劳什子！"

"你以为我愿意？你以为认错有用？这是我唯一的法子！"她越说越气，嗓门也越来越大，话一出口就有点儿后悔，无论如何，陈玄景也是为她着想，她怎么能这样吼人？这回又要把他气走了。

然而陈玄景没有。他死死地瞪着她，有那么一瞬，梁灵瓒觉得他之所没有甩袖走人是因为想留下来掐死她。

陈玄景手一动。梁灵瓒下意识想闪一边，结果"啪"的一声，他把两本书甩在了书案上。

一本郑玄的《论语注》，一本何晏的《论语集释》。

梁灵瓒眨眨眼，看看书，又看看他。

"资质平庸若此，还不知道寻求善法，只知道一味死背，当真是脑子被狗吃了。"陈玄景语气里全是愤然，"先把这两本书看了，不懂的地方再来问我。"

梁灵瓒呆呆地看着他："你……你这是……肯教我了？"

第十二章·天文

陈玄景居高临下，冷冷睥睨她："不要？"

"要要要要要要要！"梁灵瓒眼睛一亮，一跃而起，抱住他，"陈玄景你真是古往今来、天上地下第一大好人！"

陈玄景顿时呆住了。他其实对她仍有一肚子不满，可当她的手环着他的腰，她的脑袋搁在他的胸前，这样的碰触仿佛是某种仙法，心里所有的恼火不可思议地如冰雪般消融。

若是梁灵瓒肯抬头细看，一定会发现他身上的气势几乎是以肉眼可见的速度消弭，唇角微微勾起，眉梢轻轻上扬，在这一瞬之间，他整个人有了极大的变化，如同南风过境，万物生春。可惜梁灵瓒没有，她抱得快，松得更快，松完了还连连鞠躬："对不住对不住，我一时高兴坏了，对不住对不住……"

夏日的风从窗外吹进来，犹带着炎热的气息，可不知道为什么，她退去后的怀抱竟然有丝说不出来的凉意，空落落的。陈玄景极力拂去那奇怪的失落感，刻意冷淡了语调，教训她："君子行为端方，不可动手动脚。"

"是是是。"梁灵瓒连忙答应，离他远了一步。

陈玄景无端觉得气闷，端起案上的杯子便喝了一口，就见梁灵瓒看着他手里的杯子，眼睛睁大了一圈。他还想问句"怎么"，只是还没开口，忽然间就明白了，一口茶水顿时呛住，咳了起来。他的面色有几分发红，连耳根儿都染上了，不知是呛的还是气的，末了，恼怒："茶杯也不要乱放！"

"是是是，都是我不好。"梁灵瓒连忙替他拍肩顺气，另取了一只杯子给他斟了一杯茶，低眉顺眼的，要多恭敬有多恭敬，要多乖巧有多乖巧，把陈玄景伺候好了，方问道："陈兄，我现在就有不懂的，能不能问你？"

"哪里不懂？"陈玄景端起茶杯，心里想的却是，这猴子讨一行大师和闵学录欢心时，大约也是这副模样吧？

梁灵瓒脸上露出灿烂笑容："哪里都不懂！"

十

有了陈玄景调教，梁灵瓒终于逃过把自己薅秃之劫，在学完《论语》之后，开始读《中庸》与《大学》，陈玄景也开始教她写策对文章。

等梁灵瓒绞尽脑汁写出人生中第一篇策对时，长安已经入冬，她的罚期结束，终于搬回了自己阔别已久的号舍。

除了读书与文章外，太学生还要通六艺，即礼、乐、射、御、书、数。

礼是礼法与礼节，乐是乐音与乐舞，射是射箭，御是驾车，书是书法，数是理数与气数。

当中"书""数"两艺，梁灵瓒根基不俗，"御"也挺在行，"射"也很有兴趣，就是一见"礼"和"乐"两样便头疼。

礼有五礼：吉、凶、宾、军、嘉。乐有六乐：云门、大咸、大韶、大夏、大濩、大武。

礼倒罢了，有陈玄景这个礼仪标尺在身边，想不学好都难。乐却是难办，六乐都是大型乐舞，多的要数百人，少的也有数十人，只有太乐署伎乐部才有。太学博士讲乐时，纸上谈兵居多，真正要实战观摩，须博士请示祭酒，祭酒修书太常寺，太常寺再传命太乐署，好不容易才能敲定日子，太学生才由博士领着入宫，进太乐署观乐。

别说很少有观乐的机会，就算有机会，梁灵瓒也不可能混进去——她可不想再进一趟金吾卫羁押房。

她为此很是发愁。就算只有一门不通，别说率性堂头三名，她就连正义堂也进不去。

这天休沐，国子监里到处呈现出野马出栏的喧腾气象，或奔回温暖的家，或呼朋唤友去酒楼，或相约去城外终南山赏雪……热闹非凡。

梁灵瓒要补太学功课，又要做算法，每每忙到丑时才睡，原本想今天补觉，结果睡得正香，宋其明在外面把门拍得震天响："小瓒！小瓒！快起来！带你去个好玩的地方！"

昨晚丑时才睡，现在只想抱住周公大腿不松手，她气若游丝道："我不去，你自己去吧……"

"不去你会后悔八辈子！"宋其明锲而不舍，继续拍门。

梁灵瓒叹了一口气，知道自己是别想睡了，匆匆爬起来，抹了把脸就出门。宋其明拉着她一路往外跑，一脸兴奋。

梁灵瓒问："去哪儿啊？西市吗？"

"比西市好玩一百倍的地方！"

"到底什么地方？"

"嘻嘻，到了你就知道了！"

国子监外车马不断，都是来接自家公子的。梁灵瓒跟着宋其明跑向其中一辆马车，这马车银驾白马，异常醒目，车辕上坐着的老仆十分眼熟。

"苍伯！"梁灵瓒老远就朝他挥手。

几年不见，苍伯好像没有任何变化，依然是当年那副样子，瞧见梁灵瓒，下车来，扶她上了马车。

梁灵瓒一上车就看到一截雪色锦缎衣摆，同色银色刺绣。陈玄景内穿通肩圆领锦袍，外披玄色披风，狐狸毛领蓬松厚重，一字巾勒在额上，长眉入鬓，眸子漆黑如浸冰雪。旁边坐着源重叶，向宋其明道："这么快？你是不是生怕小瓒不去，咱们也去不成了？"

宋其明嘿嘿其笑："我是怕小瓒错过，后悔到痛哭流涕。"

"到底去哪儿？"梁灵瓒不由好奇。

陈玄景忽然开口道："过来。"

梁灵瓒"哦"了一声，乖乖地把脑袋凑过去，陈玄景摘下她的幞头，把那一头自由飞扬的短发整理好，再给她把幞头戴上："头发长了些，明年可以扎起来了，别再顶着一头乱毛出门。"

梁灵瓒摸摸头："扎头发好麻烦……"

她每天都是拿幞头一盖脑袋就出门，也不管底下露出来的头发是如何张牙舞爪的，陈玄景看不过，总要让她整理，她整理之后还是毫无改观，陈玄景只好自己动手。

这种事情两人都习以为常，源重叶和宋其明却是第一次见，目瞪口呆之余，源重叶向陈玄景道："你好像他老妈子。"

宋其明向梁灵瓒道："你好像他养的狗。"

陈玄景和梁灵瓒互相看了一眼，纷纷觉得另外一个人说得很有道理。

马车驶过长街，进入一道坊门。梁灵瓒隐隐听到悠扬乐声传来，揭开帘子探出脑袋，只见和别的坊间不同，树上悬着红绸绢花，有美丽的姑娘三两成群，不时传来阵阵轻笑，空气里好像浮动着一股奇妙的香味，每一个走在路上的人都面带笑容，仿佛很开心的样子。

她扭头一看坊门上三个大字，睁大眼睛，脱口而出："平康坊？"

就是那个生徒们偶尔打趣、提起来都会眼睛发光的平康坊？就是那个据说美人如云、香风遍地的平康坊？

"注意控制你的口水哦，小瓒！"宋其明笑嘻嘻道，"怎么样？还不快谢谢我把你从床上拉起来？"

"多谢多谢！"梁灵瓒笑容满面，"所以我们是来喝花酒吗？"她还从来没喝过花酒呢！

才说完，脑门就被陈玄景弹了一记："平康坊就只有花酒吗？"

梁灵瓒捂着脑门："不然还有什么？"

"还有乐舞啊！"源重叶笑道，"咱们陈二公子这回可是下了血本，在一个月前就定好了今日要来看魏大娘的《云门》大曲！魏大娘千金难见一面，咱们这回可是有眼福啦！"

梁灵瓒一愣。一个月前，那岂不是陈玄景刚开始教她乐理的时候？

宋其明也道:"小瓒可莫要以为平康坊里都是寻常青楼,要知道坊中的姑娘们籍属教坊,从小受教,丝竹歌舞、诗词歌赋,无一不精,咱们要是不能拿出点儿真本事,姑娘们还看不上眼呢。其中还有无数种规矩,咱们可要小心谨慎,不能让姑娘们笑话。好在小叶子什么都懂,我们跟着小叶子行事就好。记住,千万别脸红!很丢人的!"

平康坊旁边就是崇仁坊,地方各方镇驻京办事之处名曰"进奏院",多在这两坊之中,据不完全统计大约二十五个左右,又近皇城,是举子和外省驻京官吏以及各地进京人士首选聚集之地,时人谓之为风流薮泽,是长安城第一好去处。

到了平康坊,梁灵瓒才知道宋其明之前为什么说源重叶见识渊博,原来渊博在这里!平康坊里大概没有源重叶不认得的姑娘,也没有姑娘不认得源重叶,他就像蝴蝶来到花丛中,莺莺燕燕纷纷围过来,有叫"源郎"的,也有叫"叶哥哥"的,拉着他不肯松手。

陈玄景皮相极好,不用说自然是抢手货,宋其明斯文腼腆,也甚受欢迎,只有梁灵瓒个子小一截不说,穿的也只是普通布衣,跟前面三位贵公子站在一起,活生生被当成了跟班小厮,竟有人请他去堂下吃酒——堂上自有人伺候,仆人们往往在堂下等。

梁灵瓒不晓得其中规矩,见有人请,她就跟着走,还没迈出步子,就给陈玄景拖了回来:"哪儿去?"

这些姑娘们才看出来这位竟也是客人之一,连忙将梁灵瓒拥入院中。

枫叶上的积雪未化,白雪红枫,情致可以入画,何况还有蓼草尖泛着淡淡的紫色,从雪下冒出头来。跟梁灵瓒想象中的灯红酒绿不同,眼前是白纸木窗,檐下挂着鹦鹉笼,里间乐声悠悠,她侧耳细听,陈玄景走在她身边,问:"听得出吗?"

梁灵瓒试探着问:"《绿腰》?"

陈玄景瞪她。

梁灵瓒连忙改口:"那《倾杯》?"

陈玄景的眼神更冷了。

"《凉州》!一定是《凉州》!"

陈玄景抬手重重在她脑门弹上一记:"你到底是听的还是猜的?"

梁灵瓒捂着脑门,这位老师什么都好,就是辣手无情,她脑门迟早要被弹出个坑来。

四人被引进一间长厅。阳光透过两面排窗洒进来,厅上几案罗列,菜色已经布齐,每人一只海碗大的小酒缸,缸中放着一只瓷兔子,将酒注入其中,兔子便跟着浮起来,梁灵瓒好奇地拨了拨那兔子问道:"这是干什么的?"

女孩子告诉她这是酒柸,随酒升落,这样即使隔得远,旁人也知道你的酒下去多少,骗不了人。梁灵瓒觉得有趣,给自己勺了一勺酒,那小兔子果然落下去一些。女孩子端起酒劝了一杯,梁灵瓒辣得脸都皱了起来,陈玄景的声音从旁边座席传来:"他年纪小,喝不得酒,换漉梨浆吧。"

女孩子们掩口笑:"还不曾有人来这里喝漉梨浆呢。"

"漉梨浆清甜滋润,清热败火,姐姐们最好也喝些。酒这么难喝,还伤身体,姐姐们可不要多喝啊。"

美人们眨眨眼,忽然"噗"的一声,倒在她身上:"哎呀,小公子这么小就知道疼人,以后长大了可怎么办?"

薄纱上襦笼在美人的肌肤上,像美玉笼着一层烟,梁灵瓒灿烂一笑:"美人本来就是让人疼的啊。"

她实在太久没见过女人了。发髻梳出千百种精巧样式的女人、肌肤闪烁着盈润光泽的女人、周身散发着迷人香气的女人!她们像美丽的丝绸、盛开的鲜花、香甜的点心!梁灵瓒恨不得赖在她们堆里不起来,快活得近乎感动——她简直快要忘了自己也是个女人。

这是宋其明来长安后第四次来平康坊,虽然竭力装得潇洒老成,但当美人的手搭上他的肩时,脸还是控制不住地暴红了,看着头一回来的梁灵瓒如鱼得水,不由觉得十分震惊。

源重叶朝陈玄景笑:"此子颇有天分!"

陈玄景端起酒杯,眉眼低垂,不置可否。

他身边原本美人最多,但不知怎的,渐渐地都到梁灵瓒席边去了。

源重叶叹了口气:"玄景啊玄景,你是在平康坊喝酒还是在大相国寺喝茶?"陈玄景往这儿一坐,肩腰挺直,姿态端雅至极,却有丝冷清气,隐隐拒人于千里之外,搞得美人们不敢靠近他,留在他身边的也只敢斟酒布菜而已。

陈玄景饮了一杯,杯子递到身边,美人替他将酒添上,不知为何就觉得身边有丝寒意,抬头就见这位俊俏的贵公子眼睛望着那位甜嘴小哥的座席,眸子里带着明显的不悦。

这是⋯⋯美人心中一凛,一般男人出现这样的眼神,就是要出事的先兆。

源重叶也注意到了,吃了一惊。陈玄景的涵养功夫十岁时就做到了六十岁境界,什么时候这般喜怒形于色了?

他连忙移席过来,顺着陈玄景的视线,左看右看,试图找出让陈玄景如此在意的美人。但陈玄景杀人的眼神好像从头到尾都只放在梁灵瓒身上,就算看美人,大约也是美人摸了梁灵瓒的脸。

源重叶揣摩半天:"我说,你该不会是在吃醋吧?"

陈玄景倏然回头，视线之锐利就像一把出鞘的利剑，削得源重叶头皮一寒，忙打了个哈哈："说笑，哈哈，说笑。陈二公子怎么会吃那小子的醋？那小子就是嘴甜卖乖会哄人，且又占了年纪小的便宜！简直是无耻啊无耻。"

其实他还想建议一下陈玄景换个坐姿，至少别摆出这副随时能拔剑而起的正坐，还有这眼神，很吓人的好不好？你看你身边的姑娘差不多都跑光了……但求生欲让他蹑手蹑脚地离开了。重新在美人的环绕中坐下来，他深深地感受到了生之喜悦——啊，那个虽然哆哆嗦嗦却依然坚持为陈玄景斟酒的美人，你是条好汉！我要为你的勇气赋诗一首！

梁灵瓒几上的酒桴晃晃悠悠，这厅中最热闹的地方就属她身边了。美人们抢着去喝她手里的漉梨浆，酒洒出来了，漉梨浆也洒出来了，那一小块席案仿佛另成一片天地，天地是香的、是笑的、是醉的。

饶是源重叶是花间常客，也没见姑娘们同谁闹得这么开心过，姑娘们脸上不是训练出来的娇媚嫣然，而是一片天真的欢乐，就好像这里不是待客的前厅，而是嬉戏的后院。

宋其明更是看得目瞪口呆，口水横流，人生偶像立刻从"渊博的源重叶"换成"天才的梁灵瓒"。

陈玄景几上的酒桴已经到底，那位坚毅的姑娘想试着添上酒，可添酒势必要走到陈玄景左侧，她实在没有勇气上前隔断陈玄景的视线。

若视线能化成实体，这会儿大厅上一定早已是剑气纵横、森然割体。可惜梁灵瓒玩得正开心，似乎有铜墙铁壁护体，丝毫无感。陈玄景看着有人的手握着梁灵瓒的手，有人的手摸着梁灵瓒的脸，有人的手还揽着梁灵瓒的脖子……这些手一只只都纤纤如玉，指如春葱，可不知为何此时看来却极其碍事，每看一眼都叫呼吸变得难受一些。

梁灵瓒却像是无比享受，大笑着往后仰去，正倒在一名美人怀中，那美人低下头，就在梁灵瓒额上亲了一下，于是梁灵瓒额头上多了一记鲜红的唇印。她的脸小小的，额头小巧圆润，顶着的唇印像是别致的花黄，姑娘们纷纷来了兴致，一拥而上，一时梁灵瓒脸上宛如绽放了朵朵红梅。那些红印刺痛了陈玄景的眼睛。

岂有此理！岂有此理！没有想到平康坊里的姑娘居然已经堕落至此！更没有想到，梁灵瓒这杀才竟然是个好色的下流坏子！

他手中的杯子重重顿在几案上。

身边的姑娘首先颤了一下，俯首叩地，然后是旁边的源重叶、再远些的宋其明，一一安静下来，梁灵瓒还是在身边的美人提醒下才见陈玄景的眼神寒如冰晶，灼如烈焰，极其诡异。

第十二章·天文

她还没见过陈玄景这种眼神——不，她没有在任何人脸上见过，他是怎么做到的？这眼神仿佛要将她从位置上拽起来扔进油锅，然后再放进冰窖冷冻保存。她被这可怕的想象吓得一哆嗦。

厅内安静得可怕，只有乐声空洞地流荡，气氛一时有些诡异。

陈玄景冷冷道："各位姑娘，我们与魏大家早已有约，不知魏大家要我们等到何时？"

梁灵瓒拍了拍胸口，松了口气。呵呵，还好还好，原来不是因她。

若换作往常，源重叶一定要告诉陈玄景这不合规矩，以魏大家这样的身份，就算是内苑里的王爷着急想见，也不是这么个催法，而是要风度翩翩地拜上一封催妆诗。但这会儿源重叶可不敢多废一句话，起身道："众位姐姐妹妹请恕罪，我们自太学而来，早在一个月前就想一睹魏大家《云门》之舞的风采，这也是太学里的功课，因此我这位兄弟有些着急，还望众姐妹代为催请。"说着，深深一揖。

"几位原来是为了学业而来，果然跟来寻欢作乐的客人不一样呢。"一美人笑道，"几位且请宽坐，我这就去看看魏大家妆妥了不曾。"

她说着离席而去，片时回来，再三赔礼："几位公子请恕罪，魏大家有客人，走不开。"

源重叶笑："姐姐哄我们吧，今天的日子可是一个月前就定下了。"

"公子请恕罪，实在是那边不放人。"美人说着，抿嘴一笑，"那边的客人还说，若是几位实在想见魏大家，不妨移席过去。"

"哟！"源重叶气笑了，"我倒要去看看，这么不讲规矩的是何方神圣！"

他还没起身，那边陈玄景已经推案而起，率先走了出去。

梁灵瓒和宋其明傻愣愣张大了嘴，这……这难道就是传说中的教坊好戏之一——抢人？

"快走走走！"

两人连忙爬起来，一脸兴奋地跟到别的轩厅前，却见陈玄景和源重叶僵在门口，竟没往里冲，梁灵瓒把脑袋从陈玄景身边探进去一瞧，顿时呆住。

厅内有三个人，都是熟人——分别是陈玄理、源重华以及严安之。

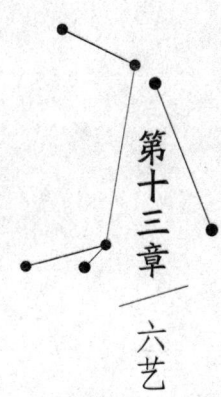

第十三章　六艺

一

　　每年的年底都是吏部最忙的时候，各地官员按绩考核，该提拔的提拔，比如在任上缉盗之功卓绝的严安之；犯错迁官到期也该回来了，比如当年因夏王之事被贬到洛阳的源重华。

　　两人不单有师徒之分，严安之也是国子监里少数能陪源重华过招的人，同一日上京，源重华自然拉着他一路同行。一入长安，陈玄理便亲自为源重华接风洗尘，选在了源重华最喜爱的天上居，严安之也被拖来了。

　　"不错啊，抢人抢到我们头上来了！"源重华道。

　　"冤枉啊哥，是你们抢我们的人！魏大家的云门舞玄景一个月前就定下了，是吧玄景？"源重叶毫不客气地甩锅。

　　"哟，"源重华大喜，"她们跟我说是陈二公子约的窈娘，我还不信，敢情是真的！大哥，可喜可贺，小景开窍了！"

　　陈玄理淡淡道："这种窍，不开也罢。"

　　"怎么能这么说？这种窍是男子人生第一大事，不开窍就永远是个娃娃，成不了男人！就是品位差了点儿，窈娘的绿腰舞才是颠倒众生，天下一绝，你们却要看什么《云门》，难道在国子监还没看腻吗？"

"哥你有所不知，我们是为学业而来。这天上居的乐师伎师有不少是从太乐署里出来的，除了太乐署，要观正经《云门》乐，只有来这里了。"

源重华伸出长腿去踹他："品位差就是品位差，还找什么借口！"

姑娘们调案设席，陈玄景坐在陈玄理身旁，宋其明坐在严安之身旁，源重叶自然是跟源重华坐一处，真是各找各哥，只有梁灵瓒落单了。女孩子们正要为梁灵瓒再设一席，陈玄景和严安之同时开口，一个道："过来。"另一个道："小瓒，坐这里吧。"

两个声音撞在一处，两人互相看了对方一眼。

梁灵瓒站在中间，看看陈玄景身边拈着酒盏眉眼带冷的陈玄理，身体自动就做出了选择："我和大表哥很久没见了，正要叙叙旧。"

"确实许久不见。"严安之目光落在梁灵瓒身上，是难得的温和之色，"小瓒，你在长安可还好？"

"喂喂喂，我也在长安呐，我也好久没见表哥你呐，大表哥怎么不问我好不好？"

严安之道："你都玩到天上居来了，岂有不好之理？"

宋其明脸上微红："小瓒不也一起玩过来了？"

严安之道："小瓒和你不一样。"

"哪里不一样了？"宋其明叫屈，"你瞧她那一脸的香印子！"

严安之回过头来看了看梁灵瓒，梁灵瓒赶紧拿袖子挡住脸，只露出一双眼睛。大表哥是知道她底细的，只怕会怪她乱来。结果严安之低了一下头，似乎是笑了，再抬起头来时，声音里还残留着一丝笑意："要不要去洗把脸？"

梁灵瓒乖乖去了，回来时厅上已经是觥筹交错，就数源氏兄弟那一席最为热闹。严安之指了指自己的左腮下，梁灵瓒不解其意，严安之便以衣袖为手巾，替她将左腮下残余的一点儿胭脂痕迹拭了。他今天穿的是一件蓝色冬衣，胭脂染上去，变成一抹深邃的紫色。

瞧着这一幕，陈玄景握杯的手微微一紧，陈玄理目光落在他微微发白的指节上，顺着扫了对面一眼："这么个糊涂人，怎么还把他留在身边？"

"她在有些事情上虽糊涂，但精于天文测算，天资极高。"

"天文？"陈玄理看他一眼，"比你如何？"

陈玄景停了一下，慢慢道："犹在我之上。"

陈玄理意外，这个弟弟向来眼高于顶，真没想到会从他嘴里听到这五个字。

"而且比我认真，比我坚韧，比我拼命。只要不乱来，前途不可限量。"

陈玄理当真怔住了，仔细打量对面的梁灵瓒："若是她乱来呢？"

"我会看牢她。"陈玄景的声音轻而坚定。

"从小到大，还没见你对谁这样上心过。"陈玄理轻叹一声，"也罢了，只有一条，千万不能让她再亲太子一步。"

陈玄景立刻从这一句里读出某种讯息："陛下是不是已经决定……"

"不得妄议。"

两人话没说完，就听边上源重叶不知问了句什么，源重华脸上的笑意忽然一敛，挥挥手命女孩子们先退开，然后问道："你说是替人问的，我问你，替谁问的？"

源重叶一指宋其明，宋其明一指梁灵瓒。

"好，都过来，我来告诉你们。"

梁灵瓒有点儿摸不着头脑，宋其明道："就那个李鸿泰的事。"梁灵瓒大喜，赶紧凑近。源重叶和宋其明也颇为好奇，三颗脑袋凑在一处，源重华提起手来就是一颗爆栗子。

他平时耍的银枪有三十斤重，臂力过人，这一记爆栗子敲在源重叶头上铿然作响，眼冒金星，紧接着就是宋其明。梁灵瓒单听前面两位的惨叫，就知道这一记有多狠，正要抱头逃窜，却见陈玄景和严安之一左一右，双双挡住源重华，两人再一次同时开口——

"三哥手下留情！"

"源将军手下留情！"

梁灵瓒心道："好险！"

源重叶和宋其明一起看傻了眼："要不要这么偏心！我们的脑袋难道就是捡来的！"

"叫你们问，叫你们多嘴多舌，这么有好奇心为什么不去研究一下至今为什么没有哪个姑娘看上你们？"源重华骂道，"我告诉你们，下次再让我从你们嘴里听到那个术士李鸿泰，或是提到十五年前张昌宗那件事，我就把你们的脑袋拧下来当球踢！"

梁灵瓒还想问一句"为什么不能提"，被陈玄景一记冷冽的眼刀杀了回去。

就在这时，厅外一声轻笑："源将军好大的火气，看来我来得不是时候。"

源重华就像变脸一般，顿时眉开眼笑："窈娘什么时候来都好，尤其是这种时候，你一来，天大的气我也不爱生了。"

魏窈娘，人称魏大家，以歌舞双绝名重于长安城。国子监里年轻的生徒们畅想结业入仕后的人生巅峰，必定有一条是看魏大家的席前一舞。

此时她身穿玄色舞衣，衣袖极宽大，裙裾极长，而腰极细，整个人仿佛不是走进来的，而是被一团云托着拥进来的，她向众人盈盈一揖："劳诸位久候，窈娘献丑了。"

梁灵瓒赶紧向严安之告辞,让席案拖到陈玄景身边,再铺开笔墨,开始学习。

《云门》是古乐舞,古拙、庄严、神秘。太乐署里用一百二十八位舞者,天上居减半,用六十四位。魏窈娘衣角飞扬,腰肢柔韧得不可思议,配合凝重的乐声,又有一股清刚之气。

乐要记宫商角徵羽,又分种种乐器,舞要记方位踏步以及种种舞姿。厅上人人看得如痴如醉,只有梁灵瓒笔下不停,忙得不可开交。

梁灵瓒开始还能看得清步法,后面只觉得眼睛已不够用,那衣角、那发丝、那眸光……每一处都能紧紧抓住人的目光,吸住人的魂魄。梁灵瓒的笔尖渐渐不听使唤,待魏窈娘一曲舞罢,陈玄景正好回来,一眼望过来,意外:"你这是在干什么?"

梁灵瓒恍然回神,面前纸上不再是笔记,而是一幅画像。

魏窈娘的画像。

画中的魏窈娘足轻点、袖飞扬、半面含笑、樱唇一点,仿佛要从画中旋飞而出,蹈云而去。

"呀,"魏窈娘一声轻呼,又惊又喜,"公子可以将这画送给窈娘吗?"

忽地一缕笛音响起,像蛟龙撕裂晴空,嘹亮清越,陈玄景愣了一下:"这是……"

"什么?"梁灵瓒以为是什么要点,忙问。

"没什么,不用记。"

屏风后有短暂的寂静,然后有歌者唱道:"玄云溶溶兮,垂雨濛濛;类我圣泽兮,涵濡不穷……"

梁灵瓒停了笔。她无法形容这歌声,她只知道当这歌声响起,她便什么也不想干了。天上的云,地上的风,大概都想停下来。

"啪",有人的杯子滚落在地。

梁灵瓒原以为会这么失态的大约是宋其明,结果却是陈玄理站了起来,衣袖隐隐颤抖,望着屏风,神情大变。

源重华看着陈玄理,愣了半天,忽然像是想到了什么,离席而起,推倒屏风。

满绣牡丹的绢屏轰然倒地,激起的风吹起那人的发丝衣摆,丝帘轻飘,喧嚣渐远,她望着陈玄理,悠然道:"一别经年,君子如故否?"

在她的身后,李静言一身青衣,手中执笛,望过来微微一笑,并不言语。

春水大娘?李司业?梁灵瓒又惊又喜,就要起身,却被陈玄景一把按住,她讶然回头,就见陈玄景神色凝重,好像看到的不是熟人,而是什么了不得的阵仗。

梁灵瓒不由给他传染了,看看春水大娘,再看看陈玄理。春水大娘脸上带着浅浅的笑意,

第十三章·六艺

陈玄理起初固然是吃惊，但那也是片刻的事，很快便换上了寻常神色，二人两两相望，好像一对许久不见的故人，但不知怎的，梁灵瓒却觉得两人之间仿佛有股看不见的异样气流。

厅上一时静得出奇。

春水大娘微微一笑："怎么？陈将军不认得故人了？"

源重华站了起来："春水姑娘，你忘了从前答应过我大哥什么吗？你不能回长安！"

"你为何不问问你大哥答应过我什么？他还曾答应过去洛阳找我呢。"春水大娘看着源重华，忽然一笑。梁灵瓒见过春水大娘无数次笑容，每一次笑容都带着淡淡的倦意，倦得风情万种，这一笑却有一种异样的美艳，仿佛花在刹那间全部盛开，"何况我再不回来，人们只怕以为十五年前的人都死绝了吧？十五年前的事情已经提不得了吗？李鸿泰这厮是什么东西，他的名字竟成了避讳了？长安想忘了十五年前，你们也想忘了十五年前，对不对？最好十五年前的一切全都一笔抹去，就当从未出现过，对不对？"

"够了。"陈玄理脸色微微发白，"你们统统都下去。"

"不必。"春水大娘目光锐利，"陈将军是汝阳郡主的仪宾，和我这样的人独处一室，传出去可不好听。"

"春水如意！"源重华喝道，"我们不提这个还不都是为了你！你可是当年的吉祥天女——"

"我只知道你是他的好兄弟，却不知道还是他的好喉舌。"春水大娘打断他的话，轻轻地笑了一下，"陈将军不要误会，我回长安并不是来找你。我想找的那个人，是当年不惧他人眼光纵马在我鸾车旁跟了我一路的陈玄理，不是你。"

陈玄理没有说话，只是脸色更白了一分。

"我本是来访故旧，不想却扫了大家的兴致，是我的错。"春水大娘道，"窈娘，我在这里给你赔礼了。"

魏窈娘拉着她的手，摇摇头。

春水大娘替她理了理鬓发，目光依依："我走的时候，你还是个连下腰都哭的小不点，如今已经跳得这样好了，比我当初还要好。"

"姐姐……"

"我不能得罪你的客人，先走啦。"说着，春水大娘向梁灵瓒招招手，"小瓒，跟我来，我有话跟你说。"

梁灵瓒赶紧跟上，魏窈娘追了出来："十几年没见，姐姐就这么走了，那可怎么行？姐姐不想见人，就住在我的小院，一个外人也没有的！"她是名重长安的魏大家，现在却是一脸哀求焦急之色，仿佛又重新成了当初那个拉着姐姐袖子不肯松手的小女孩。

源重华瞪了李静言一眼："你还晓得回来！"

李静言道："祖母眼看就要八十大寿，我自然是要回来的。"

"哟，我倒是误会你了，难道不是她要来你才跟来的？"

"那个……"源重叶插进来，"二位哥哥，方才那位大美人是什么人？"

话刚出口，头上就挨了一记爆栗子，比方才的还要重还要狠，源重叶眼冒金星差点儿晕过去。

"世上的女人千千万，只有这一个你问不得！"源重华恶狠狠道。

源重叶揉着脑袋，疼得龇牙咧嘴，望着厅外却仍是止不住艳羡："小瓒这是什么好运气……天底的美人都喜欢他……"

宋其明深有同感，不住点头。

二

"什么！"魏窈娘的小院里，梁灵瓒一声惊呼震落了窗外树叶上的积雪，"婆婆和爹爹要来？！"

梁婆婆和梁天年想来长安看看梁灵瓒和捧香不是一天两天了。尤其是梁婆婆，这么些年一直有梁灵瓒在膝下环绕，还没让梁灵瓒离开身边这么久过，天天心里嘀咕念着。

最近天冷，私塾里的孩子们小的小，弱的弱，不是这个病就是那个病，梁天年干脆停了课，打算带梁婆婆进京。

梁灵瓒和家里素有通信，但都是透过绣坊转交，这一日梁天年亲自来到绣坊询问京城绣坊的地址，捧香迎面差点儿撞上，小心肝险些被吓飞。

"我便带着捧香先一步来了，已经找妥了一家绣坊，让你们在那里混一日不成问题。"

梁灵瓒又是感激又是惭愧："又麻烦大娘了。"

"说什么麻烦，"春水大娘看着窗外，轻声叹息，"是我自己想来，你的事情不过是个由头，一个让我迈出洛阳的理由。"

枝头的积雪背后是蓝湛湛的天空，那天空映在春水大娘的眼睛里仿佛另有一个世界，遥远又深邃。

"大娘……"梁灵瓒忍不住道，"我能问你一件事吗？"

春水大娘回过脸来，笑着在梁灵瓒脸上捏了一把："看来长安国子监就是不一样，待了一年，说话都斯文了。"

"我是想问……十五年前张昌宗那件事，大娘，你……认得李鸿泰吗？"

"李鸿泰，呵，我不认得谁认得？当年张昌宗造大佛，在全长安教坊遴选歌女，最后便是李鸿泰选定我为吉祥天女。我常常想，如果那一日他的手指没有点在我头上，我的一生必然和现在大不一样……"春水大娘的声音有些飘忽，顿了顿方回过神来，"你问他做什么？"

"我……我的一位老师也是被那件事连累，我觉得这人好生讨厌，所以想问问他的下落。"

"大概死了吧，就算侥幸逃过一死，也会跟我一样，活得像一只见不得光的老鼠。"

"大娘……"梁灵瓒握着她的手，心里有一阵难受。

春水大娘拍拍梁灵瓒的手，将这话题丢开，问起梁灵瓒在国子监的生活，梁灵瓒便一桩一件细细地说给她听。

说到还书时，春水大娘点点头："这恐是陷阱。"

说到会审时，春水大娘问："你有没有哪里得罪过这南宫季友？"

梁灵瓒摇头。她至今十分糊涂，并且不敢相信南宫季友会做伪证。春水大娘失笑："你看不出来吗？他不单是做了伪证，他便是那个设局的人。国子监里有几个生徒敢做这样的事？又有几个生徒能做这样的事？"

梁灵瓒目瞪口呆："可他这人还是挺好的……当初我弄坏了他表弟崔子皓的玉盒，他还送了我荐书……"

春水大娘摇头："小瓒啊，你虽聪明，可惜在人情世故上不太聪明。崔家家主我是知道的，长安洛阳大半药行都是从他家进的货，家资丰厚，一心想改变自己的出身。先是以万贯家财作陪嫁，把妹妹嫁给南宫平，再是下死力让崔子皓读书上进。你不单是弄坏了玉盒，更是抢了崔子皓的晋身之阶，坏了他的前程。崔子皓小时候在南宫家长大，和南宫季友亲如一母同胞，你说你有没有得罪他？给你荐书，也不过是把你弄进国子监里好处置摆弄，谁知道你才高运高，有贵人护驾，他无功而返。"

春水大娘说着笑道："这陈家小弟对你倒是不错。"

不知道为什么，梁灵瓒近来有个毛病，那就是听别人嘴里提到陈玄景，总是无端心一惊，肉一跳，耳朵尖都有点儿发烫，一定是被他训来训去训出来的！

她不大自在地清了清嗓子："他……他这人虽然脾气不大好，但确……确实是挺讲义气的。"

春水大娘看着她，眼神是一种将万事看遍的澄明："单单只是义气？"

梁灵瓒愕然，不然还有什么？同情？可怜？或者惜才？呸呸呸，她学诗书的才华可以和学女红相媲美，实在是没什么好惜的。

"他可知道你是姑娘家？"

梁灵瓒立刻摇头："不知道，绝对不知道。"

春水大娘费了一点神思，想了想，问："他是否待你有些特别？"

"对！"梁灵瓒用力点头，"特别凶，骂我特别多，也特别爱生我的气！可能是特别讨厌我。"

春水大娘无语。

两人又絮絮叨叨地聊了半天，春水大娘才起身，梁灵瓒要跟着她出去见捧香，春水大娘道："你既学乐，就好好学。等到你婆婆和爹爹来了，我自然会送信给你，让你出来，到时便可见捧香了。倒是窈娘的时间难得，一会儿我去和她说一声，你还想看什么乐舞，今日能看的都看了吧。"

梁灵瓒喜不自胜，抱着春水大娘谢了又谢，春水大娘笑道："你现在可是个小子！不许轻薄我。"

梁灵瓒哪里管这个，挽着春水大娘的手将春水大娘送到院门口，李静言已经在门口等着，梁灵瓒赶紧上前。李静言含笑道："你的事，玄景已跟我说了，你的造化之深、机缘之巧，远胜我所望。既然已经选了这条路，就要不辞辛苦，万难也要走下去。"

梁灵瓒恭声道："是。"

春水大娘失笑："这孩子在你面前倒是乖。"

李静言也笑了，临走之际，还是回头，道："玄景这孩子父母早亡，从小就比别人懂事，但这种懂事是假的，是觉得自己该懂事所以就懂事了。他本身其实是个很别扭的小孩，除了小叶，他没有一个朋友，如今能为你做这些，是真心想与你结交。若他有什么做得过分的地方，望你看在我的面上，包涵一二。"

梁灵瓒点头："我知道的，他是刀子嘴豆腐心。"

"我没见过他对谁这样刀子嘴，也不曾有过豆腐心。"李司业说着，轻轻拍了拍梁灵瓒的肩，"总之，望你多担待。"

梁灵瓒挠挠头，仔细想想，其实还是陈玄景担待她比较多，担待她的蠢，担待她的执拗。

李司业同春水大娘去了，雪后晴光照着两人的背影，男子清瘦颀长，女子柔婉妩媚。李司业走在春水大娘身边，一直落后半步的距离。

爱情对于梁灵瓒来说是一种很遥远、很模糊、很缥缈的东西，在此之前一想到爱慕二字，她想起的总是宋其柔在树下拉住陈玄景的衣袖的样子，在此之后，她想起的便是雪光中李司业的背影。

三

梁灵瓒回到厅上时，陈玄理和重重华已经离开，魏窈娘又答应只要他们想看，哪一支乐舞都成，源重叶和宋其明喜得抓耳挠腮，不知要先看哪一支为好。

严安之招招手让梁灵瓒过去，问道："可是有什么事？"

梁灵瓒也不瞒他，苦着脸据实以告。

严安之沉吟片刻："要不要去拦住他们？"

梁灵瓒吓一跳："别别别。"怎么拦？带上捕快冲向二人，说"请二位跟我们走一趟"，别，婆婆年纪大了，爹的身子骨又没多结实。

"若有事，就来找我。我今后在长安县衙当差。"

"谢大表哥。"梁灵瓒说着粲然一笑，"还没恭喜大表哥高升。"

"干的还是我缉盗的老本行，换个地方而已，不算什么升迁。"

这话以前梁灵瓒说不定会信，现在却知道即便是同样的官职，长安的自然要胜过洛阳的。她以漉梨浆代酒，敬了严安之一杯，这才回到位子上。

陈玄景问："你可是又闯了什么祸？"

"哪儿有！"

"脸上写得明明白白，一准是遇到了麻烦。"陈玄景提起酒壶给自己斟酒，"说吧，什么事。"

梁灵瓒犹豫了一下："呃……没什么。"

陈玄景的动作顿住，好一会儿，才接着斟了下去，斟满一杯后，端起杯子，却没有喝，也没有说话，垂着眼睛，好像从杯中酒里悟出了什么人生真谛，出了神。

梁灵瓒却是头皮一麻，从他的每一根睫毛中嗅出了危险气息，不好，这家伙又生气了！

这回的气又是从哪门子来的？！

那边源重叶与宋其明终于议定了，想看《绿腰》，魏窈娘便问梁灵瓒意下如何，梁灵瓒赶紧请教陈玄景该学哪一支，陈玄景搁下酒杯，神情淡漠道："梁兄有事自有人商量，问我干什么？我还是先走一步，不耽误梁兄正事。"

他说着就要起身，梁灵瓒一把抓住他的手臂："喂！你就是我的正事，你不教我谁教我，你不管我谁管我？"

陈玄景的视线落在自己的手臂上，抓着他手臂的那双手手指白、小、细，只要轻轻一挣就能挣脱，稍用一点儿力，还能把这家伙掀翻，可面前这双眼睛黑黑亮亮的，里面全是恳求。一时间，竟使不出力来。

"陈兄，你行行好，可怜可怜我吧……"虽然不知道他是生什么气，但她梁灵瓒是谁？上哄婆婆下哄捧香，中间还能哄好爹，深谙哄人之道。尤其是对陈玄景，一字记之曰"软"，越软越好，假如再流两滴眼泪，那就再好不过。

她垂着脑袋，拼命挤眼睛，指望挤出两滴泪来，奈何努力了半天，眼眶都酸了，泪水却是半点儿面子也不给。没办法，只好来几句软话了……

然而不等她抬头，陈玄景便已坐了下来，压低的声音里带着一丝恼意："梁灵瓒，你要敢哭出来，今后的六艺就自己学去！"

梁灵瓒马上抬头："我没哭！"

陈玄景仔细端详她的脸，眼眶明明是红的！幸好他见机坐下得早，不然这猴子又要哭得一把鼻涕一把泪。他是不喜欢这猴子哭的，但若是为他哭……心里面最幽微深邃的某一处怦然一动，莫名竟觉得还不坏。

待悟过来自己在想什么的时候，陈玄景脸色微微一变。

梁灵瓒以为他要改主意，连忙抓紧他的手："陈兄，下一支乐舞是什么？魏大家还在等你的话呢。"

陈玄景低下头，看见自己的手躺在梁灵瓒的手心。那手真小，包裹不住他的手指，那手又真暖，暖得仿佛要将他的手融化。肌肤的触觉被无限放大，掌心的温度在彼此间流转，他忽然觉得被握住的不是他的手，而是他的心。

"怦，怦，怦……"心跳加速，血液升温。

这一瞬，这一时，有个荒谬的念头——他想握住这双手，轻轻地，不，紧紧地。

这个念头把他吓了一跳，像是被什么烫着了一般，他用力甩开了她的手。

梁灵瓒心想："完蛋！这回功亏一篑，哄人失败！"

陈玄景从牙缝里挤出了两个字。

"什么？"梁灵瓒没听清，忍不住凑近。

陈玄景却像是见了鬼似的往后一闪："你！给我坐远些！"

果然又被讨厌了……梁灵瓒叹了口气，挪到几案另一头。

陈玄景方才安生些，坐正。梁灵瓒看不到他的手在袖中握成拳，那么用力，用力到指节发白，那温暖的触感却一直停留在他的皮肤上，挥之不去。

一定是……一定是他今夜喝得有点儿多了……一定是！

他缓缓地、深深地吸了一口气，向魏大家一颔首：“《大咸》，有劳。”

梁灵瓒眼睛一亮，看来是成了！

那明亮的眸光几乎要刺痛陈玄景的眼睛，陈玄景忽然觉得这人离他还是太近，近到危险的程度了。

四

这一天，梁灵瓒观遍六乐，笔记做了厚厚一大卷，最后一支舞舞罢，才发现夜色已深，坊门都关了。

"哎呀呀，真是没办法，看来不得不宿在这里了。"源重叶状似无奈地开口，同时向宋其明抛过去一个眼神。

宋其明是第一个发现天色将黑的，还想提醒一下大家，但梁灵瓒学得认真，陈玄景教得投入，大表哥也不说话，源重叶又拉了他一把，他就没开口。

夜宿……他还没学会怎么和小姐姐们调笑，就直接要夜宿了！宋其明紧张得脸都红了。

然而陈玄景淡淡一句："今晚都去我宅子吧。"

源重叶道："你那个宅子几百年没住了，不怕闹鬼啊？我们今晚就住这儿好了，软玉温香红袖添香不管什么香，反正来都来了……"

"要留你留。"陈玄景一句话就打断他，然后目光扫了一眼梁灵瓒，梁灵瓒连忙道："我跟着陈兄你。"

严安之也抱拳道："那便叨扰陈兄了。"

源重叶斜了宋其明一眼，意思是让他留下，奈何宋其明还没有做好心理准备，见大表哥不留，他也不留。源重叶叹了口气，只好跟着大家一起离开。

宅子是陈玄景母亲留下来的，平日里少有人来，只留了几个仆人洒扫照看。这会儿苍伯拍了半天里面才有人来应门，见是陈玄景，吓了一跳。陈玄景吩咐预备客房与热水，那仆人苦着脸："这些日子府里预备老夫人寿诞，让老刘带人去帮忙，老刘把屋子都锁了，只留了小的一个看门，这……"

源重叶一敲掌："我就说嘛！果然还是应该住在天上居啊！走吧，现在回头也来得及。"

陈玄景不答,却看向梁灵瓒:"你想住哪儿?"

梁灵瓒道:"你住哪儿我就住哪儿。"

这是满分答案,陈玄景心怀甚慰,觉得这小子虽然好色,但尚未沉迷,还有得救。他道:"锁了又怎样?砸了就是。"

锁虽砸了,苍伯和那仆人两个人四只手也只收拾出三间屋子,源重叶道:"陈二是不喜欢和人同屋的,小明和我一屋,小瓒和严兄一屋,凑合一晚吧。"

话音才落,陈玄景和严安之同时道:"不可。"

两人话一出口,视线相撞,静了一息,严安之道:"我和小瓒阔别许久,正想秉烛夜谈,望陈兄成全。"

陈玄景道:"梁兄有心入太学,正跟我学六艺。今天观摩了魏大家的乐舞,晚上正要趁热打铁好生研修一番。"

严安之道:"陈兄教学费心,我替小瓒谢过。只是教学也须张弛有道,不必急于一时,今夜小瓒还是同我一屋吧。"

陈玄景笑了,笑得和气:"我教梁兄,哪里用得着陈兄道谢?陈兄太客气了。梁兄,笔记带上,随我回房。"

梁灵瓒看看严安之,再看看陈玄景,一把把宋其明拉了过来:"我……不如和小明一屋吧。"

宋其明只觉得瞬间两道视线刀一样刷过来,头皮飕飕发凉。

"咳,"源重叶站出来,"这样,我与陈二一屋,小明和严兄一屋,小瓒自己一屋,可以了吧?"

这个安排再也没有人反对了。

五

"人都在天上居了,还生生要过来睡,这被子也不知道多久没晒,跟天上居的高床软枕怎么比?我说玄景你是不是怕女人啊……"

源重叶一面上床,一面抱怨不休。

陈玄景坐在窗下,就着烛火批改梁灵瓒的笔记,这份笔记另有式样,每一条都画了个小人儿注解舞姿,小人儿头圆圆,身子细细,水袖长长,虽然简单,却是形神兼备,甚是可爱。

陈玄景不自觉笑了出来,抬头就见源重叶从被子里抬着脑袋僵直地看着他,一脸惊骇："玄景，你对着份笔记笑得这么淫荡，会不会不大妥？"

"去，睡你的。"

"你不睡啊？"

陈玄景低头批笔记，没说话。

"这般诲人不倦，你真该去当夫子……"源重叶喃喃说着，头往被子里一钻，很快发出均匀的呼吸声。

烛光微微一晃，爆出一朵灯花，灯下小小一只炭炉，温着一壶酒，是苍伯给少主人备来驱寒用的。他抿一口，批一页，批到最后一页，小人儿做飞旋之态，寥寥几笔中也有轻盈欲举之风姿，仿佛还能看见天上居的绝世之舞。只是那旋舞时含笑的脸却不再是魏大家，而是一张熟悉的面庞，眉黛青、眼盈盈、眸如星……

"扑通"，轻轻一下水响，陈玄景猛然惊醒过来，连忙缩回手，他……他……在想什么？

这是着了什么魔？神使鬼差，他竟幻想出梁灵瓒女装的模样！

他重重地在自己脑门弹了一记，将酒杯推远了些。酒这种东西果然不能多喝。

"扑通"，又一下轻响。

他推开窗子。窗外月色如洗，月光映着雪光，天地一片净白，窗下池塘如一面水晶镜子，倒映出满天繁星，天上地下各有一轮明月，上下辉映，清光不似人间。

有个人影踩在池边石头上，提着衣摆，一步一跳，像是从林间走来的小鹿，又像是从月中飞来的仙子。

其实他知道是梁灵瓒那只猴子，可不知是酒喝得太多，还是这月色太过美丽，这猴子也不再像猴子，反而像是沾了某种仙气，怎么看怎么好看，怎么看怎么可爱。

他推开侧门走了出去，拾起一片小石子，扔在梁灵瓒脚边的水面上，扑通一下轻响："半夜三更不睡觉，出来做贼吗？"

梁灵瓒起先吓了一跳，然后便笑了："陈兄你不也没睡？"

她笑得灿烂，人们只要看到这样的笑容，嘴角就情不自禁地翘起来吧？陈玄景不想笑得太明显，可嘴角不受控制，从心底到嘴角都是清甜的。

"陈兄，你这池子有多深？有没有八尺？"

"大约有吧，怎么？"

"没什么没什么，就是觉得你这池子真好，这么多水。"梁灵瓒一面说一面搓手，那感觉就像蜂儿见了蜜，假如能抱得动，她便要把这池子抱走。

陈玄景无声失笑："这池子若有灵，知道有人因为水多而夸它，不知是个什么感受。"

"水多好啊，水多就能——"

"就能怎样？"

"我要说了，你不能骂我。"

"说得我好像经常骂你。"

梁灵瓒小声在心里道："那可不？"

但今夜的陈玄景好像有什么地方不同，具体是什么地方她也说不上来，只觉得他整个人都比平常温柔。这个夜晚充盈着清浅的月光，像水一样脉脉地在他的衣带上流动，仿佛给他笼上了一层烟雾，让人直想摸一摸捏一捏，看看是不是真人。

她老老实实道："水多就可以做瑞轮蓂荚了。"

当年他训她的话还历历在目，陈玄景一抬手，她就捂住了自己脑门。可陈玄景的手并没有落在脑门上，他摘下她的幞头，理好她的乱发，再将幞头替她端端正正戴好。这是他做熟了的，跟平常不一样的是他的手在鬓角上停了停，然后捏了捏了她的脸，笑道："那便来做吧。"

梁灵瓒呆呆地瞧着他，觉得只有两种可能：一、陈玄景疯了；二、陈玄景醉了。

她凑近在他身前嗅了嗅，是有酒气，却不浓，不知为何，混合着他身上的味道，出乎意料地好闻。

她离得这样近，面庞近在咫尺，陈玄景心中有一种眩迷动荡，这感觉真是奇妙。酒到微醺，人会有一种奇妙的飘飘然，可此时此刻他所感受到的飘飘然没有哪一次微醺能比得上。

只觉得来人世一遭跋涉许久，好像就是为了走到这里，走到这一刻。

此夜，此月，此人，此时……无一处不好。

他揽着梁灵瓒的肩，头搁在梁灵瓒的头上，笑道："梁灵瓒，我从前很讨厌你的，现在却越看越是顺眼了。"

梁灵瓒傻傻地听着，全身心都感觉得到他揽着自己的手，他搁在自己头上的脸，以及他说话时温热的气息……她整个人呆得像只鹌鹑，一动不敢动，不晓得这位老大在发哪种酒疯。

她这呆样让陈玄景一笑，松开她，在她脑门上弹了一记。

"在这里干吗？大冬天玩水，不嫌冷？"

梁灵瓒习惯性地去揉自己脑门，但这一下是轻轻的，与其说疼，不如说痒。他松开了她，远离了他的肩膀与怀抱，风好像吹得有点儿冷了，梁灵瓒缩了缩："哦，我在等心宿二。"

陈玄景抬起头，在满天繁星里找她等的那一颗。梁灵瓒道："昨晚是子时升起，今晚大约会早一点儿。"

她仰着头，颈子从衣领里伸出来，细而白。陈玄景的视线落在上面片刻，费了点力气才挪开，问："你每晚都观星？"

"嗯。"

"不累吗？"

"……不累啊。"梁灵瓒迟疑了一下才回答，因为这对她来说真是个奇怪的问题，就像人问"你每天都吃饭，不累吗"一样奇怪。

她静静地看着头顶的天空，眸子里有星辰的倒影。

陈玄景静静地看着她。这样的人若不能进集贤院，谁能进集贤院？

放心，我必会助你完成心愿。心中有个声音这样说，清晰，坚定。

星辰在头顶无声旋转，时间如水一样在两人身边流淌。

观星对陈玄景来说一样是家常便饭，但他观星时满脑子是天下大事、朝中格局以及天子意向，还从来不曾试过像现在这样，看星星，便只是看星星，如同怀着一丝期盼，等待一位故人如期而至。

星空原来如此明亮、繁艳，像最好的黑缎上撒满晶石；月亮原来这样清冷、流丽，世间最好的玉石也比不上；冬夜的风原来这样冷凛，从心里激出一股沁凉；这水池原来如此明净如洗，像是天神失落的一枚宝镜。

池边的山石玲珑可爱，枯萎的芦草在月下投出倒影，也显出一股寂静的禅意。

这一切他早见过无数遍，却从来没有仔细看过它们，不觉得它们好，也不觉得它们坏。眼睛上像是一直蒙着一层轻纱，周围的一切都遥远而模糊，直到此刻，世界才在眼前骤然清晰。世界原来如此静美、壮丽、恢宏，又柔情似水。

——终有一天，你会遇上一个人，那个人将教会你天有多蓝、风有多轻、花有多美。

突如其来地，二哥的话猛然蹿入脑海。

"快看，来了！"梁灵瓒跳了起来，对着那颗星挥挥手，"哈哈，来了！"

她扭头向陈玄景道："先前不论是《皇极历》还是《麟德历》，测算时都以荧惑星辅佐日月，以至于后来纬晷不合，出现岁差，所以不得不制新历。其实心宿二运行稳定，很少失时，咱们的新历完全可以借它的轨道去测算——"

她的话戛然而止，因为说到这里才发现陈玄景呆呆地瞪着她，眼睛睁得巨大，眸子里竟有惊恐之色。

梁灵瓒还是第一次看见陈玄景害怕的样子，忍不住愣了。她这想法虽说大胆了些，却也不算是什么了不得的事，他怎么吓成这样？她的手抚上他的肩："你——"

一句"你怎么了"才开了个头，陈玄景忽然用力甩开了她的手，踉跄后退："你……你别过来……"

他的声音隐隐发颤，像是再也不能面对她，转身就走，被一块石头绊了一下，险些栽倒，但他片刻不停，走得快极了，好像身后有什么洪水猛兽追来一般。

这……莫不是见鬼了吧？梁灵瓒呆呆地站在原地，诧异了半天，忽然想起还有一个可能，那就是这家伙真的喝醉了。

她待要追上去，身后忽然有人道："小瓒。"

"大表哥？你什么时候来的？"

梁灵瓒讶然回头，发现这宅子里的夜猫子还真不少，池边假山后，转向一道修长人影，面容清冷、眸子沉定。

严安之没有回答，只道："天晚了，明天你们要入监，还得早起，去睡吧。"

"可是……"她扭头望向陈玄景离去的方向，那儿只余山石树影，陈玄景已经回房了。

"这是陈兄宅第，自有下人照料，你还是照顾好你自己吧。"

梁灵瓒想想也是，只是陈玄景临去那惊惶的模样总让她有些不放心，她走向自己的屋子，却是一步三回头，望向那一头。

"小瓒，你觉得陈兄如何？"严安之忽然问。

"呃……"这可真是个复杂的问题，一时间有无数个陈玄景闯入脑海，生气的陈玄景、微笑的陈玄景、睥睨她的陈玄景、替她戴幞头的陈玄景……镜像一般，四面八方都是，太多了，无法以一言蔽之。

严安之轻轻地叹了一口气："你去吧。"

"哦。"梁灵瓒乖乖回房，最后回头看了一眼，大表哥还站在那儿，月光照着他，在他脚下拖出一道长长的影子。

六

第二天一起床，梁灵瓒就去敲陈玄景的门，结果来应门的是源重叶。

梁灵瓒朝里张了张："陈兄呢？"

"走了。"

梁灵瓒讶异:"这么早?"

"说是有事先走一步。"源重叶顶着两只黑眼圈打了个哈欠,对昨晚的夜生活有巨大的抱怨,原本他应该在天上居的香榻上醒来的!

"什么急事,说都不说一声?"梁灵瓒转身,心里有几分嘀咕。

"啊对了,"源重叶道,"他走之前让我告诉你,你的笔记他不小心烧了,你自己重记吧。"

"哈?"

不理梁灵瓒的石化,源重叶笑嘻嘻凑上来:"反正魏大家这么喜欢你,你再去找她,她一定还会再为你跳一遍的,什么时候去?学业可耽误不得,要不然就下个旬假吧!"

梁灵瓒木然地看着他:"源兄,你老实说,是不是你为了再去看一次魏大家,烧了我的笔记?"

"怎么可能!我怎么是这种人呢!"

我觉得你从里到外都是这种人。梁灵瓒用眼神告诉他。

"我昨天喝多了,头一沾枕头就睡着了!我睡着的时候,玄景还在批你的笔记,喏,就在这里!"源重叶一指窗下的桌案,"后来我起来喝水,他还坐在这里!他这么寸步不离,我就是想烧也烧不成——"

说到这里,源重叶猛然顿住,看看燃到一半的蜡烛,皱眉:"不对呀,我是摸黑喝的水,乌漆抹黑的,这家伙坐在这里干什么?"

他回身一看被褥,他这一床乱成一团,陈玄景那一床却是整整齐齐,一看就没人动过。

他一脸讶然:"怎么回事?玄景昨晚一夜没睡!"

梁灵瓒走进来,环视一圈,最后在炭盆前停下,缓缓蹲下来。

源重叶凑过来:"看什么?"

梁灵瓒像是没听见,出神地盯着炭盆。

炭盆烧了一夜,只剩最后一缕余温,盆上覆着一层松动的灰烬,那是纸张燃烧后留下的痕迹。

若是不小心烧着的,一旦点着,立马可以把残页抢救出来,留不下这么整齐的灰烬。

更何况,谁都会不小心,陈玄景却不会不小心。

——他是故意烧的。

梁灵瓒猛地站了起来,一股怒气腾地直冲胸臆。

昨晚果然是发酒疯!什么看她越来越顺眼之类的,根本就是胡说八道!都是假的!他果然还是讨厌她!

七

事实证明了梁灵瓒的猜测，一连好几天，陈玄景都没有来藏书楼。

梁灵瓒提醒自己要有点儿志气，人家都这么讨厌你了，就莫要再缠着人家，但当读书读到脑筋打结处，又觉得志气这种东西其实也并不怎么值钱。

这一日机缘凑巧，一位刘学录上楼看书，见到梁灵瓒在抄默背诵，颇为欣赏她的勤奋认真，竟坐下来好好将她指点一番，此后日日必来，风雨无阻。

源重叶拍着胸脯答应教梁灵瓒射艺，顺便表示乐艺也勉强能教得，但最好的法子当然还是多多去看魏大家。

梁灵瓒非常怀疑，一旦见了魏大家的面，这位仁兄是否还记得她这个学生。可眼下没有别的办法了。

这日旬休，她原想约源重叶和宋其明去天上居，一问才知陈玄景今日要去给祖母挑选寿礼，源重叶作陪，一早就走了。她和宋其明你看看我，我看看你，决定还是等下次源重叶有空再去。

她正想着今天有空，可以把昨天的《孟子》复习一遍，还没走到藏书楼，就有一名仆役找上来，递给她一封信。

信封上字迹娟秀却陌生，打开来却是春水大娘写来的，上面说梁婆婆与梁天年昨日已经到了长安，只是路上耽搁了一点儿工夫，没能赶在暮鼓终了前进城，在外面耽搁了一夜，这会儿只怕已经过城门了，要她速速随来人前往西市如意绣坊。

梁灵瓒急急忙忙跑到门外，门外有一名婆子在马车前等着，马车七拐八绕，来到西市，在绣坊门前停下，那儿已经有一个俏丽的女孩子等着了。

"小香！"梁灵瓒跳下马车，大叫一声。

"小瓒！"捧香也笑容满面，喜不自禁，两个人这样久没见，抱在一起团团转，好一会儿才手拉着手进门。

西市人来人往，热闹非凡，一辆马车停在街角，马车上的人一直注视这边。

车内一片安静，像是热闹中突然空缺出一块。

长安这么大，他一直避着不想见到这个人，长安又这么小，这个人偏偏撞进他的眼睛里。

源重叶从街边的玉器行出来，手里抱着一只檀木匣子上了马车："这玉镯成色可不坏，是你自己不要，可别怨我抢你的东西。"说着，沾沾自喜，"魏大家一定会喜欢。"

陈玄景没说话。

源重叶顺着他的视线望过去，只见绣坊门口人进人出，生意很好，心想用绣品当寿礼也使得，只是不知道工期赶不赶得及。

可陈玄景看了半天却是一动不动，并没有下去挑一挑的意思。目光像是被绳子拴在了那儿，冬日里晴好的阳光照不进车内，他的眸子里闪着幽暗的光，似隐忍，又似恐惧，还似痛楚，下颌的线条紧紧绷着，分明在咬牙。

这是怎么回事？

从那日旬休后，源重叶就觉得陈玄景有点儿怪怪的，懒怠动，懒怠说话，还莫名其妙就这样苦大仇深地愣着神，源重叶简直想找个大夫来给他瞧瞧。

源重叶悄悄问驾车的苍伯："怎么了？"

苍伯摇摇头，他也不知道。

忽然，陈玄景眸子一动，绣坊门口出来一个女孩子。

源重叶立刻把眼睛也贴上去——唔，十七八岁，穿一身粉色衣裳，梳一对双环髻，长相虽说普通，却也有几分恬静俏丽，正含笑朝门内招手。

——什么？这么多年他终于知道了，原来玄景喜欢这一挂的！

门内又走出来一个女孩子，穿一模一样的服色，敢情都是绣坊的绣女。只是这一个不知是怕羞还是作怪，将个篮子举在面前，挡住了脸，别别扭扭地走出门。

出了门，走路也甚是僵硬，同样的粉色衣裳，前一个穿得俏丽可爱，后一个却像是从哪里偷来的。

陈玄景眼中有丝惊异，那一瞬间，眸子亮到惊人，他半身前倾，厉声道："苍伯！追上去！"

"干……干什么？"源重叶给他的疾言厉色吓了一跳，"喂喂喂，冷静冷静，你这样追上去会吓着人家姑娘的……"

苍伯一抖缰绳，马儿迈开四蹄，向着前面两道人影追去。

八

朱雀大街将长安城一分为二，东为万年县，西为长安县。张诚是长安县的捕快，今日跟着新上任的捕头在西市巡街，手扶横刀，威风八面。

原因无它，乃是新老大一上任就端了几个在西市横行的地痞。那些地痞敲诈勒索无所不为，都有武艺在身，又人多势众，且会上下打点，众人也难奈他们何。可新老大一到任便单枪匹刀将几个头头手到擒来，那几人平日里横行霸道，在老大的拳脚下却是哭爹喊娘，被揍得没有一寸好皮，从此之后，长安县的宵小全都闻严安之名丧胆，夹起尾巴做人，又因新老大姓严，干脆以"长安县里那个阎王"称之。

张诚悄悄打量严安之——肩背消瘦，挺直如长枪，脸色冷峻，眉目更是冰寒，犯人们给他瞧上一眼便要打寒战。张诚正想探听探听新老大的日常爱好之类，严安之忽然转身，揪住他往墙角一闪。

张诚心里想的是：完蛋！准是那帮地痞报复来了！

然而想象中喊打喊杀的场面并没有出现，只有两个绣坊的女孩子手挽着手走过去，一句半句随风飘来："嘻嘻，小瓒，你完了，可不是真忘了自己是姑娘家吧……"

严安之的目光追随着那两个女孩子，不，确切地说，是追随着右边那个女孩子，眸子竟比任何时候都柔和。

张诚只恨自己刚才没看清那女孩的脸，不然要是能撮合老大和这姑娘，岂不是一桩妙事？

就在这时，一辆马车驶过街道，直奔这边来。

严安之神色猛然一变："张诚，拦下那辆马车！"

张诚立刻扶刀上前，当街纵马驰骋，当属犯律！然而走近一步，一看到马车上的徽记，他的腿忽然就软了："老……老大，那是陈家的马车……"

严安之亮出令牌，笔直迎向马车："官府缉犯，停车待查！"

从张诚的角度望过去，只觉这背影当真是威风凛凛，可是什么时候有要犯需缉拿了？难不成是什么机密大案？

"是大表哥啊。"车帘子后头露出源重叶笑嘻嘻的脸，"我们车里别说要犯了，连只苍蝇也没有的。表哥你快放我们过去吧，我家陈二公子活了二十来年第一次春心萌动，急着要去追上佳人好告白呢，要耽误了你可得赔他一辈子——"

话没说完，脸忽然消失在车帘后，跟着车内发出"咚"的一声响，也不知磕在了哪儿。

车帘再次掀开，陈玄景整个人像根绷紧的弦，眸子雪亮，有锐利的寒意："在下有急事，还请严兄通融。"

严安之道："职责所在，若有冒犯，还请见谅，二位劳驾，我等要搜一搜马车。"说完，喝道："张诚，去查看车底！"

张诚迟迟疑疑，好容易往前迈了一步，就见驾车的老仆一挥马鞭，"啪"的一声，爆出一记响亮的鞭哨，吓得张诚一个激灵，好容易壮起来的胆子顿时萎了，哆哆嗦嗦退回来：" 老大，要不，咱们先让一让？"

偏偏老大刚正不阿：" 去查看。"

几乎是同时，陈玄景沉声道：" 再不让路，休怪我不客气。"

可怜的张诚夹在中间，看看这头，看看那头，欲哭无泪。

源重叶连忙打圆场：" 大家都是自己人，各退一步，各退一步，玄景咱们驾着车追走路的，耽搁一会儿又何妨？大表哥你们也速战速决，赶紧查看如何？"

这番圆场打得在情在理，很是不错，只可惜当事的两人毫不领情，他的话刚说完，陈玄景就跃下马车，脚不沾地便往前追去。

严安之疾步上前，拦在面前：" 陈兄留步！"

横刀出鞘半寸，映着日头发出森然的光。

陈玄景的目光也变得森冷：" 严兄到底是查车，还是查我？"

" 例行搜查，车主该当在场。陈兄弃车而走，有逃逸之嫌。"

" 若我就是要走呢？"

" 那便先问过我手里这把刀。"

两人的视线在空气中交汇，如同刀剑在水火中交锋。在这个瞬间，两人都从彼此的眼中看出了真实的敌意与杀气。

陈玄景上前一步，严安之寸步不让，横刀的刀锋在陈玄景的衣襟上留下了一道口子，与此同时，陈玄景一抬肘，击向严安之的咽喉。这一动手就是生死之斗。把源重叶看得目瞪口呆，想破头也不明白，事情为什么会闹到这步田地。

陈玄景自幼有名师调教，虽然很少在外面显露，功夫却不曾落下过，此时挟怒而击，动如雷霆。严安之是从血战里得来的身手，矫健迅疾，又有横刀在手，陈玄景一时奈何他不得，无法脱身。

而那两道粉色的身影已渐渐消失在人群里看不见了。

" 苍伯！" 情急之下，陈玄景大喝。

声音刚落地，苍伯的鞭子便卷向严安之的手臂，犹如一条漆黑的毒蛇。严安之一连退了三大步，才避过这一鞭之力，却再也拦不住陈玄景了。

方才这场争斗，两位主角身手既精彩，相貌又上乘，在这热闹繁华之地很快便围了不少人，有老有少，有男有女，看到惊险处还哄然叫好。

陈玄景冲进人群，就像孤鸾冲进林海，左也是人，右也是人，海洋般淹没他。他从来不知道西市的人这样多，老老少少男男女女像水草般缚住他的手脚，他奋力往前越过无数人，就如翻过无数山，蹚过无数海，终于再度看到那两道粉色人影。

他追了上去。脚下轻忽绵软，不像踏在人间土地。

世间的一切好像微微发白，变得遥远而朦胧，只有那道身影，清晰、明亮、夺目。

"梁灵瓒。"他出声，声音很轻，仿佛吟诵某种咒语，好像这三个字一旦出口，上天就会给他一个名叫梁灵瓒的姑娘。

前面的人似乎没听见，脚步不停。他伸出手，搭上她的肩。在这个瞬间，他觉得自己的呼吸都停顿了。

女孩子转过脸来，微带着讶异的神情，然后脸微微地红了。

朦胧的白光消失了，世间重回喧闹嘈杂，面前的女孩子温柔腼腆，是完全陌生的面容。

"陈公子？"一旁的捧香好奇地探过脑袋来，"你认得小桔？"

陈玄景喃喃："小桔？"

"是呀，她叫小桔，同我一起在如意绣坊，公子你需要绣品吗？我们大娘做生意做到长安来了，东西照旧是一等一的好哦……"

捧香絮絮叨叨，若是陈玄景能定神，大概会发现这姑娘比任何时候都话多。但陈玄景没有，他的神魂此时大概已经变成云雾似的一团，捧香的话在他耳边是一团无意识的嗡嗡声，不，不，他不会看错的，那个人别说是换了一身衣裳，就算是化成了灰，他也认得！

他回身，大声道："苍伯，苍伯，卸马！"

拉马车的四匹西域骏马中，有一马摆脱了拉车的重担，负起主人，四蹄翻起尘土，疾驰而去。

"玄景，玄景，等等我！哎，哎，这到底是要干什么去！"源重叶解下第二匹，追了上去，"我说，就算人家长得不好看，也不至于把你吓跑吧？"

任他插科打诨，陈玄景紧抿双唇，一字也不开口，只有一双眸子亮得吓人，让源重叶疑心他像是要去砍人。

九

"糟糕，他要去国子监！"街角处，梁灵瓒脑袋缩在墙背后，脱口而出。

"什么！"捧香一脸惊恐，"我们不是骗过他了吗？"

在严安之拦下马车的那一刻，梁灵瓒就发现了街上的骚动，回头一看，险些吓掉半条小命，陈玄景竟追在她身后！

正急得没处钻时，遇见了绣坊里外出办事的小桔，两人也不及解释，把小桔拉到小巷子，换了衣裳。

按捧香的意思应该是赶紧跑路，陈玄景找不到人自然就没事，但梁灵瓒是谁？梁灵瓒可是陈玄景手心里搓大的老鼠："不，找不到人他必定会找下去，只有让他知道自己认错了人才算完。"

现在看来，她对这只猫的了解还是有限，即便是错认，陈玄景也没有放弃，他要在国子监看到梁灵瓒本人才会真正死心！

"那现在怎么办？"捧香快哭出来了，"小瓒你是不是快要瞒不住了？"

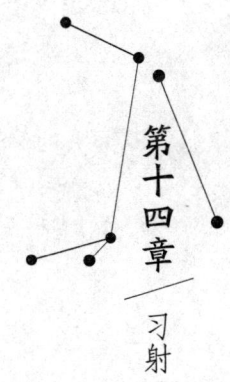

第十四章　习射

一

　　皇城内不得纵马，源重叶在光马背上颠了一路的尊臀总算得以解脱，可陈玄景下了马也丝毫没有停下来的意思，一路疾行，直奔国子监。

　　国子监里的博士与生徒们，自开天辟地以来都没见过端庄温雅的陈玄景会如此急急而奔，纷纷问源重叶这是怎么了。

　　怎么了？大概是疯了！源重叶越跟越是觉得忧心忡忡，直到跟着陈玄景进了算学馆，看着陈玄景一脚踹开梁灵瓒的号舍。

　　原来是来找小瓒。源重叶顿时就松了一口气。反正陈玄景所有的不正常一旦跟梁灵瓒扯在一起就变得无比正常了。

　　算学馆的号舍比太学馆小上一半，一览无余，几案上是书册、纸籍、算筹等物，床上帐幔低垂，看不真切。

　　陈玄景直直地盯着帐幔，一步步走近，眼眶隐隐发红。

　　源重叶原本还想问问这回梁灵瓒又惹了什么麻烦，但看到陈玄景这副神情，还是知趣地闭上了嘴，想着留一分力气，万一陈玄景想搞死梁灵瓒，他好救梁灵瓒一条小命。

　　陈玄景在床前停下，一动不动，身体仿佛已经凝固。就在源重叶怀疑他要这么站到地老天荒时，他终于抬起手，用力掀开了帐幔。

帐幔后是卷得乱糟糟的被子，被子里探出一颗乱糟糟的脑袋，梁灵瓒揉揉眼睛："陈兄？"

这一刻陈玄景脸上的表情难以形容，像是有什么东西在体内轰然碎裂，他问："你一直在这里？"

这样的陈玄景让梁灵瓒的心好像被什么东西戳了一点，有一点点疼，一点点软，实话几乎冲到了喉头，理智花了很大力气才把它按下去，昧着良心道："是啊。"

"你没有去过西市？"

"……没有。"

陈玄景盯着她，目光仿佛要穿透她的骨头，梁灵瓒没办法和这样的目光对视，干咳了一声："那个……二位能不能先出去一下？请容我更衣。"

"就在这里更。"陈玄景冷冷地，"都是男人，怕什么？"

"呃……我有个不大好的习惯，就是睡觉不喜欢穿衣服……"梁灵瓒慢吞吞地道，"我是无所谓，就是怕污了二位的眼……"

陈玄景道："我也无所谓。"

源重叶倒是很想说句"我有所谓"，他一点儿也不想看男人换衣服！可眼下的情形太奇怪了，以往陈玄景再折腾梁灵瓒，也不是这么个羞辱法。

"那好吧。"梁灵瓒无奈地爬起来，被子一点一点离开身体，先是露出下巴，再是细白的脖子，然后是半边肩胛，白而瘦，锁骨支棱着……

像是被什么东西灼伤般，陈玄景猛然转身。

在他看不到的背后，梁灵瓒终于长长地松了口气。

耶，赌赢了！

她既放了心，便有心情来调侃陈玄景："陈兄，你近日忙得连藏书楼都没空去了，怎么今日倒有空来督促我起床更衣？"

这话一出口，她就有点儿后悔了。因为陈玄景的背脊僵了一下。

她后知后觉地回过味来，要查一位同窗是男是女好像不应该是陈玄景这副模样。

"我只不过是想来看看，一个大言不惭要考太学前三名的人是要怎样一副厚脸皮才能在旬休日睡到日上三竿。"陈玄景冷冷道，"我若是你，这时候应该趁着积雪未化去城外猎白兔，练一练射艺！"

梁灵瓒看不到陈玄景脸上的表情，但听这冰冷的语气是熟悉的味道，顿时放了点儿心，看，这便是正常的陈玄景。

"是是是，陈兄教训得是，我这就去射兔子。"

陈玄景没有再说什么，走了出去。

梁灵瓒确认脚步声真的远了，跳下床，关上门，长舒一口气。她身上还穿着小桔的衣裳，只要陈玄景再抛下一两分君子风度，掀开她的被子，她立马就要现原形。

但她知道他不会。有些东西早就刻在了他的骨子里。

能够赶在陈玄景之前回国子监，多亏了严安之。当她在街角一筹莫展时，严安之笔直地走了过来，将她带到最近的武侯铺，凭令牌调了两匹快马，在前面替她开道，将她送回了皇城。入了皇城她就一路飞奔。当初撵得过兔子，如今自然跑得过陈玄景。

当陈玄景一脚踹开房门，她刚刚滚进被子，绝妙的是，陈玄景不知为何还在帐外停了许久，简直是老天爷在帮她，让她喘匀了气，完美演绎出睡懒觉被人吵醒既不悦又困惑的神情。这关总算是过了！

二

陈玄景一路出了国子监，到了皇城门前，却站住。心里面空落落的，一时竟不知往何处去。源重叶咳了一声跟上来："从这里往左拐，转三道弯，可以去御药房，再不然出门去崇政坊，坊左有位周老爷子医术极好，人称活神仙。"

陈玄景皱眉："什么意思？"

"什么意思？还能是什么意思？自然是你有病！"源重叶没好气，"在大街上追着人姑娘不放，回头又来号舍查人，我现在可算知道了，你怀疑小瓒是女人！呵！陈玄景啊陈玄景，枉你聪明一世，小瓒那样的若是女人，我这辈子看见女人就得绕路了！天可崩，地可裂，梁灵瓒绝对不可能是女人！你赶快给我清醒清醒！"

陈玄景由他数落，没有回一句口，良久，轻声道："是啊，那是不可能的……"

三

梁灵瓒再次赶到如意绣坊的时候，梁婆婆和梁天年已经在座了。

捧香用一条帕子将她的短发兜起，再往她手里塞了只装满丝线的篮子，表示梁灵瓒外出采买才归。梁灵瓒接过道具，生出一种感慨：自己又多出一条生路，以后万一流落街头，说不定还可以去戏班子混口饭吃。

梁婆婆和梁天年近一年没有见到梁灵瓒，梁天年还罢了，梁婆婆拉着梁灵瓒，摸索着梁灵瓒的手脸，声音发颤："瘦了，瘦了，有没有好好吃饭？平日里功夫累不累？"还没问完，泪光就泛了出来。

梁灵瓒也是鼻子一酸，抱着婆婆："才没有，我本来就不长肉的，婆婆你看，我还白了呢！"

梁婆婆打量她："嗯，倒是真白了些，不像从前那般像个皮猴了。"

梁天年道："小瓒，小香，我这次来是想同春水坊主说一声，领你们回家去。家里虽然不宽裕，也不差你们一口饭。再说你们年岁已经不小，总不能在外耽搁，该回去好好相看人家了。"

这意思梁天年早就在往来信件中提过不止一次。梁灵瓒每次都是以年纪还小来推搪，捧香则说学好一门活计傍身，将来生活不用受苦，总之拖得一日是一日。

但这回梁天年显然是不打算再给她们拖下去的机会，亲自来领人了。

两人你看看我，我看看你，梁灵瓒眼角朝门外瞥了一眼，捧香立即会意，借说暖茶，出去找春水大娘。

春水大娘这救兵一到，款款说起年节下如何忙碌，活计如何精细，两个姑娘手艺如何好，绣坊实在缺她们不得……总之是好说歹说，终于说动梁家两位长辈同意再宽限些时日。

"只得半年，半年之后，我来接人。"梁天年道。

梁灵瓒满口答应，至于半年之后如何，那就只有走一步算一步了——总会有法子的对不对？

梁天年道："小瓒，你随我出城。"

梁灵瓒吓了一跳，不是刚说好半年后？

梁天年叹了口气："我带你去见一个人。"

四

在被积雪覆盖的山林深处，有一座荒坟。

梁天年领着梁灵瓒，弯腰除去坟上杂草，移去已经长至半人高的小树，再将碑前清理干净。梁灵瓒摆上供果，插上香烛，然后跪下。

——吾妻温氏雅然之墓。

多年以来，母亲对梁灵瓒来说是一幅烛光下的画像，虽然不言不语，却一直陪伴左右。现在，母亲就躺在她的面前，一碑之距，却是天人永隔。

她比任何时候都更明显地感觉到，母亲不在这个世间，很早就不在了。

"雅然，看，我们的女儿都这么大了，你可还认得出来？"梁天年用衣袖拂去碑上的积雪与落叶，语气温柔，"我一走就走了这么久，你一个人很冷清吧？这些年，我都不敢来见你，我怕我一见到你，又会想做傻事。"

距离这座坟不远，还有一座坟，是梁灵瓒外公温岚的坟墓，梁灵瓒已经磕过头，上过香。两座坟墓之间留着不小的一段距离，将将好可再安下两座坟头。

那是梁天年给自己和女儿安排的地方。

"看到那边的山洞了吗？"梁天年道，"我当时安置好了你外公和你娘，原想带着你一起去陪她，白日，我把你放在那座山洞里，我就在这边挖墓室，等到墓室挖好了，我去那山洞找你，你却和一只小猴子玩得开心。我听到你的笑声，整个人才清醒过来。"

他的神情平静，语气也不见波澜，当年的痛苦都被时光掩埋，埋到心底里最深的地方，只有积雪下微微凹下去的两块土地记载着当初的心碎若狂。

梁灵瓒看着爹爹的侧脸，眼眶有点儿发热："爹，你想不想报仇？"

"报仇？"梁天年吃了一惊，"报什么仇？"

"那个害死外公和娘的人。"

"不要胡说，你外公的死是场意外，你娘……是病死的。"梁天年紧紧盯着她，"你提也不要提报仇两个字，今生今世都不要提。你安安分分嫁个好人家，生儿育女，平平安安一辈子，我和你娘才能安心，知道吗？"

梁灵瓒低下头。娘是病死的，但外公的死真的是意外吗？

"知道吗？"梁天年抬高了一点声音，厉声问。

"知道了。"梁灵瓒闷声答。

梁天年对着墓碑有无数的话要说，梁灵瓒悄悄走远些，隐隐听到爹爹道："这孩子样样都好，就是性子太倔，认定的东西死不回头……"

山林的空气冰冷沁凉，天阴阴，雪霭霭，忽然草丛里一动，有什么东西箭一般蹿了出去，仔细瞧才见是一只兔子，皮毛和白雪并无二色，实在考验人的眼力。她顿时想起了陈玄景要他去雪中猎兔的话，可惜身边没带弓箭……不对，即便带了，她也不敢在爹爹面前拿出来。

父女俩赶在日暮前回城，第二天一早，梁婆婆和梁天年便离开长安回洛阳去了。捧香问梁灵瓒："你可怎么办？这会儿回去是不是要晚了？"

梁灵瓒也是心急，可再急又有什么用？急又不能飞过去，算了，回去领罚吧，静室什么的就当故地重游好了。

结果一转身，就见严安之站在她身后的街角，手里牵着一匹马，见她转身，便径直走过来。

昨天事情紧急，她赶着回去应付陈玄景，被严安之瞧见了女装也顾不上尴尬，这会儿却有点儿不好意思，挠了挠头，又发现头发给帕子包着，不大好挠："呃，大表哥巡逻吗？"

"嗯。"严安之将缰绳递给她，"快去吧，回监晚了，要受责罚。"

想瞌睡有人递枕头，想烤火有人送炭炉就是如此吧？梁灵瓒又惊又喜："大表哥，你是天上的神仙专门派来搭救我的吗？"

严安之微微一笑："快去吧。"

梁灵瓒也不多话，别过二人，翻身上马，一骑绝尘而去。

捧香看看梁灵瓒远去的身影，再看看负手在后远望她离去的严安之，忍不住问道："严大人，你是有神机妙算吗？怎么每次小瓒有麻烦，你都能帮忙？"

"凑巧而已。"

当时严安之如此道。后来的后来，当捧香久经世事之后，才明白凑巧是有的，但若是凑巧接二连三地发生，那只有一个原因，便是有人在背后默默地、时时刻刻都在关心着你。

只是当时捧香不知道，梁灵瓒更不知道。她一路快马加鞭，赶在监门关闭的最后一刻冲进了大门。

十天转眼即过，旬假转即来，为了这一天，梁灵瓒已经准备妥当，穿上保暖又轻便的衣裳鞋袜、戴上皮帽、束上箭袖、挽上长弓、背上箭壶以及足够数量的箭矢，还到西市买了两块麻家胡饼，热乎乎地揣在怀里，就向着城外出发了。

临行走，她将一个礼盒交给宋其明，托宋其明转送给陈玄景。

宋其明臭着一张脸："你自己干吗不去送？"

"我送了怕他不要。"

"我又不爱去。"

"得了，和人家称兄道弟这么久了，还记得以前的事呢？再说别以为我不知道你爷爷让你去拜寿。"

宋其明没话说，打开盒子瞧了一眼，翻了个白眼："陈家是什么地方？你这玩意送过去人家连赏下人都拿不出手。"

梁灵瓒叹了口气:"就这,我身上的银子都花光了呢。一点儿心意嘛。"

"人家要退回来我不管啊。打了兔子别忘了烤给我!"

五

在长安城权贵云集的胜业坊,陈家张灯结彩,宾客往来如云,陈玄景与兄长陈玄理一起迎客,宋其明随着祖父宋璟客客气气地献过寿礼,然后掏出锦盒,往陈玄景面前一递:"小瓒的寿礼。"

陈玄景面色一冷,那意思是根本不想收,源重叶却接了过来,打开一瞧:"哟,这穷鬼什么时候这么大方了?"

里面是对光华灿灿的珠钗,价值不菲。

陈玄景瞥了宋其明一眼:"这是他送的,还是你送的?"

宋其明一僵。他是想着梁灵瓒得罪陈玄景乃是家常便饭,得罪大长公主她老人家可就不好了,为了梁灵瓒的前途着想,他忍痛割爱,把给魏大家准备的礼物拿过来,换下梁灵瓒那上不了台面的寿礼,全程是天知地知只有宋其明一人知,没想到陈玄景一眼就揭穿了。

他默默地把原寿礼掏了出来,是一块玉坠,看着像只桃子,实则是一条玉蛇儿盘作一团,样式甚是圆润可爱,喻意也不错——大长公主属蛇——然而这玉质嘛……

"这种寿礼什么时候也能登玄景哥哥的家门了?"咸宜公主的声音清清亮亮,她甫下马车,径直走来,一见这玉坠便笑出了声,"这玉质都杂成什么样了?给我殿中奴仆他们都不要的,给大长公主岂不是不敬?来,玄景哥哥,看看我给大长公主她老人家准备的玉如意。"

那玉如意躺在匣中,衬着深红色绣金线锦缎,流丽呈光,无一点儿杂质,晶莹耀眼,陈玄理和陈玄景以主人礼谢过,周遭客人也纷纷恭维。

咸宜公主十分得意,拈起宋其明手里的玉坠:"至于这个么,扔了便是。"宋其明待要抢回来,咸宜公主一笑,"宋公子,我是为你好,这样的礼一旦送到大长公主面前,你可就要倒霉了。"

说着,扬手便要扔。

一只手抓住了她的手腕,手指修长,力道不大,却不容拒绝。

咸宜公主回过头,看到陈玄景面色不豫,眸子里有丝寒意。但这好像只是她的错觉,因为陈玄景很快便一笑:"公主说得是,这东西送给祖母自然是不敬,但这原本就不是送给祖母的,而是送给我的。"

咸宜公主的手腕握在他的掌心，离他又这样近，呼吸不由微微急促："你的？"

"公主忘了吗？我也是属蛇的。"陈玄景从她手中取走那块玉坠，含笑道，"这坠子虽说玉质不纯，但胜在造型尚佳，也是同窗一片情谊，我不能不受。"

他这样含笑，这样款款解释，别说只是要回一块玉坠，就算要咸宜公主把宫中所有玉坠都搬来，咸宜公主也是肯的。

大长公主已是如今李唐王室中辈分最高的长辈，宫中也有不少礼物，各王公大臣更是流水般前来，陈府前车水马龙，热闹非凡。

宋璟公务繁忙，吃完午宴便离开，宋其明正喜得自由，想和源重叶悄悄去天上居。然而姜还是老的辣，喜色还没露完，便被宋璟拖上马车，一直送回了国子监，要他好好读书。

宋其明春楼梦断，在号舍里转了无数个圈圈，盼着梁灵瓒早点儿带着烤兔子回来，聊以解闷。结果等了又等，一直等到夕阳西下，暮鼓都快停了，都没见回来。

梁灵瓒不是第一次旬假在外过夜，但每次外出即使不在一起也会交代一声，这一次却是音讯全无。宋其明越想越担心，趁着最后一道暮鼓停歇前，赶到陈家，在重重酒席间找到源重叶："小瓒出城打猎，现在还没回，怎么办？"

源重叶吃了一惊，还没说话，另一桌酒席上却是一声惊呼，原来陈玄景失手打翻了酒壶，酒水洒了半身。

"对不住对不住！都是下官欢喜过头，一时失手。"敬酒的客人连连赔罪。

"不妨事。"陈玄景客气一番，起身离席更衣。

源重叶追上来："玄景，小瓒还在城外没回来——"

一语未了，陈玄景蓦地转身："他回没回来，与我有什么相干？"

源重叶被他冰冷的神态与语气刺得一呆，宋其明愤愤道："江山易改，本性难移！平时为小瓒帮这帮那，我还以为他真改了性子呢！原来真出了事还是这么不近人情。枉小瓒穷得叮当响还把家底全掏了送寿礼！"

陈玄景恍若未闻，直接进了身边的房门。不知是门槛太高还是其他原因，身子一顿，似乎跟跄了一下，但转即便"砰"的一声关上了门。

宋其明待要发火，源重叶按住他："算了算了，今天这种日子，他本也走不开。走，找我哥去，对了，还可以去找你大表哥，找人捕快最拿手了！"

对，与其和这人生气，还不如找大表哥帮忙，大表哥对小瓒也是极好的，一定不会袖手旁观。

两人再商量了一顿，匆匆离去，分头搬救兵。

第十四章·习射

房门幽暗，没有点灯，也没有下人侍候，堆着山一般的礼物，这间房是今天的临时库房。檐下的寿字灯笼的红光透进窗子，丝竹与喧嚣隐隐传来，却又像隔得很远。

陈玄景背靠在门上，仰着头，闭着眼，一动不动，像一具雕像。

玉坠在袖袋里，被门抵着，贴在手臂上，仿佛要提醒自己的存在似的，异常的坚硬。

他摸出它，微微红光下，它的杂质看不清楚，只剩温润的光，仿佛也是一块美玉似的。

"我该拿你怎么办？"陈玄景在心里说。

有下人抬了新的寿礼进来，推门时推不动，再推时，门从里面打开，二公子在里面吩咐道："去唤苍伯来。"

苍伯来了，服侍陈玄景更衣，系蹀躞带的时候，悬在带上的千星碰到玉佩，发出"叮"的一下轻响。

——"好家伙，说时迟，那时快，他一手拔出千星，刷地一刀就把头发割下来了。"

他从来没有亲眼见过这一幕，一切都只是听源重叶描述，也许是听得多了，也许是听进了心里，心里便一遍遍回响，所有的画面和细节都历历在目，比亲眼看见还要清晰。

——"你……你……你这什么刀？哪……哪……哪儿打的？"

那猴子激动得语无伦次的模样仿佛还在眼前。

怎么会这样？那个人仿佛已经附身周围的一切，无处不在。

他用力摘下千星："收起来，别让我看见。"

沉默的苍伯接过，没有问一个字。

他深吸一口气，踏出房门，顿住，回过头，看着那件换下的衣裳，看了很久很久，慢慢道："扔了它。"

厅上酒席正酣，陈玄景回来之后更是大受欢迎，人人都来敬酒。陈玄景来者不拒，酒到杯干，众人兴致更高，越发起哄，陈玄理看不下去，举杯过来周旋，众人方散去，陈玄理看着他，微微皱眉："你怎么了？"

"怎么了？"陈玄景笑，"今天是祖母的好日子，我心里高兴。走，咱们一起进去给祖母敬酒！"

陈玄理不动，淡淡道："你这副样子是给祖母贺寿，还是给祖母添堵？"

"我到底是什么样子！"陈玄景问，"我装得不够好吗？开心的时候从不大笑，伤心的时候从来不哭，连气都不生一下！我是长安第一贵公子，人人都夸我好，大哥你没听到吗？"

陈玄理道："你喝醉了。"

陈玄景停了停，然后抬起头，再一次笑了。这一次笑却是笑得温文尔雅，没有一丝破绽："现在可以了吗？"

陈玄理目光在他脸上巡梭，终于点头："这才是我陈家子弟。"

陈玄景脸上始终挂着那一丝笑容。

对，陈家子弟，德行第一、言语第一、仪容第一，完美无瑕。

不能犯错。

不能踏错。

当然，更加不能喜欢错。

还未走到内院门口，陈玄理忽然道："你那个梁灵瓒是怎么回事？打个猎也能滞留在城外，着实不懂事。小叶还嚷着要重华去找人，你们这一个个的什么时候能懂事些？要结交朋友也要看看什么样的人值得结交……"

他停下来才发现身边是空的，回头只见陈玄景落在三步后，眸子在黑暗中有异样的光："你没让三哥去？"

"为这点儿事便闯宵禁，岂不要落人话柄？"

陈玄景没有说话，但就着檐下的灯火，陈玄理隐隐看见他的胸膛急剧起伏。

那是小时候才有的发怒的征兆。

"小景？"

陈玄景没有说话，转身就走。

"陈玄景！"陈玄理厉声，"干什么去？"

陈玄景声音冰冷："去救人。"

"胡闹！他在城外过一夜，明早自然回来。救什么救？"

"如果回不来呢？"这句话陈玄景无法说出口，光是过一过脑子，便觉得喉咙口紧窒，呼吸困难。

陈玄理厉喝："你给我站住！"

"我必须去。"陈玄景声音里有一丝绝望，"是我让他去城外练射艺的。"

"你知不知道今天是什么日子？你连贺寿的酒都没有敬！"

"回来我会向祖母请罪。"

陈玄景说着就要走，陈玄理足尖在栏杆上一借力，一个翻身，跃在他的身前。陈玄景不等他落稳便往左冲，但他是陈玄理教出来的徒弟，陈玄理岂会不知他的路数？三五招之后，便封住了他所有的出路，陈玄景叫道："大哥！"

这声大哥里急切中带着一丝乞求意味，让陈玄理一怔。

陈玄景上一次这样唤他是在很久很久以前,父母离世不久,问他要爹娘。

眼前一阵恍惚,手底下的陈玄景仿佛又变成了那个哭着扑向他的小弟。

这一个错神,陈玄景已经脱出手去,自己也有丝意外,回过头来望向大哥。

"这是最后一次了,玄景。"陈玄理沉声道,"你仔细想想,自己为这人做了多少出格的事?若是再让他留在你身边,将来只怕要一错再错,必生祸端。"

一错再错。是啊,如果在宋家不曾遇见过梁灵瓒,那他现在的人生一定平顺许多。可天神从不赐世人如果。

"大哥教训得是。"陈玄景一笑,笑得惨然,"这是最后一次。这次之后,我只当世上再也没有这个人。"

六

风声越来越大了。棉衣也越来越不顶用,风像是冰凝成的蛇,见缝就钻。

梁灵瓒开始还能跳上一跳,活动活动取取暖,可到后来,跳也跳不动了,天又越来越冷,她只把自己缩得小一些,躲在山洞石壁后。

眼前一片漆黑,什么也看不到,但以她多年熬夜的功力猜测,这会儿大约是子时前后。撑一撑,还有两个时辰天便要亮了!她在心里给自己打气。心大约收到了,"怦、怦、怦"努力跳动着,手脚却有点儿不听使唤,又僵又硬又木,渐渐连冷都感觉不到了。

黑暗里好像传来了什么响动,但侧耳细听又只有呼呼的风声。就在她以为是自己多心的时候,一丝奇怪的臭味钻进鼻子——这是野兽身上的气味。

深冬的野外,除了冷死,还有另一种死法,那就是给饿了一冬的狼填肚子。

小时候,从玄都观往后翻两座山头,偶尔能远远看到黄灰色的影子在山林间一闪而过。婆婆说那是狼,千万不要一个人落单在山间,它最喜欢挑落单的人下手。那时它那么远,远得像婆婆吓唬她睡觉用的大老虎和夜叉,现在它就在这山洞里,或许已经对着她张开了尖牙!她全身僵住,手慢慢摸向箭壶,却摸了个空。

箭早用光了。空荡荡的箭壶旁是三只兔子,那是她今天的猎物。

她忽然明白过来,是兔子身上的血腥味引来了狼!

来不及多想,梁灵瓒抓起一只兔子,反手用力往后一扔,"噗"的一声后,撕咬咀嚼的声音传来,还有低嚎声,看来不止一只。

梁灵瓒只觉毛骨悚然,剩下的两只接连扔了出去,然后握紧了弓,手心腻滑,全是冷汗。

三只兔子大概只够给狼们做开胃前餐，因为捕食不易，冬天的狼绝不会错过任何一个猎食的机会，比任何时候都更加凶猛。

　　她死死地握着弓，凝视，侧耳，雷一样的心跳声混在风声里，她什么也听不到。

　　风里起了细微的涌动，腥臭味扑面而来，梁灵瓒咬牙，用尽全身的力气朝着那个方向用力地一挥弓。

　　弓遇上了沉实的肉体，黑暗中有一声狼嚎，但她自己也被这力道反震，摔在地上，头顶风响，另一只扑了过来。

　　她反手挥弓，但这一次挥了个空。腥臭气息兜头罩下。

　　这回真的要完。梁灵瓒绝望地想，太学是不要想了，集贤院更别提……陈玄景会对着她的墓碑把她骂死吧……不对，死都死了还有什么可骂……

　　"梁灵瓒！"

　　对，就是这么凶这么狠——死到临头了，何必要把这种事情幻想得这么真实啊……梁灵瓒简直想为自己叹息，然后一团热乎乎的东西就重重砸了下来，砸得她险些背过气去，有什么东西渗进衣襟，温温热热的，好暖和。

　　"梁灵瓒！"

　　她又听到陈玄景的声音了。据说人在临死之前会想起这世间自己最留恋的人和事，难道她最留恋的就是陈玄景？

　　"梁灵瓒你给我醒醒！醒醒！"他的嗓音好像有些嘶哑，"你给我醒来！谁让你死的？谁让你死的！你这混蛋！给我醒来！"

　　身上那件又沉又暖的大毛皮被扔走了，整个人被人用力摇晃，原本就昏沉的脑袋直接想撅过去了事，但有什么东西洒在脸上，星星点点，微温，唇角滴上一点，咸的。

　　眼泪？陈玄景的眼泪？梁灵瓒顿时吓醒了，猛然睁开了眼睛。

　　眼前仍然一片漆黑，她被人紧紧抱在怀中，抱得这样紧这样暖，让人不想放开。不，不，不，这不是念想，这不是想象，打死她也想不出来陈玄景会哭，尤其还是为她哭。

　　她不相信，手摸索着去找他的脸，还没碰到，手腕就被捏住，身边的怀抱有瞬间的僵硬，然后猛然起身，于是她就滚到了地上。

　　这一刻梁灵瓒只有两个想法：一、痛痛痛痛；二、这真的是陈玄景无误了……

　　"梁！灵！瓒！"陈玄景的声音里全是暴怒，"你是有多蠢？这么多年天文白学了吗？连时辰也不会看，连回城的本事都没有？荒郊野外，你以为找个山洞就能藏身？连堆火也不知道点！你想死能不能干脆一点儿！能不能自己找个地方安安静静去死？别让我知道，

第十四章·习射

别让我看见！"

梁灵瓒很想回一句"我这地方找得还不够安静吗你还不是找来了"，但黑暗中的耳朵好像经菩萨开过光，灵敏得不可思议，她听出了以前没有听出的东西。

声音隐隐发颤，盛怒之下是不安与恐惧。他在担心她。非常非常担心她。

这一点发现非同小可，心脏一通狂跳，狂跳就罢了，还莫妙其妙一团酸软，软到出汗。胸膛里揣着这么一颗心，滋味难以形容，简直话都不会说了，憋了半天，撑着坐起来，道："那个……谢谢你。"

话出口，才发现这声音太软了，软得不像是自己的，脸上莫名发烧，赶紧说点儿正经事："你怎么来了？找我吗？刚才那是不是狼？有几头？你都杀了？"

耳边没有回答。

梁灵瓒表示理解，陈玄景大概是给她吓着了。以往挨骂，她就算是忍气吞声，那脖子也是梗得牛头一样硬，哪像今天这样，挨骂了还道谢？他大概以为她傻了吧？

面前仿佛有什么东西隔空抚过，紧跟着陈玄景声音变了："你眼睛怎么了？"

"我也不知道。"梁灵瓒苦笑一下，"我在西市遇到了魏大家，她和几位姐妹买琴，拉着要我替她们画像，就耽误了一点儿工夫，出城的时候已经快午时了。我想着练上一两个时辰就回去，可不知道怎么回事，到后面眼前就一片片发花，看什么都是蒙蒙发光，什么也看不清。我就想找个地方歇一歇，结果一坐下来，蒙蒙亮都看不到了，干脆瞎了。"

话才说完，脑门上就挨了一记弹指："瞎了还说得这么轻松！"

"不然怎么办？我倒是想哭天喊地，可惜没那个力气，再说喊了老天爷也未必听得见。"梁灵瓒揉着脑门，疼得龇牙咧嘴，又兼胸前被狼血打湿衣襟渐渐凉下来，不由自主地打了个喷嚏。一件衣裳裹在了她身上，陈玄景的手将衣裳在她身前紧了紧："蠢货。"

这两个字又低又轻，比起骂人，更像是呢喃。梁灵瓒的心莫名其妙地又想乱跳，完蛋了，挨骂挨得久了，挨出神奇反应来了，这是病吧？也不知道还有没有得治……

陈玄景点燃了篝火，洞内很快暖和起来，两头狼也被拖了出去。片刻后，梁灵瓒的鼻子嗅到一丝诱人的香味，烤肉的味道。

幻觉，一定是幻觉！陈玄景怎么可能会烤肉？要他剥皮放血碰生肉，会比杀了他还要难受吧？可香气如此真实，顽强地往梁灵瓒的鼻子里钻，靠两块胡饼撑了一整天的肚子坦诚地发出"咕咕"声。

"再等等就好了。"陈玄景道。

梁灵瓒大惊："你……你真的在烤肉？"

"狼肉补五脏、御风寒、暖肠胃、填精髓，给你这快冻死的瘦猴子吃，再适合不过。"

不一会儿，热腾腾的一条狼腿塞到了梁灵瓒手里。梁灵瓒热泪盈眶，天啊地啊，她为什么偏偏这时候瞎啊？陈玄景烤肉，此情此景，这辈子还能有下次能见吗？

然后"啊呜"大咬了一口。然后久久没有抬头。

陈玄景问："味道如何？"

梁灵瓒不知道该作何回答，其实她想说的是，假如她现在七十岁的话，一口牙大概全得留在这条狼腿上。大哥你烤的是肉呢还是石头？

但诚实是要付出代价的，在陈玄景身边混了这么久的梁灵瓒已经学乖了，她委婉地道："呃……十分有嚼劲。"

那边陈玄景停了停，大概是自己尝了一口，然后便来夺梁灵瓒手里的："扔了。"

梁灵瓒连忙护住："别，我快饿死了。"仗着自己有一副好牙口，生嚼硬咽地把一条狼腿啃了。

肚子吃饱了，暖融融的；山洞里生着火，也暖融融的；生死绝境有朋友前来相救，心里更是暖融融的。活着真是好啊。

"陈兄，你怎么找到这儿来的？"

"宋其明说你往西郊打猎，我问过猎户，这一带野兔出没的地方没几个。"

所谓没几个，就是好歹也有几个吧？他是一处处找过来的吗？

心像是被谁轻轻碰了一下，疼疼的、热热的，梁灵瓒声音有点儿低："找了很久吗？"

"不算。"语气淡淡的。他一贯都是这样淡淡的语气，听上去很冷淡的样子，但今夜不知是怎的，梁灵瓒没有听出一丝冷意，反而觉得这平淡底下全是温暖。

今晚的陈玄景好像和平时很不一样……真想看看他现在的样子，眼中有笑意吗？眸子是又温和又清澈的吧？她捂着自己的眼睛，真是……瞎得太不是时候了。

"别怕，瞎不了，这叫雪盲，长时间盯着雪地便容易如此，长则数日，短则数个时辰，自然就恢复了。"

"真的吗？"梁灵瓒顿时又惊又喜，"我以为就算不瞎至少也得灌好些药！"

木柴在火中发出"噼啪"声响，风声在这响动里显得遥远。梁灵瓒等了半天不见陈玄景接茬儿，心想莫不是她又说错什么话惹他生气了？猛地，她想到一件大喜事，连忙从怀里抱出一样东西。这东西方方正正，是上好的丝绢，绣着翠绿点红璎珞花纹，自带一股胭粉香。原是一件披帛，层层打开来，里面是几件钗环首饰，皆是金器嵌宝，价值不菲，件件在怀里焐得温热。

第十四章·习射

"快看！我有钱啦！"梁灵瓒开心地道，"一百零八两，欠了你这么久，算上利息，这些东西差不多值二百两，你拿去不用找！"

陈玄景的声音里透着一丝疑惑："你哪儿弄来这些的？"

"天上居的姐姐们给的呀！我给她们画了画儿，魏大家说总不能白画，于是她们给钱的给钱，给首饰的给首饰，怕我弄丢了，还给我包好了。"梁灵瓒递首饰的手伸了半天，"快拿着，今天总算能还钱了，我还欠着小明一百四十四两，明天回去就能还了。"

陈玄景也不知在想些什么，半天才接过来："是了，你不想欠我的，一直想着还我。"

他声音低沉，别有一股凝涩之意，梁灵瓒心里莫名有些发沉，用力笑了笑："那自然，谁喜欢欠债啊！"

空气中的另一端再一次沉默下来。

梁灵瓒忍不住问道："陈兄，你是不是累了？"

"累？也许吧。"声音里确实透着说不出来的倦意。

"那凑合着歇歇？你过来靠这里，这块石头靠着挺舒服的，风也不大……"

她正殷勤推荐，陈玄景忽然打断她："梁灵瓒，你以后打算怎么过？"

梁灵瓒一愣，心说这问题好生熟悉，好像有谁问过，还不止一次……而且这话题是怎么扯这么老远的？

"捧香姑娘来京城了，对不对？"

"对。"

"她为你来的京城，你身为男人，自然要照顾好她。"

"呃……对。"

"人都说，成家立业，你手头上既有了银子，不如买所宅院，先把家安好，再立业不迟。"

呃……是个好主意，但为什么他的声音听起来无情无绪、空洞洞的？

"买宅子……"梁灵瓒挠头，"我还真没想这么多，再说也不知道长安的房子市价如何，一定很贵吧？"

"我在平康坊那所宅院久不居住，放着也是荒废，早已打算卖了，作价一千两。"

梁灵瓒吃吃道："我大约有现银五百两，加上这些首饰，一千两差不多。"

"那便成交了。"

等等！什么成交？平康坊的宅子！那么多屋子！还有那么大一口池塘，一千两你会不会亏本亏到姥姥家啊朋友！

陈玄景把首饰收起，道："我要借你一样东西。"梁灵瓒忙不迭点头，然后就听"哧"

的一声响，衣摆被撕去了一截，大约是陈玄景拿去包首饰了。

梁灵瓒为自己的衣裳哀悼了一下，美人儿姐姐香香的披帛不好吗？还有，这交易她怎么觉得这么玄乎呢？实在很像诈骗啊！可对方是陈玄景，她实在是想怀疑都没地儿怀疑去，半天才弱弱问道："那宅子……你会不会卖得太便宜了些？"

"你不是很喜欢那池水？"

喜欢是喜欢，可这是两码事啊……

"对我来说，那本就是无用之物。卖给你，不亏。"

"那不是你母亲的遗物吗？"

陈玄景的声音顿了一下，良久，轻声道："母亲若是知道我的心意，必然也是肯的。"

不知道为什么，梁灵瓒觉得他说这句话的声音可真寂寞啊。

"陈兄，你有什么心事吗？"

"没有。"陈玄景静静地道，"我已决定没有了。"

七

未睁开之前，眼皮上已经感觉到了亮光。

睁开之后，明亮的光线涌进眼睛。洞外，初升的朝阳照耀着积雪，积雪反射着阳光，洞外的世界是一个巨大的光源，陈玄景就在这个光源里微微发着光。

他还在睡，靠着石壁，合着眼睛，眼睫漆黑深长，顺着眼尾微微上挑，如果用笔来画，那将是一道优美至极的弧线。梁灵瓒花了很长时间，才慢慢地把头从陈玄景肩上抬起来，小小翼翼地挪回自己原来的位置。昨晚明明是各睡各的，她是怎么靠过来的？完全没有印象了。幸好他还没醒，不然又会拉长个脸吧？

陈玄景一动不动，腿横在地上，显得尤其长。靴子沾上了泥土，衣摆与裤脚也被荆棘划破，她讶异地发现他穿的是丝缎的圆领袍，这种衣裳适合春天或是烧着地龙的温暖室内，而不适合冰天雪地的荒郊野外。可以想象他昨晚是如何从温暖如春的宴席中离开，一路迎雪冒风，披荆斩棘，来到她的身边。她急忙解下他昨晚搭给她的披风，轻手轻脚地盖在他身上。然后，眼眶有点儿发热。

眼睛是多么宝贵的东西，她以为她的耳朵已经足够厉害，听得出他的担心与关心，可直到此刻才明白，他的担心与关心多么庞大。庞大到……她快要承受不起的程度。

她四下里看了看，找到他的箭壶和横刀，轻手轻脚地走了出去。

当她的身影消失在洞外，陈玄景的眼睛缓缓睁开了。长长的一夜终于过去，只剩肩头一点儿余温，证明过他们曾经靠得那样近。那人像只就着暖炉的猫，一点点往他这边蹭过来，靠在他的肩头，才安稳不动，沉沉睡去。

他看着那人睡着的样子心中充满绝望。同样一个人，曾经那样可恼、可恶、可恨，现在又这样可怜、可爱、可亲。火光很暖，心中冰凉。

这是他们离得最近的一次，也是最后一次。

他站起身来，最后一次环顾这小小山洞。心中知道，今生今世他都不会再踏足这里，也不会再忘记这里。

外面晴光朗朗，脚下踏着积雪，经过一座孤坟，无意中瞥见碑上名字，不由站住。

温岚，这是一个被埋葬在时光深处的名字。

"陈兄，陈兄……你在哪儿？"梁灵瓒的声音遥遥传来。

他该走了。然而就在他转身之时，梁灵瓒叫道："哈哈，你在这儿呢？"一面说，一面走了过来。这人向来是不肯好好走路的，一步有三跳，在山石杂草间如履平地，头发衣服照旧是乱糟糟了，只有那双眼睛永远明亮璀璨，压倒了天上的光辉。

"快去看看，我挖到了竹笋和天麻！还打了一只兔子！"她兴奋地说，然而当看清面前的坟墓时，她的声调降了一些，"呃……你认识这……墓主人？"

"温岚，十多年前曾是太史令，在张昌宗之案里自尽谢罪，没想到埋在这里。"陈玄景道，"闵学录有没有向你提过，他与南宫祭酒都是温岚的弟子。"

梁灵瓒眼神飘忽，含含糊糊道："好……好像提过一些。"

这话一出口就觉得不对。提过就提过，没提过就没提过，"好像提过"算怎么回事？

然而陈玄景竟没追问，他道："你可是想知道李鸿泰的事？"

梁连瓒连忙点头："你知道当年的事？"

长安四年，陈玄景五岁。五岁的陈玄景什么也不知道，他只知道那一年二哥离开了京城，大哥娶了大嫂，开始寡言少语，神情沉默。人们说这叫成熟，但他只觉得大哥背上好像压上了什么看不见的重担，把大哥压得连话也不想说了。

是到了后来，他再长大了些，才有能力慢慢将当年的事情抽丝剥茧，理出个头绪。

那一年，陈玄理和李静言在天上居认识了春水如意，正逢术士李鸿泰向张昌宗进言，张昌宗造大佛，春水如意被选为吉祥天女。可为期三日的唱游还没有结束，张昌宗与其兄弟张易之便被宋璟等人诛杀于皇宫内，过从人等皆被牵扯，太史令温岚身死，梁天年下落不明，闵长泽沉沦为一名学录，南宫平因告病而逃过一劫，再回来时已是师门凋零。

那是一场血与火的清算，李唐重臣血洗了二张势力，谁也没能逃过，只除了李鸿泰。

"我专门调查过李鸿泰此人，他声称自己传达上天的旨意，永远不能让凡人看到真面目，平日戴着帷帽，除了张昌宗，谁也没见过他的脸。直到那日在天上居遴选天女，春水如意借水袖拂开了他的帷帽。后来事发，他悄无声息地消失了。据说是当时权力更迭，谁也顾不上一名小小术士，消失便消失了，谁也不曾在意。但现在想来，这事全由他而起，最后他还能全身而退，这心机城府绝不是一般人物，也绝不会甘于在一隅偷生。他一定还在，在某个我们不知道的地方，用我们不知道的名字……说不定就在长安，就在我们身边。"

梁灵瓒吓了一跳："是谁？"

"我不知道，这一切只是我的猜测。我大哥当年保下春水大娘一命，用尽手段不想让任何人提起这件旧事，我也查不到太多，所知一切尽在于此了。"陈玄景看着她，"你是好奇也罢，另有目的也罢，如今你想知道的已经知道，关于李鸿泰这个人就不要再打听了。这个人……非常危险。"

"哦。"

"刘学录学问甚好，他至今还是个学录，只是吃亏在出身卑微，其实若论学问，当得起博士之位了。你跟着他好好学，来年会考，大有机会。"

"哦。等等，你怎么知道刘学录在教我？"

陈玄景没有回答，他看着她，目光深沉，仿佛包含比海还要深的东西，又像是要把长长的目光在这短短的片刻用尽。

梁灵瓒呆呆地看着他，忽然闻到一股焦糊味。

"哎呀我烤了兔子、笋还有天麻！"她大叫一声，跳起来往山洞跑，跑到一半向他招手，"快来，这是我们的早饭，吃了好有力气回城。"

陈玄景没有动，他站在那儿，阳光照在他身上，衣衫比任何一次都狼藉，可这晴光下的姿态却比任何一次都美好。

"快来啊！我手艺很好的！"

他依然没动，只是在雪光与阳光中慢慢向她露出一个微笑。

这个微笑很淡很淡，又很暖很暖。

梁灵瓒也对他露出一个大大的笑容，然后奔向火堆里的早饭。

那个时候她还不知道，等她捧着烤好的早饭回头时，雪地里就再也没有那个对她微笑的少年了……

（第一部正文完）

后记 有关国子监

国子监历来为古代最高学府，其下主要分为六堂、五厅、六学。

六堂者，为正义堂、崇志堂、广业堂、修道堂、诚心堂以及率性堂，是生徒们上课的地方。现在的北京国子监还可以看到东西六堂，便是这六堂。

六堂既是教室，也是区分年级的地方，相当于咱们现在的大一大二大三这样，小瓒连升六堂，就相当于大一直接拿大四毕业证，然后还被保研了，所以崔子皓气死了（误）。

五厅者，是博士厅、绳愆厅、典籍厅、典簿厅和掌馔厅。

博士厅负责教学传经，是国子监最重要的主体部分，相当于现在的教务处。

"绳愆"是用准绳衡量过失的意思，"绳愆"就是纠正过失的地方，无论师生，只要犯了错，都要归"绳愆厅"处罚。

典籍厅相当于大学图书馆，不过和现在不同的是，那时的教材、资料、考卷都出处自于典籍厅。想想看，既没有打印机也没有复印机，雕版印刷术也才被发明出来不久，大部分都要靠手抄。

典簿厅主管财务和文书，相当于现在的行政处吧。

掌馔厅一看就比较好理解了，对，就是管食堂兼杂务，相当于现在的总务处。这也是小瓒进入国子监第一站哦。

六学，即国子学、太学、四门学、律学、书学和算学。

国子监的名字历代以来时有变化，六学也时有不同，后世将"国子学"并入"国子监"，为着小瓒升级方便，《可摘星》里采用的便是这一说法，合"六学"为"五学"，即太学、四门学、律学、书学和算学。

其中太学和四门学相当于官员培养机构，只有官员子弟才有资格入学，结业之后实习历事，直接步入仕途。律学、书学和算学相当于职业学校，才智出众的庶民也可以就读，学习对应的专业技能，将来成为专业人才，但古代的专业人才地位一般不高，实习历事一般从书吏做起。

律学学习律令，相当于法律专业，就业方向多为大理寺、各州等衙等政府部门及事业单位。

书学学习书法与历史，这个专业在当时其实颇为热门，毕竟抄书量巨大，国子监的典籍司就有很大的需求，书学生徒应该有不少留校的机会。

算学学习算法，相当于数学专业，毕业后不论给商人当掌柜还是给政府部门做财务，就业都十分方便。

古代教育设资源远不如现代丰富，当时能进国子监，基本上相当于现在考上了公务员，端上了铁饭碗。所以国子监的地位超然，生徒们也自视甚高，历朝历代，闹事的准少不了国子监生徒（误）。

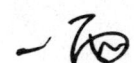

可摘星
壹

作者
一两

封面设计
杨小娟

内文版式
邹子欣

图片总监
杨小娟

特约编辑
罗长敏

出版社
中国致公出版社

总出品
湖北知音动漫有限公司

制作出品
知音动漫图书·漫客小说绘

图书在版编目（CIP）数据

可摘星. 壹 / 一两著. -- 北京：中国致公出版社，2020

ISBN 978-7-5145-1705-7

Ⅰ. ①可… Ⅱ. ①一… Ⅲ. ①言情小说－中国－当代 Ⅳ. ①I247.5

中国版本图书馆CIP数据核字(2020)第183135号

本书由一两授权湖北知音动漫有限公司正式委托中国致公出版社，在中国大陆地区独家出版中文简体版本。未经书面同意，不得以任何形式转载和使用。

可摘星.壹/一两 著

出　　版	中国致公出版社
	（北京市朝阳区八里庄西里100号住邦2000大厦1号楼西区21层）
出　　品	湖北知音动漫有限公司
	（武汉市东湖路179号）
发　　行	中国致公出版社　010-66121708
作品企划	知音动漫图书·漫客小说绘
责任编辑	徐慧　罗长敏
装帧设计	杨小娟　邹子欣
印　　刷	武汉精一佳印刷有限公司
版　　次	2020年11月第1版
印　　次	2020年11月第1次印刷
开　　本	710mm×1120mm　1/16
印　　张	20.5
字　　数	380千字
书　　号	ISBN 978-7-5145-1705-7
定　　价	42.80元

版权所有，盗版必究（举报电话：027-68890818）
（如发现印装质量问题，请寄本公司调换，电话：027-68890818）